Inhaltsverzeichnis

Erstes Buch
Das rote Leuchten
5

Zweites Buch
Der Waffenhändler
157

Perry Rhodan

H. G. Francis

Das rote Leuchten

Der Waffenhändler

PERRY RHODAN-Planetenromane
© 2016 dieser Lizenzausgabe Zaubermond-Verlag, Hamburg
www.zaubermond.de
Lektorat: Rainer Nagel
Titelbild: Arndt Drechsler
Satz: Zaubermond-Verlag
Druck und Bindung: scandinavian books
Printed in Germany September 2016

Internet: www.perry-rhodan.net

H. G. Francis

Das rote Leuchten

Tödliches Spiel um die ultimative Macht

Die Biografie eines Außenseiters

Sinclair Marout Kennon wurde am 5. Juli 2369 auf Terra in Newland City auf Grönland geboren. Als Kleinkind wurde er ausgesetzt, seine Eltern hatte er nie gesehen, und er hatte auch nie erfahren, wer sie waren. Er wuchs in einem staatlichen Kinderheim und später in einem Internat auf.

Als er zehn Jahre alt war, verband ihn eine tiefe Freundschaft zu dem Geschwisterpaar Thore und Liv Anderson.

Diese Freundschaft fand ein jähes Ende, als es in einer nahen Roboterfabrik zu einer Katastrophe kam. Ein Kampfroboter wurde mit einem fehlprogrammierten Positronenhirn versehen und lief daraufhin Amok, als er eingeschaltet wurde. Der Roboter drang in das Internat ein und tötete die Freunde Kennons, der vergeblich versuchte, sie vor der Maschine zu retten. Er war viel zu schwach, um helfen zu können, und er musste mitansehen, wie das Ungeheuerliche geschah.

Bei einer nachfolgenden Untersuchung gab ihm der Leiter des Internats die Schuld am Tod der beiden Kinder. Obwohl dieser Vorwurf durch nichts zu rechtfertigen war, gelang es Kennon nicht, ihn zu entkräften.

Die nächsten Monate in dem Internat wurden zu den schwersten seines Lebens. Dann wurde der Leiter des Internats an eine andere Schule versetzt, und ein Lehrer kam, der Kennon Verständnis entgegenbrachte. Einige glückliche Jahre begannen, in denen Kennon zwar nicht die Zuneigung des neuen Anstaltsleiters gewann, immerhin aber dessen Schutz vor den Aggressionen der anderen Internatsschüler genoss.

Wir erwähnen all dies hier, weil Kennons Lebenslauf symptomatisch ist für den eines USO-Agenten: Es gibt keinen festen Weg, wie man USO-Agent wird. Aber die Erfahrung zeigt, dass viele erfolgreiche Agenten eine »außergewöhnliche« Biografie aufweisen, gerade in ihrer Jugend. Sinclair Marout Kennon ist hier ein klassisches Beispiel: Im Alter von zehn bis zwölf Jahren sind Menschen am beeinflussbarsten, am formbarsten. Was sie in jenem Alter erfahren, prägt sie für ihr weiteres Leben.

(aus: Meeca Netreok: »Zahlen, Zenturien, Ziele und Zeugnisse – aus der Arbeit des USO-Historischen Korps«; Sonderdruck, Pounder City, Mars/Sol IV; II. Kapitel: Wegweisende USO-Agenten in Kurzbiografien)

1.

»Ziehen Sie sich aus«, befahl die Robotstimme. »Legen Sie alles ab, was Sie am Körper tragen.«

Ronald Tekener glaubte, sich verhört zu haben. Er war vor wenigen Minuten auf dem Planeten Yousphar angekommen, einer Welt, die man ihm als fremdenfreundlich geschildert hatte. In den Informationen, die man ihm in Quinto-Center gegeben hatte, war nicht die Rede davon gewesen, dass er bei seiner Ankunft auf Yousphar in irgendeiner Weise behindert werden würde.

»Wozu?«, fragte er.

»Legen Sie ab, oder kehren Sie zur BARNAR zurück, damit Sie den Start des Raumschiffs nicht verpassen.«

»Sie stellen mich also vor die Wahl, entweder ablegen oder verschwinden?«, bemerkte der Narbengesichtige. »Nun gut, wenn Sie darauf bestehen. Ich habe nichts zu verbergen.«

Er zog sich aus.

»Werfen Sie die Sachen durch die Klappe«, befahl die unpersönliche Stimme.

Ronald Tekener gehorchte. Er schob Jacke, Hose, Hemd, Unterwäsche, Strümpfe und Schuhe durch eine Wandklappe.

»Das Chronometer«, mahnte die Robotstimme. »Und ihre Identifikationskarte.«

Der Terraner blickte an sich herunter, nachdem das wertvolle Gerät und die Karte hinter der Klappe verschwunden waren. Er trug nun nichts mehr an seinem Körper.

»Haben Sie sonst noch etwas bei sich?«, fragte die Stimme. »Gehörhilfen im Gehörgang vielleicht? Benutzen Sie einen Herzschrittmacher, oder haben Sie künstliche Organe?«

»Nichts von dem«, erwiderte Tekener unwillig.

»Ich mache Sie darauf aufmerksam, dass wir Sie gleich durchleuchten werden. Entdecken wir dann noch irgendetwas an Ihnen, was Sie hätten ablegen oder angeben müssen, werden Sie ausgewiesen.«

»Sie werden nichts finden.«

Die Verwirrung des USO-Spezialisten steigerte sich. Er ließ sich jedoch nichts anmerken. Er fragte sich, wie es möglich war, dass er von seiner Organisation so schlecht und falsch informiert worden war. Die Behandlung, die er erfuhr, war alles andere als freundlich.

»Gut, dann verlassen Sie nun die Kabine.«

Die Tür glitt lautlos zur Seite und gab den Weg frei in einen Raum, in dem auf Bänken Kleiderbündel lagen. Als Tekener den Raum betrat, sah er die anderen Passagiere der BARNAR wieder. Sie waren ebenfalls nackt. Auf Yousphar nahm man keine Rücksicht auf die Schamgefühle männlicher oder weiblicher Besucher. Man behandelte sie alle gleich.

»Sie kennen Ihre Kleidergrößen besser als wir«, ertönte eine unbeteiligte Stimme, die aus einem Deckenlautsprecher kam. »Suchen Sie sich die passenden Kleidungsstücke für sich heraus. Sie gehören Ihnen.«

»Das ist eine bodenlose Frechheit«, sagte eine korpulente Frau, die neben Tekener stand. Sie stürzte sich auf eines der Bündel, um ihre rosigen Massen so schnell wie möglich unter locker fallenden Kleidungsstücken zu verbergen.

Der *Lächler* beachtete die anderen Passagiere nicht. Ruhig und gelassen suchte er sich ein Bündel, das er für geeignet hielt. Es bestand aus einem sackartigen Kleidungsstück, das ihm von den Schultern bis an die Waden reichte, Ledersandalen und einem Kopftuch. Die anderen Passagiere erhielten die gleiche Kleidung, die aus grauen, unansehnlichen Stoffen bestand.

Während einige der Männer und Frauen erregt darüber debattierten, was ihnen widerfahren war, gingen andere gleichmütig zu einem Ausgang.

Tekener schloss sich ihnen an.

»Sie scheinen nicht überrascht zu sein«, sagte er zu einem grauhaarigen Mann.

»Sollte ich?«, entgegnete dieser. »Ich komme seit vier Jahren wenigstens dreimal jährlich nach Yousphar. Ich habe mich allmählich an diese Dinge gewöhnt.«

»Natürlich.«

Tekener betrat den Gang und stand wenig später vor einem Neu-Arkoniden, der eine blaue Uniform trug und ihm Platz auf einem Hocker anbot. Eine Tür schloss sich hinter dem Terraner. Er war allein mit dem Neu-Arkoniden.

»Haben Sie uns Angaben über Ihr Gepäck zu machen?«, fragte der Uniformierte. »Sie erleichtern uns unsere Arbeit, wenn Sie von vornherein sagen, welche illegalen Dinge Sie mitführen.«

»Ich habe einen Koffer dabei. Darin sind ein paar Hemden, Wäsche, Strümpfe, eine zweite Hose und ein Stadtplan von Yousphar-City.«

»Gut. Das sind alles Dinge, auf die Sie verzichten können. Wir werden den Koffer mit seinem Inhalt vernichten.« Der Beamte drückte auf einen Knopf am Tisch und nickte Tekener dann lächelnd zu. »Schon geschehen.«

»Moment«, rief der Terraner. »Ich habe vergessen, dass auch meine Kreditkarte im Koffer ist.«

»Die gilt hier ohnehin nicht.«

Die Verwirrung Tekeners steigerte sich. Keine der Informationen, die er in Quinto-Center erhalten hatte, stimmte. Das war eine geradezu ungeheuerliche Entdeckung für ihn, da er wusste, mit welch außerordentlicher Genauigkeit in der Abteilung für Nachrichtenbeschaffung gearbeitet wurde. Nun aber stand er vor der Tatsache, dass so gut wie nichts von dem stimmte, was man ihm mit auf den Weg gegeben hatte.

Dabei war es keineswegs schwierig, sich über die Zustände am Raumhafen von Yousphar-City ins Bild zu setzen. Es gab offenbar genügend Reisende, die häufig hier waren und genau über die Zustände Bescheid wussten.

»Wie ist Ihre finanzielle Situation?«, fragte der Neu-Arkonide. »Haben Sie jemanden, der Ihnen hilft?«

Ronald Tekener lächelte.

Zu seinem Einsatzplan gehörte, dass er sich innerhalb der nächsten achtundzwanzig Stunden mitten in Yousphar-City mit einem Verbindungsmann treffen sollte. Doch das würde er dem Beamten nicht verraten.

Er schüttelte den Kopf.

»Ich habe niemanden«, erklärte er. »Ich bin hier, weil mich die von Dardar entwickelte Kunstrichtung interessiert, und weil ich hoffe, seine Bilder sehen und vielleicht kaufen zu können.«

»Kaufen?« Der Neu-Arkonide blickte ihn erstaunt an. »Wovon?«

»Nun, ich habe eine Konto bei der Alcan-Bank in Yousphar-City. Das Konto weist genügend Geld aus.«

»Sie scheinen wirklich ahnungslos zu sein«, erwiderte der Neu-Arkonide. »Oder Sie glauben, mich belügen zu können. Wir haben uns über Sie erkundigt. Bei der Alcan-Bank besteht kein Konto, das auf Ihren Namen lautet. Und es hat auch nie eins bestanden. Es liegt kein Eröffnungsantrag vor. Wollen Sie also nicht lieber die Wahrheit sagen?«

Tekener hatte das Gefühl, der Boden werde ihm unter den Füßen weggezogen. Die Abteilung der USO, die mit den Vorbereitungen für seinen Einsatz betraut worden war, hatte auf ganzer Linie versagt.

Nun blieb ihm nur noch die Hoffnung, dass der Verbindungsmann bald an ihn herantrat und ihn mit der nötigen Ausrüstung versorgte.

»Sie sitzen ohne Geld auf Yousphar«, eröffnete ihm der Neu-Arkonide. »Keine besonders angenehme Situation für Sie. Aber ich habe eine Arbeitsgenehmigung für Sie, so dass Sie etwas verdienen können. Bewahren Sie sie gut auf. Sie ist wichtig für Sie.«

Er schob ihm eine kleine Plastikkarte zu.

Tekener nahm sie entgegen und steckte sie ein. Er erhob sich, als der Neu-Arkonide ihm zu verstehen gab, dass das Gespräch beendet war.

Dem Narbengesichtigen war nicht anzusehen, was er empfand. Er lächelte, als sei alles in Ordnung, doch wer genau hinsah, entdeckte eine gewisse Drohung, die sich hinter diesem Lächeln verbarg.

Ronald Tekener wusste nicht, was er auf Yousphar sollte. Die USO hatte ihn hierher geschickt und ihn lediglich wissen lassen, dass sein Verbindungsmann ihn über seinen Auftrag unterrichten würde.

Als Tekener das Raumhafengebäude verließ, sah er die anderen Passagiere. Deutlich war zu unterscheiden, wer sich auf Yousphar auskannte, und wem es so ergangen war wie ihm. Diejenigen, die schon öfter hier gewesen waren, stiegen zu Youshararern in Gleiter, die auf sie gewartet hatten. Sie wurden von geschmackvoll gekleideten Männern und Frauen abgeholt. Die anderen standen hilflos herum. Einige von ihnen bemühten sich, mitgenommen zu werden, wurden jedoch abgewiesen.

Tekener blickte nach Yousphar-City hinüber.

Die Stadt war etwa fünfzig Kilometer vom Raumhafen entfernt. Sie schmiegte sich an die Hänge einer Bergkette, deren Gipfel bis zu einer Höhe von fast zehntausend Metern aufragten. Die weißen Häuser der Stadt hoben sich deutlich von dem schwarzen Fels ab. Zwischen ihnen und dem Raumhafen lag unwegsames Gelände. Eine dichte Kette von Antigravgleitern aller Größen bewegte sich vom Raumhafen nach Yousphar-City und in entgegengesetzter Richtung. Sie transportierten Passagiere und vor allem Güter aller Art auf größtenteils offenen Ladeflächen.

Tekener hielt sich nicht lange auf. Er war sich klar darüber, dass ihm niemand ohne Gegenleistung mitnehmen würde. Daher machte er sich gleich auf den Weg. Er wollte rechtzeitig in der Stadt sein, um das Treffen mit dem Verbindungsmann nicht zu verpassen. Er sagte sich, dass dieser seine Gründe dafür haben werde, dass er ihn nicht abholte oder ihm auf andere Weise den Weg zur Stadt erleichterte.

Das Gelände war unwegsam und schwierig, so dass er nur langsam vorankam. Als er schon etwa zwei Kilometer weit gegangen war, sah er, dass auch die anderen Reisenden, die in gleicher Lage waren wie er, aufbrachen. Ihre Versuche, mitgenommen zu werden, waren gescheitert. Es schien niemanden auf Yousphar zu geben, der Mitleid mit ihnen hatte.

Tekener war froh, nicht gewartet zu haben. Da er allein war, brauchte er sich um niemanden zu kümmern und auf niemanden Rücksicht zu nehmen.

Als er etwa die Hälfte des Weges zur Stadt zurückgelegt hatte, waren die anderen Reisenden weit abgefallen. Mücken und Fliegen stiegen aus dem sumpfigen Gelände auf und fielen über ihn her. Er wehrte sie ab, so gut es ging. Zweifel kamen in ihm auf, ob die schützenden Injektionen, die er in Quinto-Center erhalten hatte, ausreichend wirksam waren. So vieles stimmte nicht an diesem Einsatz, dass er begann, selbst solche Voraussetzungen in Frage zu stellen.

Ein Gleiter näherte sich ihm. Tekener ging langsamer. Er wollte vor dem Mann, der in der Maschine saß, verbergen, dass er noch nicht erschöpft war, und er tat, als falle es ihm schwer, sich auf den Beinen zu halten.

Einige Minuten lang flog die Maschine neben ihm her. Dann öffnete der Pilot das Seitenfenster. Tekener blickte in ein bärtiges Gesicht mit eng zusammenstehenden Augen.

»Du kannst mit mir fliegen«, sagte der Mann im Gleiter. »Ich bringe dich zur Stadt.«

Der Terraner blieb stehen.

»Und was habe ich dafür zu tun?«

»Nur zwei Tage Arbeit in der Grube.«

»Verschwinde«, sagte Tekener. »Sieh zu, dass du woanders einen Dummen findest.«

Der Bärtige fluchte und flog davon. Tekener blickte ihm nachdenklich nach. Er war sicher, dass der Mann im Gleiter seine Opfer finden würde. Einige der Reisenden würden sich mitnehmen lassen und dafür mit Fronarbeit bezahlen müssen. Wenn sie die Arbeit erst einmal akzeptierten, würden sie wie Sklaven sein, und sie würden nicht nur einen oder zwei Tage in den Diensten dieses Fängers bleiben, sondern viel länger, weil immer wieder Schwierigkeiten auftreten würden, die zu neuen Verpflichtungen Anlass gaben.

Tekener marschierte weiter. Er überwand einen Fluss, wobei er von Fischen attackiert wurde, ohne dass diese ihn jedoch verletzten. Er watete über schwankenden Boden durch einen Sumpf, wobei er sich nach Markierungen richtete, die andere vor ihm angebracht hatten, und er erreichte schließlich die Stadt, als die Nacht schon längst hereingebrochen war.

Erschöpft kroch er in einen verlassenen Bretterverschlag, unter dem er einschlief, kaum dass er auf dem Boden lag.

Erst das Licht des neuen Tages weckte ihn wieder.

Er stand auf und verließ den Verschlag. In der Nähe befand sich ein kleiner See, in dem er sich wusch und seinen Durst löschte. Danach säuberte er seine Kleidung, soweit das möglich war, und ließ sie von der Sonne trocknen.

Erfrischt und in der Überzeugung, dass nun alles weitere nach Plan verlaufen würde, betrat er die Stadt, in der bereits ein lebhaftes Treiben herrschte. Am Stadtrand lagen Fabriken und kleine Werkstätten, in denen hauptsächlich Neu-Arkoniden arbeiteten. Sie trugen derbe und strapazierfähige Anzüge. Hin und wieder sah Tekener Männer, die auffallend bunt und modisch gekleidet waren. Es waren überwiegend Terraner und Springer. Sie führten das Kommando.

Niemand schien auf ihn zu achten, und doch spürte Tekener, dass er aufgrund seiner Kleidung überall auffiel. Er machte sich Vorwürfe, dass er nicht in der Nacht irgendjemanden überfallen und die Kleider weggenommen hatte. Das wäre nur konsequent gewesen. Er hätte leichter untertauchen können. Daran war jedoch seine Unsicherheit schuld gewesen. Er wollte Fehler vermeiden, um nicht unnötig Aufsehen zu erregen, zumal er nicht die geringste Ahnung hatte, welche Aufgaben er auf Yousphar zu erfüllen hatte.

Jetzt aber stach er aus der Menge hervor. Wohin er auch ging, er war als Neuankömmling und Übertölpelter zu erkennen, eine Rolle, die ihm ganz und gar nicht gefiel. Als USO-Spezialist musste er unauffällig sein. Er musste untertauchen und als Niemand in der Masse leben, um so die Position aufbauen zu können, die für seine spezielle Aufgabe nötig war.

Er bemerkte die spöttischen und verächtlichen Blicke der Menschen, denen er begegnete, konnte sich jedoch nicht dazu entschließen, sich auf illegale Weise Kleidung zu verschaffen. Ganz unverhofft ergab sich jedoch eine Gelegenheit, zu anderen Kleidern zu kommen, als er einen Park durchquerte und einige Männer sah, die auf dem Boden saßen und würfelten. Es waren verwahrloste Gestalten, Ausgestoßene der Gesellschaft, die kaum mehr hatten als eine Flasche mit billigem Fusel und das, was sie auf dem Leibe trugen.

Ronald Tekener gesellte sich zu ihnen und brachte sie mit einigen psychologischen Tricks dazu, dass sie ihn zum Spiel aufforderten. Keine zehn Minuten später wechselte er unter dem Hohngelächter der anderen die Kleider mit einem dunkelhaarigen Mann, gegen den er gewonnen hatte. Er steckte seine Arbeitsgenehmigung ein und verabschiedete sich.

Jetzt war er zwar nicht weniger auffällig als vorher, aber er war nicht mehr als Neuankömmling zu erkennen.

Ohne Schwierigkeiten drang er bis zum Stadtzentrum von Yousphar-City vor, wo sich die Menschen dicht an dicht in den Einkaufsstraßen drängten. Er erfuhr, dass Festtage bevorstanden, die umfangreiche Einkäufe notwendig machen.

Das war abermals eine Information, die nicht mit denen übereinstimmte, die er erhalten hatte.

Er setzte sich auf den Rand eines Brunnens, der neben dem als Denkmal aufgestellten Schott des ersten Einwandererschiffs sprudelte, und wartete.

Er hatte den Punkt erreicht, an dem er sich mit seinem Verbindungsmann treffen wollte.

Er wartete vergeblich.

Der Verbindungsmann kam nicht.

Und dann endlich begriff der Narbengesichtige.

Die USO hatte ihn fallengelassen.

Er war kein USO-Spezialist mehr.

Die USO hatte ihn auf einen unbedeutenden Planeten abgeschoben und sich selbst überlassen. Seine kaum begonnene Karriere war beendet.

Ronald Tekener blieb bis weit nach Einbruch der Dunkelheit am Brunnen, weil er nicht wahrhaben wollte, was absolut eindeutig war.

Er versuchte, sich einzureden, dass der Verbindungsmann verhindert war und nicht kommen konnte, doch er fühlte allzu deutlich, dass diese Vermutung nicht stimmte.

Alles passte zusammen.

Die unrichtigen Informationen, die man ihm mit auf den Weg gegeben hatte. Die Situation, in die er dadurch geraten war, und das Ausbleiben des Verbindungsmanns.

Er zog sich bis an den Stadtrand zurück und grübelte darüber nach, welchen Fehler er gemacht hatte. Bis jetzt war er der Ansicht gewesen, alle Aufträge so erledigt zu haben, wie die USO es von ihm erwartet hatte. Jetzt glaubte er zu wissen, dass er sich darin geirrt hatte. Die Belobigungen, die man ausgesprochen hatte, waren nichts als leere Worte gewesen.

Ronald Tekener fragte sich, warum die USO sich zu diesem Weg entschlossen hatte. Warum hatte man ihm nicht einfach den Laufpass gegeben und auf die Erde abgeschoben? War er ein Informationsträger, der für eine gewisse Zeit aus dem Weg sein musste?

Das war die einzig plausible Antwort, die er auf seine Fragen fand.

Er dachte jedoch nicht daran, länger als unbedingt notwendig auf Yousphar zu bleiben. Er wollte diese für ihn uninteressante Welt so schnell wie möglich verlassen und zur Erde zurückkehren. Dazu musste er einen Planeten erreichen, auf dem es eine galaktische Bank gab. Auf einer solchen brauchte er sich nur zu identifizieren, um von seinem Konto auf Terra abbuchen zu können.

Er entschloss sich, nach Xexter zu fliegen. Dieses Sonnensystem war nur vier Lichtjahre von Yousphar entfernt und gehörte zu den Terra angeschlossenen Welten. Dort gab es eine galaktische Bank, und von Xexter aus konnte er mit einem Passagierraumer zur Erde zurückkehren.

Er wollte so schnell wie nur irgend möglich zur Erde und sich dort bei der USO abmelden. Er war sicher, dass man ihm die entstandenen Kosten ersetzen, ihm jedoch keinerlei Auskünfte über die getroffene Entscheidung über ihn geben würde.

Tekener durchstreifte die Außenbezirke der Stadt, bis er ein paar Männer an einem offenen Feuer fand, die um Geld spielten. Er gesellte sich zu ihnen, knüpfte ein Gespräch an und nahm ihnen beim Spiel ein paar Münzen ab. Das Geld reichte gerade für ein neues Hemd und eine Morgenzeitung.

In der Zeitung fand er Anzeigen von einigen Spielhöllen, in denen um geringe Beträge gespielt wurde. Mit den letzten beiden Münzen suchte er eines dieser Casinos auf und gewann innerhalb einer Stunde soviel, dass er sich neu einkleiden und einen besseren Spielsalon aufzusuchen konnte.

Nachdem Tekener zwei Stunden in diesem gespielt hatte, wies man ihm die Tür, da er allzu viel gewonnen hatte. Der Gewinn reichte noch nicht aus, die Passage nach Xexter zu finanzieren.

Das restliche Geld verschaffte sich der Terraner jedoch in einem anderen Casino, in dem er mit einigen Kaufleuten Karten spielte.

Er buchte die Reise nach Xexter für den nächsten Tag. Dann kehrte er zu dem Brunnen im Zentrum der Stadt zurück und wartete hier drei Stunden lang, doch auch jetzt tauchte der Verbindungsmann nicht auf.

Tekener verbrachte die Nacht in einem Hotel, flog am nächsten Morgen mit einem Gleiter zum Raumhafen und verließ Yousphar schon zwei Stunden später mit einem Linienraumer.

2.

Nur zehn Stunden darauf landete das Raumschiff auf Xexter. Tekener tauschte sein letztes Geld an Bord in Xexter-Rents um und betrat dann eine raue, stürmische Welt. Ein eisiger Wind fegte über das Landefeld, das die Passagiere in Prallfeldgleitern verließen. Am Kontrollgebäude hatten sich hohe Schneeverwehungen gebildet.

Als Ronald Tekener mit den anderen Passagieren durch einen Flur zur Abfertigung ging, erfasste ihn ein eigenartiges Gefühl. Plötzlich war ihm, als kehre sich ihm das Innere nach außen. Etwas Fremdes schien in ihn hineinzugreifen und von ihm Besitz zu nehmen. In wenigen Sekunden kam die Erinnerung an zahlreiche wichtige Situationen seines Lebens in ihm auf.

Er blickte sich verunsichert um. Die vier Männer und die beiden Frauen, die mit ihm nach Xexter gekommen waren, stierten mit leeren Augen vor sich hin. Sie schienen mit ihren Gedanken ganz woanders zu sein.

Tekener ging weiter, während das Gefühl, von einer unsichtbaren Kraft übernommen zu werden, immer intensiver wurde. Er versuchte, sich gegen das Fremde zu wehren, doch das gelang ihm nicht. Völlig hilflos stand er ihm gegenüber.

Panik kam in ihm auf.

Verlor er seine eigene Persönlichkeit? Versuchte eine fremde Intelligenz, ihn zu versklaven?

Er glaubte, eine Stimme zu vernehmen. Abermals wandte er sich den anderen zu. Sie waren noch bleicher als vorher, und es schien, als könnten sie sich kaum noch auf den Beinen halten. Ihnen ging es deutlich schlechter als ihm.

Er stieß eine Schwingtür auf und betrat einen Kontrollraum, in dem zwei Uniformierte auf die Passagiere warteten. Im gleichen Augenblick wurde er wieder frei. Das Fremde zog sich zurück, und er war wieder er selbst.

Während die anderen Passagiere hinter ihm erregt miteinander zu schwatzen begannen, konzentrierte er sich auf das Gespräch mit den Beamten.

Die befürchteten Schwierigkeiten blieben aus. Die Kontrolleure ließen ihn passieren, obwohl er statt eines Ausweises nur die Arbeitserlaubnis von Yousphar vorzeigen konnte. Da die Arbeitserlaubnis auf seinen Namen ausgestellt war, reichte sie als Legitimation aus. Die Beamten machten jedoch zur Auflage, dass er sich innerhalb von drei Tagen eine gültige Karte beschaffte.

Er lächelte nur, als sie ihn darauf aufmerksam machten, dass er danach ausgewiesen werden würde. Er hatte nicht vor, drei Tage auf Xexter zu bleiben.

»Wann geht das nächste Schiff zur Erde?«, fragte er.

»Morgen«, antwortete einer der Beamten.

Er bedankte sich für die Auskunft und konnte passieren. An einem Zeitungsstand kaufte er sich ein Boulevardblatt, weil darin die meisten Lokalanzeigen enthalten waren. Mit ihrer Hilfe hoffte er sich schnell über die wirtschaftliche Situation auf Xexter informieren zu können. Er wollte die Passagekosten notfalls im Casino erspielen, wenn es ihm nicht gelang, sie bei der galaktischen Bank abbuchen zu lassen.

Er mietete einen Antigravgleiter und flog zur nächsten Stadt, die fast hundert Kilometer vom Raumhafen entfernt war. Dazu brauchte er nur einige vorgegebene Daten in das Programmteil der Maschine einzutippen. Alles weitere übernahm die Positronik.

Dann lehnte er sich in seinem Sessel zurück und las die Zeitung. Das Blatt verriet ihm auf den ersten Blick, dass er auf eine Welt gekommen war, auf der sich eine bürokratisierte, diktatorisch regierende Gesellschaft etabliert hatte.

Der Gleiter stieg auf, beschleunigte scharf und flog mit hoher Geschwindigkeit nach Südwesten. Tekener blickte kaum auf. Er raste mit der Maschine durch dichtes Schneetreiben. Die Sicht reichte keine fünfzig Meter weit. Unter diesen Umständen gab es ohnehin kaum etwas zu sehen.

Plötzlich ertönte eine Stimme.

»Wir freuen uns, dass Sie zu uns gekommen sind, Mr. Tekener«, klang es aus einem Lautsprecher über ihm. »Würden Sie uns freundlicherweise sagen, warum Sie hier sind? Diese Frage dient rein statistischen Zwecken. Sie müssen Sie nicht beantworten.«

»Allerdings würden Sie es befremdlich finden, wenn ich es nicht täte«, stellte er fest.

»Das kann ich nicht leugnen.«

»Ich mache hier nur Zwischenstation. Ich will zur Erde, und zwar so schnell wie möglich. Es gibt allerdings gewisse finanzielle Probleme, so dass ich gezwungen sein könnte, hier für einige Tage zu arbeiten und Geld zu verdienen.«

»Wieso finanzielle Probleme? Wer ist daran schuld?«

»Ich bin auf dem Planeten Yousphar ausgeplündert worden.«

Der Unbekannte lachte leise. »Das erklärt alles, Mr. Tekener. Wir hoffen, dass es Ihnen gelingt, Ihre finanziellen Probleme recht bald zu lösen, und wir wünschen Ihnen einen angenehmen Aufenthalt auf Xexter.«

Die Stadt, die dem Raumhafen am nächsten lag, war die größte Ansiedlung von Xexter. Sie lag in einer langgestreckten Tiefebene an einem Fluss, der in ein rot schimmerndes Meer mündete. Abgesehen von einigen kleinen, bungalowartigen Häusern, gab es nur ringförmige Hochbauten. Sie prägten das Bild der Stadt, die von oben aussah wie ein großes Kastanienblatt.

Tekener flog direkt zu der galaktischen Bank, die sich im Zentrum der Stadt befand. Er landete auf dem Dach des Gebäudes, zu dem ihn die Zielprogrammierung des Gleiters geführt hatte.

Der Mann am Schalter der terranischen Abteilung blickte ihn forschend an, als er von seinem Konto abbuchen wollte.

»Haben Sie vergessen, Mr. Tekener, dass Sie Ihr Konto vor vier Tagen aufgelöst haben?«, fragte er.

Der USO-Spezialist schaltete schnell. Er gab sich zerstreut und entschuldigte sich.

»Das habe ich tatsächlich übersehen«, erklärte er. »In letzter Zeit ist einiges passiert, was für ein gewisses Durcheinander gesorgt hat.«

Er täuschte Verlegenheit vor und ging.

Seine Situation hatte sich nicht geändert. Nach wie vor war er ohne Geld, und die Rückkehr zur Erde war in weite Ferne gerückt.

Ronald Tekener dachte jedoch nicht daran, allzu lange zu warten. Er wollte Xexter bald verlassen. Deshalb setzte er sich in eine Informationskabine und rief über Video die Anzeigen der Unterhaltungsindustrie ab.

Auf Xexter gab es nur ein Spielcasino, das jedoch nicht jedem zugänglich war. Die Voraussetzungen, die verlangt wurden, waren Nachweis über ein ausreichendes Vermögen und Referenzen von örtlichen Persönlichkeiten. Tekener konnte sich denken, was das bedeutete. Wer spielen wollte, musste zunächst einmal jemanden bestechen, um die verlangten Empfehlungen zu erhalten.

Also blieb ihm nur der Weg in den Untergrund. Er war sicher, dass es in den Vergnügungszentren illegale Spielhöllen gab, in denen er zur Not ebenfalls das nötige Geld für den Rückflug zur Erde verdienen konnte.

Zehn Stunden später hatte er das Geld. Er verließ ein düsteres Haus im Vergnügungsviertel von Eyster, das sich auf ein Hochhaus beschränkte und sämtliche Stockwerke umfasste, wobei von Etage zu Etage beträchtliche Unterschiede im Niveau bestanden. Die Buchungsstellen für Raumflüge waren geschlossen, so dass er bis zum nächsten Tag warten musste.

Als die Buchungsstelle öffnete, versuchte er, einen Platz auf einem der Raumschiffe zu bekommen, die zur Erde flogen.

Es gelang ihm nicht.

Er erfuhr, dass erst in etwa drei Wochen Plätze frei waren. Doch damit wollte er sich nicht abfinden.

Innerhalb weniger Stunden fand er Zugang zu den Flugplänen der nächsten Tage. Er stellte fest, dass tatsächlich keine Plätze mehr frei waren. Daher notierte er sich die Adressen von einigen Passagieren und versuchte, einem von ihnen die Flugkarte abzukaufen.

Auch das gelang nicht, nachdem es zunächst so ausgesehen hatte, als könne er endlich ans Ziel kommen.

Als er in einem Automatenrestaurant aß, verlor er plötzlich das Bewusstsein. Sein Geld war weg, als er wieder zu sich kam. Er hatte es nicht anders erwartet.

Und so ging es weiter.

Acht Tage lang bemühte Tekener sich, die Voraussetzungen für eine Rückkehr zur Erde zu schaffen, ohne den geringsten Erfolg zu erzielen. Seine Anstrengungen verringerten sich allerdings von Tag zu Tag, bis er sie schließlich als eine Art sportliche Betätigung ansah. Nun bedauerte er ein wenig, dass er sich rechtzeitig eine neue Identifikationskarte besorgt hatte. Er fragte sich, was die Behörden von Xexter wohl getan hätten, wenn er dieser Empfehlung nicht nachgekommen wäre.

Er merkte, dass er bei seinen Anstrengungen Xexter zu verlassen, immer wieder scheiterte, weil irgendjemand gegen ihn arbeitete. Er konnte diesen Unbekannten jedoch nicht fassen, so geschickt er auch gegen ihn vorging.

Schließlich empfand Tekener Bewunderung für seinen unsichtbaren Gegner, der von beängstigender Geschicklichkeit war und offenbar nur das eine Ziel hatte, ihn von der Rückkehr zur Erde abzuhalten.

Einige Tage lang glaubte er, ihn entdeckt zu haben, denn er merkte, dass er beschattet wurde. Doch dann fand er heraus, dass sein Schatten nicht mit seinem Gegenspieler identisch war. Daraus schloss er, dass er es mit zwei Mächten zu tun hatte. Die eine gehörte offenbar zur Abwehrorganisation von Xexter, während die andere nebulös und nicht greifbar blieb.

Tekener beschloss, die Dinge treiben zu lassen und zunächst einmal abzuwarten. Diesen Entschluss fasste er allerdings erst, nachdem er einen Flug gebucht hatte, der drei Wochen später stattfinden sollte. Die Registrierung dieses Platzes gab ihm eine gewisse Sicherheit.

Danach konzentrierte er sich nur noch auf seinen Schatten. Ihm kam es nun darauf an, diesen zu täuschen und von seiner Harmlosigkeit zu überzeugen. Er dachte an das Gespräch, dass er unmittelbar nach seiner Ankunft im Gleiter mit einer Computerstimme geführt hatte, und nahm eine einfache Arbeit in einem Büro an, um ein paar Xexter-Rents zu verdienen.

Einige Tage verstrichen, und der Schatten verschwand. Tekener führte absichtlich einige Situationen herbei, in denen er einen Schatten hätte entdecken müssen, wenn einer da gewesen wäre, und wusste danach, dass er einige kritische Tage schadlos überstanden hatte.

Nun setzte er sich mit einem Passagier in Verbindung, der eine Flugkarte für den nächsten Tag hatte. Von ihm wusste er mittlerweile, dass er eine Spielernatur war. Es gelang ihm, das Interesse des Mannes zu wecken und ihn zu einem Spiel zu verleiten. Dabei gab er offen zu, dass es ihm um die Flugkarte ging. Wie nicht anders erwartet, war der Spielpartner bereit, die Flugkarte einzusetzen.

Der Narbengesichtige traf sich mit ihm in einem verschwiegenen Lokal im Vergnügungsviertel von Eyster. Der andere streckte ihm lachend die Hand entgegen.

»Ich bin Belem Aghun«, stellte er sich vor. Er war größer als Tekener, hatte tiefschwarzes Haar und forschende, blaue Augen. »Ich habe fürchterlich gelacht, als Sie mir vorschlugen, um die Flugkarte zu spielen. Sie wollen Xexter möglichst bald verlassen. Ich habe Zeit. Dennoch werden Sie nicht gewinnen. Ich hätte mich nicht auf das Spiel eingelassen, wenn ich nicht ganz fest davon überzeugt gewesen wäre, dass ich gewinne. Natürlich spielen wir mit Xexter-Würfeln.«

»Einverstanden«, erwiderte der Terraner und setzte sich mit Belem Aghun an einen Tisch in der hintersten Ecke des Lokals. Von hier aus konnte er alle anderen Gäste sehen.

Xexter-Würfel hatten keine immer sichtbaren Augen. Alle Seiten der Würfel sahen gleich aus. Erst wenn man die Würfel geworfen hatte, leuchtete im Inneren der Würfel ein Licht auf, das die Augen an die Wände der Würfel projizierte. Daher konnte man tatsächlich erst sehen, wie viel Augen man geworfen hatte, wenn das Spiel vorbei war. Manipulationen schienen unmöglich zu sein, und auch Geschicklichkeit schien in diesem Fall nichts zu helfen.

Ronald Tekener verfügte jedoch über besondere Talente, die ihn zu einem großen Spieler machten. Er hatte ein fast fotografisches Gedächtnis. Ihm genügte es, wenn die Würfel einmal über den Tisch gegangen waren, um sich winzige Unterschiede an ihren Außenseiten zu merken und daran zu erkennen, wo die höchste Augenzahl angezeigt wurde. Für ihn waren die Wertigkeiten immer sichtbar. Das gab ihm von vornherein deutliche Überlegenheit über seinen Gegenspieler, die durch seine überragende Intelligenz noch verdeutlicht wurde.

Als die beiden Männer etwa eine halbe Stunde gewürfelt hatten, zeichnete sich ein klarer Sieg für Tekener ab. Der Narbengesichtige begann zu lächeln.

Belem Aghun blickte ihn kopfschüttelnd an.

»Ich begreife nicht, wie so etwas möglich ist«, sagte er und versuchte, seine Nerven mit einem hochprozentigen Schnaps zu beruhigen.

Ronald Tekener nahm die Würfel in die Hand, um zum letzten und entscheidenden Wurf anzusetzen.

In diesem Augenblick fiel ihm eine seltsame Gestalt auf, die hinter seinem Gegenspieler vorbeischlurfte.

Der Mann war ein hässlicher Zwerg, der etwa 1,50 Meter groß war und schwach wie ein Kind zu sein schien. Er hatte eine stark vorgewölbte Brust und einen riesigen Schädel mit einem verlegen wirkenden Kindergesicht. Die wasserblauen Augen quollen weit vor, und das spitze Kinn schien so empfindlich zu sein, dass Tekener meinte, es müsse unter der geringsten Belastung, wie etwa durch einen leichten Schlag, zerbrechen. Das Haar war dünn und strohblond, und die abstehenden Ohren waren selbst im Verhältnis zu diesem Riesenschädel zu groß. Die Füße dieses Zwerges schienen so schwer, dass er sie mit seinen dünnen Beinen kaum zu heben vermochte.

Der Fremde blickte ihn an. Sein linkes Lid zuckte nervös. Aber darauf achtete Tekener nicht.

Für einen kurzen Moment fanden sich die beiden Hände des Verwachsenen zusammen und formten in der Taubstummensprache der Terraner ein NEIN.

Dann war der Zwerg auch schon vorbei.

Tekener blickte auf die Würfel. Er ließ sie in seinen Händen hin und her rollen. Er wusste genau, wie er sie werfen musste, wenn er gewinnen wollte. Winzige Unebenheiten verrieten ihm, an welchen Seiten die höchsten Augenzahlen waren. Er ließ sie über den Tisch rollen.

»Sie haben verloren«, stellte Belem Aghun verblüfft fest. Er lachte und schob die Flugkarte, die er bereits aus der Jackentasche gezogen hatte, wieder weg. »Sie haben tatsächlich verloren. Das nenne ich Pech. Ich dachte nicht, dass so etwas noch passieren könnte, nicht nach dem, was Sie bis jetzt gezeigt haben.«

Ronald Tekener zuckte mit den Schultern.

»Das macht ein Spiel erst interessant«, erwiderte er, lächelte kalt und erhob sich.

Belem Aghun lud ihn zu einem Umtrunk ein, doch er lehnte ab.

Zwei Tage später sah Tekener den Zwerg wieder. Er saß in einem Gleiter, der unter vielen anderen auf dem Dach eines Kaufhauses parkte. Tekener zögerte keine Sekunde. Er stieg zu ihm in die Maschine. Wortlos startete der Verwachsene.

»Ronald Tekener«, sagte er, als sie etwa einen Kilometer vom Kaufhaus entfernt waren. »Sie haben verdammt lange gebraucht, aber das ist ganz gut so. Die Abwehrorganisation von Xexter ist extrem gut und gefährlich.«

Er lachte schrill.

»Sie hätten ihr Misstrauen erregen sollen, dann wären Sie jetzt schon längst auf dem Weg zur Erde. Aber das wäre Ihnen nicht bekommen.«

»Tatsächlich?«

»Sie haben nur einen Schatten bemerkt«, erklärte der Zwerg. »Tatsächlich waren vier auf Sie angesetzt. Aber jetzt nicht mehr. Man hat Sie als ungefährlich eingestuft, und darauf kam es an.«

Die Stimme des Verwachsenen schwankte. Sie verriet, dass er nervös war. Immer wieder zuckte das linke Lid des seltsamen Fremden, der offenbar genau wusste, wer Tekener war.

Dieser fühlte, wie es ihn kalt überlief. Längst war er sich darüber klar geworden, dass er früher oder später einem anderen Spezialisten der USO begegnen würde. Jetzt aber erkannte er, dass er neben dem Mann saß, der in den vergangenen Tagen dafür gesorgt hatte, dass er Xexter nicht verlassen konnte. Er gab ihm zu verstehen, dass er diese Leistung bewunderte.

»Das waren Kleinigkeiten«, erwiderte der Zwerg. Er landete auf dem Dach eines Wohnhauses und führte Tekener in eine Wohnung im mittleren Bereich des Hauses. Sie war spartanisch eingerichtet.

»Am Raumhafen wacht eine telepathische Einheit«, erläuterte er, nachdem Tekener sich gesetzt hatte. »Ich habe noch nicht herausgefunden, was diese Einheit ist. Ich weiß jedoch, dass sie alle ankommenden und abfliegenden Reisenden mit ihren parapsychischen Sinnen durchleuchtet. Mit Verdächtigen macht man kurzen Prozess. Ich war dabei, als ein uniformiertes Killerkommando auftauchte und einen Mann tötete, ohne ihn zu befragen oder zu Wort kommen zu lassen. Ein Wink der telepathischen Einheit genügte für ein Todesurteil. Daher war es nötig, dass Sie zunächst nach Yousphar geschickt wurden. Dort mussten wir Ihnen klarmachen, dass Sie verladen worden waren. Wir wollten, dass Sie an eine unrühmliche Entlassung glaubten. Nur so konnten wir hoffen, Sie durch die telepathische Schleuse nach Xexter zu bringen.

Das Verhalten der Abwehragenten hat nun bewiesen, dass der Plan in dieser Phase geglückt ist. Wir können mit unserer Arbeit auf Xexter beginnen. Nebenbei – ich bin hierher gekommen, als dieses telepathische Element noch nicht existierte. Das war vor genau fünf Monaten.«

Seine Augen schienen noch weiter als sonst aus den Höhlen zu quellen. Er blickte Tekener wie ein Ertrinkender an.

»Mein Name ist Sinclair Marout Kennon«, fügte er hinzu.

Der Narbengesichtige streckte ihm die Hand entgegen, doch der Verwachsene wandte sich ruckartig ab. Seine Lippen zuckten, als fühle er sich durch die Geste Tekeners beleidigt.

3.

»Weshalb bin ich hier?«, fragte Tekener.

»Weil ich fürchte, dass sich hier etwas entwickelt, was ich allein nicht in den Griff bekomme«, antwortete Kennon. »Exakt kann ich es jedoch noch nicht sagen.« Er versuchte, sich in einen Sessel zu setzen. Da er zu klein und die Beine zu kurz waren, schaffte er es nicht auf Anhieb.

Tekener erhob sich, um ihn zu helfen.

»Hände weg!«, kreischte Kennon, bevor er ihn berühren konnte. »Ich brauche keine Hilfe. Von niemandem. Haben wir uns verstanden?«

Er rutschte von der Sesselkante und stürzte zu Boden. Schnaufend richtete er sich wieder auf, drehte sich um und warf sich mit dem Oberkörper nach vorn auf die Sitzfläche des Sessels. Seine Finger krallten sich in die Polster, und dann kletterte er keuchend auf das Sitzmöbel. Seine Beine waren so kurz, dass die Füße gerade über die Kante der Sitzfläche ragten. Er war so erschöpft, dass er für einige Minuten nicht sprechen konnte. Seine Hände zitterten, als er sich den Schweiß aus dem Gesicht wischte.

Tekener fragte sich verblüfft, wie dieser Mann USO-Spezialist hatte werden können. Dass er es war, daran zweifelte er nicht mehr, nachdem Kennon ihm einen Codesatz gesagt hatte. Der Narbengesichtige konnte sich nicht vorstellen, dass Kennon die schweren Aufgaben eines USO-Spezialisten erfüllen konnte, da er kaum kräftig genug war, sich selbst zu bewegen.

Wie konnte er beispielsweise einen Mann beschatten, ohne aufzufallen? Wie konnte er sich wehren, wenn er angegriffen wurde?

Sinclair Marout Kennon verzog das Gesicht.

»Sie fragen sich, wie Sie mit mir arbeiten sollen«, sagte er mit schriller, überkippender Stimme. »Nun, das werden Sie schon noch erleben. Einstweilen erinnern Sie sich daran, wie ich verhindert habe, dass Sie von Xexter verschwinden.«

»Ich weiß, dass Sie besondere Fähigkeiten haben müssen. Hätten Sie diese nicht, wären Sie nicht hier.«

»Kommen Sie nicht noch einmal auf den Gedanken, mir helfen zu wollen«, sagte Kennon drohend und blickte Tekener hasserfüllt an. »Tun Sie so etwas nie wieder!«

Der Mann mit den Lashat-Narben war sicher, dass er an einen USO-Spezialisten geraten war, der psychisch stark gestört war. Das war eine neue Erfahrung für ihn. Bisher war er stets davon ausgegangen, dass zur USO nur seelisch und körperlich gesunde Menschen kommen konnten. Jetzt erkannte er, dass er sich grundlegend geirrt hatte. Er war sicher, dass Kennon lange Jahre psychiatrisch behandelt worden war. Die Störungen waren jedoch nicht beseitigt worden. Wenn Atlan einen solchen Mann in der USO duldete, dann musste Kennon in der Tat ungewöhnlich fähig sein. Mit seiner Intelligenz konnte er die körperlichen und seelischen Schwächen kompensieren.

»Ich werde Ihnen nicht helfen«, versprach Tekener. »Auf keinen Fall. Jedenfalls nicht bei solchen Lappalien.«

»Ich weiß, dass ich bis zur Lächerlichkeit hässlich bin«, sagte der Verwachsene. »Vergessen Sie es.«

Er fuhr sich mit den Händen über die Augen.

»Kommen wir zu Xexter. Irgendetwas ist hier nicht in Ordnung. Xexter hat ein streng kontrolliertes Gesellschaftssystem mit einem Diktator an der Spitze. Alhad Besk ist dieser Mann. Er ist ein Epsaler, der davon träumt, Xexter zu einer der einflussreichsten Welten der Milchstraße zu machen. Er will sich eine wirtschaftliche und militärische Basis schaffen, auf der er aufbauen kann. Ich habe vor fünf Monaten eine Rede von ihm gehört, in der er erklärt hat, dass Xexter eine Waffe entwickeln wird, wie es sie in der Galaxis bisher noch nicht gegeben hat. Das ist alles, was ich weiß.«

»Nicht viel«, entgegnete Tekener.

»Ich hatte ausreichend damit zu tun, diese Nachricht nach Quinto-Center zu schicken und von dort Hilfe anzufordern. Ich wäre froh gewesen, wenn man mir einen Schatten geschickt hätte, nicht aber jemanden mit einem Ausrufezeichen im Gesicht.«

Ronald Tekener lächelte ungerührt.

Er wusste, was Kennon meinte. Ein Schatten war ein Spezialist, der so unauffällig war, dass man sein Aussehen sofort vergaß, sobald er einem aus den Augen war. Mit dem Ausrufezeichen hatte der Verwachsene die Lashat-Narben gemeint, die tatsächlich so auffällig waren, dass niemand so leicht an diesem Gesicht vorbeisah.

Doch das störte Tekener nicht. Er hatte seine eigenen Arbeitsmethoden entwickelt. Zudem hatte Kennon keinen Grund, ihm Vorwürfe zumachen, da er selbst alles andere als ein Schatten war.

»Quinto-Center wird sich etwas dabei gedacht haben, dass Sie ausgewählt wurden. Auf jeden Fall bin ich froh, dass Sie an dem telepathischen Element vorbeigekommen sind. Einen mentalstabilisierten Spezialisten hätte das Element sofort getötet, eben weil es keinen einzigen seiner Gedanken hätte erfassen können.«

Ronald Tekener dachte daran, dass er mentalstabilisiert werden sollte. Eine entsprechende Ankündigung hatte er bereits erhalten. Der risikoreiche Eingriff sollte demnächst vorgenommen werden.

»Unsere Aufgabe ist also, herauszufinden, ob es diese Waffe tatsächlich gibt, welcher Art sie ist und wie sie eingesetzt werden soll«, stellte er fest.

»Es gibt Gerüchte über den Einsatz«, erwiderte Kennon. »Es heißt, dass Alhad Besk die Waffe gegen einen der wichtigsten Planeten der Milchstraße einsetzen will, um dann nach einem Erfolg die anderen Mächte der Galaxis erpressen zu können.«

»Es genügt also nicht, die Waffe zu finden, sie muss auch unschädlich gemacht werden. Das bedeutet, dass wir uns um diejenigen kümmern müssen, die sie entwickelt haben und um die Waffe selbst.«

»Und dass wir anschließend versuchen müssen, an dem telepathischen Element vorbeizukommen, ohne umgebracht zu werden«, ergänzte Kennon.

»Wenn es heißt, dass die Waffe gegen einen der wichtigsten Planeten der Galaxis gerichtet werden soll, müssen wir davon ausgehen, dass die Xexterer die Erde ins Auge gefasst haben.«

»Richtig. Deswegen müssen wir eingreifen.«

»Wo können wir ansetzen?«

»Wir müssen Eyster-City verlassen«, erwiderte Kennon, »und nach Xekon überwechseln. Das ist eine kleine Stadt in Äquatornähe. Xekon ist nicht nur die Hauptstadt von Xexter, sondern auch ein Forschungs- und Wirtschaftszentrum. Wir müssen versuchen, uns in die Nähe eines einflussreichen Politikers vorzuarbeiten, um mit seiner Hilfe an das Geheimnis heranzukommen.«

Tekener unterdrückte die Bemerkung, Kennon habe also noch keinen Plan, da er selbst auch noch nichts zu den zunächst notwendigen Schritten sagen konnte.

Bevor sie die politische Szene in Xekon nicht kannten, konnten sie nichts unternehmen. Es wäre sinnlos gewesen, sich um eine politisch unwichtige Persönlichkeit zu bemühen. Das hätte sie keinen einzigen Schritt vorangebracht.

Tekener ging zum Getränkeautomaten und zapfte sich einen Tee aus heimischen Sorten ab.

»Was wäre gewesen, wenn ich von Yousphar nicht nach Xexter geflogen wäre, sondern mehr Geld verdient und einen anderen Planeten ins Auge gefasst hätte?«

»Das hätte Ihrer Karriere zweifellos sehr geschadet.«

Die Stadt Xekon lag auf der größten Insel einer hufeisenförmigen Inselkette am Äquator.

Es war eine der schönsten Städte, die Tekener je gesehen hatte. Auffallend war besonders die kühne Architektur der Häuser, die der Natur nachempfunden war. So hatten einige Häuser die Form von Blumen oder Blättern, andere hatten sich offensichtlich die Korallen der Meere als Vorbild genommen. Es schien, als sei es das höchste Ziel der Architekten und Bauherren gewesen, sich gegenseitig zu übertreffen.

Auf dem höchsten Hügel der Insel stand das Regierungsgebäude, das aussah wie der Kopf eines riesigen Fisches, der sich aus dem Meer erhob. Die anschließenden Gebäude glichen den Flossen, und ein anderes sollte einen kleineren Fisch darstellen, der vor dem Giganten floh.

Fast alle Gebäude waren mit farbigen Steinen geschmückt, so dass sich selbst bei großen Flächen stets ein Bild einer gewissen Leichtigkeit ergab.

Neben dem Regierungsgebäude ragte ein etwa hundert Meter hoher Metallturm in den Himmel. Er wollte nicht so recht ins Bild passen, da er nichts weiter als ein blanker Metallzylinder ohne jeden Zierrat zu sein schien.

»Ich habe keine Ahnung, welche Bedeutung der Turm hat«, erklärte Kennon, als Tekener ihn danach fragte. »Niemand konnte mir eine entsprechende Auskunft geben. Auch die Presse schweigt sich darüber aus. Sie verhält sich, als sei der Turm nicht existent.«

Er hustete krampfhaft.

»Ich habe für Quartier gesorgt«, fuhr er fort, als sie mit dem Gleiter auf einer kleinen Insel landeten, die etwa fünf Kilometer von der Hauptinsel entfernt war. »Wir können nur hoffen, dass wir nicht allzu viel Aufsehen erregen.«

Das Haus, das Kennon gemietet hatte, stand allein an einer Bucht, so dass die beiden USO-Spezialisten ungestört arbeiten konnten. Es war vollständig eingerichtet, so dass sie nur wenige Dinge zu kaufen brauchten, um den Bestand zu ergänzen. Dazu waren vor allem Nahrungsmittel zu beschaffen, mit denen die computergesteuerten Haushaltsgeräte versorgt wurden.

Die Kosten für die verschiedenen Besorgungen wurden von einem Konto abgebucht, das Kennon eingerichtet hatte. Der Zwerg verriet Tekener nicht, wie er zu dem Geld gekommen war, das sich auf dem Konto befand.

Während Sinclair Marout Kennon über Video die Bestellungen aufgab, überprüfte Tekener das Haus, um versteckte Abhöranlagen aufzuspüren. Er fand vier Info-Einheiten, die in dem Kunststoffbeton der Wände eingelassen waren. Um sie untersuchen zu können, baute er eines der positronischen Geräte auseinander, die dem Haushaltscomputer angeschlossen waren, und montierte aus den Einzelteilen eine Analyse-Sonde. Danach beriet er sich kurz mit Kennon.

»Ganz abschalten können wir die Geräte nicht«, sagte der Verwachsene. »Das würde sofort ein Signal beim Überwachungscomputer auslösen. Unsere Gegner von der Abwehr würden sich einschalten, und keine zehn Minuten später wären sie hier. Abhören lassen wir uns natürlich auch nicht. Aber sicher kennen Sie einen Ausweg.«

Er blickte Tekener lauernd an.

»Wir müssen die Geräte auf die Frequenz eines anderen bewohnten Hauses schalten«, bemerkte Tekener. »Wenn wir sie richtig umstellen, stimmen sie sich auf diese Geräte ein und übertragen nur, was unsere Nachbarn sich erzählen.«

Er wartete den Einbruch der Dunkelheit ab, dann verließ er das Haus und eilte zu einem etwa drei Kilometer entfernten Gebäude, das von zwei Akonen und zwei Neu-Arkonidinnen bewohnt wurde. Er untersuchte die Außenwände des Hauses und stellte fest, dass sich darin Abhörgeräte vom gleichen Typ befanden. Gleichzeitig ermittelte er die Frequenz, auf der sie sendeten, wenn die in ihnen gespeicherten Daten abgerufen wurden. Mit Hilfe des von ihm zusammengebauten positronischen Geräts programmierte er die Info-Einheiten so um, dass sie mit den Einheiten in dem von Kennon und ihm bewohnten Hauses gekoppelt wurden und die gespeicherten Daten bei Abruf über diese abgaben. Nun konnte er sicher sein, dass Kennon und er nicht abgehört werden konnten.

»Wenn unsere Freunde von der Abwehr durch die Umschaltungen aufmerksam geworden sind, werden sie hier schnell auftauchen«, sagte er zu Kennon. »Wir werden uns etwas einfallen lassen müssen, wenn sie kommen.«

Doch in den nächsten Tagen erschien niemand bei ihnen, so dass sie davon ausgehen konnten, nirgendwo Argwohn erregt zu haben.

Mit Hilfe von Informationen, die sie vom Video-Computer der staatlichen Fernsehanstalt abriefen, unterrichteten sie sich über die wichtigsten Persönlichkeiten des öffentlichen Lebens von Xexter und vor allem über die führenden Politiker, doch sie merkten bald, dass sie damit nicht weiterkamen. Die Nachrichten waren zu dürftig und zudem zensiert.

Anders sah es dagegen mit den Informationen aus, die im Video-Archiv der privaten Presseunternehmungen gespeichert waren. Auch sie verrieten durch ihre vorsichtige Formulierungen, dass die Journalisten und Reporter einen gehörigen Respekt vor den öffentlichen Organen hatten, waren aber dennoch wesentlich aussagekräftiger als die Daten der staatlichen Anstalt.

Tekener und Kennon saßen zusammen mit Hunderten von Studenten und Journalisten im Videoarchiv der Universität von Xekon. Kaum jemand achtete auf sie. Alle schienen es als normal zu empfinden, dass sie sich hier aufhielten.

Ronald Tekener fand auch nach fünftägiger intensiver Arbeit keine bemerkenswerte Notiz, anders dagegen Sinclair Marout Kennon. Der Verwachsene gab Tekener am fünften Tag überraschend das Zeichen zum vorzeitigen Aufbruch.

Als die beiden USO-Spezialisten in einem Gleiter zu ihrem Haus zurückkehrten, verkündete er: »Der Expansionsminister Edmon Blister ist ein Mörder!«

Ronald Tekener blickte ihn überrascht an. »Ach«, sagte er, »und das steht in den Zeitungen?«

Kennon verfärbte sich. Sein linkes Lid zuckte heftig, und er rang nach Luft.

»Schon gut«, besänftigte ihn Tekener, »ich wollte Sie nicht beleidigen.«

»Menschen wie Sie sind mir zutiefst verhasst«, erklärte der Verwachsene. »Warum verschwinden Sie nicht und lassen mich meine Arbeit allein machen? Wenn ich gewusst hätte, wen man mir schickt, hätte ich keine Meldung gemacht und versucht, allein zu einer Lösung zu kommen.«

»Erzählen Sie mir, wie Sie herausgefunden haben, dass der Expansionsminister ein Mörder ist«, forderte Tekener ihn mit unbeteiligt klingender Stimme auf.

Der Gleiter landete, und die beiden Männer stiegen aus.

»Sie würden es doch nicht begreifen.« Kennons Augenlid zuckte immer stärker. Mit schleifenden Füßen schleppte er sich ins Haus. Danach war er so erschöpft, dass er sich kaum noch auf den Beinen halten konnte. Dennoch lief er im Raum auf und ab. Tekener war versucht, ihm zu raten, sich zu setzen, doch er erinnerte sich noch rechtzeitig daran, wie wild Kennon auf solche Empfehlungen reagierte.

Er wartete ab.

Einige Minuten vergingen. Dann blieb Kennon keuchend vor einem Sessel stehen. Er hämmerte mit den Fäusten gegen die gepolsterte Lehne. Seine Schultern bebten, und langsam kroch er auf die Sitzfläche des Sessels. Es gelang ihm nicht auf Anhieb, in den Sessel zu kommen. Beim ersten Versuch rutschte er ab und drohte zu stürzen. Verzweifelt ruderte er mit den Armen, bis er sich wieder gefangen hatte. Dann aber schaffte er es, in den Sessel zu kommen. Mit weit hervorquellenden Augen blickte er Tekener an. Er sah aus wie ein Erstickender.

»Macht es Ihnen Spaß, mir dabei zuzusehen?«, fragte er mit schriller Stimme.

»Wobei?«

Diese Gegenfrage verblüffte den Verwachsenen. Er beruhigte sich und senkte den Kopf. Dann fuhr er sich mit dem Handrücken über die tränenden Augen.

»Bilden Sie sich nur nicht ein, dass ich weine«, flüsterte er. »Meine Augen tränen häufig. Das hat nichts zu sagen.«

Er wand sich in inneren Qualen. Tekener erkannte, dass er sich seines Körpers schämte und mit seinen Schwächen nicht fertig wurde.

»Wollen Sie nicht endlich zur Sache kommen?«, fragte er schärfer, als er eigentlich wollte.

Kennon zuckte zusammen.

»Sie haben Recht«, erwiderte er und begann eine schier endlose Reihe von Einzelnachrichten und Pressenotizen aufzuzählen, die in keinerlei Zusammenhang miteinander zu stehen schienen. Trotz der Fülle der Einzelinformationen benötigte er keine schriftliche Unterlagen, um alles in die richtige Reihenfolge zu bringen.

Tekener glaubte, seinen Ohren nicht trauen zu dürfen. Er war geneigt, einfach wegzuhören, weil ihm gar zu unwahrscheinlich vorkam, dass der Verwachsene aus diesen Notizen einen so klaren Schluss gezogen hatte.

Doch dann berichtete Kennon wiederum von einer anderen Meldung, die Tekener stutzig machte, und er bemühte sich, die Zusammenhänge zu erkennen. Er konzentrierte sich auf das, was der Verwachsene sagte, und allmählich formte sich ein Bild der Persönlichkeit des Expansionsministers. Es wich deutlich ab von dem, was er sich selbst von ihm gemacht hatte. Die eine oder andere Meldung hatte auch Tekener im Archiv gesehen, er hatte ihr jedoch nicht die Bedeutung beigemessen wie Kennon, weil er nicht erkannt hatte, in welcher Beziehung sie zu anderen stand, und weil er sich nicht ausschließlich auf Edmon Blister konzentriert hatte.

Immer deutlicher erkannte Tekener, dass der Verwachsene recht hatte. Er ließ sich von seiner zwingenden Logik einfangen und fesseln, und je länger Kennon sprach, desto konzentrierter hörte er ihm zu.

Schließlich erhob er sich und ging zum Fenster. Er blickte auf die See hinaus.

»Ich habe noch niemals so etwas gehört«, sagte er, ohne Kennon anzusehen. »Ich gestehe, dass Ihre Arbeit mich nicht nur überzeugt, sondern auch beschämt hat. Ich habe fast alle dieser Berichte ebenfalls gelesen, ohne jedoch zu erkennen, was sich in ihnen verbirgt. Das hat wohl niemand auf Xexter, denn sonst wäre Edmon Blister nicht mehr im Amt.«

Jetzt wusste er, warum Sinclair Marout Kennon USO-Spezialist war. Angesichts seiner überragenden geistigen Leistungen waren seine körperlichen Unzulänglichkeiten bedeutungslos.

»Sind Sie meiner Meinung?«, fragte Kennon.

»Allerdings. Jetzt glaube ich auch, dass Blister unser Mann ist«, antwortete Tekener. »Die Frage ist nur, wie kommen wir an ihn heran, und was machen wir mit ihm?«

Der Expansionsminister war vor einigen Jahren in eine Affäre verwickelt gewesen, die einem jungen Mädchen das Leben gekostet hatte. Aus dieser Affäre war Blister völlig entlastet hervorgegangen. Diesen Eindruck musste jeder Zeitungsleser gewinnen. Auch Tekener war zu diesem Ergebnis gekommen. Erst die Zusammenstellung aller Daten, wie Kennon sie vorgenommen hatte, hatte gezeigt, dass der Expansionsminister alles andere als unschuldig war. Doch wer das erkennen wollte, musste schon ein kriminalistisches Genie sein wie Kennon. Der musste die Fähigkeit haben, auch die unscheinbarste Spur als wichtig zu erkennen.

Auch jetzt noch war es Tekener nahezu unerklärlich, dass Kennon überhaupt Verdacht geschöpft hatte, da auch die Reporter und Journalisten, die die Berichte geschrieben hatten, nicht gewusst hatten, was tatsächlich geschehen war. Darüber hinaus hatte Kennon die verschiedenen Berichte und Pressenotizen nicht in der Reihenfolge gelesen, in der er sie vorgetragen hatte, und in der sie erst einen Sinn ergaben, sondern in einem ungeordneten Durcheinander.

Erschwerend war weiterhin gewesen, dass sie sich nicht von vornherein auf Edmon Blister konzentriert hatten, sondern dass sie über vierzig Persönlichkeiten des öffentlichen Lebens von Xexter überprüft hatten. Aus einer schier unübersehbaren Fülle von Informationen war es Kennon gelungen, diejenigen herauszufiltern, die im Zusammenhang mit der Persönlichkeit von Edmon Blister wichtig waren, und die einen Mordfall betrafen.

»Das Mädchen Anta war Blister lästig geworden. Doch sie wollte sich nicht so ohne Weiteres abschieben lassen. Sie war die Tochter eines Industriellen, die sich nicht einfach so benutzen lassen wollte«, erklärte Kennon. »Sie hat Schwierigkeiten gemacht, als Blister die Beziehungen zu ihr beenden wollte. Daher beschloss er, sie aus dem Weg zu räumen. Vermutlich hat sie ihm gedroht, seine politische Karriere mit der Veröffentlichung für ihn peinlicher Geheimnisse zu beenden. Edmon Blister ist ein Neu-Arkonide, der nach meinen Eindrücken davon träumt, selbst Oberster Regent von Xexter zu werden. Als er eine Industrieausstellung auf einer der Äquatorinseln eröffnete, befand sich Anta auf der anderen Seite der Planetenkugel. Unbemerkt von allen anderen schaltete Blister einen der ausgestellten Transmitter um. Er tauchte plötzlich vor Anta auf, ermordete sie und kehrte zur Ausstellung zurück. Der ganze Vorfall hat vermutlich keine drei Minuten gedauert.«

»Und niemand hat Blister während dieser Zeit vermisst«, bemerkte Tekener.

»Niemand ist überhaupt auf den Gedanken gekommen, ihn zu verdächtigen, obwohl er einige Prospekte am Tatort zurückgelassen hat, die ihn eigentlich hätten verraten müssen.« Kennon rieb sich die Hände. »Nun gut. Vergessen wir das. Uns kommt es nicht darauf an, einen Mord aufzuklären, sondern Edmon Blister so zu bearbeiten, dass er uns das Geheimnis von Xexter offenbart.«

Ein eigenartiges Knistern erfüllte die Luft.

Ronald Tekener blickte durch das Fenster auf die Bucht hinaus. Obwohl es erst kurz nach Mittag war, hatte sich der Horizont feuerrot verfärbt.

Tekener trat näher an das Fenster heran. Er sah, dass die Sonne im Zenit stand.

»Da stimmt doch etwas nicht«, sagte er.

Kennon rutschte aus dem Sessel und fiel vor Aufregung hin. Hastig richtete er sich auf und eilte zu dem Narbengesichtigen.

»Ich habe keine Ahnung, was das ist«, gestand er.

Ein eigenartiges Knistern schien durch die Wände zu kriechen. Tekener hatte das Gefühl, von einer elektrischen Spannung erfasst zu werden. Die Luft schien zu vibrieren.

»Wir müssen hier weg«, rief Kennon atemlos. »Sehen Sie – es kommt näher.«

Das rote Leuchten hatte das Meer erfasst. Tekener konnte deutlich erkennen, dass es näherrückte. Eine rote Wand, die sich vom Meeresboden bis über die Wolken hinaus zu erstrecken schien, jagte auf sie zu.

»Das wäre sinnlos«, entgegnete er. »Es ist zu schnell für uns. Wir können nicht weglaufen.«

Er eilte zum Videogerät und schaltete die damit verbundene Kamera ein.

Sinclair Marout Kennon stöhnte gequält auf.

»Es bringt mich um«, sagte er.

Tekener blickte zu ihm hinüber. Er beobachtete, wie sich die dünnen, blonden Haare des Verwachsenen aufrichteten. Kennons Augen weiteten sich. Er streckte Tekener die Arme hilfesuchend entgegen und öffnete den Mund zu einem Schrei. Doch er brachte keinen Laut über die Lippen. Die Beine gaben unter ihm nach, und er stürzte zu Boden.

Tekener achtete kaum noch auf ihn. Verzweifelt kämpfte er gegen eine unbekannte Kraft an, die ihn lähmte. Er hatte Mühe, sich auf den Beinen zu halten.

Unaufhaltsam rückte die rote Wand näher. Tekener sah, wie sie durch das flache Wasser das Ufer erreichte, über den Sand glitt, die Scheiben des Bungalows erreichte und sie durchbrach.

Er zitterte am ganzen Körper, ohne etwas dagegen tun zu können. Elektrische Ströme rasten durch ihn hindurch. Er spürte, dass sie in seine Füße flossen, in ihm aufstiegen und ihn am

Kopf wieder verließen. Er selbst war nun von einem unheimlichen Knistern erfüllt, und er hatte das Gefühl, jedes einzelne Molekül in ihm werde in seine Atome zersprengt.

Er wollte vor dem unheimlichen Leuchten weglaufen, aber er konnte sich nicht von der Stelle rühren. Schlagartig verlor er das Bewusstsein, als das rote Leuchten ihn erreichte.

Er wusste nicht, wo er war, und was passiert war, als er wieder zu sich kam. Er lag auf dem Boden, nur wenige Schritte von Sinclair Marout Kennon entfernt, der aussah, als sei er tot.

Tekener richtete sich mühsam auf. Seine Muskeln schmerzten, so dass er sich kaum bewegen konnte. Er robbte zu Kennon hinüber und stellte erleichtert fest, dass dieser nicht tot, sondern nur bewusstlos war.

Nachdenklich lehnte er sich gegen einen Sessel.

Noch immer wusste er nicht, was geschehen war. Vergeblich versuchte er, sich zu erinnern.

Als er sich ein wenig erholt hatte, erhob er sich und verließ das Haus. Er musste sich an der Hauswand abstützen, um die Balance nicht zu verlieren. Er blickte zur Regierungsinsel hinüber und bemerkte fern am Horizont ein rotes Leuchten, das jedoch rasch verschwand. Die Erinnerung kam in ihm auf. Er wusste plötzlich wieder, dass er das Videogerät auf Aufnahme gestellt hatte.

Nachdenklich kehrte er ins Haus zurück. Er schaltete das Gerät ein und sah sich wenig später selbst im Projektionsfeld, wie er mitten im Raum stand, am ganzen Körper zitterte, als habe er sich an eine Stromquelle angeschlossen, und wie er dann von einem roten Licht überflutet war. Er beobachtete, wie er unter dem Einfluss dieses roten Lichts zusammenbrach, aber daran erinnerte er sich seltsamerweise nicht. Deshalb tippte er den Anfangscode der Aufzeichnung ein und sah sich erneut an, was geschehen war. Deutlich erinnerte er sich daran, das Videogerät auf Aufnahme geschaltet zu haben, aber das rote Licht erschien ihm nun wie eine Bildstörung.

Als er Kennon stöhnen hörte, wandte er sich ihm zu. Er stellte fest, dass der Verwachsene immer noch bewusstlos war. Daher hob er ihn behutsam auf und trug ihn in sein Schlafzimmer. Er bettete ihn auf die Liege, überprüfte seinen Puls und ließ ihn allein, um ihm Eindrücke zu ersparen, von denen er wusste, dass Kennon sie als demütigend empfinden würde, sobald er zu sich kam.

Er verließ das Haus und eilte zu dem benachbarten Gebäude hinüber, an dem er die Abhörgeräte manipuliert hatte. Vorsichtig näherte er sich ihm, um nicht bemerkt zu werden. Als er nur noch etwa zwanzig Meter von ihm entfernt war, sah er die beiden Männer und die beiden Frauen vor dem Haus liegen. Ihre Haltung verriet ihm, dass sie ohnmächtig waren.

Er kehrte zu Kennon zurück, stellte fest, dass sich sein Zustand nicht verändert hatte, und flog anschließend mit dem Gleiter zur Hauptinsel hinüber. Schon von weitem sah er, dass überall zwischen den Gebäuden besinnungslose Männer und Frauen lagen. Er schien der erste zu sein, der den schockartigen Zustand überwunden hatte. Um kein unnötiges Aufsehen zu erregen, zog er sich in das Haus zurück, das er zusammen mit Kennon bewohnte. Er beschloss, abzuwarten, bis sich das Leben auf den Inseln wieder normalisiert hatte.

Er schaltete das Videogerät auf die aktuelle Nachrichtensendung, die den ganzen Tag über lief und ständig durch die neuesten Berichte ergänzt wurde. Der Hauptcomputer des Senders zeigte eine Störung an.

Das Computerbild blieb noch etwa dreißig Minuten, dann setzte der Sender die Sendung fort. Das Bild eines Nachrichtensprechers erschien im Projektionsfeld des Videogeräts. Tekener bemerkte, dass der Mann verwirrt und verunsichert war, sich jedoch bald fing. Mit keinem Wort erwähnte er das rote Leuchten und die Tatsache, dass Hunderttausende auf den Inseln bewusstlos gewesen waren.

Erinnerte er sich nicht daran?

Sinclair Marout Kennon erschien in der offenen Tür zu seinem Schlafzimmer. Fragend blickte er Tekener an. Dieser führte ihm die Videoaufzeichnung vor und berichtete ihm, was er beobachtet hatte.

»Auf Xexter ist noch sehr viel mehr faul, als wir vermutet haben«, sagte er abschließend. »Wer weiß, was hier sonst noch alles passiert, von dem wir noch nicht einmal etwas ahnen.«

4.

Vier Tage harter Arbeit lagen hinter ihnen, als Sinclair Marout Kennon und Ronald Tekener die palastähnliche Villa des Expansionsministers Edmon Blister betraten.

Sie bewegten sich im Strom der anderen Gäste, die im Gegensatz zu ihnen eingeladen worden waren. Sie dagegen hatten gefälschte Einladungskarten in den Händen, die allerdings so gut waren, dass sie damit sogar die Kontrollroboter am Eingang des Parks täuschten, in dem die Villa lag.

Edmon Blister gab einen Empfang zu Ehren eines Mannes, der vor zwanzig Jahren den Planeten Xexter entdeckt und für die Besiedlung vorbereitet hatte. Der Name dieses Mannes erschien Tekener und Kennon bedeutungslos. Sie interessierten sich nicht für ihn. Sie suchten Zugang zu der Villa des Ministers, weil sie eine Videokassette mit lückenlosen Beweisen für seinen Mord an dem Mädchen Anta vorbereitet hatten.

Die beiden USO-Spezialisten traten als terranische Waffenhändler auf, die Verbindung zu finanzkräftigen Abnehmern suchten. Tekener musste langsam gehen, da Sinclair Marout Kennon sich nur mühsam voranschleppte. Der Verwachsene litt unter einer Erkältung, die zu einer ständigen Atemnot führte, so dass er häufig Pausen einlegen musste, um sich zu erholen.

Die beiden Terraner suchten sich einen Platz in der Nähe der mit Speisen und Getränken überladenen Tafel, an der Edmon Blister seine Gäste empfing. Sie warteten ab, um in Ruhe beobachten zu können.

Edmon Blister war ein Akone von außergewöhnlicher Größe. Er überragte nahezu alle Gäste. Er hatte tiefschwarzes Haar und eine samtbraune Haut, deren Farbe durch seine lindgrüne Kleidung noch hervorgehoben wurde.

»Er sieht blendend aus«, stellte Tekener fest, nachdem er in einem Sessel Platz genommen hatte. Sinclair Marout Kennon stand neben ihm, so dass sich ihre Köpfe auf annähernd der gleichen Höhe befanden. »Und er weiß es. Er genießt es, bewundert zu werden.«

»Lassen Sie sich nicht von seinem Aussehen täuschen«, erwiderte der Verwachsene mit zuckenden Lippen. Die Bemerkung Tekeners hatte ihm offenbar bewusst gemacht, dass er alles andere als schön war. »Er ist ein knallharter Mann, der seinen Willen durchzusetzen weiß. Seine Arbeitsmethoden können nur brutal genannt werden. Ich bin sicher, dass das Mädchen Anta nicht sein einziges Opfer war.«

Tekener nickte.

Davon war er auch überzeugt.

»Seltsam, dieser metallische Schimmer seiner Stirnhaut«, sagte er so leise, dass nur Kennon ihn verstehen konnte. »Das sieht nicht nach einem aufgetragenen Make-up aus.«

Kennon sah sich um. Er betrachtete die anderen Gäste, die sich aus Vertretern der verschiedensten Völkerschaften der Milchstraße zusammensetzte. Unter ihnen waren Akonen, Arkoniden, Neu-Arkoniden, Springer, Terraner, Marsianer, Aras, Epsaler, Ertruser, Tefroder und sogar Blues.

Bei keinem von ihnen bemerkte er eine ähnliche metallische Verfärbung wie bei Edmon Blister.

»Es ist keine aufgetragene Farbe«, flüsterte er.

»Kommen Sie. Wir sind dran«, sagte Tekener und erhob sich. Er nahm den Koffer auf, den er mitgebracht hatte, und in dem ein wesentlicher Teil ihrer Ausrüstung versteckt war, die Kennon und er in den letzten Tagen zusammengestellt hatten. Dabei hatte sich gezeigt, dass der Verwachsene über nahezu unbegrenzte finanzielle Mittel verfügte.

Die beiden ungleichen Terraner reihten sich in die Schlange der Gäste ein, die dem Expansionsminister vorgestellt wurden. Andere, die gesehen hatten, dass sie abseits gewartet hatten, ließen sie vor, so dass kaum zwei Minuten vergingen, bis sie vor dem Akonen standen.

»Wir danken für die Einladung«, sagte Ronald Tekener, nachdem er seinen Begleiter und sich selbst als Aiystron Teress und Bloquet B'dor vorgestellt hatte. Er öffnete den Koffer und überreichte dem Gastgeber einen mit Howalgonium belegten Nadelstrahler. »Eine Jagdwaffe mit extremer Reichweite und einer positronischen Zieleinrichtung. Ein in der Umdrehungszahl regelbarer Gyro sorgt für extreme Zielsicherheit.«

Die dunklen Augen des Akonen leuchteten auf. Er ließ sich, wie erhofft, von der Waffe ablenken und achtete mehr auf sie denn auf die beiden Männer, die sie ihm überreicht hatten. Er nahm die Waffe an sich und legte sie probeweise auf eine Statue im Hintergrund des Saales an.

»Sie liegt absolut ruhig in der Hand«, stellte er staunend fest. »So etwas habe ich noch nicht erlebt. Wir sprechen später noch miteinander.«

»Es wird uns eine Ehre sein«, sagte Tekener, verneigte sich und zog sich mit Kennon zum Büfett zurück, um sich von den Bediensteten einige der dort aufgestellten Köstlichkeiten reichen zu lassen.

Der Saal füllte sich zusehends.

Hinter Edmon Blister stapelten sich die Geschenke der Gäste. Tekener fiel auf, dass die von ihm überreichte Waffe einen Sonderplatz einnahm. Sie hatte sichtlich Eindruck auf den Minister gemacht.

Der Koffer, in dem er die Waffe hereingebracht hatte, stand neben Tekeners Füßen unter dem Tisch.

Sinclair Marout Kennon aß nur wenig. Seine Blicke wanderten durch den Saal. Er war auf der Suche nach Sicherheitsbeamten.

»Wie viele?«, fragte Tekener.

»Siebenundzwanzig.«

Der narbengesichtige Spezialist nickte. Er wusste, dass Kennon jeden einzelnen Gegner eindeutig identifiziert hatte. Sein ungewöhnliches kriminalistisches Talent half ihm, jeden noch so gut getarnten Sicherheitsbeamten unter den Gästen herauszufinden. Die hohe Zahl der Helfer Edmon Blisters beunruhigte

Tekener, da es unter diesen Umständen äußerst schwierig wurde, den gefassten Plan durchzuführen.

Der Strom der Gäste endete, und nun wandte sich auch Edmon Blister den Speisen zu. Kurz darauf tauchte er vor Ronald Tekener auf.

»Wo ist Ihr Partner?«, fragte der Akone und blickte sich suchend um.

Tekener lächelte. »Er wird gleich wieder hier sein«, erwiderte er. »Der Durst war etwas stärker als er, und nun ist er …«

Edmon Blister lachte dröhnend.

»Ich verstehe«, sagte er. »Hoffentlich hat der Kleine keine Schwierigkeiten, bei uns ist nämlich alles für Erwachsene gebaut. Vielleicht sollte man ihm jemand nachschicken, der ihm hilft …«

Er lachte erneut. Tekener stimmte in das Gelächter ein, lenkte jedoch rasch von Kennon ab, indem er das Gespräch auf die Waffe brachte, die sie dem Minister geschenkt hatten.

Edmon Blister fuhr sich mit der flachen Hand über die Stirn und verharrte für einen kurzen Moment an der Stelle, an der sie metallisch schimmerte.

»Ich bin ein Waffennarr«, sagte er dann. »Wenn ich Waffen sehe, kann ich mich vergessen und mich stundenlang mit ihnen beschäftigen. Oft bin ich dann nicht ansprechbar.«

»Mir ergeht es ähnlich«, erwiderte Tekener. »Auf Entrop, dem vierten Planeten des Esfahan-Systems, habe ich einmal eine Korallenkrone gesehen, eine Waffe, die lautlos tötet.«

Die Augen des Akonen leuchteten auf.

»Ich habe auch mal so eine Waffe in den Händen gehabt!«, rief er und war nicht mehr zu halten. Mit einer wahren Begeisterung schilderte er dem Terraner die Waffe, die dieser nicht weniger gut kannte als er. Tekener ließ ihn jedoch reden. Geschickt stachelte er den Eifer des Akonen an, um ihn auf diese Weise gründlich von Sinclair Marout Kennon abzulenken, der in diesen Minuten den schwierigsten Teil ihres Planes auszuführen versuchte.

Sinclair Marout Kennon öffnete den Koffer, als er allein in den Hygieneräumen der Villa war. Rasch nahm er einige Ausrüstungsgegenstände heraus, zog dann an einer verborgenen Schnur im Koffer und sah zu, wie dieser in blauem Feuer verging. Die verbliebene Asche spülte er weg.

Dann versteckte er die Ausrüstungsgegenstände unter dem togaähnlichen Gewand, das er über seiner Kombination trug, und schwebte von einem winzigen Antigravgerät getragen, zu einer Entlüftungsluke hoch. Diese war mit einem Infrarotgitter gesichert, doch das stellte kein Problem für ihn dar. Er schob zwei Kältespiegel ein und lenkte die Strahlen mit ihrer Hilfe ab, so dass er sich durch eine Lücke in den Entlüftungsschacht schieben konnte, der dahinter lag. In diesem schwebte er langsam nach oben, wobei er eine positronische Sonde vor sich herführte, um Sicherheitssperren aufzuspüren. Es waren jedoch keine vorhanden. Lautlos glitt er bis in das Stockwerk, das über dem großen Festsaal lag.

Er verringerte die Leistung des Antigravs, bis er im Schacht schwebte, ohne sich von der Stelle zu bewegen. Dann setzte er ein Richtmikrofon an die Mauer und horchte.

Tekener hatte die Baupläne der Villa erst vor zwanzig Stunden beschafft. Er hatte den Computer des Architekten angezapft, der diesen Palast gebaut hatte. Das war eine relativ leichte Arbeit gewesen, da der Computer nur mit den gewöhnlichen Sicherheitseinrichtungen versehen gewesen war.

Mit Hilfe der Baupläne hatten Tekener und Kennon den Weg ausfindig gemacht, der sich vom Festsaal bis hin zu den Schlafgemächern des Expansionsministers anbot. Sie hatten festgestellt, dass die Villa Blisters mit positronischen Fallen und Sperren geradezu gespickt war, so dass es unmöglich zu sein schien, sich darin zu bewegen, ohne Alarm auszulösen. Die Sicherheitseinrichtungen waren jedoch alle so angelegt, dass sie es Erwachsenen unmöglich machten, sich unkontrolliert im Haus zu bewegen. Siganesen, Kinder oder ein Mann wie Kennon dagegen hatten durchaus Chancen, die Sperren zu durchbrechen, doch auch dabei gab es Ausnahmen.

Das Arbeitszimmer des Ministers glich einer Festung. Es war mit Individualtastern ausgestattet und mit tödlichen Fallen versehen, die einen absolut sicheren Abwehrschirm errichteten. Kennon hätte kapitulieren müssen, wenn sie sich dieses Zimmer als Ziel ausgesucht hätten. Das war jedoch nicht der Fall. Er wollte in eines der Schlafgemächer, bei denen es keine so ausgeklügelten Alarmanlagen gab. Edmon Blister fürchtete sich offensichtlich nicht vor Attentätern.

Geräusche von Schritten zeigten Kennon an, dass sich jemand auf der anderen Seite der Mauer aufhielt, und eine Infrarotsonde verriet, dass es ein lebendes Wesen und kein Roboter war.

Mit einer Wache an dieser Stelle hatte Kennon nicht gerechnet, da der Aufgang von der unteren Etage zu den beiden oberen Geschossen etwa vierzig Meter von ihm entfernt an der Rückseite des Hauses lag.

Er holte einen Nadeldesintegrator unter seiner Bluse hervor und bohrte damit ein winziges Loch durch die Mauer, nachdem er mit einer positronischen Sonde das feine Gitterwerk der Alarmanlage aufgespürt hatte, so dass er den materievernichtenden Energiestrahl durch die Wand führen konnte, ohne einen Alarm auszulösen.

Danach schob er eine Glasfasersonde durch den entstandenen Kanal und schloss eine Videokapsel an deren Ende an. Auf einem Bildschirm, der kaum größer war als sein Daumennagel, erschien das Bild des Raumes auf der anderen Seite der Mauer. Kennon sah einen hochgewachsenen Neu-Arkoniden, der auf und ab ging und dabei in das Mikrofon eines Aufzeichnungsgeräts sprach.

Kennon wartete einige Sekunden, bis er sicher war, dass der Wächter allein war. Dann zog er die Sonde zurück und führte einen dünnen Schlauch durch die Wand. Das Ende des Schlauches stach er in eine fingergroße Kapsel. Lautlos floss ein betäubendes Gas durch die Wand.

Abermals wartete Kennon einige Sekunden ab, dann zog er den Schlauch zurück und führte die Glasfasersonde ein. Er sah, dass der Wächter betäubt auf dem Boden lag.

Ruhig führte Kennon den Desintegratorstrahl durch die Wand am Gitterwerk der Alarmanlage entlang, nachdem er ihn mit einem Steuerwerk versehen hatte. Dieses sorgte dafür, dass der grüne Energiestrahl sich bis auf den Bruchteil eines Millimeters genau an das Gitterwerk der Alarmanlage heranfraß und es bloßlegte.

Kaum zwanzig Sekunden später lag es offen vor ihm. Er klebte eine braune Masse an die Knotenpunkte und verband sie durch feine Drähte miteinander. Auf diese Weise lenkte er den Energiestrom im Gitter um, so dass er nun ein für ihn ausreichend großes Loch herausschneiden konnte.

Als er das Gitter auf diese Weise überwunden hatte, trennte er ein Quadrat aus dem Mauerwerk und hob es vorsichtig heraus. Danach kroch er durch die entstandene Öffnung in den Raum, in dem der bewusstlose Wächter lag. Das betäubende Gas war mittlerweile abgezogen.

Aufatmend blickte Kennon sich um. Er hatte einige Sekunden mehr benötigt, als geplant war. Daran war der Wächter schuld, mit dem weder er noch Tekener an dieser Stelle gerechnet hatte.

Er eilte zu einer Tür und horchte. Deutlich hörte er die gleichmäßigen Schritte eines Roboters, der den Aufgang bewachte.

Sein Gesicht verzerrte sich vor Hass und Abscheu.

Doch dann ließ er sich nicht länger ablenken. Er schaltete den Antigrav wieder ein und schwebte zur Decke hoch. Diese musste er aufschneiden, weil er nur so die eingebauten Sicherheitsanlagen überwinden konnte. Ohne zu zögern, setzte er den Desintegrator ein. Die nun folgende Arbeit war schwierig und kräfteraubend. Sie strengte ihn so an, dass er immer wieder Pausen einlegen musste, weil er seine schmerzenden Arme nicht mehr hochhalten konnte.

Besorgt beobachtete er sein Chronometer. Die Zeit lief ihm davon. Er blieb weiter und weiter hinter dem Plan zurück.

Er dachte an Ronald Tekener, und er hoffte, dass es diesem gelingen würde dafür zu sorgen, dass seine Abwesenheit nicht auffiel.

»Ihr Partner ist noch nicht zurück?«, fragte Edmon Blister. »Ich hoffe doch, dass er nicht in Schwierigkeiten gekommen ist?«

Ronald Tekener schüttelte lächelnd den Kopf.

»Ich habe ihn gerade vor einem Moment gesehen«, schwindelte er. »Er versuchte, mit einer ertrusischen Dame zu flirten.«

Der Expansionsminister lachte schallend.

»Er muss ziemlich verrückt sein, wenn er das versucht«, erwiderte er. »Aber das gefällt mir. Man sollte immer das Ungewöhnliche wagen.«

Er wandte sich einem Arkoniden zu und wechselte einige Komplimente mit ihm, während Tekener beunruhigt zur Uhr blickte. Kennon hätte zu diesem Zeitpunkt bereits zurück sein müssen. Sie hatten errechnet, dass sein Einsatz nicht länger als sechs Minuten dauern sollte. Nun aber waren bereits zehn Minuten verstrichen, und von dem Verwachsenen war noch immer nichts zu sehen.

Edmon Blister bot ihm ein alkoholisches Getränk an und forderte ihn auf, ihm noch mehr über eine Waffe zu erzählen, über die sie vorher gesprochen hatten.

»Das Problem bei jeder Waffe ist die Energie«, sagte der USO-Spezialist ohne die geringste Scheu vor derartigen Plattheiten. Er ging zusammen mit dem Expansionsminister an mehreren Gruppen angeregt plaudernder Gäste vorbei auf eine Treppe zu, die nach oben führte. »Man braucht Energie, um ein Projektil zu beschleunigen oder um mit der Energie selbst zu schießen. Die Kavahrnen besitzen eine geheimnisvolle geistige Fähigkeit, die sie für die Gewinnung und Umsetzung der Energien nutzen. Mit ihren besonderen Fähigkeiten fangen sie Energie aus dem Hyperraum ein und laden damit Kristalle auf, die auf ihrer Welt gefunden werden. Diese Kristalle explodieren, sobald sie mit anderen Kristallen zusammenschlagen und beschleunigen somit das Geschoss. Ich habe eine solche Waffe und auch einige Kristalle.«

Edmon Blister war fasziniert. Er führte Tekener die Treppe hoch, um ihm ein Gewehr zu zeigen, das er von einer anderen Welt mitgebracht hatte.

Tekener stockte der Atem, als der Minister bemerkte, diese Waffe befinde sich in seinen Schlafgemächern. Gerade dorthin wollte der Terraner auf keinen Fall mit ihm gehen, weil die Gefahr bestand, dass er Kennon bei seiner Arbeit störte. Doch Edmon Blister ließ sich nicht ablenken. Das Waffengespräch schlug ihn in seinen Bann und ließ ihn alle Pflichten als Gastgeber vergessen.

Tekener versuchte noch auf der Treppe, den Akonen zur Umkehr zu bewegen, doch vergeblich. Von da an gab er es auf, um Blister nicht misstrauisch zu machen. Er ging mit ihm in die Schlafgemächer, die üppig und luxuriös eingerichtet waren. An den Wänden hingen Bilder von Künstlern, die galaxisweit bekannt und entsprechend teuer waren. Daneben befanden sich Schusswaffen aller Art und in den kostbarsten Ausführungen, so dass Tekener nahe daran war, sich in uferlosen Fachsimpeleien über Waffen zu verlieren.

Edmon Blister lachte, als er merkte, wie sehr der junge Terraner sich von den Waffen einfangen ließ.

»Warten Sie«, rief er und ging auf eine Tür zu. »Ich werde Ihnen die passende Munition dazu zeigen.«

In diesem Augenblick bemerkte Tekener eine Bewegung hinter einem der Vorhänge. Der Stoff glitt ein wenig zur Seite, und er sah die viel zu großen Füße von Sinclair Marout Kennon. Blister wandte dem Verwachsenen den Rücken zu, so dass ihm nichts auffallen konnte. Das musste sich jedoch ändern, wenn er sich umdrehte.

»Lassen Sie nur«, sagte Tekener. »Vergessen Sie nicht, dass wir nicht allein sind.«

Edmon Blister öffnete eine Tür, die zum Nebenraum führte.

Der Anblick, der sich Tekener bot, raubte ihm den Atem. Unmittelbar hinter dem Expansionsminister lag ein bewusstloser Arkonide auf dem Boden. Blister konnte ihn noch nicht sehen, da er zu ihm herüberblickte.

»Ihre Gäste warten auf Sie, und man wird es mir übelnehmen, wenn ich Sie gar zu lange für mich in Beschlag nehme.«

Edmon Blister lächelte.

»Sie haben Recht«, erwiderte er und schloss die Tür. »Ich sollte nicht so unhöflich sein. Wir haben morgen noch Zeit genug, uns über unsere Leidenschaft zu unterhalten. Außerdem irre ich mich wohl nicht, wenn Sie versuchen werden, mit meiner Hilfe Waffensysteme an uns zu verkaufen?«

Ronald Tekener verneigte sich leicht.

»Sie können Gedanken lesen«, sagte er. »Ich werde auf Ihre gütige Hilfe angewiesen sein.«

»Die Sie sicherlich ebenso gütig honorieren werden.«

»Das ist doch selbstverständlich.«

Edmon Blister lachte vergnügt. Er ging an dem Vorhang vorbei, hinter dem Kennon stand, ohne diesen zu bemerken, und zeigte auf die Tür.

»Lassen Sie uns wieder nach unten gehen.«

Ronald Tekener öffnete die Tür und wäre fast mit einem Epsaler zusammengeprallt.

»Tölpel«, fuhr der Minister den Wächter an. »Zur Seite.«

Der Umweltangepasste zog den Kopf ein wie ein geprügelter Hund und machte Platz. Tekener blickte Blister an, und in diesen Sekunden erfuhr er mehr von ihm als in der ganzen Zeit zuvor.

Der Mann, der die Expansionspläne der Regierung von Xexter verwirklichen sollte, war maßlos ehrgeizig und skrupellos. Er setzte sich nicht mit Widerständen auseinander, sondern brach sie mit brutaler Gewalt. Darüber konnte auch seine fast kindliche Begeisterung für Waffen nicht hinwegtäuschen. Edmon Blister war ein Mann, der mit höchster Vorsicht behandelt werden musste.

Tekener wurde sich dessen bewusst, dass Kennons Leben und auch sein eigenes an einem seidenen Faden hingen. Wenn jetzt irgendetwas passierte, das sie entlarvte, dann hatten sie keine Chance mehr, aus dem Palast zu entkommen.

Sinclair Marout Kennon hielt die Luft an, bis er feurige Kreise vor den Augen sah. Er wusste genau, dass er laut und keuchend atmen und sich damit verraten würde, wenn er nicht durchhielt.

Als sich die Tür endlich hinter den beiden Männern geschlossen hatte, brach der Verwachsene zusammen. Er stürzte auf die Knie und musste sich mit beiden Händen auf dem Boden abstützen, um nicht zu fallen. Mit weit geöffneten Mund sog er die Luft in sich hinein.

Doch er hielt sich nicht lange auf. Er wusste, dass er den Zeitplan um mehr als hundert Prozent überschritten und damit den ganzen Plan gefährdet hatte. Er raffte sich auf und schleppte sich in den Nebenraum, wo der arkonidische Wächter bewusstlos auf dem Boden lag. Während er zu dem riesigen Bett eilte, in dem Edmon Blister zu schlafen pflegte, holte er die vorbereitete Videokassette und ein großformatiges Foto des ermordeten Mädchens Anta hervor. Er schob die Kassette halb in den Schlitz des Videogeräts, so dass sie dem Expansionsminister auffallen musste, und klebte das Foto des Mädchens auf den Bildschirm.

Dann kehrte er auf dem gleichen Weg in den Festsaal des Palasts zurück, auf dem er gekommen war. Er verschloss die Durchbrüche in den Wänden und an den Decken wieder mit einem Spezialkleber, mit dem er die herausgeschnittenen Segmente befestigte, und schwebte schließlich im Luftschacht nach unten.

Zu seinem Leidwesen konnte er den Schacht jedoch nicht sofort verlassen, weil die Toilette vor der Öffnung besetzt war. Voller Widerwillen blickte er auf den Neu-Arkoniden hinab, der ihm den Weg versperrte. Er begann vor Ungeduld zu schwitzen, und als er endlich durch den Hygieneraum in den Festsaal gehen konnte, fühlte er sich völlig entkräftet.

Eine korpulente Ertruserin beugte sich zu ihm herab und grinste ihn höhnisch an.

»Na, Kleiner?«, fragte sie glucksend vor Vergnügen. »Wie kommst du denn hier herein?«

Er war geneigt, ihr gegen die Schienbeine zu treten, doch da bemerkte er Edmon Blister, der zu ihm herübersah, und er zwang sich zu einem höflichen Lächeln, das ihm allerdings nicht besonders gut gelang.

Der Expansionsminister lachte dröhnend.

»Ich habe gedacht, Sie machen einen Scherz«, hörte Kennon ihn sagen. »Doch dieses Monster flirtet tatsächlich mit einer Ertruserin!«

Sinclair Marout Kennon zuckte zusammen. Er fühlte, wie es ihm kalt über den Rücken lief, und die Kehle wurde ihm eng vor Hass und Empörung. Er schwor sich, Edmon Blister dafür bezahlen zu lassen, dass dieser ihn ein Monster genannt hatte.

5.

In dem Gefühl, dass die Abendgesellschaft ein voller Erfolg gewesen war, kehrte Edmon Blister in seine Schlafgemächer zurück. Die letzten Gäste waren gegangen, und der Akone war müde. Dennoch legte er Wert darauf, dass ihn eine junge Arkonidin begleitete. Sie war seine augenblickliche Favoritin, und er wollte noch ein Glas Wein mit ihr trinken. Er liebte es, bei solchen Gelegenheiten vor dem Einschlafen über die Gäste des Abends zu plaudern.

Als einer seiner Wächter die Tür zu seinem Schlafzimmer öffnete, blickte Blister auf das Videogerät neben dem Bett, beachtete es jedoch zunächst nicht. Er dauerte einige Sekunden, bis sein vom Alkohol umnebeltes Gehirn erfasste, was er wahrgenommen hatte.

Er stieß die Arkonidin zur Seite, eilte zum Videogerät und riss das Foto herunter, das auf dem Bildschirm klebte. Fluchend knüllte er es zusammen und schleuderte es auf den Boden. Dann rief er die Wachen und brüllte sie an. Er ließ seine ganze Wut an ihnen aus und forderte sie auf, ihm zu erklären, wer sich erlaubt hatte, ihn in dieser Weise herauszufordern. Niemand konnte es ihm sagen.

Der Wächter, der vorübergehend betäubt gewesen war, schwieg aus Furcht vor Strafe und weil er sich selbst nicht erklären konnte, was geschehen war.

Edmon Blister schickte die Arkonidin und die Wachen hinaus. Mit seiner guten Laune war es vorbei. Er setzte sich aufs Bett und blickte ärgerlich auf das Videogerät. Er war dicht davor, ihm einen Tritt zu versetzen.

Da bemerkte er die zur Hälfte eingeschobene Kassette. Sie machte ihn neugierig, da sie rot war, während alle anderen Kassetten, die er je benutzt hatte, eine graue Hülle hatten.

Blister erhob sich und trank ein Glas Wasser. Dann ging er an ein Fenster, öffnete es und atmete einige Minuten lang tief durch. Doch sein Zustand besserte sich nicht. Er war so betrunken, dass er sich kaum auf den Beinen halten konnte.

Schließlich kehrte er zum Bett zurück, schob die Kassette ganz in das Videogerät und schaltete es ein.

Zunächst begriff er nicht, um was es ging. Die Informationen rannen wirkungslos an ihm vorbei. Doch dann erschien ein Bild des getöteten Mädchens Anta auf dem Videoschirm, und Blister wurde wach. Die nächsten Meldungen verfolgte er mit angespannten Sinnen. Er wurde von Minute zu Minute unruhiger.

Als der Videobericht zu der Industrieausstellung kam, von der aus er mit einem Transmitter verschwunden war, erlitt er einen Wutanfall, bei dem er das Videogerät zerstörte. Danach ließ er sich aufs Bett fallen und beschimpfte die Männer, die zu ihm kamen, weil sie glaubten, ihm helfen zu müssen. Er jagte sie wieder hinaus.

Da er erkannte, dass er zu betrunken war, um klar denken zu können, ging er in die Hygienekabine, um zu duschen. Unter der Dusche aber überfiel ihn die Müdigkeit. Er schaffte es gerade noch, sich so nass wie er war, ins Bett zu schleppen und unter die Decke zu kriechen. Danach begann er heftig zu schwitzen und schlief ein.

Am nächsten Morgen erinnerte er sich zunächst an gar nichts. Er ging in die Hygienekabine, um erneut zu duschen, und sah erst anschließend das zerstörte Videogerät. Augenblicklich fiel ihm wieder ein, auf welch seltsame Weise Anklage gegen ihn erhoben worden war. Er nahm die Kassette an sich und wechselte in sein Arbeitszimmer über. Hier ließ er sich das Frühstück servieren. Er nahm jedoch keinen Bissen zu sich. Er war jetzt in der Lage, den Videobericht in seiner ganzen Bedeutung zu erfassen.

Ihm wurde übel.

Er erkannte, dass eine lückenlose Anklage gegen ihn erhoben wurde, die in allen Einzelheiten den Tatsachen entsprach.

Er erinnerte sich wieder daran, wie provoziert und beleidigt er sich gefühlt hatte, weil sich ihm und seinen Plänen ein Mädchen in den Weg zu stellen gewagt hatte. Er hatte vor der wohl wichtigsten Entscheidung seines Lebens gestanden, und er hatte – davon war er auch jetzt noch überzeugt – die einzig richtige Antwort gegeben. Daher dachte er nun auch nicht darüber nach, welches Unrecht er begangen hatte, sondern nur darüber, wie er der Anklage gegen ihn entgehen und wie er die Ankläger neutralisieren konnte.

Dass jemand versuchte, ihn mit diesem Videoband zu erpressen, war ihm längst klar geworden. Er wusste auch, dass es sinnlos gewesen wäre, das Videoband zu beseitigen, da es mit Sicherheit noch Kopien davon gab. Er zweifelte auch nicht daran, dass sich seine Gegner abgesichert hatten, so dass es nicht so leicht war, gegen sie vorzugehen.

Er fragte sich, auf welche Weise seine Feinde versuchen würden, sich zu holen, was sie haben wollten, und was das sein konnte.

Es entsprach seiner Mentalität und seinem Ehrgeiz, dass er nicht ein einziges Mal auf den Gedanken kam, es mit Spezialisten der USO oder mit Agenten der SolAb zu tun zu haben. Er suchte seine Gegner in den eigenen politischen Reihen. Er vermutete, dass irgendjemand ihm den Weg zur Herrschaft über Xexter verbauen wollte.

Das Videoband lief ab. Die letzten, schlüssigen Beweise folgten.

»Na schön«, sagte er und trank einen Schluck Saft. Er hatte sich nun schon etwas beruhigt. »Ihr habt diese Beweise zusammengetragen, aber das hilft euch gar nichts. Ich werde dafür sorgen, dass die Anklage bei den Gerichten versandet.«

Am Ende des Videobands erschien ein Computersymbol, und eine synthetische Stimme erklärte: »Wir werden Ihnen unsere Vorstellungen darlegen. Den Zeitpunkt geben wir Ihnen noch bekannt. Bis dahin verhalten Sie sich bitte ruhig, denn sonst sehen wir uns gezwungen, das Band über den offiziellen Fernsehsender laufen zu lassen.«

Edmon Blister lehnte sich zurück und lachte dröhnend.

Alles konnte er sich vorstellen, nur nicht, dass es irgendjemand gelingen könnte, eine solche Information durch die überaus strenge Zensur der staatlichen Fernsehanstalt zu bringen.

Doch das Lachen verging ihm schnell.

»Damit Sie sich davon überzeugen können, dass wir in der Lage sind, uns in die öffentlichen Sendungen einzuschalten, geben wir Ihnen eine Probe unserer Möglichkeiten. Die Nachrichtensendung des Ersten Programms wird genau um 12.01 Ortszeit durch eine Störung unterbrochen werden. Während der Störung, die exakt zwei Minuten andauern wird, können Sie unser Computersymbol bewundern.«

Er blickte zur Uhr. Es war kurz vor zwölf.

Neugierig und unsicher geworden schaltete er das Videogerät an und wartete die letzten Minuten bis zur Nachrichtensendung ab. Exakt um 12.01 Uhr setzte eine Störung ein, in der das Computersignal erschien. Es blieb zwei Minuten. Danach erschien ein Störungszeichen und anschließend erklärte eine Computerstimme, der Sender bedaure die Störung, zumal diese nicht so schnell habe behoben werden können, wie der Sendeplan es erfordere.

Edmon Blister lehnte sich bleich in die Polster seines Sessels zurück.

Er hatte das Gefühl, in einer Falle zu sitzen. Vor wenigen Stunden noch war er sicher gewesen, dass es ihm gelingen werde, spätestens in diesem Jahr den Obersten Regenten zu stürzen und selbst die Macht zu übernehmen. Jetzt glaubte er an eine Gegenoffensive des Diktators.

»Der nächste Schritt wird der unangenehmste«, stellte Sinclair Marout Kennon fest. »Einer von uns muss Verbindung zu Blister aufnehmen und ihm sagen, was wir wollen.«

»Sie meinen also, dass wir ihn schon weich genug haben?«

Der Verwachsene lag in einer Antigravschale auf der Terrasse des Hauses und blickte aufs Meer hinaus. Tekener saß neben ihm auf einem Hocker. Er arbeitete an dem Einsatzplan gegen Blister.

»Davon bin ich überzeugt. Blister hat schwer einstecken müssen. Er ist ein harter Mann, der bisher jeden Widerstand rücksichtslos niedergekämpft hat. Das ist ihm leicht gefallen, da er stets Gegner hatte, die sich ihm gestellt haben. Sie konnte er packen und niederzwingen, uns aber nicht.«

»Wir stellen uns ihm auch, wenn wir mit ihm reden.«

»Nicht ganz. Wir haben die Videoaufzeichnung, und wir haben ihm bewiesen, dass wir durchaus in der Lage sind, diese Aufzeichnung ganz nach unserem Willen über den öffentlichen Sender laufen zu lassen. Er vermutet uns irgendwo innerhalb des Senders, weil er unsere technischen Möglichkeiten nicht kennt, und weil er sich nicht vorstellen kann, dass irgendjemand außerhalb des Senders so etwas zustande bringt. Wahrscheinlich glaubt er an einen Gegner von innen, der ihm die Machtansprüche streitig machen will. Er weiß, dass ihm brutale Härte in diesem Fall nichts hilft, solange er die Videoaufzeichnung nicht in Händen hat.«

Ronald Tekener dachte einige Minuten nach.

»In Ordnung«, erwiderte er dann. »Ich werde zu ihm gehen und ihm sagen, was wir wollen.«

Das Gesicht Kennons verzerrte sich zu einer wütenden Grimasse.

»Nichts da«, antwortete er mit kreischender Stimme. »Das übernehme ich. Er hat mich ein Monster genannt. Dafür soll er zahlen.«

»Das wäre ein Fehler«, widersprach Tekener. »Persönliche Gefühle müssen wir heraushalten. Wenn Sie sich von Emotionen leiten lassen, sind Sie von vornherein im Nachteil.«

»Sie wollen den Stärkeren herausstreichen«, sagte Kennon mit schriller Stimme. Sein Gesicht verfärbte sich, und das linke Lid zuckte ununterbrochen. »Dies ist mein Fall, nicht Ihrer.«

Tekener blieb ruhig und gelassen.

»Sie haben Überragendes geleistet«, erklärte er. »Sie haben auf Ihrem Gebiet mehr gebracht, als ich jemals könnte. Aber jetzt kommt mein Part. Die Verhandlung mit Blister ist meine Sache. Er muss von Anfang an spüren, dass er es mit einem wirklich harten Widerstand zu tun hat, den er nicht so ohne weiteres brechen kann.«

»Daran lasse ich keinen Zweifel.«

»Sie sind Psychologe genug, um zu wissen, dass ich die besseren Voraussetzungen habe.«

Das Gesicht Kennons zuckte.

»Sie sprechen von der Erscheinung. Sie wollen sagen, ein Mann mit Ihrer Erscheinung beeindruckt, ein Krüppel nicht.«

»Wenn Sie es so hören wollen – ja.«

Kennon senkte den Kopf. Seine Schultern bebten.

»Warum sind Sie gekommen?«, fragte er leise. »Warum mussten Sie mir über den Weg laufen?«

»Ich bin ehrlich. Weiter nichts. Sollte ich Sie belügen?«

Kennon verließ den Raum. Als er nach einer Stunde zurückkehrte, schien er die Auseinandersetzung vergessen zu haben.

»Wir müssen Blister überzeugen«, sagte er. »Wir müssen seinen Widerstand brechen, und das können wir nur, wenn wir hart durchgreifen, so konsequent, dass er begreift, wie wenig wir die Abwehr von Xexter fürchten. Wir bieten ihm Verhandlungen über den Sender an.«

Die beiden Männer besprachen die Einzelheiten ihres Planes, wägten Für und Wider gegeneinander ab und entschlossen sich endlich, ihn so durchzuführen, wie Kennon es vorgeschlagen hatte.

Zwanzig Stunden später gingen mitten in einer Nachrichtensendung die Blister bekannten Computersymbole und eine Information für ihn über den Sender.

»Sie, mein Freund?«, sagte Edmon Blister überrascht, als er Ronald Tekener im Empfangsraum seines Hauses sah. »Sie kommen zu einer ungünstigen Stunde. Ich erwarte geschäftlichen Besuch. Können wir uns nicht zu anderer Zeit treffen?«

Tekener lächelte kalt. »Der geschäftliche Besuch steht vor Ihnen.«

Der Expansionsminister blickte den Terraner fassungslos an. Mit einer solchen Antwort hatte er nicht gerechnet. Der Ausdruck seiner dunklen Augen änderte sich. Hatte er Tekener eben noch wohlwollend angesehen, so schlug diesem nun blanker Hass entgegen.

»Sie haben einen entscheidenden Fehler gemacht«, sagte Blister. »Sie hätten es nicht wagen dürfen, sich mir zu erkennen zu geben.«

Er schnippte mit den Fingern. Zwei Ertruser stürzten in den Raum, warfen sich auf Tekener und packten ihn bei den Armen. Sie schleppten ihn hinaus. Rücksichtslos zerrten sie ihn in eine vorbereitete Zelle, in der farbige Energiebänder ihn an die Wand fesselten. Dann zogen sich die beiden Riesen zurück.

Ronald Tekener blickte auf Edmon Blister, der grinsend in der Tür erschien.

»Nun, damit haben Sie wohl nicht gerechnet?«, fragte der Expansionsminister.

Tekener lächelte. Er zeigte das drohende Lächeln, das ihm den Namen *der Lächler* eingetragen hatte. Es erschreckte und ernüchterte Edmon Blister.

»Ich habe in der Tat nicht damit gerechnet, dass Sie so töricht sein könnten«, erwiderte der Terraner. »Ich habe Sie für klüger gehalten. Wir haben Sie in der Hand. Wenn die Öffentlichkeit erfährt, dass Sie ein Mörder sind, haben Sie ausgespielt.«

»Ich habe Sie!«

»Das spielt keine Rolle. Was mit mir geschieht, ist bedeutungslos. Entscheidend ist, dass wir in der Lage sind, die Öffentlichkeit über das zu informieren, was Sie getan haben.«

»Sie geben die Informationen heraus, oder Sie sterben.«

Tekener zuckte gleichmütig mit den Schultern. »Wenn Sie meinen?«

Edmon Blister erbleichte. Er lehnte sich mit den Schultern gegen die Wand und verschränkte die Arme vor der Brust. Voller Widerwillen blickte er Tekener an.

»Was wollen Sie eigentlich?«, fragte er. »Warum erpressen Sie mich?«

»Geschäfte«, erklärte der Narbengesichtige. »Sie wissen, wer ich bin, und was mich interessiert. Das ist alles.«

Der Expansionsminister schien überrascht zu sein.

»Waffen? Sie wollen Waffen?«

»Das ist mein Geschäft.«

Blister schüttelte den Kopf, als begreife er noch immer nicht.

»Wozu dieser Umstand? Wir waren uns einig darüber, dass wir Geschäfte miteinander machen. Was könnte ich Ihnen schon bieten, was einen derartigen Aufwand rechtfertigt? Auf anderen Welten gibt es viel bessere und modernere Waffen als hier. Mit ihnen lässt sich höherer Gewinn machen. Xexter hat nur wenig zu bieten.«

Tekener antwortete nicht. Er lächelte nur.

Blister fuhr plötzlich herum und eilte wortlos hinaus.

Erst einen Tag später sah Tekener ihn wieder. Der Expansionsminister betrat die Zelle und löste wortlos die Energiefesseln. Dann ging er hinaus, ohne sich umzusehen. Der *Lächler* folgte ihm. Blister führte ihn in sein Arbeitszimmer. Tekener nahm Platz, ohne dazu aufgefordert worden zu sein.

»Inzwischen haben Sie sich erkundigt«, sagte der vermeintliche Waffenhändler. »Sie waren beim Fernsehsender und haben Nachforschungen angestellt. Sie haben herausgefunden, dass die von unserem Computersymbol begleiteten Informationen nicht vom Sender ausgegangen sind, sondern dass irgendjemand sich von außen in die Sendungen eingeschaltet hat, ohne dass man etwas dagegen tun konnte. Sie wissen also, dass wir jederzeit an die Öffentlichkeit treten und dass Sie uns nicht daran hindern können.«

»Sie sind ein Lump.«

»Das schwierige Waffengeschäft erfordert zuweilen besondere Methoden, besonders dann, wenn es um Waffen geht, von denen man noch nicht gern reden möchte.«

Der Galaktische Spieler wusste, dass Blister sich in die Enge getrieben fühlte.

»Sie bilden sich wirklich ein, dass Sie Xexter jemals verlassen können?«, fragte der Politiker. »Ich werde Sie nicht gehen lassen, bevor ich die Videobänder habe. Um keinen Preis.«

»Das lassen Sie nur meine Sorge sein«, erwiderte Tekener.

Blister beugte sich vor. In ohnmächtigem Zorn blickte er den Terraner an.

»Ich weiß natürlich, was Sie von mir wollen«, sagte er. »Leider kann ich Ihnen die Waffe nicht verkaufen, auf die es Ihnen ankommt.«

»Damit habe ich gerechnet.«

Blister schüttelte den Kopf. Er verstand überhaupt nichts mehr. Verunsichert erhob er sich und ging im Raum auf und ab.

»Vielleicht sagen Sie mir endlich, um was es Ihnen wirklich geht.«

»Geben Sie mir die Informationen, die ich benötige. Dann werde ich mir die Waffe selbst besorgen. Sie verspricht, ein ausgezeichnetes Geschäft zu werden.«

Jetzt lachte Edmon Blister.

»Ich habe Sie für einen intelligenten Mann gehalten«, erwiderte er, »aber ich muss meine Meinung wohl revidieren. An diese Waffe kommen Sie nicht heran, selbst dann nicht, wenn Sie wissen, wo sie ist.«

»Überlassen Sie das mir«, empfahl ihm der Terraner.

Dies war die kritische Phase des Gesprächs. Edmon Blister musste an ein Geschäft glauben. Er durfte nicht an eine Spionageaktion denken, die möglicherweise die Zerschlagung der eigenen ehrgeizigen Pläne nach sich zog. Er sollte weiterhin an seine politischen Chancen glauben.

»Wie stellen Sie sich den Informationsaustausch vor?«, fragte

Blister. »Wann werde ich das Material bekommen, das Sie gegen mich gesammelt haben?«

»Sobald ich die Pläne für das Waffensystem habe, die ich benötige, und wenn ich Xexter verlassen habe.«

»Was ist, wenn Sie scheitern?«

»Sobald ich erkenne, dass ich Ihrer Rachsucht entkomme, erhalten Sie das Belastungsmaterial«, erwiderte Tekener. Seine Lippen lächelten, aber seine Augen blieben kalt und forschend.

»Ich werde es mir überlegen«, versprach Edmon Blister. »Sie können gehen.«

Tekener erhob sich. Sein Lächeln wurde drohend.

»Sie brauchen mich nicht verfolgen zu lassen«, sagte er. »Ich halte mich zusammen mit einem meiner Partner auf der blauen Insel auf. Haus 343.«

»Sie fühlen sich sehr sicher.«

»Ich fühle mich nicht nur sicher, ich weiß, dass ich es bin«, erwiderte der Terraner und ging zur Tür. Dann wandte er sich noch einmal um. »Bevor ich es vergesse. Natürlich erhalten Sie ein Honorar für Ihre Informationen. Es wird Ihnen zugehen, sobald wir wissen, dass Sie mir kein Spielmaterial zugeleitet haben. Wir sind schließlich keine Erpresser, sondern Geschäftsleute.«

Die Augen Blisters leuchteten auf. Plötzlich gewann er dem Geschäft, das Tekener ihm vorgeschlagen hatte, angenehmere Seiten ab.

»Wie viel?«, fragte er.

»Überlegen Sie sich, ob wir einig werden können, und nennen Sie uns Ihren Preis. Lassen Sie es mich wissen, wenn Sie zu einem neuen Gesprach bereit sind.«

Ronald Tekener verließ das Haus, ohne aufgehalten zu werden.

Er war überzeugt davon, dass Kennon und er den entscheidenden Schritt geschafft hatten, und dass sie alle Informationen erhalten würden, die sie benötigten. Dann allerdings begann die schwierigste Phase ihrer Arbeit. Sie mussten versuchen, in die waffentechnische Forschungsanstalt von Xexter einzudringen und sich die wissenschaftlichen Unterlagen der neuen Waffe zu beschaffen. Die Ausarbeitung und Verwirklichung des Planes würde Zeit erfordern, Zeit, die Edmon Blister für sich und seine Rache nutzen konnte.

Kaum hatte Ronald Tekener das Haus verlassen, als Edmon Blister die beiden wichtigsten Männer seiner Abwehrorganisation zu sich rief. Diese hatten eine halbamtliche Funktion. Offiziell standen sie ihm Dienst des Expansionsministeriums, tatsächlich aber arbeiteten sie für die privaten Belange von Edmon Blister.

Der Expansionsminister saß hinter seinem Arbeitstisch, als die beiden Ertruser Cepes Galun und Horpas Speganlat eintraten. Die beiden Männer mussten sich bücken, um durch die Tür treten zu können. Sie waren beide über 2,50 Meter groß und hatten derart breite Schultern, dass sie sich seitlich durch die Tür schoben. Sie hatten dichtes, sandfarbenes Haar, das sie nicht in Sichelform, sondern offen und lang bis in den Nacken herabreichend trugen. Unter dem Einfluss der Xexter-Sonne hatte sich ihre Haut tiefbraun verfärbt. Die beiden Männer trugen Mikrogravitatoren, da sie sich sonst nicht im Haus hätten bewegen können, ohne Zerstörungen anzurichten. Edmon Blister wies den beiden Kolossen Platz auf einer Liege an, die breit genug war, so dass sie bequem nebeneinander sitzen konnten.

»Die Lage hat sich verändert«, eröffnete er das Gespräch. »Aiystron Teress, der Mann mit den Lashat-Narben, und seine Partner – zu denen wahrscheinlich auch dieser monströse Krüppel gehört – sind Waffenhändler, die mich dazu zwingen wollen, Geschäfte mit ihnen zu machen. Bis jetzt haben sie die besseren Karten, und ich werde ihnen voraussichtlich die Informationen geben, die sie haben wollen. Aber ich werde ihnen nicht die besseren Karten lassen. Ich werde sie ihnen mit eurer Hilfe aus den Händen nehmen.«

»Sollen wir ihnen die Knochen brechen?«, fragte Cepes Galun.

»Damit wäre uns vorläufig noch nicht gedient. Sie haben ein

Videoband mit belastenden Aussagen gegen mich. Damit können sie mir etwas nachweisen, was mich meine politische Karriere kosten würde.«

»Du weißt, dass uns das nicht interessiert«, bemerkte Horpas Speganlat gleichmütig. »Wir haben dir mehr als einmal bewiesen, dass wir mitziehen, auch wenn es über die Grenzen dessen hinausgeht, was kleinmütige Geister Legalität nennen.«

»Natürlich gibt es von diesem Videoband Kopien. Und es ist auch klar, dass Tekener und Kennon diese gut versteckt haben. Eure Aufgabe ist es, die Bänder mit den Kopien zu finden und zu vernichten. Aber nicht nur das. Die beiden werden versuchen, einen Vorstoß gegen das waffentechnische Forschungsinstitut zu unternehmen. Ein hoffnungsloses Unternehmen.«

»Völlig hoffnungslos«, stimmte Cepes Galun zu.

»Eben – aber darauf wollen wir uns dennoch nicht verlassen. Die beiden werden scheitern, und wir werden einiges dazu tun, ohne dass andere Ministerien oder Behörden davon erfahren. Es bleibt unter uns.«

Die beiden Ertruser hatten verstanden. Sie erhoben sich und versprachen Edmon Blister, alles zu tun, den Auftrag zu seiner Zufriedenheit zu lösen.

»Notfalls prügeln wir aus dem Krüppel heraus, wo die Bänder sind«, sagte Cepes Galun. »Und wenn wir die haben, ist es mit den beiden sowieso aus.«

»Ich begreife nicht, dass die beiden so naiv sein konnten, sich auf so etwas einzulassen«, bemerkte Horpas Speganlat und grinste breit. »Als erfahrene Waffenhändler hätten sie eigentlich wissen müssen, dass sie damit nicht durchkommen.«

»Warten wir ab«, sagte Blister. »Ich denke schon, dass die beiden die Schwierigkeiten kennen, und ich glaube auch, dass sie noch Tricks auf Lager haben.«

Horpas Speganlat strich sich das Haar aus der Stirn.

»Ist es sicher, dass die beiden Waffenhändler sind? Können sie nicht auch aus der Richtung der politischen Gegner kommen?«

»Ausgeschlossen. Wenn das der Fall wäre, wären sie nicht an dem neuen Waffensystem interessiert, sondern allein daran, mich zu Fall zu bringen. Und das könnten sie ohne weiteres tun. Dazu brauchten sie noch nicht einmal an die Öffentlichkeit zu gehen, wie sie es tun werden, wenn wir nicht vorsichtig genug sind. Es genügte, das Videoband dem Innenministerium zu überstellen.«

»Vielleicht sind sie von der USO oder von der SolAb?«, bemerkte Cepes Galun.

Edmon Blister lächelte überlegen.

»Unsere Raumüberwachung ist lückenlos, so dass niemand unbemerkt auf Xexter landen kann. Und an den telepathischen Elementen an den Raumhäfen kommt niemand von der USO oder der SolAb vorbei.«

»Wir werden das Problem für dich lösen«, versprach Cepes Galun.

6.

»Er kommt«, sagte Ronald Tekener und machte Kennon auf einen Gleiter aufmerksam, der sich ihrem Haus näherte.

Die beiden Männer zogen sich von der Terrasse ins Haus zurück. Noch einmal stimmten sie ab, wie sie sich verhalten wollten, dann war es soweit. Die Maschine landete neben der Terrasse, und Edmon Blister stieg mit zwei riesigen Ertrusern und einem Kampfroboter aus.

Sinclair Marout Kennon wich plötzlich zurück. Erstaunt blickte Tekener auf ihn herab. Er sah, dass sich das Gesicht des Verwachsenen verzerrt hatte. Kennon schien die Kontrolle über seine Gesichtsnerven verloren zu haben. Das linke Lid zuckte pausenlos, und die Wangen bewegten sich, als würden sie von elektrischen Impulsen gepeitscht. Die Hände waren in ständiger Bewegung.

»Was ist los?«, fragte der Galaktische Spieler.

»Nichts«, antwortete Kennon mit schriller Stimme.

»Beherrschen Sie sich«, befahl Tekener energisch. »Reißen Sie sich zusammen, verdammt noch mal. Ein Mann wie Sie muss in der Lage sein, seine Nerven unter Kontrolle zu behalten.«

»Spielen Sie sich nicht so auf«, fauchte Kennon zurück. »Wer sind Sie denn schon?«

Einer plötzlichen Eingebung folgend, sagte Tekener: »Ich werde dafür sorgen, dass der Roboter nicht in Ihre Nähe kommt.«

Die Augen Kennons weiteten sich. »Woher wissen Sie?«, fragte er stammelnd.

»Ich weiß gar nichts«, erwiderte der Narbengesichtige. »Ich will nur mit heiler Haut aus dieser Geschichte heraus.«

Tekener hatte die Situation intuitiv erfasst. Er erinnerte sich daran, dass in den vergangenen Tagen mehrmals Ertruser in ihrer Nähe aufgetaucht waren, ohne dass Kennon reagiert hatte. Kennon hasste und verabscheute Edmon Blister, weil dieser ihn ein Monster genannt, und weil er Verbrechen begangen hatte, aber er fürchtete ihn nicht. Also konnte sein Verhalten nur auf den Roboter zurückzuführen sein. Tekener wusste nichts, von den Kindheitserlebnissen des Verwachsenen, aber er ahnte, dass Kennon irgendwann einmal eine Begegnung mit einem Roboter gehabt haben musste, die ihn tief beeinflusst und geprägt hatte.

Tekener öffnete die Tür, um den Expansionsminister zu begrüßen. Die beiden Ertruser beachtete er nicht.

»Kommen Sie herein«, bat er. »Wir haben ein kleines Frühstück für Sie vorbereitet.«

»Mit Leuten wie Ihnen setze ich mich nicht an einen Tisch«, antwortete der Akone herablassend. »Wir können Geschäfte machen, mehr aber auch nicht.«

»Einverstanden.«

Edmon Blister, die beiden Ertruser und der Kampfroboter traten ein. Ronald Tekener postierte sich so, dass er zwischen Kennon und dem Roboter stand.

»Welches Angebot haben Sie mir zu machen?«, fragte er.

»Fünf Millionen Xexter-Rents sind mein Preis«, erklärte der Expansionsminister.

Ronald Tekener blickte ihn forschend an, und sein Lächeln wurde so drohend, dass Blister erschrocken die Lippen zusammenpresste und zu den beiden Ertrusern zurückwich.

»Fünf Millionen Reingewinn sind ein bisschen viel«, stellte Kennon fest. »Wenn wir soviel Geld ausgeben wollten, brauchten wir Sie nicht.«

Der Akone merkte, dass er zu zweit gegangen war. Er bemühte sich, seine Unsicherheit vor den beiden Terranern zu verbergen, schaffte es jedoch nicht.

»Wir sind bereit, Ihnen achthunderttausend Rents zu zahlen«, eröffnete ihm Tekener. »Sie können dieses Angebot annehmen oder ablehnen. Verhandelt wird darüber nicht.«

»Also gut. Ich bin einverstanden.« Blister lachte anbietend. »Ein Geschäftsmann versucht eben, soviel wie nur eben möglich herauszuschlagen.«

Weder Kennon noch Tekener gingen auf das plump vertrauliche Verhalten des Akonen ein. Sie ließen sich nicht täuschen. Sie wussten, dass Blister nur darauf wartete, dass ihre Aufmerksamkeit nachließ. Bei der ersten Schwäche, die sie zeigten, würde er zuschlagen.

Blister merkte, dass er die beiden Terraner nicht beeindrucken konnte. Er zögerte noch einige Sekunden, dann nahm er aus einem versteckten Fach in der Brust des Kampfroboters einige Pläne hervor. Er legte sie auf den Tisch.

»Das ist die waffentechnische Forschungsanstalt«, erklärte er. »Sie liegt etwa fünftausend Kilometer von hier entfernt auf einer Insel. Sie befindet sich ebenfalls auf Äquatorhöhe, also in einer für Sie angenehmen Klimazone. Es gibt nichts auf Xexter, was in vergleichbarer Weise abgesichert ist. Wer dort eindringen und mit heiler Haut wieder herauskommen will, muss schon so etwas wie ein Wunderknabe sein. Aber nicht nur das. In meinen Augen ist auch unmöglich, an die Pläne für das neue Waffensystem heranzukommen. Es genügt also nicht, die Mauern der Forschungsanstalt zu überwinden. Danach müssen sie den sichersten Tresor von Xexter knacken.«

»Das ist unser Problem«, antwortete Tekener so kühl, als sei er nicht im Geringsten beeindruckt. Tatsächlich war er erschrocken über das Ausmaß der Sicherungen und der Abwehrmaßnahmen, denen sie gegenüberstanden.

Aber nicht nur diese Schwierigkeiten mussten sie überwinden. Wenn sie es geschafft hatten, den Tresor aufzubrechen und an das Geheimnis von Xexter zu kommen, mussten sie die Insel auch wieder verlassen und mit der gesamten Beute an der telepathischen Wache am Raumhafen vorbeigehen.

Er war geneigt, den Plan aufzugeben und der USO den Rat für ein militärisches Eingreifen zu übermitteln. Nur mit einer gezielten militärischen Operation, so glaubte er, konnte die festungsartige Forschungsanstalt erobert und ihrer wichtigsten Forschungsarbeiten beraubt werden. Doch er hütete sich, Edmon

Blister etwas von diesen Gedanken zu verraten. Eine offene Aktion der terranischen Raumstreitkräfte kam ohnehin erst im äußersten Gefahrenfall in Frage.

»Was ist, wenn Sie bei dem Versuch – hm – verunglücken?«, fragte der Akone.

»Dann könnte es für Sie schwierig werden«, erklärte Kennon, der noch immer im äußersten Winkel des Raumes stand und auf genügend Abstand zum Roboter achtete. »Ich kann Ihnen also nur raten, uns zu unterstützen, wo immer Sie können. Sie haben den Schaden, wenn Sie es nicht tun.«

Jetzt erst trat er an den Tisch heran, wobei er sich neben Tekener stellte, so dass dieser ihn gegen den Roboter abschirmte. Er blickte flüchtig auf die Pläne.

»Das ist nicht detailliert genug«, sagte er dann. »Damit können wir nichts anfangen. Wir erwarten, dass Sie bis morgen bessere Pläne liefern.«

»Das ist unmöglich.«

»Verschwinden Sie«, befahl der Verwachsene erregt, »bevor ich mich dazu entschließe, unser Material an die Öffentlichkeit zu übergeben.«

»Ich kann keine besseren Pläne liefern«, behauptete Edmon Blister. »Sie haben ja keine Ahnung, wie schwierig es war, überhaupt etwas zu beschaffen, was mit diesem Waffenprojekt im Zusammenhang steht.«

»Bringen Sie mehr«, befahl Kennon kalt, »oder tragen Sie die Konsequenzen.«

Das Blut wich aus den Wangen des Akonen. Er rang mit seiner Fassung. So hatte seit Jahren niemand mehr mit ihm gesprochen. Er fühlte sich als der kommende Oberste Regent von Xexter und musste sich derartige Worte bieten lassen. Das ging bis an die Grenze dessen, was er ertragen konnte.

Abrupt drehte er sich um und verließ mit seinen Leibwächtern und dem Roboter das Haus.

Tekener und Kennon blieben im Haus, bis er gestartet war.

Dann traten sie auf die Terrasse hinaus und blickten dem Gleiter nach.

Vier Tage vergingen, bis die beiden USO-Spezialisten wieder etwas von dem Akonen hörten. In dieser Zeit bemerkten sie, dass sie überwacht wurden. Wohin sie sich auch bewegten, überall tauchten Gestalten auf, die sie beschatteten. Allerdings waren diese Männer und Frauen nicht in der Lage, die beiden USO-Spezialisten zu täuschen, so sehr sie sich auch bemühten, unsichtbar zu bleiben.

Tekener und Kennon versuchten in diesen Tagen, ebenfalls etwas über die geheimnisvolle Insel herauszufinden, auf der sich das waffentechnische Forschungsinstitut befand. Sie stellten fest, dass die Insel auf keiner Karte von Xexter verzeichnet war. Tekener und Kennon kannten die Lage der Insel jedoch aus den Plänen, die Blister ihnen überreicht hatte. Dieses Wissen verlieh ihnen einen klaren Vorsprung vor jedem anderen, der sich darum bemüht hätte, etwas über das Forschungsinstitut herauszufinden. Sie studierten die Landkarten und überprüften alle in den geographischen Instituten gespeicherten Daten über das Seegebiet, in dem die Insel lag.

»Unsere einzige Chance, uns der Insel zu nähern, liegt in der Strömung«, stellte Kennon am Ende des vierten Tages nach dem Besuch Blisters fest. »Eine starke Tiefseeströmung steigt südlich der Insel auf und wird zu einer Oberflächenströmung, die in weitem Bogen an der Insel vorbeiführt.«

»Wir müssen davon ausgehen, dass die Sicherheitsorgane der Insel nicht nur den Luftraum überwachen, sondern auch die See«, bemerkte Tekener.

»Das ist richtig. Auf Xexter gibt es aber Seetransporte, wie wir wissen. Massengutfrachter befahren die Meere. Dabei geht bekanntermaßen allerlei über Bord. Wir können also davon ausgehen, dass immer wieder Abfall an der Insel angeschwemmt wird, Kisten, Kästen, Hölzer, Bruchstücke und was sonst noch über

Bord fliegt. Das muss von der Ortung berücksichtigt werden, und das gibt uns eine Chance.«

»Sie haben also eine Idee.«

»Die habe ich«, bestätigte Kennon.

»Sie wollen sich von der Strömung an die Insel herantragen lassen?«

»Genau das. Es muss möglich sein.« Die beiden Männer befanden sich im Innenhof einer staatlichen Bibliothek, die einem geographischen Forschungsinstitut angeschlossen war. Sie brauchten nicht zu befürchten, abgehört zu werden. »Allerdings genügt das noch nicht. Wir benötigen mehr Informationen, weil wir ohne genaue Kenntnis der Sicherungsanlagen gar nicht erst anzutreten brauchen.«

»Hoffen wir, dass Blister sie uns bringt.«

»Und was ist, wenn er es nicht schafft?«, fragte Kennon.

»Dann müssen wir uns mit Geduld wappnen und uns auf einen langen Einsatz auf Xexter einstellen.«

»Ich fürchte nur, diese Zeit haben wir nicht«, entgegnete der Verwachsene. »Ich habe das Gefühl, dass wir schnell zu einem Ende kommen müssen. Das rote Leuchten beunruhigt mich. Wir müssen herausfinden, was es zu bedeuten hat.«

Tekener blickte Kennon nachdenklich an.

»Ja«, sagte er. »Mir geht dieses rote Leuchten auch nicht aus dem Sinn. Ich muss wissen, woher es kommt, wodurch es verursacht wird, und welche Wirkung es auf die Bevölkerung hat. War es ein einmaliges Ereignis? Oder kommt so etwas häufiger vor? Ist es eine Waffe? Benutzt die Regierung es unter Umständen, um die Bevölkerung in ihrem Sinn zu beeinflussen? Oder ist es eine Naturerscheinung, die mit den besonderen Verhältnissen in diesem Sonnensystem zusammenhängt? Das alles sind Fragen, die geklärt werden müssen.«

»Ein hartes Stück Arbeit liegt noch vor uns«, entgegnete Sinclair Marout Kennon. »Wir haben es noch lange nicht geschafft, wenn wir wissen, was im waffentechnischen Institut gespielt wird. Ich fürchte, dann fangen die Schwierigkeiten erst richtig an.«

»Mich wundert, dass man niemals irgendetwas über das rote Leuchten hört«, bemerkte Tekener. »Warum stellt niemand Fragen? Die Leute sind alle bewusstlos gewesen, jedenfalls hier in der Gegend. Sie sind nicht alle zugleich wieder wach geworden. Sie haben also gesehen, dass sie nicht allein besinnungslos waren, sondern mit ihnen viele andere auch. Das müsste sie doch neugierig machen. Das müsste zu Fragen führen. Das müsste die Presse auf den Plan rufen.«

Die beiden Männer suchten noch am gleichen Tage eine Gastwirtschaft auf, in denen ein fröhliches Treiben herrschte. Die Xexterer lachten und plauderten, als gäbe es keine Probleme.

Tekener und Kennon saßen mit einigen Neu-Arkoniden zusammen und unterhielten sich mit ihnen. Sie versuchten, ein paar Antworten zu den Fragen zu bekommen, die sie sich im Zusammenhang mit dem roten Leuchten und der dabei auftretenden Bewusstlosigkeit gestellt hatten. Sie stießen auf Unverständnis. Niemand schien etwas von der rot leuchtenden Erscheinung zu wissen, und keiner schien sich daran zu erinnern, dass er mit Hunderten zusammen bewusstlos gewesen war.

»Man konnte meinen, dass wir geträumt haben«, sagte Kennon am nächsten Morgen, als sie im Haus beim Frühstück saßen. »Wenn wir die Videoaufzeichnung nicht hätten, würde ich unsicher werden.«

Ronald Tekener erhob sich.

»Blister kommt.«

Der Galaktische Spieler trat auf die Terrasse hinaus. Edmon Blister landete mit seinem Gleiter vor ihm. Er war allein.

Tekener fiel auf, dass er blass und übernächtigt aussah. Sein Gesicht war von Sorgen gezeichnet. Das metallische Schimmern seiner Stirn war noch deutlicher als sonst. Es schien, als trage der Akone eine Metallfolie unter der Haut.

»Ich habe, was Sie benötigen«, erklärte er ohne einleitende

Worte. Er überreichte Tekener eine Mappe mit Plänen. »Sie sollten auf das Geschäft verzichten.«

»Warum? Taugt das Waffensystem nichts, das auf der Insel entwickelt wird?«

Edmon Blister lachte nervös.

»Was für eine Frage! Nach meinen Informationen muss es fantastisch sein. Aber was hilft das? Wir kommen nicht heran. Die Sicherungen sind absolut perfekt. Sehen Sie sich die Pläne an. Niemand kann sie durchbrechen, ohne erwischt zu werden. Selbst ein terranischer Teleporter müsste unter diesen Umständen scheitern. Deshalb gebe ich Ihnen einen Rat. Nehmen Sie Ihre Siebensachen und verschwinden Sie. Es hat keinen Sinn.«

»Wir werden sehen«, entgegnete Kennon kühl. Er kam auf die Terrasse heraus. »Wir haben schon ganz andere Sachen gemacht. Was meinen Sie, wie wir uns sonst als Händler halten könnten?«

Er versuchte zu lächeln, doch sein Gesicht verzerrte sich zu einer hässlichen und abschreckenden Grimasse.

»Auf der Erde haben wir eine …«, begann er, doch Tekener unterbrach ihn mit einer scharfen Bemerkung, so dass er rasch verstummte.

Edmon Blister nickte.

»Ich glaube Ihnen, dass Sie Könner sind«, erwiderte er. »Sie sind vom Festsaal bis in mein Schlafzimmer gekommen und haben dort das Foto und die Videokassette hinterlegt. Wir haben bis zur Stunde noch nicht herausgefunden, wie Sie das geschafft haben. Immerhin. Das war eine Leistung. Aber mein Haus ist nichts gegen das waffentechnische Forschungsinstitut. Sie mögen in die Hölle eindringen, falls es eine gibt, und mit heiler Haut zurückkehren, aber in der Hölle gibt es keine Positronik, die buchstäblich alles überwacht.«

Ronald Tekener lächelte.

»Wir danken Ihnen, Blister«, sagte er. »Wir werden uns die Pläne ansehen und danach entscheiden, ob es sinnvoll ist, das Geschäft weiter zu verfolgen oder nicht.«

»Ich habe Sie gewarnt.« Der Akone drehte sich um und flog grußlos davon.

Die beiden USO-Spezialisten verloren kein Wort über das Verhalten des Expansionsministers. Sie kehrten zu den Plänen zurück, die er ihnen gebracht hatte, und vertieften sich darin.

Eine halbe Stunde später blickten sie sich an.

»Er hat Recht«, sagte Kennon betroffen. »Es ist unmöglich.«

»Es sieht zumindest so aus«, entgegnete Tekener. »Bis jetzt habe ich keine Lücke gefunden, aber ich kann mir einfach nicht vorstellen, dass es wirklich keine gibt. Irgendwo hat jedes System Schwächen.«

»Das stimmt. Wir suchen weiter.«

Die beiden Männer vertieften sich in ihre Arbeit, und es dauerte nicht lange, bis der Verwachsene eine Schwachstelle gefunden hatte.

»Das hier können wir überwinden«, sagte er triumphierend. »Und wenn es eine Möglichkeit gibt, dann gibt es auch noch mehr.«

Stunden später hatten Tekener und Kennon einen Plan entwickelt, der ihnen aussichtsreich genug erschien. Immer wieder gingen sie ihn in allen seinen Einzelheiten durch.

»Ein Risiko bleibt natürlich«, sagte Kennon schließlich. »Ein ganz erhebliches sogar. Der Zufall kann den ganzen Plan zunichte machen. Irgendein Wissenschaftler, der zur unpassenden Zeit aus einem der Gebäude kommt, ein Roboter, der in diesem Plan nicht verzeichnet ist, oder eine unvorhergesehene Abwehrübung können alles durchkreuzen.«

»Dennoch werden wir es versuchen«, entschied Tekener. »Kommen Sie, wir stellen zusammen, was wir an Material benötigen.«

»Wir brauchen vor allem verdammt viel Glück«, erwiderte Kennon. »Und Sie werden mir helfen müssen. Es könnte sein, dass ich an dieser oder jener Stelle nicht allein weiterkomme, weil ich nicht kräftig genug bin.«

»Das ist kein Problem.« Ronald Tekener gab diese Antwort so ruhig und unbeteiligt, dass Sinclair Marout Kennon erfasste, dass er es genau so gemeint hatte, wie er es gesagt hatte, ohne ihm einen Vorwurf wegen seiner körperlichen Schwäche zu machen.

Der Verwachsene blickte Tekener an, ohne dass dieser es bemerkte. Er fuhr sich mit dem Handrücken über den Mund. »Wir versuchen es«, erklärte er.

»Natürlich«, erwiderte der Galaktische Spieler im gleichen Tonfall wie zuvor. »Befassen wir uns nun mit dem Problem unseres Rückzugs.«

Die beiden USO-Spezialisten beugten sich erneut über die Pläne. Sie stellten fest, dass der Rückzug noch schwieriger werden würde als der Einbruch in das Forschungsinstitut.

Dennoch gaben sie nicht auf.

Die nächsten Tage standen im Zeichen der Planungsarbeit und der Materialbeschaffung. Tekener und Kennon suchten die verschiedenen Städte von Xexter auf, tätigten hier und da Scheingeschäfte, um ihre Beschatter zu täuschen, und kauften positronisches Gerät für den bevorstehenden Einsatz ein.

Edmon Blister erschien einige Male bei ihnen im Haus, um sich über den Stand der Dinge zu informieren. Er leugnete, für die Überwachung durch Agenten verantwortlich zu sein, und er behauptete nichts damit zu tun zu haben, dass das Haus mehrfach durchsucht worden war.

Um ihn und seine Helfer abzulenken, legte Kennon eine falsche Spur. Er sorgte dafür, dass die Agenten Blisters das für ihn belastende Material in einer anderen Gegend von Xexter vermuteten und sie weniger scharf überwachten.

Eines Nachts starteten Kennon und Tekener dann in einem Gleiter, den sie mit einem positronischen Ortungsschutz versehen hatten. Sie verschwanden, ohne dass Blister und seine Helfer etwas bemerkten.

7.

Zwanzig Stunden später saßen Ronald Tekener und Sinclair Marout Kennon in einer Energiekugel, die dicht über den Wellen der See schwebte. Sie blickten zu der Insel hinüber, auf der sich das waffentechnische Forschungsinstitut befand. Sie waren noch etwa zwanzig Kilometer von ihr entfernt.

Die Insel war annähernd zwanzig Kilometer lang und zwölf Kilometer breit. In den verschiedenen Gebäuden brannte Licht, obwohl die Sonne noch nicht untergegangen war.

»Auch hier steht so ein Turm wie in Xekon«, sagte Kennon. »Seltsam. Er passt nicht zu dem Bild der anderen Gebäude.«

»Nein. Fast alle Bauten sind flach und kastenförmig. Sie bestehen aus dem üblichen Kunststoffbeton. Der Turm aber ist aus Metall.«

»Diese Türme müssen etwas zu bedeuten haben.«

»Wir werden uns so einen Turm ansehen, bevor wir Xexter verlassen«, sagte Tekener. »Vermutlich wäre es ein Fehler, das nicht zu tun.«

»Einverstanden.« Kennon hielt einen kleinen Kasten auf den Knien. Er bewegte einige Stellrädchen an dem Kasten und steuerte so die ortungsneutrale Energieblase, in der sie sich befanden. Er ließ sie wieder ins Wasser sinken und lenkte sie auf die Insel zu.

Ronald Tekener hatte die Idee gehabt, dieses verblüffend einfache Transportmittel zu entwickeln. Es bestand praktisch nur aus einem tragbaren Energiefeldprojektor und einem Antigravgerät. Die Wahrscheinlichkeit war gering, dass sie geortet wurden, solange sie unter Wasser blieben. Sie wuchs, sobald sie auftauchten.

Daher näherten die beiden USO-Spezialisten sich der Insel unter Wasser bis auf etwa tausend Meter. Dann ließen sie sich etwa dreißig Meter tief bis auf den Grund absinken.

»Atemgerät anlegen«, sagte Tekener und streifte einen wasserdichten Anzug aus Metallfolie über. Die Folie wirkte wärmeisolierend und verhinderte, dass sie von der Infrarotortung erfasst wurden. Gleichzeitig schirmte sie ausreichend gegen die Individualtaster ab, die in regelmäßigen Abständen in der Mauer verborgen waren, die die Insel umspannte.

Tekener zog sich die Folie über den Kopf und half Kennon, seine Ausrüstung zu vervollständigen. Er überzeugte sich davon, dass die Atemmaske des Verwachsenen richtig saß. Dann umschloss er einen Kasten, der ihr Ausrüstungsmaterial enthielt, mit der Metallfolie und legte die Atemmaske an. Danach schaltete er den Antigrav- und den Energiefeldprojektor aus. Das Wasser stürzte schlagartig auf sie herab. Sie hielten sich die Nasen zu und pressten Luft in den Kopf, um einen Druckausgleich zu schaffen.

Tekener wurde mühelos mit der Belastung fertig. Kennon aber war nahe daran, bewusstlos zu werden. Doch damit hatten die beiden Spezialisten gerechnet. Diese Phase ihres Einsatzes war von vornherein so geplant, dass Tekener die Hauptarbeit zufiel. Er packte Kennon mit der Linken und den Ausrüstungskasten mit der Rechten, nachdem er sich Schwimmflossen über die Füße gestreift hatte, und schleppte den Verwachsenen und den Kasten hinter sich her.

Eine kräftige Strömung packte ihn und trieb ihn auf die Insel zu. Er schwamm mit ruhigen Beinschlägen und blickte hin und wieder zu Kennon zurück, um sich davon zu überzeugen, dass alles in Ordnung war.

Obwohl die Sonne mittlerweile untergegangen war, konnte er genügend sehen. Das Wasser wurde allmählich flacher, bis endlich die schwarze Mauer drohend vor ihm aufstieg.

Er widerstand der Versuchung, vorzeitig aufzutauchen, und schwamm durch eine Mulde bis unmittelbar an die Mauer heran. Erst als er sie mit den Händen berühren konnte, hob er den Kopf durch die Wasseroberfläche.

Sinclair Marout Kennon riss sich die Atemmaske vom Gesicht.

»Ich dachte, ich ersticke«, sagte er, heftig nach Atem ringend. »Länger hätte ich nicht durchgehalten.«

Tekener nahm ihm das Sauerstoffgerät ab, das sie beide versorgt hatte, und versteckte es unter einigen Steinen. Er fand bestätigt, was sie über die Mauer gelesen hatten. Sie stieg senkrecht etwa zehn Meter hoch auf, war tiefschwarz und schloss mit einem schimmernden Energiefeld ab. Sie war mit einer schwarzen Masse bestrichen, die ein Spannungsfeld bildete. Sobald dieses durchbrochen wurde, heulten die Alarmsirenen auf, und in der Zentrale zeigte die Positronik an, an welcher Stelle dies geschehen war. Die Mauer mit Hilfe eines Antigravgeräts zu überfliegen, verbot sich von selbst, da die Überwachungsgeräte im oberen Teil der Mauer auf jeden Antigrav reagierten.

Sinclair Marout Kennon, der sich nun etwas erholt hatte, setzte vier Mikroprojektoren an die Wand, und Tekener rückte alles Ausrüstungsmaterial, das sie für den weiteren Einsatz benötigten, an ihn heran. Der Verwachsene schaltete die Projektoren ein, und ein Energiefeld baute sich auf, das die beiden Männer kugelförmig umgab. Es verband sich mit der schwarzen Masse der Mauer und fügte sich in das Spannungsfeld ein, so dass Tekener die Wand mit einem Desintegratormesser angehen konnte, ohne dass es zu einem Spannungsabfall kam. Das Energiefeld hatte nur den Nachteil, dass es intensiv grün leuchtete und bis auf die See hinaus zu sehen war. Eine andere Möglichkeit, einen Spannungsabfall zu umgehen, gab es jedoch nicht.

Die beiden USO-Spezialisten mussten das Risiko eingehen, sich durch das leuchtende Energiefeld zu verraten. Wenn sich ein Gleiter der Insel näherte, mussten die Insassen das Licht sehen. Kennon und Tekener hofften jedoch, das ihnen das Glück zur Seite stehen würde.

Tekener führte eine senkrechten und einen waagerechten Schnitt. Dann hob er eine schwarze Folie von der Mauer ab. Darunter lag grauer Beton.

Er trennte mehrere Betonblöcke aus der Mauer heraus und warf sie durch das Energiefeld ins Wasser. Dann schaltete Kennon sich ein. Er setzte Sonden an und verband sie mit einem

Computer. Dieser errechnete, wie weit der Beton abgetragen werden durfte, und er steuerte das Desintegratormesser nach diesen Werten, bis ein feines Gitterwerk frei vor den beiden Männern lag. Es ähnelte jenem, das Kennon in der Villa von Edmon Blister vorgefunden hatte. Auch dieses Gitter bildete ein Spannungsnetz, das der Verwachsene mit Hilfe einer angeklebten Masse überwand.

Danach arbeitete Tekener mit dem Desintegrator weiter. Er bohrte sich durch die Wand, bis auf wenige Millimeter an eine Metallfolie heran, die die Mauer auf der anderen Seite bedeckte. Aus den Plänen, die der Expansionsminister ihnen übergeben hatte, wussten sie, dass die Mauer auf der Innenseite mit Infrarotkameras überwacht wurde. Tekener kühlte den Beton daher mit einer Kältemasse ab, bevor er die Metallfolie freilegte.

Kennon verschweißte die schwarze Folie an der Außenseite der Wand wieder, so dass sich das Spannungsfeld schloss, und schaltete danach das Überbrückungsfeld aus. Die Kontrollinstrumente zeigten keine Spannungsänderung an.

»Wir haben es geschafft«, sagte er. »Wir sind durch, ohne Alarm ausgelöst zu haben.«

»Abwarten«, entgegnete Tekener. »Ein Schritt fehlt noch.«

Die beiden Spezialisten verstauten die Ausrüstungsgegenstände, die sie für den weiteren Einsatz benötigten. Dann errichtete Tekener einen Kälteschild um Kennon und sich, durchtrennte die Metallfolie und rannte über eine grasbewachsene Fläche hin zu einem Wäldchen. Unter den Bäumen wartete er auf Kennon, der nicht so schnell laufen konnte.

»Hoffentlich reicht das«, sagte der Verwachsene keuchend. »Ich habe das Gefühl, mein Kälteschild hat nicht gehalten.«

»Das wird sich zeigen«, erwiderte Tekener gelassen. »Wenn wir irgendwo Alarm ausgelöst haben, brauchen wir nicht lange auf Wachen zu warten.«

»Vorsicht«, wisperte Kennon. »Ein Roboter.«

Die beiden Männer zogen sich weiter unter die Bäume ins

Dunkel zurück. Sie stellten sich hinter die Bäume. Langsam näherte sich die Maschine. Sie war groß und schwer, und ihre Schritte erschütterten den Waldboden. Tekener spürte, dass Kennon neben ihm zu zittern begann. Es schien, als sei der Verwachsene nahe daran, die Kontrolle über sich zu verlieren.

Ein Gelenk des Roboters quietschte leise. Es war dieses Geräusch, das Sinclair Marout Kennon nervte. Es drang ihm wie ein Dolch schmerzhaft tief in die Sinne.

Plötzlich war die Erinnerung an das schreckliche Geschehen im Internat wieder da. Er sah die gewaltige Maschine wieder vor sich, die unerwartet vor ihm und den anderen Kindern erschienen war.

Tekener legte ihm die Hand auf die Schulter.

Unter anderen Umständen hätte Kennon sich gegen diese Geste gewehrt. Er hätte mit einem Wutanfall darauf reagiert, weil er es nicht leiden konnte, wenn ihm jemand Überlegenheit signalisierte. Doch jetzt war er Tekener dankbar dafür, dass er ihm half, denn er erkannte, dass er allein der nervlichen Belastung nicht standgehalten hätte.

Er hasste Roboter mehr als alles andere in der Welt. Er wusste, dass ihm diese Schwäche gefährlich werden konnte, und er hatte alles getan, sie zu überwinden. Hin und wieder war es ihm gelungen, sich diesen Maschinen gegenüber so zu verhalten wie andere auch. Dann aber brach die Erinnerung an das Kindheitserlebnis wieder durch, und vernünftige Überlegungen waren wie weggeblasen. Dann beherrschten ihn einzig und allein Gefühle.

Die Hand auf seiner Schulter beruhigte ihn.

Kennon hörte den Roboter kommen und vorbeigehen. Das entnervende Quietschen verklang in der Ferne.

»Ein psychologischer Trick, auf den wir nicht hereinfallen«, bemerkte Tekener.

»Sie meinen, man lässt das Ding absichtlich quietschen?«

Tekener lächelte, und Kennon sah seine Zähne in der Dunkelheit aufblitzen.

»Aber sicher«, erwiderte der Galaktische Spieler. »Kommen Sie.«

Sie verließen den Schutz der Bäume und eilten am Waldrand entlang, bis sie nach etwa einem Kilometer den Rand eines Gleiterparkplatzes erreichten. Mehrere Maschinen standen vor einem hufeisenförmigen Gebäude, das etwa hundert Meter hoch war. Ein stationärer Roboter, der turmartig bis in eine Höhe von fast fünf Metern emporragte, bewachte den Zugang zum Innenhof des Gebäudes. An seiner Oberseite befanden sich sechs Objektive, mit deren Hilfe der Roboter den Parkplatz und den Zugang zum Gebäude überwachte.

»Hoffentlich klappt es«, sagte Kennon leise.

»Wenn nicht, müssen wir aufgeben.«

Ronald Tekener blickte zu dem Roboter hinüber. Er sah, dass sich der Kranz der Robotlinsen langsam drehte. An dieser Maschine kam niemand ungesehen vorbei. Den Informationen zufolge, die Edmon Blister den beiden vermeintlichen Waffenhändlern übergeben hatte, wurde der Roboter von einem Computer gesteuert, in dem das Erscheinungsbild aller Personen gespeichert war, die sich auf der Insel aufhalten durften. Diese Männer und Frauen konnten an dem Roboter vorbeigehen, ohne dass dieser Alarm schlug. Versuchte jemand an ihm vorbeizukommen, der keinem der Identifikationsbilder entsprach, löste der Roboter Alarm aus.

Daher schien es unmöglich für die beiden USO-Spezialisten zu sein, dieses Hindernis zu überwinden.

Tekener legte sich ins Gras und holte eine flaschenförmige Druckpistole unter seiner Bluse hervor. Dann befeuchtete er einen Finger und hielt ihn in die Luft. Er diskutierte leise mit Kennon, um sich mit ihm über die Zielrichtung zu einigen. Schließlich drückte er einen Knopf an der Unterseite der Flasche, und leise zischend entwich ein Gas aus der Waffe.

Ein haarfeiner Farbstrahl schoss aus einer Düse und löste sich nach etwa fünfzig Metern zu einem Nebel auf. Dieser trieb im Wind auf den Roboter zu.

»Man kann nichts sehen«, sagte Kennon flüsternd. »Die Objekte sehen noch immer blank aus.«

»Aber sie sind es nicht mehr.«

Der Farbnebel wehte auf den Roboter zu, und die winzigen Farbpartikel legten sich auf die Linsen der Maschine. Sie bildeten zunächst einen Schleier, der kaum auffiel.

Tekener ließ den Knopf nach etwa einer Minute los. Er wusste, dass nun ein dünner Farbfilm auf den Linsen lag, der jedoch noch immer durchsichtig war. Wenn die Positronik auf diese Behinderung reagierte, dann musste in den nächsten Minuten ein anderer Roboter kommen und die Linsen säubern. Doch es kam keiner.

»Weiter«, sagte Kennon. »Es funktioniert.«

Abermals zielte Tekener sorgfältig, bevor er die Waffe auslöste. Sie hatten nur diese eine Farbflasche, und wenn dieser Angriff auf den stationären Roboter nicht gelang, mussten sie den ganzen Plan aufgeben. Sie gingen davon aus, dass die Positronik auf das Erscheinungsbild von Personen ansprach, die nicht in ihr gespeichert waren, dass jedoch nichts geschah, wenn die optischen Linsen als Informationsträger allmählich ausgeschaltet wurden.

Tatsächlich blieb alles ruhig. Die beiden Spezialisten warteten fast fünf Minuten. Als auch dann noch kein Reparaturroboter erschienen war, gab Tekener das Zeichen zum Aufbruch.

Sie eilten so weit wie möglich in der Deckung der geparkten Antigravgleiter auf den Roboter zu, liefen an ihm vorbei und betraten den Innenhof des Gebäudes.

Vor der Eingangsschleuse blieben sie stehen. Kennon kramte einen kleinen Projektor aus seiner Kleidung hervor, heftete ihn neben der Tür an die Wand und schaltete ihn ein. Auf einem winzigen Bildschirm erschienen einige Zahlen. Sie zeigten dem Verwachsenen an, wo in der Wand der Individualtaster verborgen war, der mit den Daten der Personen gespeist war, die berechtigt waren, das Gebäude zu betreten.

»Das ist die entscheidende Schwachstelle«, sagte er flüsternd. »Der Individualtaster spricht erst an, wenn wir die Tür öffnen. Wir hätten keine Chance gehabt, wenn er automatisch jeden erfasst hätte, der sich ihm nähert. Das Gerät ist erheblich besser als die in der Mauer.«

Er strich sich mit der Hand über die Metallfolie, die seinen Kopf umhüllte. Diese bildete keinen ausreichenden Schutz mehr bei den Individualtastern dieser Art. Daher neutralisierte Kennon das Gerät, so dass Tekener anschließend gefahrlos die Tür öffnen konnte. Jetzt legten die beiden Männer die Kopfhüllen ab, weil diese sie nun nur noch behinderten.

Sie betraten das waffentechnische Forschungsinstitut, das die regierenden Männer von Xexter für uneinnehmbar hielten. Einige Hindernisse hatten sie überwunden, damit aber hatten sie ihr eigentliches Ziel noch nicht erreicht.

Sie eilten über einen Gang auf eine Tür zu, als es hinter ihnen plötzlich hell wurde. Tekener drehte sich um und blickte zurück. Er sah durch ein Fenster zum Innenhof, dass ein Gleiter wenige Meter von der Tür entfernt landete.

»Schnell«, sagte er.

Er schob Kennon auf eine Tür zu, die mit einem ihm unbekannten Symbol gekennzeichnet war. Er öffnete sie und stand plötzlich einem Epsaler gegenüber. Dieser war so überrascht, dass ihm eine Akte aus den Händen fiel. Dann aber öffnete der Umweltangepasste den Mund zu einem Schrei. Gleichzeitig stürzte er sich auf Tekener.

Bevor er jedoch einen Laut über die Lippen bringen konnte, traf ihn die Impulswellenfront aus dem Schockstrahler Kennons und warf ihn zu Boden.

»Hoffentlich ist niemand durch den Krach aufmerksam geworden«, sagte Tekener, beugte sich zu dem Paralysierten hinab und zerrte ihn von der Tür weg.

Kennon stand an der Tür, die noch einen Spalt breit offen war. Er winkte Tekener zu sich heran.

Als dieser auf den Gang hinausspähte, sah er wie Edmon Blister mit seinen beiden ertrusischen Leibwächtern das Gebäude betrat. Aus einer gegenüberliegenden Tür kamen zwei Arkoniden. Sie eilten auf ihn zu, um ihn zu begrüßen.

Tekener schloss die Tür.

»Das hat uns gerade noch gefehlt«, sagte er. »Er versucht, uns hereinzulegen. Ich hätte es mir denken können.«

Kennon schüttelte den Kopf. Der Kosmokriminalist deutete das Verhalten des Akonen anders.

»Blister will Oberster Regent von Xexter werden«, widersprach er. »Dazu braucht er die Superwaffe nicht unbedingt. Wahrscheinlich ist ihm eine spektakuläre Niederlage des Regenten sogar willkommen. Er könnte hier sein, weil er uns unterstützen will.«

»Pssst – warte mal«, sagte Tekener hastig. Er legte den Finger an die Lippen.

Sinclair Marout Kennon blickte ihn forschend an.

Der Galaktische Spieler lehnte an der Tür und horchte. Fast zwei Minuten verstrichen, bis er sich Kennon wieder zuwandte.

»Entschuldigen Sie die allzu vertrauliche Anrede«, bat er.

Kennon winkte ab. »Was ist los?«, fragte er.

Tekener grinste. »Sie werden es nicht glauben, aber ich habe es deutlich gehört. Edmon Blister ist gekommen, weil Alhad Besk, der Oberste Regent von Xexter, hier ist.«

Kennon schüttelte fassungslos den Kopf.

»Das darf nicht wahr sein«, entgegnete er. »Schlimmer hätte es für uns nicht kommen können.«

»Tatsächlich nicht?«, fragte Tekener. »Ich bin gar nicht mal so sicher, dass die Anwesenheit des Epsalers schlecht für uns ist. Im Gegenteil. Wenn Alhad Besk hier ist, sind die Wachen abgelenkt. Da man nicht um die Sicherheit des Obersten Regenten besorgt sein muss, dürfte alles ein bisschen nachlässiger als sonst gehandhabt werden. Und das kann nur gut für uns sein.«

»Alhad Besk ist ein Epsaler. Er wird keine Nachlässigkeiten zulassen.«

»Er wird gar nichts davon bemerken«, entgegnete Tekener. »Er wird sich mit allem möglichen befassen, nicht aber mit Abwehrmaßnahmen, zumal er gar nicht weiß, dass sein Geheimprojekt bedroht ist.«

Kennon nickte.

»Also gut«, sagte er in einem Tonfall, der deutlich machte, dass er nicht länger diskutieren wollte. »Was machen wir mit ihm?«

Er zeigte auf den paralysierten Epsaler.

»Wir verstecken ihn.« Tekener sah sich um und entschied sich dann dafür, den Umweltangepassten hinter den Arbeitstisch zu legen, so dass man ihn von der Tür aus nicht sehen konnte. Er lehnte das Hilfsangebot Kennons ab, schleppte den Epsaler allein dorthin und stellte noch einen Sessel vor ihm.

»Das wird genügen.« Er verabreichte dem Umweltangepassten eine weitere Schockdosis, damit er nicht vor Ablauf von acht Stunden erwachte. Nachdem Kennon sich davon überzeugt hatte, dass sie den Gang ungefährdet betreten konnten, verließen sie den Raum. Tekener schloss die Tür hinter sich ab.

»Es stimmt«, bemerkte Kennon. Er versuchte, abfällig zu lächeln, verlor jedoch die Kontrolle über seine Gesichtsnerven, so dass sich seine Züge zu einer Grimasse verzerrten. Hastig legte er sich eine Hand vor das Gesicht und stöhnte gequält. Mühsam gefasst fuhr er fort: »Man ist unvorsichtig geworden. Alles dreht sich um den Diktator Alhad Besk. In diesem Flügel des Gebäudes hält sich offenbar niemand mehr auf.«

Die beiden Männer eilten über die Gänge und Flure des Gebäudes. Sie kannten sich aus, da sie die Baupläne tagelang studiert hatten.

Mühelos öffneten sie positronisch gesicherte Türen, überwanden Sperren, obwohl diese mit vorprogrammierten Individualtastern versehen waren, und sanken schließlich gar in einem Antigravschacht fünf Stockwerke weit nach unten, obwohl sie etwa hundert Meter unter sich eine Gruppe von Frauen und Männern bemerkten. Doch da sie sich so gelassen und selbstverständlich bewegten, als gehörten sie zu den Wissenschaftlern und Technikern, fielen sie niemandem auf.

Tekener blickte auf sein Chronometer. Es zeigte 19.58 Uhr Ortszeit an.

»Wir sind auf die Minute genau«, sagte er leise und öffnete eine Tür, die mit einem Hygienesymbol versehen war.

Die beiden USO-Spezialisten betraten die Hygieneräume und zogen sich bis in den äußersten Winkel zurück. Wenig später hörten sie, dass die Tür ging. Sie schlossen sich in einer Kabine ein. Pfeifend kam ein Mann herein, wusch sich die Hände und ging wieder hinaus.

Wiederum blickte Tekener auf das Chronometer.

20 Uhr.

Laut dröhnend schloss ein Panzerschott den Antigravschacht nach oben hin ab. Die Leuchtelemente an den Decken erloschen.

»Wir sind allein hier unten«, stellte Kennon fest. Er verließ die Kabine. »Wir sind so gut wie am Ziel.«

Die beiden Männer traten auf den Gang hinaus. Im Schein ihrer Taschenlampen sahen sie die anderen Türen. Der Zugang zum Antigravschacht war durch ein Panzerschott verschlossen, und sie wussten, dass ein weiteres Schott gleicher Stärke den Schacht nach oben hin abgeriegelt hatte. Unter ihnen hielt sich niemand mehr auf. Die Wissenschaftler und Techniker, die in der Forschungsanstalt gearbeitet hatten, befanden sich nun alle in den oberen Stockwerken.

Das war der entscheidende Schwachpunkt der Anlage, den Tekener und Kennon genutzt hatten. Nach 20 Uhr Ortszeit hier einzubrechen, war wegen der Abriegelungen unmöglich, denn nicht nur die Schotte sicherten diesen Bereich ab, sondern auch noch eine Reihe von weiteren Maßnahmen. Niemand konnte sich dem Antigravschacht nun nähern, ohne erfasst zu werden. Selbst die raffiniertesten Methoden der USO mussten gegenüber diesen Abwehreinrichtungen versagen.

Aus der Sicht der Xexterer erschien es ausgeschlossen, dass

irgendjemand die Anlage vor 20 Uhr ungesehen betrat, da jeder jeden kannte. Daher war niemand auf den Gedanken gekommen, dass es jemandem gelingen könnte, sich hier einsperren zu lassen. Genau das aber war der Plan gewesen, den Tekener und Kennon entwickelt hatten, und er war gelungen.

Wenig später standen sie vor einem positronisch abgesicherten Panzerschott, das mit der Aufschrift TRESORRAUM versehen war. Jetzt begann Sinclair Marout Kennon mit seiner Arbeit. Er kannte sich mit dem positronischen Schloss aus. Hierbei erwies er sich Tekener als weit überlegen. Dieser beobachtete den Verwachsenen, und sein Respekt wuchs. Die Leistung, die Kennon zeigte, war einmalig. Mit ihr unterstrich der Kosmokriminalist, dass er über ein Können verfügte, das seine körperlichen Mängel unwesentlich machte.

»Genial«, sagte der Galaktische Spieler, als das Panzerschott zur Seite glitt und den Weg in den Tresorraum freigab. »Ich kenne niemanden sonst, der das schaffen würde.«

Die Augen Kennons leuchteten auf. Das Lob Tekeners tat ihm sichtlich wohl. Er lächelte mühsam.

»Dafür bin ich vollkommen erledigt«, gestand er. »Ich bin so erschöpft, dass ich mich hinsetzen muss.«

»Das spielt keine Rolle. Nach so einer Leistung müsste sich jeder ausruhen. Machen Sie eine Pause, Ken, Sie haben sie verdient.«

Kennon nickte. Er fuhr sich mit beiden Händen über das Gesicht, das grau und müde aussah, zugleich aber entspannt und gelöst wirkte. Tekener sah dem Verwachsenen an, dass er das Erfolgserlebnis genoss.

»Ich will ehrlich sein«, sagte der Galaktische Spieler. »Bis zu diesem Zeitpunkt hatte ich erhebliche Zweifel, dass wir es schaffen. Jetzt weiß ich, dass ich keinen Grund hatte, pessimistisch zu sein.«

Die beiden Spezialisten betraten den Tresorraum, der etwa zehn Meter lang, vier Meter breit und drei Meter hoch war. In der Mitte des Raumes stand ein kastenförmiger Tisch, auf dem allerlei Papiere lagen. Auf der Wand der Tür gegenüber, leuchtete eine Schrift, die jemand mit roter Farbe aufgetragen hatte.

»*Rache für Esperdetyn!*«, las Tekener.

Er schüttelte den Kopf und drehte sich zu Kennon um.

»Haben Sie eine Ahnung, was das bedeuten könnte?« Er bemerkte, dass der Kosmokriminalist sich auf den Boden gesetzt hatte und sich mit dem Rücken an die Wand lehnte.

»Nein. Das sagt mir überhaupt nichts«, erwiderte er. »Allerdings …«

»Allerdings – was?«

»Nichts. Mir kam der Name Esperdetyn irgendwie bekannt vor, aber ich muss mich wohl geirrt haben. Ich glaube nicht, dass ich ihn schon einmal gehört habe.«

»Esperdetyn.« Tekener horchte in sich hinein. Auch ihm war, als sei ihm der Name schon einmal begegnet, aber er wusste nicht mehr, was er bedeutete, obwohl er ein überragendes Gedächtnis hatte und normalerweise so gut wie nichts vergaß. »Vielleicht fällt es mir wieder ein.«

Er wandte sich den Papieren zu, die auf dem Tisch lagen. Es waren mathematische und hyperphysikalische Berechnungen, die mit keiner Waffe im Zusammenhang zu stehen schienen. Tekener wusste auch nach fast einer Stunde Arbeit an ihnen nichts damit anzufangen. Mittlerweile hatte sich Kennon zu ihm gesellt, aber auch er schien zu keinem Ergebnis zu kommen.

Tekener wandte sich den Stahlschränken zu, die nur mit Magneten verschlossen waren und sich leicht öffnen ließen.

Er fand einige Papiere mit Zahlenmaterial von der Erde. Verblüfft überflog er die Zahlen, da eine solche Zusammenstellung für ein derartiges Institut allzu banal erschien. Er hatte sich nicht geirrt. Auf den Papieren befand sich eine mathematische Darstellung der Erde.

»Was soll so etwas?«, fragte er. »Haben Sie eine Erklärung?«

Sinclair Marout Kennon war auf den kastenförmigen Tisch

geklettert. Er hockte zwischen den verschiedenen Aufzeichnungen, weil er diese so viel leichter lesen konnte, als wenn er am Tisch gestanden hätte. Er blickte nur flüchtig auf und nickte.

»Natürlich«, erwiderte er. »Die Erde ist das Ziel. Alhad Besk will die Erde vernichten.«

»Das kann ich mir nicht vorstellen. Seine Erfolgsaussichten wären gleich Null.«

»Das wird sich zeigen. Er scheint ein kluger Mann zu sein, der weiß, was er will. Er wird die Erde angreifen, wenn wir ihn nicht daran hindern.«

Er fuhr sich mit dem Handrücken über das zuckende linke Auge. »Haben Sie schon einmal etwas vom Planeten Aqua gehört?«

Tekener schüttelte den Kopf. »Tut mir leid.«

»Hm – irgendwo ist mir dieser Name schon einmal begegnet«, bemerkte Kennon. »Aqua. Es handelt sich also um eine Wasserwelt.«

Er fuhr nervös mit den Armen durch die Luft.

»Es wird mir schon noch einfallen. Machen wir weiter.« Er tat, als bestünde nicht die geringste Gefahr für sie. Weder er noch Tekener verschwendeten vorläufig einen Gedanken daran, wie sie das waffentechnische Forschungsinstitut wieder verlassen sollten. Sie hatten einen Plan, und sie hatten noch viele Stunden Zeit, bis sich die Panzerschotte wieder öffneten. Dann aber fluteten auch die Wissenschaftler herein, so dass der Rückzug mit vielen, noch nicht überschaubaren Risiken verbunden war.

Während Kennon weiter an den Papieren auf dem Tisch arbeitete, durchsuchte Tekener den Tresorraum. Nach einiger Zeit kam er mit einer beschrifteten Folie zu Kennon und legte sie ihm vor.

»Lesen Sie«, sagte er.

Der Verwachsene nahm die Folie in die Hand und warf einen Blick darauf. Dann erbleichte er.

»Das also ist es«, entfuhr es ihm.

»Der Planet Esperdetyn, für den Alhad Besk sich rächen will, war der dritte Planet der Sonne Beteigeuze. Der vierte Planet war und ist Aqua. Der dritte ist mittlerweile eine Sonne.«

»Der dritte Planet von Beteigeuze wurde von Perry Rhodan in einem geschickt angelegten Planspiel geopfert. Rhodan schaffte es, den Gegnern vorzugaukeln, der dritte Planet von Beteigeuze sei die Erde. Der Planet starb, und die Gegner zogen in dem Bewusstsein ab, der Menschheit einen vernichtenden Schlag beigebracht zu haben. Mit dieser Aktion befreite Rhodan die Erde von der Bedrohung und verschaffte der Menschheit den nötigen Freiraum für die weitere Entwicklung.«

Ronald Tekener nickte. »So war es. Vor mehr als vierhundert Jahren. Nach diesen Unterlagen hier hieß der dritte Planet von Beteigeuze Esperdetyn.«

Kennon schüttelte den Kopf.

»Da stimmt etwas nicht«, wandte er ein. »Erstens war Esperdetyn eine Urwelt, die nicht von intelligenten Wesen bewohnt wurde. Es gab auch keine kulturellen Zeugnisse oder sonst irgendeinen Hinweis darauf, dass der Planet für jemanden von Interesse war. Zweitens gab es zum Zeitpunkt der Vernichtung dieser Welt noch gar keine Epsaler. Alhad Besk aber ist ein Epsaler. Welches Interesse sollte er daran haben, sich für den Untergang einer Welt zu rächen, mit der überhaupt nichts zu tun hatte?«

»Vielleicht ist er gar kein Epsaler?«

»Er ist einer«, erwiderte Kennon. »Ich habe Bilder von ihm gesehen.«

»Dann passt nichts zusammen.« Tekener deutete auf den Spruch an der Wand, in dem Rache für Esperdetyn gefordert wurde. »Und dann hat dieser Spruch keinen Sinn.«

»Oder Esperdetyn war gar nicht der dritte Planet von Beteigeuze.«

Tekener tippte mit dem Zeigefinger auf die Folie.

»Er war. Das geht aus diesen Unterlagen eindeutig hervor. Und die Racheforderung hätte ja auch einen Sinn, wenn sie nicht gerade von einem Epsaler gestellt worden wäre. Alhad Besk aber ist nun mal der Oberste Regent, der wirklich starke Mann von Xexter. Und wir müssen wohl davon ausgehen, dass er sich rächen will. Alles, was wir hier gefunden haben, weist auf eine bevorstehende Aktion gegen die Erde hin.«

Kennon hob einige Papiere auf.

»Ich weiß auch mittlerweile, was für eine Waffe hier entwickelt wird«, erklärte er. »Ich habe noch keinen Namen dafür. Die Wissenschaftler sprechen nur vom Projekt E.«

»Und was ist das für ein Ding?«

»Es geht um eine Waffe, die die Atome in sich zusammenstürzen lässt. Wenn wir dem glauben dürfen, was hier steht, bricht ein mit dieser Waffe angegriffener Planet in sich zusammen und verwandelt sich in einen Neutronenstern. Ich weiß nicht, wie lange der Prozess dauert, aber ich nehme an, dass ein Planet innerhalb weniger Minuten stirbt, wenn er dieser Waffe ausgesetzt ist. Die Erde würde auf die Größe eines Tennisballs zusammenschrumpfen. Für die Bevölkerung gäbe es keine Rettung.«

Sinclair Marout Kennon sprach kühl und gelassen, als ginge ihn das alles nichts an. Tekener kannte ihn mittlerweile jedoch so gut, dass er spürte, was der Verwachsene bei dem Gedanken an ein solches Geschehen empfand.

»Wenn die Unterlagen stimmen«, sagte Tekener, »betreibt Xexter einen Aufwand für dieses Projekt, der eigentlich weit über die Möglichkeiten dieser Welt hinausgeht. Wenn das Projekt allerdings gelingt, und Alhad Besk seine Macht beweisen kann, dann kann er sich mit einem Schlag zu einem der mächtigsten Männer der Galaxis aufschwingen. Er kann die anderen Völker erpressen und sie zu hohen Tributen zwingen. Scheitert das Projekt, ist er pleite, und zwar so gründlich, dass es Jahre dauern wird, bis Xexter sich einigermaßen wieder erholt hat.«

»Er wird scheitern«, erklärte der Kosmokriminalist. »Dafür werden wir sorgen.«

»Allerdings«, antwortete Tekener.

»Die Frage ist, wie wir vorgehen. Wir müssten diese Unterlagen hier vernichten, in den Computerraum gehen und dort alle gespeicherten Daten löschen und dann nach Möglichkeit noch den oder die verantwortlichen Wissenschaftler ausschalten, die das Projekt entwickelt haben.«

»Ich glaube, es genügt, die Arbeitsunterlagen zu beseitigen«, sagte Tekener. »Der Aufwand für dieses Projekt ist so hoch, dass Xexter mit Sicherheit nicht noch einmal von vorn beginnt, wenn wir hier aufräumen.«

Kennon setzte sich auf die Tischkante.

»Tatsache ist jedoch, dass wir nicht mehr herauskommen, wenn wir so weit gehen«, stellte er fest. »Wenn wir uns den Hauptcomputer vornehmen, heulen auf der ganzen Insel die Sirenen.«

»Abwarten«, erwiderte Tekener. »Wir haben mehrere Möglichkeiten, Informationen aus dem Computer verschwinden zu lassen.«

Er zählte die verschiedenen Methoden auf und diskutierte sie mit Kennon durch, bis sie sich auf eine geeinigt hatten, die die größten Chancen für sie eröffnete, weil durch sie ein Großalarm vermieden wurde.

Die beiden Spezialisten entleerten die Tresorfächer und warfen alle Papiere auf einen Haufen. Dann vernichteten sie sie mit Hilfe ihrer Desintegratoren, so dass der Tresorraum nur noch grauen Staub enthielt, als sie ihn verließen. Sie betraten kurz darauf eine Halle, in der die Hauptcomputer des Forschungsinstituts standen. Ohne sonderliche Anstrengungen hatten sie die Abwehr- und Sicherungsmaßnahmen überwunden.

»Also dann«, sagte Tekener. »Beginnen wir mit der Arbeit.«

»Vorher müssen wir noch klären, wie weit die Forschungen gediehen sind«, wandte Kennon ein. »Wir müssen wissen, ob es schon eine Bombe gibt, die unter Umständen gegen die Erde eingesetzt werden kann.«

»Das wird uns der Computer beantworten.«

Tekener ging zu einem der Schaltpulte. Die gesamte Anlage

war in Betrieb. Die Hauptsysteme liefen. Auf einigen Monitorschirmen konnten die beiden Männer beobachten, was in den anderen Bereichen des Forschungsinstituts geschah. Tekener blieb vor einem Bildschirm stehen, auf dem er Edmon Blister erkannte.

Für einige Sekunden geriet die mächtige Gestalt eines Epsalers, der eine dunkelblaue, mit zahlreichen Orden besetzte Uniform trug, ins Bild.

»Das ist er«, sagte Kennon. »Alhad Besk, der Oberste Regent von Xexter.«

8.

Edmon Blister glaubte an seine Chance. Er war auf die Insel gekommen, weil er eine Entscheidung herbeiführen wollte. Unter den Wissenschaftlern hatte er viele Freunde. Unter ihnen waren aber auch erklärte Gegner des Obersten Regenten, Männer und Frauen, von denen der Akone wusste, dass sie seine Ablösung herbeisehnten.

Blister zweifelte nicht daran, dass die meisten Wissenschaftler die Arbeit augenblicklich niedergelegt hätten, wenn sie gewusst hätten, dass die von ihnen entwickelte Waffe an der Erde erprobt werden sollte. Zu dem Team der Wissenschaftler gehörten jedoch nicht nur ausgewanderte Terraner, sondern auch Ertruser, Epsaler, Akonen, Arkoniden und sogar Topsider. Sie alle begrüßten das Ende des Großen Imperiums und der Galaktischen Allianz. Sie wollten nicht, dass Terra zu neuer Machtfülle aufstieg, aber sie wollten auch nicht, dass ein Mann wie Alhad Besk die Völker der Galaxis niederwarf. Ihnen hatte der Diktator vertraglich zugesichert, dass die neue Waffe ausschließlich defensiven Charakter haben würde. Sie sollte nur als Druckmittel verwendet werden, falls irgendeine fremde Macht Xexter und die auf ihnen lebenden Völkerschaften bedrohte.

Blister wusste jedoch, dass es auch Wissenschaftler gab, die davon träumten, dass sich Xexter zu einer galaktischen Macht aufschwang. Sie waren bereit, militärische Mittel gegen andere Völker einzusetzen und auf diese Weise an Bedeutung zu gewinnen.

Diese Männer und Frauen standen geschlossen hinter Alhad Besk, weil sie daran glaubten, dass er ihre Träume am ehesten verwirklichen würde, und weil sie realistisch genug waren zu wissen, dass die neue Waffe keinen defensiven Charakter hatte. Sie sahen in der planetenvernichtenden Bombe eine Offensivwaffe, und sie zweifelten nicht daran, dass Alhad Besk sie irgendwann auf irgendeinem Planeten der Milchstraße zünden würde.

Beide Gruppen verfolgten jedoch nicht in erster Linie politische, sondern rein wissenschaftliche Ziele. Keine von ihnen befasste sich mit dem Gedanken, Alhad Besk abzulösen oder ihn politisch stärker zu motivieren. Edmon Blister fürchtete daher nicht, von ihnen angegriffen oder aufgehalten zu werden, wenn er gegen den Diktator vorging. Während Alhad Besk sich sonst mit einer Schar von Sicherheitsbeamten umgab, war er auf der Insel praktisch allein. Hier fühlte er sich völlig sicher, und das kam den Plänen des Expansionsministers entgegen.

»Wir bringen ihn um«, sagte Blister zu den beiden Ertrusern, die ihn begleiteten, als sie den Gleiter verlassen hatten und das Gebäude der Forschungsanstalt betreten wollten.

»Du brauchst nur mit den Fingern zu schnippen, und es ist aus mit ihm«, antwortete Cepes Galun.

»Dann bereitet euch darauf vor, dass ich das tun werde«, erwiderte er.

Edmon Blister ließ sich jedoch Zeit. Er überstürzte nichts, sondern nahm an Besprechungen mit Wissenschaftlern und dem Obersten Regenten teil, als sei alles so wie sonst. Tatsächlich aber beobachtete er Alhad Besk und die Hauptverantwortlichen der Forschungsanstalt, um sich abzusichern. Bevor er zuschlug, wollte er wissen, ob er einen Konter von Seiten der Wissenschaftler zu erwarten hatte, sobald er sich selbst als Obersten Regenten ausgerufen hatte.

Er wollte aber auch wissen, wie weit das Forschungsprojekt gediehen war, doch davon sprach zunächst keiner der Wissenschaftler. Es schien, als wollten sie dieser Frage ausweichen. Erst nach Stunden erfuhr Edmon Blister, dass die neue Waffe das Experimentierstadium erreicht hatte, und dass jetzt nach einer Welt gesucht werden sollte, an der sie zum ersten Mal erprobt werden konnte.

»Ich bin der Ansicht, dass wir einen gefährlichen Fehler gemacht haben«, sagte er. »Wir hätten diese Forschungsanstalt niemals auf Xexter errichten dürfen, sondern nur auf einer unbewohnten Welt. Wer kann denn einen Katastrophenfall ausschließen, und was wäre, wenn die Bombe durch ein Versehen gezündet wird?«

»Dann wäre Xexter in wenigen Minuten nur noch so groß«, antwortete einer der Wissenschaftler und ballte die Rechte zur Faust.

»Diese Entscheidung habe ich getroffen«, erklärte Alhad Besk ärgerlich. Ihm gefiel nicht, dass Blister ihn kritisierte. »Und sie war richtig, denn die Wissenschaftler haben mir versichert, dass ein solches Versehen ausgeschlossen ist.«

»Damals wussten wir noch nicht, was auf uns zukommt«, bemerkte einer der Männer am Tisch. »Wir waren alle ein wenig naiv.«

»Mäßigen Sie sich«, fuhr der Oberste Regent ihn an. »Eine derartige Feststellung steht ihnen nicht zu.«

»Es ist Zeit, dass Sie abtreten«, sagte Edmon Blister und erhob sich. »Es ist Zeit für einen politischen Wechsel.«

Alhad Besk lachte dröhnend.

Edmon Blister schnippte mit den Fingern und blickte seine ertrusischen Leibwächter an. Die beiden Riesen griffen zu ihren Energiestrahlern und schossen.

Alhad Besk aber erwies sich ihnen überlegen. Seine rechte Hand fuhr unter seine Jacke und zog einen Energiestrahler hervor. Seine Bewegungen waren so schnell, dass sich die Konturen verwischten. Er feuerte auf die beiden Ertruser und tötete sie, entging jedoch den Energiestrahlen aus ihren Waffen nicht ganz. Die sonnenhellen Strahlen streiften ihn am Kopf und an der Hüfte.

Edmon Blisters Augen weiteten sich vor Überraschung. Er sah, wie die Energiestrahlen Körpermasse hinwegrissen und darunter Kunststoff- und Stahlteile freilegten. Die Hitze versengte die organische Masse und fetzte sie wie eine Maske hinweg.

Fassungslos blickte der Expansionsminister auf die stählerne Halbschale, die aus der vergehenden Biomasse auftauchte. Er sah gedruckte Schaltungen und Mikrochips, und er erkannte, dass er die ganze Zeit mit einem Roboter verhandelt hatte.

Entsetzt schrie er auf, als sich die Waffe des Automaten auf ihn richtete. Flehend streckte er die Arme aus, um den Tod abzuwehren, doch Alhad Besk kannte keine Gnade. Er schoss.

Edmon Blister stürzte neben den beiden Ertrusern auf den Boden. Die Wissenschaftler waren aufgesprungen. Sie flüchteten bis an die Wände des Konferenzraums. In panischer Angst beobachteten sie den Roboter, der seine Waffe mit solcher Wucht von sich schleuderte, dass sie die Wand durchbrach.

Damit nicht genug. Alhad Besk brüllte wie ein Tier. Er raste plötzlich los und rannte mit wirbelnden Fäusten etwa zwei Meter neben der Tür gegen die Wand. Die Kunststoffverkleidung zersplitterte wie dünnes Glas, und der gehärtete Beton zerplatzte, als sei eine Bombe eingeschlagen. Der Roboter stürmte durch die Wand auf den anschließenden Gang hinaus.

»Er ist verrückt geworden«, sagte einer der Wissenschaftler stöhnend. »Die Hitze hat die Positronik beschädigt.«

»Weg hier«, rief eine junge Frau. »Der läuft Amok. Wir müssen raus.«

Kopflos rannte sie zur Tür, öffnete sie und flüchtete aus dem Haus in die Dunkelheit hinein. Die anderen Wissenschaftler folgten ihr. Sie hatten gesehen, wie unglaublich schnell der Roboter reagierte, wenn er angegriffen wurde, und dass er Titanenkräfte entwickelte. Keiner dachte daran, sich ihm entgegenzuwerfen und ihn aufzuhalten.

Sinclair Marout Kennon stand auf der Sitzfläche eines Sessels und bediente die Tasten des Hauptcomputers.

»Das Programm wird gelöscht«, erklärte er, »und niemand wird merken, was los ist, bevor es zu spät ist. Damit wäre das Projekt E am Ende.«

»Sie haben eine Bombe«, erwiderte Tekener. »Und das könnte genau eine zuviel sein. Wir müssen sie beseitigen.«

Kennon schüttelte den Kopf.

»Ausgeschlossen. Wir wissen nicht, wie sie funktioniert. Wenn wir einen Fehler machen, stürzt Xexter in sich zusammen.«

»Und wir auch«, ergänzte Tekener. Er blickte sich flüchtig in der Zentrale um, ohne etwas zu entdecken, was er hätte erledigen müssen. »Kommen Sie allein zurecht?«

»Selbstverständlich«, erwiderte der Verwachsene. »Gehen Sie nur und sehen Sie sich nach der Bombe um. Irgendwo in der Nähe muss das Hauptlabor sein. Vielleicht finden Sie dort etwas. Ich brauche noch etwa zwanzig Minuten, bis ich alle Programme und die gespeicherten Informationen gelöscht habe. Danach werde ich mich in dem mit BB gekennzeichneten Raum umsehen. Ich vermute, dass dort einige Speicherkristalle aufbewahrt werden, die als Reserve für den Fall dienen, dass hier etwas passiert. Dafür benötige ich ungefähr eine halbe Stunde. Sie haben also fast eine Stunde Zeit.«

»Okay. Ich bin in etwa einer Stunde zurück.«

Der Galaktische Spieler verließ den Computerraum. Sein Gesichtsausdruck zeigte das Bewusstsein, dass Kennon alle Arbeiten erledigen würde, die notwendig waren, die Forschungsanstrengungen der xexterischen Wissenschaftler zunichte zu machen.

Sinclair Marout Kennon konzentrierte sich auf die komplizierten Schaltungen. Er musste äußerst vorsichtig vorgehen und konsequent logisch denken, wenn er keinen Alarm auslösen wollte. Ein einziger Fehler konnte schon die Abwehrkräfte der Forschungsanstalt herbeirufen, und er wusste, dass diese nicht lange fragen, sondern sofort zuschlagen würden. Nach allen Erfahrungen, die er bisher auf Xexter gesammelt hatte, machte er sich keine Illusion darüber, was das bedeutete. Von dem diktatorischen System Alhad Besks waren Menschen schon wegen wesentlich geringerer Vergehen getötet worden.

Doch daran dachte er nicht.

Er dachte nur an die Schritte, die er verfolgen musste, um der

Logik gerecht zu werden, nach der das positronische Großhirn aufgebaut war, dem er nun das eingespeicherte Wissen nehmen wollte. Solche Unternehmungen konnten nur von Spezialisten durchgeführt werden, die eine langjährige Schulung hinter sich hatten. Einsätze wie diese hatten jedoch zu dem Ausbildungsprogramm gehört, das Kennon absolviert hatte. Aufgrund einer Anweisung von Lordadmiral Atlan hatte Kennon einen Großteil seiner Ausbildung allein mit einem Einweiser hinter sich gebracht, da er wegen seiner psychischen Schwierigkeiten oft nicht in der Lage gewesen war, mit anderen Auszubildenden zusammenzuarbeiten.

Der Kosmokriminalist kannte sich nun nicht nur in der Bedienung der Positronik, sondern auch in ihrer überaus schwierigen Technik aus, so dass er in der Lage war, die verschiedenen Sicherungen zu überlisten und unbezwingbar erscheinende Barrieren dadurch zu überwinden, dass er direkt in die technische Einrichtung des Computers eingriff.

Ein dumpfes Poltern schreckte Kennon auf. Er blickte auf das Chronometer. Es zeigte ihm an, dass Tekener vor etwa fünfzehn Minuten aufgebrochen war. Daher sagte der Kosmokriminalist sich, dass er es nicht sein konnte, der das Geräusch verursacht hatte.

Beunruhigt rutschte er vom Sessel. Er wollte sich auf dem Gang vor dem Computerraum umsehen, um nicht von einer Wache überrascht zu werden, und er fragte sich, ob er trotz aller Vorsicht doch einen Alarm ausgelöst hatte.

Als er noch etwa zehn Meter von der Tür entfernt war, vernahm er ein Brüllen, das laut und drohend klang wie der Ruf eines wilden Tieres.

Bestürzt blieb Kennon stehen. Er horchte mit angespannten Sinnen. Das Brüllen verklang, und es wurde wieder ruhig in der Forschungsstation. Unwillkürlich fragte der Terraner sich, ob hier auch Forschungen an Tieren von Xexter betrieben wurde, und ob es einem dieser Tiere gelungen war, auszubrechen. Er blickte sich suchend nach einer Waffe um. Ein Bündel mit Ausrüstungsgegenständen lag weit von ihm entfernt auf dem Peripheriegerät eines Computers. Während er noch überlegte, ob er die Waffe holen sollte, vernahm er ein donnerndes Krachen und gleich darauf Schritte, die sich ihm näherten.

Kennon erfasste sofort, wessen Schritte es waren. Er fühlte, wie es ihm kalt über den Rücken lief, und eine eigenartige Lähmung erfasste seine Beine, so dass er nicht zu seiner Waffe eilen konnte, obwohl er es wollte. Sein Mund öffnete sich zu einem Schrei, doch nur ein heiseres Röcheln kam über seine Lippen.

Er wusste, dass sich ihm ein Roboter näherte.

Plötzlich war sie wieder da, die Erinnerung an den Überfall des Kampfroboters auf das Internat. Er spürte das Beben des Bodens unter seinen Füßen wieder, das er schon glaubte, vergessen zu haben.

Ein dumpfer Schlag erschütterte die Mauer neben ihm. Er sah, wie Risse entstanden und sich rasend schnell nach allen Seiten ausbreiteten.

Erschreckt wich er vor der Mauer zurück.

Kunststoffsplitter wirbelten über ihn hinweg. Eine riesige Faust schoss durch die Mauer und sprengte ein großes Stück der Verkleidung heraus, als sei es nur dünnes Papier.

Sinclair Marout Kennon, USO-Spezialist und kosmokriminalistisches Genie, warf sich auf den Boden. Auf allen vieren kroch er hinter die Konsole eines Computers. Er hörte das Krachen und Bersten der Mauer. Und er vernahm das Keuchen und Stöhnen des Roboters, das diesem soviel Menschliches verlieh, dass die Maschine Kennon nur noch entsetzlicher und bedrohlicher vorkam.

Der Terraner begriff, dass er nicht an dieser Stelle verharren durfte. Er musste weiter. Er musste versuchen, seine Waffen zu erreichen und auf den Roboter zu schießen.

Heftig nach Luft ringend kroch er weiter. Der Boden war so glatt, dass ihm die Knie wegrutschten. Plötzlich schien sich alles gegen ihn verschworen zu haben.

Er kam nicht voran. Die Lähmung, die ihn erfasst hatte, breitete sich immer weiter aus, und er fühlte sich wie in seinen Albträumen, wenn er vor Verfolgern weglaufen musste, aber aus unerklärlichen Gründen nicht von der Stelle kam.

Donnernd brach die Wand hinter ihm zusammen, und er hörte, dass der Roboter den Raum betrat. Er blickte über die Schulter zurück und sah die Maschine. Sie war keine vier Schritte von ihm entfernt, aber nicht allein diese Bedrohung entsetzte ihn, schlimmer noch war der Anblick des Roboters. Die biologisch lebende Schicht, die ihn umgeben hatte, war am Kopf und an der rechten Hüfte zerstört, dennoch erkannte der USO-Spezialist, dass dieser Roboter den Diktator Alhad Besk dargestellt hatte.

Er fuhr zurück und presste sich an die Schaltkonsole, hinter der er sich verbarg.

Die Vergangenheit hatte ihn eingeholt.

Er sah den Roboter wieder vor sich, der in das Internat gekommen war. Es war ein fast fertiggestellter Automat gewesen, der ebenfalls mit einer lebenden Hülle versehen werden sollte. Doch nur seine Hände und die Unterarme trugen Biomolplast, und auch an ihnen war ein Teil der lebenden Masse bei den Schlägen der Maschine gegen die Mauern der Anstalt zerquetscht worden.

Kennon hörte wieder die Schreie der kleinen Liv, deren Beine unter den Trümmern einer zusammengebrochenen Mauer eingeklemmt waren. Er sah sie wieder vor sich, wie sie ihn angeblickt und um Hilfe angefleht hatte.

Er spürte, wie seine kindlichen Hände gegen die Glasscheibe der Tür trommelten, die ihn von dem Raum trennte, in dem Liv sich befand. Mit aller Macht hatte er versucht, das Glas zu zertrümmern und die Tür zu öffnen. Doch er war zu schwach gewesen, und er hatte zusehen müssen, wie der Roboter zurückgekehrt und gegen die Wand angerannt war.

Deutlich erinnerte er sich an die Kälte, die sich bis in sein Innerstes gesenkt hatte, als die Schreie Livs unter den herabstürzenden Trümmern verstummt waren.

Ein Schatten fiel auf Kennon.

Er blickte hoch.

Kaum zwei Schritte neben ihm stand der Roboter, der aussah wie Alhad Besk. Die Maschine wandte ihm den Rücken zu. Langsam drehte sich der Kopf hin und her, als suchte die fehlgesteuerte Positronik nach einem Opfer.

Kennon rutschte rückwärts über den Boden. Er zitterte am ganzen Körper, und am liebsten hätte er laut nach Ronald Tekener geschrien. Doch er wusste, dass der Kosmopsychologe weit entfernt war und ihn nicht hören konnte.

Dann blieb der Kopf des Roboters ruckend stehen. Es schien, als sei alles Leben in der Maschine erloschen. Doch Kennon wusste, dass es nicht so war.

Die Positronik war nach wie vor eingeschaltet, und sie war gefährlich. Sie war außer Kontrolle geraten und handelte nun nach einer Logik, die sich ihm verschloss.

Das war es, was er an Robotern so hasste.

Niemals ließ sich vorhersagen, wie sie handeln würden, und ob die Positronik wirklich ganz in Ordnung war. Bei jedem Lebewesen gab es eine Mimik, die ihm Aufschluss über die Gedanken und die Emotionen seines Gegenübers gaben. Roboter hatten so etwas nicht, und wenn sie es hatten, dann war es eine von einer Positronik gesteuerte Mimik, die tatsächlich bedeutungslos war.

Auch jetzt konnte Kennon nicht vorausberechnen, was der Roboter tun würde. Schon in der nächsten Sekunde konnte der Automat herumfahren und sich auf ihn stürzen. Er konnte ihn angreifen und töten oder auch völlig ignorieren.

Der Verwachsene erinnerte sich wieder daran, wie Thore, der Bruder von Liv, vor dem Roboter gestanden hatte, und er spürte die Hitze wieder, die von einem Feuer in seinem Rücken ausgegangen war. Ein von dem Roboter verursachter Kurzschluss war daran schuld gewesen.

Er kroch hinter einen Computer und blickte zu der Stelle, an der der Roboter durch die Wand gebrochen war. Flammen loderten dort auf. Es war ebenso, wie es in dem Internat gewesen war. Auch dieser Roboter hatte einen Kurzschluss ausgelöst, aber dieses Mal kauerte kein kleiner Junge auf dem Fußboden und blickte den tobenden Roboter furchtsam an. Dennoch war es Kennon, als atme er den ätzenden Rauch wieder ein, der damals aufgestiegen war. Er glaubte, die Tränen zu spüren, die über seine Wangen gelaufen waren. Das Krachen der Leitungen in der Wand erinnerte ihn an die Explosion eines Schaltkastens im Internat. Ein Kunststoffsplitter war ihm neben dem linken Auge ins Gesicht gedrungen und hatte eine nervliche Veränderung bewirkt, die noch heute schuld daran war, dass das Lid ständig zuckte, wenn er erregt war.

Kennon kroch über den Boden. Er kam der Waffe näher und näher, obwohl es ihm vorkam, als sei sie unerreichbar für ihn.

Immer wieder blickte er zu dem Roboter hinüber, und plötzlich schienen die Hände des Automaten zu explodieren. Sonnenhelle Glutstrahlen schossen zwischen den Fingern hervor und schlugen in den Hauptcomputer. Sie vernichteten die Positronik.

Kennon kam es vor, als wolle ihn der Roboter verhöhnen. Welch unendliche Mühe hatte er sich gegeben, die Positronik so zu behandeln, dass kein Alarm ausgelöst wurde, und jetzt feuerte der Automat in den Computer und verwandelte ihn in einen Haufen glühenden Schrotts.

Kennons Gesicht verzerrte sich.

Er sah, dass der Roboter ihm den Rücken zuwandte. Nur noch etwa drei Meter war er von seiner Waffe entfernt, mit der er sich gegen die Maschine wehren konnte. Doch nicht nur das wollte er. In seinem Schrecken, seiner Angst und seiner qualvollen Erinnerung an das Erlebnis im Internat setzte er diesen Roboter mit jenem gleich, der seine beiden einzigen Freunde getötet hatte. Er wollte sich für ihren Tod rächen. Er wollte sich für die Demütigungen rächen, die er erfahren hatte. Er wollte den Roboter nicht nur zerstören, er wollte ihn vernichten wie ein lebendes Wesen, weil er meinte, sich dadurch von allen Ungerechtigkeiten befreien zu können, die ihm nach dem Tod von Thore und Liv widerfahren waren.

Er richtete sich entschlossen auf und rannte auf den Energiestrahler zu, doch er kam nicht so schnell voran, wie er es sich vorgestellt hatte. Er fühlte sich so schwach, dass die Beine unter ihm nachgaben. So kroch er mehr, als dass er lief. Verzweifelt streckte er die Arme aus.

Da bemerkte er, dass der Roboter sich umdrehte.

Er blickte zu ihm hinüber, und das Blut schien ihm in den Adern zu gefrieren. Die beiden Linsen des Roboters richteten sich auf ihn – eine war aus Glas, die andere bestand aus lebendem Biomolplast.

Kennon blieb stehen. Er konnte nicht mehr weitergehen.

Wieder war die Erinnerung da. Er glaubte sich in seine Kindheit zurückversetzt, als er ebenfalls einem tobenden Roboter gegenübergestanden hatte.

Elton Barness war der Leiter des waffentechnischen Forschungsinstituts. Der hochgewachsene, blonde Terraner war nicht zugegen gewesen, als Edmon Blister versucht hatte, den Obersten Regenten zu töten. Doch er erfuhr schnell davon.

Sekunden nach dem Attentat stürzte ein Akone zu ihm ins Arbeitszimmer, in dem er sich auf eine Besprechung mit Alhad Besk vorbereitete, und berichtete ihm, was geschehen war.

»Flüchten Sie«, riet er ihm. »Der Roboter wird uns alle umbringen.«

»Alhad Besk ein Roboter?«, fragte Elton Barness überrascht. Er schüttelte den Kopf, während er sich bemühte, ein aufkommendes Gefühl der Übelkeit zu unterdrücken. »Das kann ich mir nicht vorstellen.«

Er blieb gefasst.

»Fliehen Sie, oder tun Sie etwas gegen den Roboter«, rief ihm der Akone zu.

»Was könnten wir schon tun?«, fragte der Terraner. »Wir haben keine Kampfroboter, die wir gegen ihn einsetzen können. Wir haben nur unbewaffnete Automaten. Sie könnten ihn zu Boden werfen und ihm die Waffenarme aus dem Körper drehen, aber ich glaube kaum, dass sie schnell genug dafür sind. Er würde schießen, bevor sie ihn berühren können.«

»Das ist Ihr Problem«, sagte der Akone, der ständig auf den Gang hinaus blickte, weil er fürchtete, von dem Kampfroboter angegriffen zu werden. Jetzt rannte er durch die Tür hinaus und flüchtete aus dem Gebäude.

Elton Barness schürzte verächtlich die Lippen. Er wusste, dass die Positronik eines Kampfroboters normalerweise so zuverlässig war, dass ein Mensch sich nicht vor einer solchen Maschine zu fürchten brauchte. Zwischenfälle wie diese gehörten eigentlich der Vergangenheit an. Deshalb war er noch nicht davon überzeugt, dass die Situation tatsächlich so gefährlich war, wie der Akone sie ihm geschildert hatte. Er wollte das Arbeitszimmer verlassen, um sich den Roboter aus der Nähe anzusehen.

Als er sich der Tür näherte, platzte ein rundes Plättchen aus der Kunststoffverschalung über der Tür, und ein Videoschirm wurde sichtbar. Auf ihm leuchtete das Symbol des Obersten Regenten.

»Hören Sie zu, Barness«, sagte eine ihm allzu gut bekannte Stimme. »Sie haben natürlich längst erraten, dass nicht ich im waffentechnischen Forschungsinstitut war, sondern dass ich mich durch einen Roboter habe vertreten lassen. Mit diesem war ich ständig verbunden.«

»Alhad Besk«, sagte der Terraner überrascht. »Ich wusste doch, dass Sie kein Roboter sind.«

»In dem Roboter steckte ein kleines, telepathisches Element, ähnlich der wesentlich größeren Einheit, wie wir sie am Raumflughafen haben«, erläuterte der Diktator. »Mit ihrer Hilfe war ich ständig mit der Positronik verbunden, ohne dass irgendjemand mich hätte abhören können, wie es bei einer Funkverbindung möglich gewesen wäre. Das telepathische Element wurde zerstört, als Edmon Blister schoss. Vor seinem Ende hat es vermutlich einige Impulse an die Positronik abgestrahlt, die nun für den Amoklauf des Roboters verantwortlich sind.«

»Ich verstehe«, erwiderte der Terraner. »Was soll ich tun?«

»Direkt unter Ihrem Arbeitszimmer befindet sich eine geheime Kammer. Darin stehen zwei Kampfroboter. Aktivieren Sie sie und erteilen Sie ihnen mündlich den Befehl, den tobenden Roboter zu vernichten. Sie werden es tun.«

Barness blickte verblüfft auf den Boden seines Arbeitszimmers. »Wie komme ich in die Kammer?«

»Schneiden Sie den Teppich mit einem Desintegratormesser auf.«

Der Terraner gehorchte. Wenig später lag ein rundes Schott vor ihm, das einen Durchmesser von fast zwei Metern hatte. Unter einer transparenten Klappe befand sich ein Druckschalter. Barness betätigte ihn, und das Schott öffnete sich. Er sah die beiden Kampfroboter, die regungslos unter ihm standen. Es waren einfache Maschinen mit klobigem und zweckmäßigem Äußeren. Er ließ sich zu ihnen hinab und aktivierte sie, so wie der Oberste Regent es ihm befohlen hatte.

»Ausgezeichnet«, lobte Alhad Besk, als Barness sich von den Robotern nach oben tragen ließ. »Alles weitere erledigen die Roboter. Sorgen Sie dafür, dass Ihnen nicht alle Mitarbeiter weglaufen. Wir wollen die Arbeit schließlich so bald wie möglich fortsetzen.«

9.

Ronald Tekener ahnte nicht, in welcher Situation sich Kennon befand. Er arbeitete sich durch die verschiedenen Sicherheitskontrollen in den Experimentalbereich der Forschungsanstalt hinein. Mit den Kenntnissen, die er während seiner langjährigen Ausbildung genossen hatte, gelang es ihm immer wieder, Fallen aufzuspüren, in die ein anderer ahnungslos hineingetappt wäre.

Dennoch kam er zügig voran, und es dauerte nicht lange, bis er vor der Tür des Hauptlaboratoriums stand. Schriften wiesen darauf hin, dass es nur einem begrenzten Kreis von Forschern erlaubt war, das Labor zu betreten. Und wiederum stieß er auf mehrere Sicherheitseinrichtungen, die einen Alarm auslösten, falls ein Unbefugter sie passierte. Tekener schaltete sie ohne große Mühe aus.

Die Tür glitt zur Seite, und der USO-Spezialist betrat einen kreisförmigen Raum, in dem die Wissenschaftler des Obersten Regenten zahlreiche Maschinen aufgebaut hatten, wie er sie vorher nie gesehen hatte. Er wandte sich einem Computer zu, der seitlich neben der Tür stand, und schaltete ihn ein. Er versuchte einige Informationen abzurufen, von denen er wusste, dass sie in dem Hauptcomputer gespeichert waren, an dem Kennon arbeitete. Zufrieden stellte er danach fest, dass alle Informationen gelöscht waren.

Danach wandte er sich einem Metallschlitten zu, der gegenüber der Tür stand. Das Gerät lief auf zwei Schienen, die zu einem gepanzerten Schott führten. Unschwer war zu erkennen, dass das Versuchsobjekt des Projekts E auf diesem Schlitten durch das Panzerschott in einen Tresorraum befördert worden war. Das Format des Schlittens ließ darauf schließen, dass die Waffe wenigstens zwanzig Meter lang und etwa acht Meter breit war, also beachtliche Dimensionen hatte. Tekener zweifelte nicht daran, dass sich die planetenvernichtende Bombe hinter diesem Schott befand.

Er untersuchte das positronische Schloss des Schottes und stellte enttäuscht fest, dass er es nicht öffnen konnte. Ihm fehlten die Kenntnisse und der genialische Spürsinn eines Sinclair Marout Kennon.

Kennon ließ sich fallen. Zwei sonnenhelle Energiestrahlen zuckten über ihn hinweg. Er fühlte, wie in der entstehenden Gluthitze seine Haare verbrannten.

Verzweifelt erkannte er, dass er seine Waffe nicht mehr erreichen konnte. Der Roboter würde ihn abschießen, sobald er versuchte, sich ihr zu nähern.

Auf allen vieren kroch er an einer Computerbank entlang. Jetzt hoffte er nur noch, durch die Tür fliehen zu können.

Wieder dachte er an den Überfall des Kampfroboters auf das Internat. Er hörte den Schrei seines Freundes, und er spürte die Gluthitze, in der dieser gestorben war.

Der Boden erzitterte unter seinen Füßen. Die Erschütterungen zeigten Kennon an, dass der Roboter ihm folgte.

Mit äußerster Kraftanstrengung kroch Kennon weiter. Er hätte sich gern erhoben, um zu laufen, aber dazu war er nicht in der Lage. Als er es versuchte, rutschten ihm die Füße weg. Sie fühlten sich an, als sei alles Leben aus ihnen gewichen.

Er warf sich zur Seite, als er das Ende der Computerbank erreicht hatte. Aus den Augenwinkeln sah er, dass der Roboter am anderen Ende der Bank erschien. Abermals zuckten zwei Blitze an ihm vorbei. Sie schlugen in die Trümmer der zusammengebrochenen Wand. Steine und Kunststoffplatten glühten auf und verflüssigten sich, und es wurde so heiß, dass Kennon gepeinigt aufschrie.

Jetzt stemmte er sich mit aller Macht hoch, weil er begriff, dass er dem Roboter nicht entkommen konnte, wenn er weiterhin auf allen vieren kroch. Er musste laufen, um seine letzte Chance zu nutzen.

Als er sich aufrichtete, blickte er dorthin, wo er den Roboter vermutete. Im gleichen Moment wuchs die Gestalt des Automaten direkt neben ihm auf. Der Verwachsene rutschte aus und schlug mit dem Kopf gegen die Computerbank. Besinnungslos stürzte er zu Boden.

Als er wieder zu sich kam, wusste er zunächst nicht, was geschehen war. Er befand sich in einem angenehm kühlen Raum, und er wähnte sich in einer Zeit, als er noch Kind und in einem Internat gewesen war. Er fürchtete sich vor einer Begegnung mit dem Internatsleiter, da Schuldgefühle in ihm aufkamen, die er nicht zu begründen wusste, aber dann blickte in das von Lashat-Narben entstellte Gesicht Ronald Tekeners, und er wusste, dass er kein Kind mehr war.

»Was ist passiert?«, fragte er mit heiserer Stimme. Er wollte noch mehr sagen, doch er brachte kein Wort mehr über die Lippen, die allzu trocken und spröde waren. Tekener träufelte ihm etwas Wasser in den Mund.

»Nichts weiter«, erwiderte der Galaktische Spieler, als sei tatsächlich nichts Besonderes geschehen. Er war ruhig und gefasst, als befänden sie sich nicht mitten in einer geheimen Anlage eines Feindes, sondern irgendwo auf sicherem Boden.

Kennon richtete sich ruckartig auf. Seine Augen weiteten sich. Plötzlich erinnerte er sich wieder an den Roboter.

»Alhad Besk«, sagte er und versuchte, sich von dem Tisch zu wälzen, auf dem er lag. Tekener hielt ihn fest.

»Es ist alles in Ordnung, Ken. Der Roboter ist kampfunfähig.«

Der Verwachsene blickte sich forschend um. Er stellte fest, dass er sich in einem kleinen Labor befand, in dem offenbar chemische Versuche durchgeführt wurden. Dann wandte er sich Tekener zu.

»Sie haben ihn zerstört, Tek?«, fragte er.

»Ich kam gerade recht. Ich sah, wie Sie stürzten und mit dem Kopf gegen die Computerbank schlugen. Den Roboter zu erledigen, war nicht weiter schwer.«

»Nicht weiter schwer! Ich habe es nicht geschafft«, entgegnete Kennon mit schriller Stimme.

»Sie hatten keine Waffe. Ich hatte eine. Das war der ganze Unterschied.« Ronald Tekener sprach in einem ruhigen, fast gelangweilt klingenden Ton, als ginge es nur um Belanglosigkeiten. Er wollte seine eigene Tat nicht herausstreichen.

Er wollte Kennon aber auch kein Versagen vorwerfen. Dazu gab es keinen Grund.

»Sie meinen, ich hätte die Maschine zerstört, wenn ich die Waffe bei mir gehabt hätte?«

Tekener lächelte verwundert.

»Warum fragen Sie? Daran gibt es doch wohl keinen Zweifel.«

Das ängstliche Lauern in den Augen Kennons verschwand. Das Gesicht des Verwachsenen entspannte sich. Kennon spürte, dass Tekener es ehrlich mit ihm meinte, dass er ihm keinerlei Vorwürfe machte, und dass er ihn nicht verachtete, weil er vor dem Roboter geflüchtet war.

Die Erinnerung an die Ereignisse im Internat überfiel ihn, und er wandte sich ab, um Tekener nicht sehen zu lassen, wie sein linkes Augenlid zuckte. Die Kehle wurde ihm eng. Er wusste, dass ihm die Stimme versagen würde, wenn er versuchte zu sprechen.

Damals war alles anders gewesen. Man hatte ihm Vorwürfe gemacht. Kennon glaubte die verächtliche Stimme des Schulleiters zu hören. Ihm war, als laste man ihm erneut die Schuld an dem Tod Livs und ihres Bruders Thore an.

Niemand, so schien es, hatte auch nur versucht, die Wahrheit herauszufinden. Auf ihn hatte niemand gehört. Seine Beteuerungen waren an seinen Erziehern abgeglitten. Es war, als wäre eine gläserne Wand zwischen ihm und ihnen gewesen, die verhindert hatte, dass sie ihn verstanden.

»Wir sind gescheitert«, sagte Kennon. Er fing sich, richtete sich auf und rutschte vom Tisch. Mit beiden Händen fuhr er sich über den Schädel. Er bemerkte, dass seine Haare abgesengt waren, aber das störte ihn zu seiner eigenen Überraschung nicht.

»Es ist wohl klar, dass mittlerweile oben die Sirenen heulen. Wir haben keine Chance, herauszukommen, und wahrscheinlich wird man vermuten, dass wir an dem Amoklauf des Roboters schuld sind.«

»Wo bleibt die Logik des Kosmokriminalisten?«, fragte Tekener lächelnd. »Der Roboter sah aus wie der Oberste Regent Alhad Besk. Allerdings wie einer, auf den geschossen wurde. Da Sie keine Waffe hatten …«

Jetzt lächelte auch Kennon.

»Entschuldigen Sie, Tek«, erwiderte er. »Sie haben recht. Ich habe nicht nachgedacht. Die Tatsachen sprechen eine deutliche Sprache. Irgendjemand hat ein Attentat auf Alhad Besk verübt. Irgendjemand? Nein – auch das ist klar. Es war Edmon Blister, der unsere Pläne kennt und versucht hat, persönliche Vorteile daraus zu ziehen. Sein Anschlag ist danebengegangen. Er hat den Roboter nicht zerstört, von dem er geglaubt hat, dass es Alhad Besk ist.«

»Von dem er geglaubt hat, dass es Alhad Besk ist?«

»Natürlich. Der Oberste Regent ist auf keinen Fall ein Roboter, sondern jemand, der diesen Roboter in seiner Maske hat auftreten lassen.«

»Mit unserem Plan, uns morgen irgendwie durchzumogeln, wenn die Schotte wieder offen sind, ist es also nichts«, stellte Tekener fest.

»Ich schlage vor, dass wir uns durchgraben«, sagte Kennon. »Unter den gegebenen Umständen brauchen wir nicht unauffällig zu verschwinden. Wir können Spuren hinterlassen.«

Er zeigte gegen die Decke. Tekener wusste, was er meinte. Er schlug vor, mit Hilfe des Desintegratormessers, das er noch hatte, Deckensegmente herauszuschneiden und sich so von Stockwerk zu Stockwerk nach oben durchzugraben. Dabei würden sie zwar eine überaus deutliche Spur hinterlassen, das aber ließ sich unter den gegebenen Umständen nicht vermeiden.

»Da ist allerdings noch ein Problem«, sagte er und beschrieb, wo sich die Planeten-Bombe befand. »Diese Waffe ist höchstwahrscheinlich einsatzbereit.«

»Wir müssen sie zurücklassen«, entgegnete Kennon, »oder wir müssen uns aufgeben.«

»Meinen Sie nicht, dass wir eine Möglichkeit haben, die Bombe unschädlich zu machen?«

Der Kosmokriminalist schüttelte den Kopf.

»Sie wissen, dass wir keine Chance haben. Wir kennen die Bombe nicht genau. Wir wissen nur ungefähr, wie sie funktioniert. Die Wissenschaftler hier haben Jahre daran gearbeitet, wir gerade ein paar Stunden. Wenn wir versuchten, sie zu entschärfen oder völlig unschädlich zu machen, gehen wir dabei das Risiko ein, dass sie gezündet wird und Xexter mit seinen Millionen Einwohnern zusammenbricht. Eine solche Gefahr dürfen wir nicht heraufbeschwören.«

»Also gut. Wir verschwinden. Wir müssen auf andere Weise versuchen, Alhad Besk diese Waffe zu nehmen. Vielleicht genügt es ja schon, dass er nun ohne den wissenschaftlichen Hintergrund dasteht.«

Tekener kletterte auf den Tisch und schaltete das Desintegratormesser ein. Der grüne Energiestrahl fraß sich in die Decke und löste das Material auf.

Als *der Lächler* ein kreisförmiges Segment herausgeschnitten hatte, wich er rasch zur Seite aus, um der herabstürzenden Platte auszuweichen. Donnernd stürzte sie auf den Tisch und kippte von dort auf den Boden.

Tekener sprang in die Hohe, hielt sich mit einer Hand an der Kante des ausgeschnittenen Loches fest und desintegrierte den darüberliegenden Fußboden des Raumes über ihnen.

»Vorsicht«, sagte Kennon. »Jemand kommt.«

Tekener horchte nur kurz, ließ sich jedoch nicht aufhalten. Er arbeitete weiter. Erst als er die Schritte zweier Roboter hörte, machte er eine kleine Pause. Angespannt blickte er zur Tür, neben der Kennon stand. Der Kosmokriminalist lehnte bleich an der Wand. Sein linkes Lid zuckte, und seine Hände befanden sich in ständiger Bewegung.

Die Roboter gingen vorbei, und der Galaktische Spieler setzte seine Arbeit fort. Dieses Mal aber wich er dem herabfallenden Bodensegment nicht aus, sondern fing es auf. Es war so schwer, dass Tekener damit auf die Knie stürzte, er verhinderte jedoch, dass es krachend aufschlug und so die Roboter alarmierte. Dann schob er es zur Seite.

»Wir können«, sagte er und streckte Kennon die Hand entgegen. Dieser ergriff sie, ohne zu zögern, und ließ sich auf den Tisch helfen. Tekener registrierte, dass der Verwachsene sich noch vor wenigen Tagen eine derartige Geste verbeten und mit hysterischen Beschimpfungen reagiert hätte. Jetzt nahm er das Hilfsangebot an, ohne darin eine Demütigung zu sehen. Sein Verhalten bewies, dass er allmählich Vertrauen zu ihm fasste.

Tekener hob ihn hoch, bis er aus eigener Kraft nach oben klettern konnte. Dann sprang er in die Höhe, packte den Rand des angeschnittenen Bodens und zog sich hoch. Kennon sondierte die Umgebung und signalisierte ihm erleichtert, dass keine Gefahr für sie bestand.

»Lärm müssen wir allerdings vermeiden«, sagte er, »denn sonst ist hier gleich die Hölle los.«

»Die lässt ohnehin nicht lange auf sich warten«, entgegnete Tekener. »Wenn oben bekannt wird, dass der Alhad-Besk-Roboter erledigt worden ist, wird man die richtigen Schlüsse ziehen, und dann geht es los.«

Er kletterte auf einen Labortisch und setzte das Desintegratormesser an. Dieses Mal hatte er Glück. Die Deckenverschalung war nur dünn, so dass sie sich mühelos auffangen ließ, und auch mit dem darüberliegenden Fußboden gab es keine Schwierigkeiten. Danach verließen die beiden USO-Spezialisten den Raum, in den sie sich vorgearbeitet hatten, und eilten auf einem Gang zum zentralen Antigravschacht. Das Panzerschott, das diesen auch hier versperrt hatte, war jetzt offen, und aus dem

Schacht ertönten die Stimmen von einigen Männern. Tekener und Kennon wichen so weit zurück, dass man sie vom Schacht aus nicht sehen konnte. Sie warteten, bis die Männer vorbeigeschwebt waren, dann kehrten sie zum Schachtzugang zurück. Sie sahen wie eine Gruppe von Wissenschaftlern unter ihnen den Schacht verließ. Über ihnen hielt sich niemand auf.

Kurzentschlossen ließen sie sich in die aufwärts gepolte Seite des Schachtes gleiten und einige Stockwerke weit nach oben tragen. Etwa zwanzig Meter unter dem Ausgang des Schachtes verließen sie diesen wieder.

Über einen Gang eilten sie dann bis an die äußerste Begrenzungsmauer des Instituts, und hier schnitten sie die Decke erneut auf. Sie waren sicher, dass man sie weiter unten suchen würde, falls man ihre Spuren überhaupt gefunden hatte, nicht aber hier oben. Als sie sich drei Stockwerke weit hochgearbeitet hatten, schnitt Tekener ein weiteres Deckensegment heraus. Es erwies sich als so dick, dass er die Energieklinge des Messers verlängern musste.

Dazu war nur ein einfacher Schaltvorgang nötig. Das verlängerte Energiefeld hatte allerdings eine wesentlich geringere Leistung, so dass der Galaktische Spieler nun nur noch langsam vorankam.

»Wir sind durch«, sagte Kennon. »Dies muss die Abschlussdecke sein. Wir befinden uns nicht mehr unter dem Hauptgebäude, sondern seitlich daneben.«

»Vorsicht«, rief Tekener und sprang zur Seite. Eine meterdicke Betonscheibe stürzte krachend herab und zerschmetterte den Tisch, auf dem er gestanden hatte. Ein Strom lockeren Mutterbodens folgte.

Tekener rückte einen anderen Tisch unter das Loch und riss weitere Erde herab.

»Ich sehe die Sterne«, sagte er. »Wir haben es geschafft.«

Sekunden später standen die beiden Spezialisten im Freien. Sie befanden sich etwa fünfzig Meter seitlich von dem Gebäude des Forschungsinstituts. Der Gleiterparkplatz war kaum hundert Meter von ihnen entfernt. Dort hielten sich die meisten Wissenschaftler des Instituts auf. Sie diskutierten heftig miteinander.

»Sehen Sie doch!«, sagte Kennon. »Dort – im Westen!«

Tekener drehte sich um. Durch eine Schneise in einem Wäldchen konnte er ein rotes Licht sehen, das sich allmählich über dem Horizont ausbreitete.

»Das rote Leuchten«, sagte er.

Ratlos blickten die beiden Männer sich an. Sie waren sich dessen bewusst, dass sie der geheimnisvollen Erscheinung nicht entgehen konnten. Sie würden früher oder später bewusstlos werden. Auch die Wissenschaftler des Instituts würden von der Wirkung des roten Leuchtens erfasst werden, nicht aber die Roboter, die überall durch das Gelände streiften und jeden angriffen, der sich nicht auf der Insel aufhalten durfte.

»Wir müssen zurück nach unten«, sagte Kennon hastig. »Das ist unsere einzige Chance.«

»Bleiben Sie logisch«, bat Tekener. »Auch dort erwischt es uns.«

»Aber – wir müssen etwas tun«, rief der Kosmokriminalist mit beschwörender Stimme.

Das rote Leuchten kam rasch näher. Mittlerweile hatte es sich von Horizont zu Horizont ausgedehnt. Wie eine riesige, bis in die Stratosphäre reichende Wand stürzte es auf die Insel herab.

Inzwischen waren auch die Wissenschaftler aufmerksam geworden. Sie redeten aufgeregt durcheinander. Niemand schien sich die Erscheinung erklären zu können, und keiner von ihnen schien sich daran zu erinnern, dass er früher schon so etwas gesehen hatte.

Da fiel Tekener ein blonder Mann auf, der sich bemühte, sich aus dem Kreis der Wissenschaftler zu entfernen, ohne dass die anderen etwas merkten. Als der Mann meinte unbeobachtet zu sein, duckte er sich hinter einem Gleiter und eilte davon.

»Ken – sehen Sie den Mann dort«, sagte Tekener. »Er versucht, sich unsichtbar zu machen.«

Kennon bemerkte den Blonden sofort, da dieser in der Deckung eines Gleiters verharrte.

»Der weiß etwas«, stellte er fest. »Tek – wir müssen ihm folgen.«

»Kommen Sie. Ich nehme Sie auf den Rücken.«

Sinclair Marout Kennon blickte schockiert zu dem Galaktischen Spieler auf. Er stemmte die Fäuste in die Hüften.

»Sie haben wohl den Verstand verloren, wie?«, fragte er. Seine Stimme überschlug sich.

»Seien Sie nicht närrisch, Ken«, erwiderte Tekener ruhig. »Sie wissen, wie sehr ich Sie respektiere. Wenn es für uns beide um Kopf und Kragen geht, sollten Sie Ihren Körper vergessen und nur Ihr Gehirn benutzen. Damit würden Sie uns beiden mehr helfen, als wenn Sie versuchten, ebenso schnell zu laufen wie ich. Wir wissen beide, dass Sie das nicht können.«

Er packte ihn an den Armen, riss ihn hoch und schwang ihn sich auf die Schultern. Sinclair Marout Kennon ließ es sich widerspruchslos gefallen. Er beugte sich nicht nur den Argumenten des Galaktischen Spielers, er hatte auch erkannt, dass Sie keine Sekunde mehr zu verlieren hatten, wenn sie dem Wissenschaftler folgen wollten.

Das rote Leuchten rückte mit beängstigender Geschwindigkeit heran.

Tekener rannte in weitem Bogen um die Gruppe der Wissenschaftler auf dem Parkplatz herum. Dann zerrte Kennon an seinen Haaren und streckte den linken Arm aus.

»Da drüben ist er!«, sagte der Verwachsene erregt. »Er will zum Turm.«

Tekener entdeckte den blonden Mann nun auch. Er sah, dass er unter einigen Bäumen auf den Stahlturm zulief, der sich hinter dem Gebäude des waffentechnischen Forschungsinstituts erhob.

»Halten Sie sich fest, Ken«, riet er dem Verwachsenen. »Es könnte sein, dass wir in dem Turm vor dem roten Leuchten sicher sind. Wenn wir ihn noch erreichen wollen, muss ich …«

»Reden Sie nicht soviel«, schrie Kennon nervös. »Laufen Sie.«

Einige der Männer und Frauen auf dem Parkplatz hörten seine Stimme. Sie drehten sich erstaunt um und blickten in die Dunkelheit, konnten jedoch kaum mehr als einen monströsen Schatten sehen, der sich über die Rasenfläche bewegte.

Das rote Leuchten hatte die Mauer erreicht, die die Insel umgab. Sie schien von innen heraus aufzuglühen. Dann erfasste es die Bäume und ließ sie wie rote Korallen aussehen.

Tekener rannte so schnell er konnte. Kennon krallte sich an ihm fest. Er hatte Mühe, sich auf den Schultern des Galaktischen Spielers zu halten.

Der blonde Wissenschaftler war mittlerweile im Turm verschwunden, von dem Tekener und Kennon noch etwa hundert Meter entfernt waren. Unaufhaltsam rückte das rote Leuchten heran. Die beiden USO-Spezialisten beobachteten, dass es die Wissenschaftler und Techniker auf dem Parkplatz erfasste, und dass diese bewusstlos zusammenbrachen.

Vor einer glatt und fugenlos erscheinenden Stahlwand blieb Tekener stehen. Er ließ Kennon auf den Boden herab.

»Hier ist er verschwunden«, sagte der Verwachsene. »Irgendwo muss eine Tür sein.«

Er hastete an der Außenwand des Turmes entlang, verharrte plötzlich und rief Tekener zu sich, der in die andere Richtung geeilt war. Der Galaktische Spieler kehrte zu ihm zurück.

Verzweifelt zeigte Kennon auf einen Griff, der sich in einer Höhe von fast zwei Metern befand. Er konnte ihn nicht erreichen. Das rote Leuchten war nur noch wenige Meter entfernt. Den beiden USO-Spezialisten war, als blickten sie in ein Höllenfeuer.

Ronald Tekener riss den Griff herum, und ein Spalt öffnete sich. Kennon drängte sich als erster hindurch. Tekener folgte ihm, und lautlos schloss sich die Wand hinter ihnen.

10.

Sie befanden sich in einem kleinen Raum, der von Deckenelementen hell erleuchtet wurde. Eine Wendeltreppe führte in die Höhe.

Tekener legte einen Finger an die Lippen, um Kennon zu bedeuten, dass er schweigen sollte. Die beiden Terraner warteten. Längst hätte das rote Leuchten sie erreichen müssen, wenn es in den Stahlturm hätte eindringen können.

»Spüren Sie etwas?«, wisperte Tekener.

Kennon wollte antworten, aber dazu war er zunächst nicht fähig. Sein Gesicht verzerrte sich, und er öffnete den Mund wie ein Erstickender. Er presste beide Hände gegen die Schläfen, und seine Augen verdrehten sich, als leide er unter Bewusstseinsstörungen.

Tekener wusste, was er empfand.

Er selbst fühlte eine geistige Strahlung, die den Turm erfüllte. Sie war schlagartig gekommen, und er war überzeugt davon, dass sie mit dem roten Leuchten zusammenhing. Es war eine äußerst intensive Strahlung, die schreckliche Vorstellungen in ihm hervorrief. Tekener sah sich Halluzinationen ausgesetzt, die ihm vorgaukelten, er sei im Vorhof der Hölle.

Er glaubte, am Rand einer Schlucht zu stehen, in der glühende Lavamassen aufstiegen. Über der Glut schwebten humanoide, aber seltsam verzerrt wirkende Gestalten, die höhnisch zu ihm heraufzuwinken schienen, mal körperlich ungemein dicht und kompakt aussahen, sich dann aber wieder zu dünnem Gas verflüchtigten.

Tekener meinte, ein wesenloses Gesicht zu sehen, das sich allmählich aus der brodelnden Glut bildete, und er glaubte, eine Stimme zu vernehmen, die eindringlich auf ihn einsprach.

Der Wunsch nach Macht stieg in ihm auf. War er nicht etwas Einmaliges? War er nicht eine ungewöhnliche Persönlichkeit, die einen Anspruch darauf hatte, eine Führungsrolle von galaktischer Bedeutung zu übernehmen?

Er machte sich Vorwürfe, weil er sich bislang damit begnügt hatte, eine dienende Rolle zu spielen und niedere Arbeiten für andere zu erledigen.

Seltsam, durchfuhr es ihn, *dass ich noch nie daran gedacht habe, selbst das Heft in die Hand zu nehmen und die anderen in die Rollen zu verweisen, die ihnen zukommen.*

Verachtung für alle, die unter ihm standen, wurde in ihm wach.

Wer war schon Atlan, dass er sich erlauben konnte, ihm – dem Galaktischen Spieler – Befehle zu erteilen?

Ronald Tekener fühlte, wie ihm ungeahnte Kräfte zuströmten. Er wähnte sich allen anderen weit überlegen.

Die schrille Stimme Kennons riss ihn aus seinen Gedanken und Empfindungen. Der Verwachsene trat ihm gegen die Beine.

»Was ist mit dir?«, schrie er zu ihm hoch. »Hast du den Verstand verloren?«

Tekener schreckte auf. Verwirrt blickte er auf Kennon hinab, der ihm abermals kräftig gegen das Schienbein trat.

»Was ist los?«, fragte er.

»Ich glaube, du bist größenwahnsinnig geworden«, keifte der Verwachsene. »Wieso kommst du dazu, dich als Herrn der Milchstraße zu bezeichnen?«

»Habe ich das?«, fragte Tekener verwirrt.

»Du hast …« Der Kosmokriminalist verhaspelte sich. »Ich meine, Sie haben sich als Imperator der silbernen Sterne oder so ähnlich bezeichnet.«

»Bleib ruhig beim du«, erwiderte Tekener. »Ich habe auch nichts dagegen, wenn du mich mit Fußtritten aus solch blödsinnigen Träumen holst, aber müssen es unbedingt die Schienbeine sein?«

Kennon grinste. »Wenn ich dir in den verlängerten Rücken treten wollte, müsste ich mich wohl erst auf eine Leiter stellen.« Er fuhr sich mit beiden Händen über das schweißnasse Gesicht. »Aber lassen wir das. Mir erging es ähnlich wie dir, nur habe ich gleich begriffen, dass ein Krüppel wie ich kaum Großimperator irgendeines Sternenreiches werden kann.«

Tekener fühlte die geistige Strahlung nach wie vor, doch sie konnte ihn nun nicht mehr so stark beeinflussen.

Er grinste ebenfalls.

»Alles klar, Ken«, sagte er. »Ich bin wieder in Ordnung.«

»Alles klar?«, schrie der Verwachsene und trat ihm erneut gegen das Schienbein. »Nichts ist klar. Du bist nicht als Imperator auserwählt, sondern als Dienender. Hoffentlich geht das endlich in deinen Dickschädel.«

Tekener blickte Kennon verblüfft an. Er glaubte, sich verhört zu haben.

»Als Dienender? Wem soll ich dienen?«

»Dumme Frage. Öffne deine Sinne, dann erfährst du es. Natürlich der *ultimaten Sonne*. Sie ist der Herrscher. Sie ist alles. Sie ist der Kosmos. Ihr hast du zu dienen.«

Ronald Tekener schloss die Augen.

Er sah einen dunklen Stern vor sich, der zu ungeheurer Dichte zusammengefallen war. Dieser Stern übte eine außerordentliche Anziehungskraft auf ihn aus. Ihm war, als stürzte er in ihn hinein, als gäbe es keine Kraft, die ihn zurückhalten konnte.

Er schüttelte den Kopf und fuhr sich mit den Händen über die Augen, als er sich dessen bewusst wurde, wie gegensätzlich seine Empfindungen waren. Eben noch hatte er geglaubt, eine Rolle als Mächtiger in der Galaxis spielen zu müssen, jetzt beugte er sich einem Höheren und war zum Dienen bereit. Gleichzeitig erkannte er, dass er der *ultimaten Sonne* dadurch dienen sollte, dass er half, andere zu unterdrücken.

Abermals trat ihm Kennon gegen die Beine. »Was ist mit dir?«, schrie er. »Wach endlich auf!«

Tekener drängte ihn zurück. Seine Beine schmerzten. Kennon hatte ihn empfindlich getroffen, gleichzeitig aber half er ihm damit. Seine Gedanken klärten sich. Es gelang ihm, sich gegen die Empfindungen abzuschirmen, die ihm von außen aufgezwungen wurden.

Ein Schatten schob sich über ihn, und er stürzte sich auf

den Verwachsenen. Mit einem wuchtigen Schlag gegen die Brust schleuderte er ihn zur Seite. Der Kosmokriminalist schrie schmerzgepeinigt auf. Er trommelte mit seinen Fäusten gegen die Brust Tekeners. Dieser warf sich herum. Eine Waffe blitzte in seinen Händen auf, und ein Energiestrahl raste an der Wendeltreppe hoch.

Ein schwerer Körper stürzte von oben herab.

Mit geweiteten Augen blickte Kennon auf den leblosen Körper eines Epsalers.

»Er hat versucht, uns zu töten«, erklärte Tekener. »Mir blieb keine andere Wahl. Ich musste schießen.«

»Ich fürchte, ich verliere den Verstand«, sagte Kennon erschüttert. »Was passiert hier überhaupt?«

Ronald Tekener merkte, dass der Kosmokriminalist sich ebenfalls von der parapsychischen Strahlung befreit hatte und Herr seiner selbst war.

»Jemand versucht, uns zu versklaven«, erläuterte er.

Kennon beugte sich über den Epsaler. Er legte ihm die Hand auf die Stirn, auf der sich ein großer, metallischer Fleck abzeichnete.

»Das stimmt nicht ganz«, erwiderte er.

Tekener bat ihn, ruhig zu sein. Er horchte.

Von oben klang das Gewirr menschlicher Stimmen herab. Vorsichtig stieg er die Treppe hinauf, wobei er die Energiestrahlwaffe im Anschlag hielt. Kennon folgte ihm. Er hatte keine Waffe. Vergeblich hatte er versucht, den Strahler des getöteten Epsalers an sich zu nehmen. Er war viel zu schwer für ihn.

Nach wie vor fühlten die beiden Männer die parapsychische Strahlung, aber sie behaupteten sich gegen sie. In ihnen wuchsen halluzinatorische Bilder auf, aber sie drängten sie zurück, weil sie sie als Trugbilder erkannten. Sie ließen sich nicht mehr täuschen.

Plötzlich sprang Tekener vor. Er warf sich gegen einen Akonen, der sich über das Ende der Wendeltreppe neigte, und schlug ihm die Waffe aus der Hand. Der Strahler fiel Kennon direkt vor die Füße. Hastig griff der Kosmokriminalist danach.

Ronald Tekener sprang entschlossen mitten in eine Gruppe von Männern, die eigenartig langsam reagierten, und die einen seltsam abwesenden Eindruck machten. Angesichts des gegen sie gerichteten Strahlers verzichteten die beiden Neu-Arkoniden, die als einzige bewaffnet waren, auf jegliche Gegenwehr.

»Sieh dir ihre Stirnen an«, sagte Kennon, der dem Kosmopsychologen gefolgt war. »Sie haben alle den metallischen Fleck.«

Er wollte noch mehr sagen, doch plötzlich verzerrte sich sein Gesicht. Er ließ den Thermostrahler fallen und griff sich an den Kopf. Tekener blickte ihn überrascht an. Dann spürte er, dass ihm etwas in den Kopf drang. Es war etwas Nichtkörperliches, das tastend und bohrend in ihn vorstieß und ihn niederzwingen wollte.

Schmerzerfüllt warf er den Kopf in den Nacken. Die Beine sackten unter ihm weg. Im gleichen Augenblick aber sah er über sich eine Halbkugel, in der eine weißliche Masse schwamm, die mit seltsamen Organen durchsetzt war. Ihm war, als blicke er in das Innere eines Menschen.

Instinktiv riss er die Waffe hoch, die seinen Händen schon zu entfallen drohte, und schoss. Der Blitz zuckte in die Höhe und schlug krachend in die Schale. Er zertrümmerte sie, und eine ätzende Flüssigkeit stürzte herab. Gleichzeitig verbreitete sich ein unangenehm riechender Nebel im Raum, und Tekener glaubte, einen entsetzlichen Schrei zu hören.

Er begriff erst, dass dieser Schrei in ihm aufgeklungen war, als er mit Kennon und den anderen Männern über die Wendeltreppe nach unten geflüchtet war und ins Freie eilte.

Sinclair Marout Kennon brach zusammen. Er fiel ins Gras.

Tekener sah, dass auf dem Parkplatz Dutzende von Männern und Frauen bewusstlos auf dem Boden lagen. Von dem roten Leuchten war nichts mehr zu sehen.

Die Männer aus dem Turm nutzten den Moment der Unaufmerksamkeit und griffen ihn an. Ein Faustschlag traf Tekener im Nacken und warf ihn zu Boden.

Der USO-Spezialist war jedoch ein durchtrainierter Mann, der einstecken konnte. Er rollte sich zur Seite und entging so einem weiteren Angriff. Dann schnellte er sich hoch, packte die Faust eines Akonen, der ihn niederschlagen wollte, riss diesen herum und schleuderte ihn gegen die anderen. Damit brachte er ihre Front durcheinander.

Ein Epsaler, dessen Stirn sich so stark verfärbt hatte, dass es aussah, als sei sie aus Metall, stürmte auf ihn zu.

Doch dieser Umweltangepasste war ein Wissenschaftler, kein Kämpfer. Zum Trainingsprogramm eines USO-Spezialisten gehörten Auseinandersetzungen mit Kolossen dieser Art, die jedem anderen Terraner weit überlegen wären. Epsaler besiegten fast alle ihre Gegner allein durch ihre Kraft, und meistens versuchten sie, nur diese einzusetzen. So auch dieser Wissenschaftler, der schon frühzeitig erkennen ließ, dass er bestrebt war, Tekener in die Hände zu bekommen und darin zu zermalmen.

»Vorsicht, Dicker«, sagte der Kosmopsychologe. »Du musst etwas falsch verstanden haben.«

Der Epsaler stutzte für den Bruchteil einer Sekunde. In dieser winzigen Zeitspanne stand er still. Das gab Tekener Gelegenheit, ihn anzuspringen und ihm wuchtig die Fingerspitzen beider Hände in den Hals zu stoßen. Der *Lächler* traf die Nervenstränge an den Hauptschlagadern, und der Koloss stürzte betäubt zu Boden. Tekener bückte sich rasch und nahm die Waffe auf, die ihm entfallen war.

»Das wär's wohl«, sagte er. »Verschwindet.«

Die Wissenschaftler wollten sich unter die Bäume des Waldes zurückziehen, der den Turm halbkreisförmig umgab, doch das ließ Tekener nicht zu.

»Geht zu denen da drüben hin«, befahl er und zeigte zum Parkplatz. »Dort könnt ihr euch nützlich machen.«

»Sie wachen von selbst auf«, bemerkte ein Tefroder. »Man braucht sich nicht um sie zu kümmern. Die rote Endgültigkeit ist vorbeigezogen. Alles wird sich wieder einrenken.«

»Und sie werden vergessen haben, was vorgefallen ist«, sagte Tekener gelassen. »Ich weiß. Dennoch geht ihr dort hinüber.«

Zögernd gehorchten sie.

»Und wir?«, fragte Kennon, wobei er sich keuchend und stöhnend aufrichtete, als leide er unter großen Schmerzen.

»Wir gehen mit ihnen. Bist du in Ordnung?«

»Natürlich. Was sollte schon sein?«

Die beiden Spezialisten schlossen sich den Wissenschaftlern an, wobei sie sich so geschickt verhielten, dass sie von keinem Roboter angegriffen werden konnten, ohne dass die Experten Alhad Besks gefährdet wurden.

Als sie einen Gleiter erreicht hatten, befahl Tekener den Männern stehenzubleiben. Er half Kennon in die Maschine, eilte zu einigen anderen und tippte Start- und Kursbefehle in die Tastatur. Die Fluggeräte stiegen auf und flogen nach allen Richtungen davon. Als der Narbengesichtige zu Kennon in die Flugkabine sprang, startete dieser. Er flog mit hoher Beschleunigung in etwa anderthalb Metern Höhe vom Gebäude des Forschungsinstituts weg und landete wenige Sekunden später an der Stelle, an der sie die Mauer durchbrochen hatten.

Alarmsirenen heulten auf. Tekener sah die klobigen Gestalten von Robotern über die Insel laufen. Am Parkplatz stiegen einige Gleiter auf, und ein Energiestrahl zuckte durch die Dunkelheit, verfehlte sie jedoch weit.

Die beiden USO-Spezialisten brauchten nun keine Rücksicht mehr auf die verschiedenen Sicherheitseinrichtungen zu nehmen, da die Abwehrorgane des Forschungsinstituts längst alarmiert waren. Sie mussten sich jedoch auf dem gleichen Weg zurückziehen, auf dem sie gekommen waren, weil sie abgeschossen worden wären, wenn sie versucht hätten, mit einem Gleiter zu fliehen.

Sie eilten durch die Mauer ans Wasser, ohne ihre Spuren zu beseitigen, da ihr Fluchtweg ohnehin leicht zu finden war. Sie legten die Tauchmasken und Schwimmgeräte an und sprangen ins

Wasser. Der Ortungsschutz, der zu ihrer Ausrüstung gehörte, sorgte dafür, dass sie nicht so schnell entdeckt werden konnten.

Tekener zog Kennon, weil dieser nicht in der Lage gewesen wäre, allein schnell genug zu schwimmen. Einige Male leuchtete das Wasser über ihnen auf, wenn tief fliegende Gleiter über sie hinwegstrichen. Ungehindert erreichten sie den Projektor, und Tekener errichtete eine Energieblase um Kennon und sich. Obwohl der Kosmokriminalist erschöpft war, übernahm er die Steuerung der Blase. Geschickt führte er sie ins Meer hinaus.

Tekener sah ein Licht über sich erscheinen.

»Sie haben uns gefunden«, sagte er und deutete nach oben.

Kennon reagierte nicht. Er tat, als habe er die Worte des *Lächlers* nicht gehört. Die Energieblase erreichte eine Felskante, hinter der es nahezu senkrecht in die Tiefe ging. Während über ihnen die Lichter weiterer Maschinen auftauchten, ließ Kennon die Blase in die Tiefe sinken.

Er blickte Tekener an und schüttelte den Kopf, als könne er es nicht fassen, dass sie den vielen Verfolgern entkommen waren. Doch der Galaktische Spieler erfuhr wenig später, dass Kennon ganz andere Gedanken beschäftigten.

»Ich dachte, unser Einsatz wäre zu Ende, sobald wir geklärt haben, ob es diese gefährliche Waffe auf Xexter gibt oder nicht«, sagte er. »Aber das war ein Irrtum. Wir kennen nur einen Teil des Geheimnisses von Xexter.«

Tekener spähte nach oben. Schwarzes Wasser umgab sie, das von dem matt leuchtenden Energiefeld nur wenig erhellt wurde. Fische mit phantastischen Formen umkreisten die Energieblase. Ihre Augen glänzten wie Kristalle, als ob sie von eigenem Licht erfüllt seien.

»Ich bin mir noch nicht sicher, dass wir denen da oben entwischt sind«, entgegnete er. »Deshalb frage ich mich, ob wir Gelegenheit haben werden, unseren Auftrag auszuführen. Auf jeden Fall wird man uns überall jagen, wo wir auftauchen.«

»Wir haben eine telepathische Einheit vernichtet«, sagte Kennon nachdrücklich. »Ist dir das eigentlich klar? Weißt du, was das bedeutet?«

»Ich ahne es.«

»Das genügt nicht«, ereiferte sich der Kosmokriminalist. »Im Turm war eine telepathische Einheit. Sie hat versucht, uns ebenso zu beeinflussen, wie sie es mit den anderen gemacht hat. Ich habe gesehen, dass du einen metallisch schimmernden Fleck auf der Stirn hast.«

Tekener fuhr sich unwillkürlich mit der Hand über die Stirn. Er glaubte, fühlen zu können, dass sie in der Mitte kälter war als an den Schläfen. Er berichtete Kennon, was er empfunden und gedacht hatte, und der Verwachsene schilderte ihm anschließend seine Eindrücke. Sie waren ähnlich, enthielten auch Elitegedanken, hatten aber klar vermittelt, dass es ihre Aufgabe sein sollte, für ein herrschendes Wesen über die verschiedenen Völker der Galaxis wirksam zu werden.

»Demnach muss ein enger Zusammenhang mit dem roten Leuchten und den telepathischen Einheiten bestehen«, fasste Tekener zusammen.

»Und nicht nur das. Auffallend ist, dass es einflussreiche Persönlichkeiten gibt, die in die Türme fliehen, sobald das rote Leuchten erscheint. Sie sind an dem metallischen Fleck auf der Stirn zu erkennen. Sie wissen, welche Wirkung das rote Leuchten hat. Es macht die Menschen nicht nur besinnungslos und löscht ihre Erinnerungen, sondern es macht sie auch gefügig, so dass sie sich dem Regime willig beugen.«

»Das ist noch nicht alles«, erklärte Kennon. »Alhad Besk, wer immer das sein mag, gehört dazu. Und die Waffe, die hier auf Xexter entstanden ist, ebenfalls.«

Er lenkte die Energieblase weiter in die offene See hinaus. Dabei war er sicher, dass sie nun nicht mehr geortet werden konnten.

»Die Frage ist, wie wir jetzt vorgehen«, sagte der Galaktische Spieler. »Wir müssen uns unseren Gegner stellen.«

Kennon nickte.

»Das ist richtig. Wir können nicht mehr wie bisher arbeiten, sondern wir müssen offen kämpfen. Das wird schwer werden.«

»Wir können davon ausgehen, dass das telepathische Element nicht in der Lage ist, uns aufzuspüren. Wäre das der Fall, hätte man uns längst erwischt.«

Sinclair Marout Kennon lächelte. Tekener konnte es trotz der Dunkelheit erkennen.

»Ich bin schon ein wenig länger als du auf Xexter«, eröffnete ihm der Kosmokriminalist, »und ich habe mich gründlich auf diesen Einsatz vorbereitet. Ich habe vorgesorgt, denn mit einer solchen Entwicklung habe ich gerechnet. Es gibt also einige Ausrüstungsdepots, in denen wir uns mit dem nötigen Material versorgen können.«

Als die Sonne aufging, schwebte die Energieblase über einer weit ins Meer reichenden Landzunge, auf der sich ein auffälliger Felsen erhob. Er hatte die Form einer Sichel. Kennon landete am Fuße dieses Felsen und schaltete den Energiefeldprojektor aus. Salzige Luft wehte Tekener und ihm ins Gesicht.

»Hier ist eines der Depots«, erklärte er. »Ich glaube, in diese Gegend ist noch niemals zuvor ein Mensch gekommen.«

Er trat an den Felsen heran und bewegte einen daraus hervorragenden Gesteinssplitter. Ein Tor öffnete sich, und Licht flammte auf. Tekener blickte in eine Kammer, die mehrere Kästen enthielt.

Sinclair Marout Kennon ließ sich neben der Öffnung auf den Boden sinken. Er blickte den Galaktischen Spieler ernst an.

»Dies ist mein dritter Einsatz«, eröffnete er ihm. »Wusstest du das?«

»Ist es wichtig, dass ich das weiß?«

»Für mich ja«, beteuerte der Verwachsene. Er kratzte sich den kahlgebrannten Schädel. Seine Augen tränten im Wind. »Du musst wissen, mit wem du es zu tun hast.«

»Das weiß ich.«

Kennon schüttelte den Kopf.

»Bei meinen ersten beiden Einsätzen habe ich auf ganzer Linie versagt«, gestand er und senkte den Kopf. »In den entscheidenden Phasen musste ich mich mit Robotern auseinandersetzen, und das habe ich nicht geschafft. Meine Nerven versagten, und alles war vorbei. Ich kann von Glück reden, dass ich die Einsätze lebend überstanden, und dass ich keinen größeren Schaden angerichtet habe. Aufgrund meines ungeschickten Auftretens wird mich niemand für einen Spezialisten gehalten haben.«

Er lächelte gequält.

»Die Zentrale hat mir eine dritte Chance gegeben. Offenbar hat man geglaubt, dass es sich um einen leichten Fall handelt, den selbst ein Versager wie ich bewältigen kann. Nun aber hat sich alles anders entwickelt. Wir haben es mit einer Gefahr zu tun, die sich über die ganze Galaxis ausbreiten kann.«

Er blickte Tekener forschend an. »Verstehst du, warum ich dir das alles sage?«

Tekener setzte sich neben ihm auf einen Felsen.

»Ich denke schon«, erwiderte er. »Dir kommt es darauf an, dass wir Erfolg haben. Du willst beweisen, dass unglückliche Umstände daran schuld waren, dass die ersten beiden Einsätze anders waren. Nun – für mich ist alles klar.«

»Du meinst, ich habe abermals versagt?«

»Auf keinen Fall. Und ich glaube auch nicht daran, dass die Zentrale so etwas wie eine Bewährungsprobe wollte. Man kennt deine Fähigkeiten. Alles, was man von dir erwartet, ist, dass du diese Fähigkeiten konsequent einsetzt, und dass du nicht versuchst, auf anderen Gebieten ebenfalls Überdurchschnittliches zu leisten.«

Kennon zuckte zusammen. Er stand hastig auf und entfernte sich einige Schritte. Tekener sah, dass seine Schultern bebten. Der Verwachsene, der ihm bereits ein Freund geworden war, kämpfte mit sich. Er hatte ungeheure psychische Schwierigkeiten, und er war überaus empfindlich. Ein falsches Wort konnte schon verheerende Folgen haben.

Tekener wunderte sich darüber, dass ihm bisher noch kein solches Wort über die Lippen gekommen war. Er meinte, das sei mehr einem Zufall als seiner Geschicklichkeit zuzuschreiben.

Kennon kehrte zu ihm zurück.

Sein Gesicht sah grau aus. Jetzt machten sich die Anstrengungen bemerkbar, zu denen Kennon gezwungen gewesen war. Er war erschöpft und brauchte eine Ruhepause.

»Später einmal werde ich dir sagen, warum ich durchdrehe, wenn ich Roboter sehe«, sagte der Verwachsene. »Du wirst mich verstehen. Ja, ich glaube, dass du mich verstehen wirst.«

Ronald Tekener antwortete nicht. Er blickte Kennon nur schweigend an. Der Kosmokriminalist wich seinem Blick nicht aus.

»Ich muss schlafen«, erklärte er leise. »Ich kann mich nicht mehr auf den Beinen halten.«

Er ging an Tekener vorbei in die Höhle und rollte sich dort auf einer Decke zusammen. Er schlief augenblicklich ein. Der Galaktische Spieler erhob sich und ging bis an das Ende der Landzunge. Er ließ sich den Wind ins Gesicht blasen. Auch er war müde, aber er war entschlossen, über Kennon zu wachen und zu warten, bis dieser ausgeschlafen hatte.

11.

»Ich bin sicher, dass Alhad Besk genau weiß, welche Schritte wir unternehmen müssen«, sagte Tekener einige Stunden später, als er zusammen mit Kennon an einem offenen Feuer saß, das sie am Ufer entzündet hatten. »Wir müssen versuchen, Verbindung mit Quinto-Center oder der Erde aufzunehmen. Allein kommen wir nicht mehr weiter. Das weiß Alhad Besk, und deshalb wird er die Hyperkomsender mit allen nur erdenklichen Mitteln absichern.«

»Es gibt nur einen Sender«, erklärte Kennon.

»Um so schlimmer. Dann sind unsere Chancen, von dort etwas abzustrahlen, noch geringer.«

»Dennoch müssen wir es versuchen«, entgegnete der Verwachsene. »Wir haben einen Vorteil, den wir nutzen sollten.«

»Ich verstehe nicht.«

»Der Metallschimmer auf der Stirn!«, antwortete der Kosmokriminalist triumphierend. »Er ist so gut wie ein Ausweis. Du hast ihn ebenso wie ich. Wahrscheinlich wird er in den nächsten Tagen verschwinden, jetzt aber ist er da. Mit diesem Metallschimmer auf der Stirn können wir vor die Wachen treten. Man wird uns der herrschenden Klasse zuordnen.«

»Du denkst an eine Maske.«

»Allerdings«, ereiferte sich Kennon. »Bei deinem Gesicht ist es natürlich schwer, mit einer Maske etwas zu verändern, aber ich habe genügend Basismaterial da. Wir werden dich in einen Akonen verwandeln. Unter einer Paste werden die Narben fast völlig verschwinden. Ich werde auf Stelzen gehen und das Aussehen eines Springers annehmen.«

Tekener lächelte. Er konnte sich nur schwer in die Begeisterung versetzen, die Kennon erfasst hatte. Dennoch sah er ein, dass sie keine anderen Möglichkeiten hatten. Sie mussten diesen riskanten Weg einschlagen, wenn sie Verbindung zur Erde aufnehmen wollten.

Kennon führte ihn zur Höhle zurück, wo er allerlei Material aus den Kästen holte, und Tekener merkte schnell, dass der Kosmokriminalist sich durchaus überlegt hatte, was er wollte.

Kennon legte eine feuerrote Perücke und einen geflochtenen Bart von gleicher Farbe an, der ihm bis an den Gürtel herabreichte. Allein dadurch veränderte er sein Äußeres so sehr, dass er kaum noch wiederzuerkennen war. Dann schob er seine Füße in die trichterförmigen Öffnungen von künstlichen Unterschenkeln und richtete sich mit seiner Hilfe auf. Die positronisch gesteuerten Kunstfüße richteten sich augenblicklich auf seine Körperbewegung ein, so dass es ihm nicht schwerfiel, das Gleichgewicht zu halten und damit zu gehen. Er war nun fast vierzig Zentimeter größer und sah einem Springer verblüffend ähnlich. Unter langen Hosen und in Schuhen verschwanden die künstlichen Unterschenkel und die Füße.

»Was sagst du nun?«, fragte er.

»Niemand wird dich erkennen«, antwortete der Galaktische Spieler, dem der Plan Kennons in zunehmendem Maße gefiel. »Diese Maske ist ebenso einfach wie genial.«

»Das Laufen strengt mich ungeheuer an«, gestand der Verwachsene. »Ich kann mich nicht lange auf diesen Stelzen halten, aber es wird reichen.«

Er legte die künstlichen Unterschenkel ab und reichte Tekener die nötigen Pasten, mit denen er die Narben zum Verschwinden bringen sollte. Tatsächlich ließ sich mit dieser biomolplastähnlichen Masse eine glatte Haut vortäuschen, unter der die meisten Lashat-Narben verschwanden. Farbige Kontaktlinsen sorgten dafür, dass Ronald Tekener wie ein Akone aussah.

Die beiden Spezialisten verstärkten den metallischen Schimmer ihrer Stirnen mit einer Tinktur, so dass er nicht zu übersehen war. Dann trafen sie noch einige weitere Vorbereitungen und holten aus einer anderen Höhle einen Gleiter. Mit dieser Maschine starteten sie. Kaum acht Stunden waren verstrichen, seit sie aus dem waffentechnischen Forschungsinstitut geflohen waren. Sie konnten hoffen, dass Alhad Besk in dieser kurzen Zeit noch keine vollkommenen Abwehrmaßnahmen getroffen hatte. Der Oberste Regent konnte nur ahnen, dass sie angreifen würden, wissen konnte er es nicht. Daher war er gezwungen, zahlreiche Institutionen seines Machtapparats zu schützen.

Die Hyperfunkstation von Xexter lag in einem Bergsattel auf einem der höchsten Berge des Planeten in einer Höhe von fast siebentausend Metern. Tekener und Kennon mussten annähernd sechstausend Kilometer nach Norden fliegen, um sie zu erreichen. Sie drangen in immer kältere Zonen vor. Die üppige Vegetation der Äquatorialzone blieb weiter und weiter hinter ihnen zurück. Im Norden tobten eisige Schneestürme, in denen sie sich nur schwer orientieren konnten, da sie sich nicht offen an Funkpeilstationen wenden konnten, um von dort Navigationshilfen anzufordern. So tasteten sie sich langsam nach Norden vor, nutzten jede Gelegenheit, die ihnen die Landschaft bot, sich vor der Ortung der Abwehrorganisationen zu verstecken, und mussten die Hyperfunkstation schließlich doch ganz offen anfliegen.

Tekener lenkte den Gleiter, als die Station deutlich sichtbar vor ihnen lag, während Kennon den Videokom bediente.

Die Wachmannschaft der Station meldete sich, als sie noch etwa fünfhundert Meter vom Sender entfernt waren. Kennon schaltete ein und beugte sich so vor, dass sein Gesicht voll von der Aufnahmeoptik erfasst wurde. Er wollte, dass seine metallisch schimmernde Stirn gut zu sehen war.

»Hyperfunkstation«, dröhnte es aus dem Lautsprecher. »Identifizieren Sie sich.«

»Mäßigen Sie sich«, antwortete Kennon mit schriller Stimme. »Wenn Sie nicht völlig unfähig wären, hätten Sie längst erkannt, wen Sie vor sich haben.«

Auf dem Videoschirm erschien das Gesicht eines Arkoniden. Die rötlichen Augen des Mannes weiteten sich. In ihnen spiegelte sich seine ganze Verwirrung.

»Wir haben Befehl, dass sich jeder identifizieren muss«, erklärte er stammelnd.

Kennon tippte sich gegen den metallisch schimmernden Fleck an der Stirn. Er stöhnte gequält.

»Ich hatte keine Ahnung, dass wir es mit Blinden zu tun haben würden. Ist das hier nicht Ausweis genug?«

Der arkonidische Wächter zuckte erschrocken zusammen. »Natürlich«, antwortete er. »Selbstverständlich.«

In dem flimmernden Energieschirm, der die Hyperfunkstationen überspannte, öffnete sich eine Strukturlücke. Ronald Tekener lenkte den Gleiter hindurch. Er landete neben einem als Wache gekennzeichneten Betonbau.

Die Tür flog auf, und zwei Arkoniden und ein Ertruser traten in den Schnee hinaus. Eilfertig näherten sie sich dem Gleiter.

»Verdammt«, murmelte Kennon. »Warum bleibt ihr nicht drinnen?«

Tekener stieg aus. Er lehnte den Kopf in den Nacken zurück und blickte betont hochnäsig auf die beiden Arkoniden herab. Den Ertruser ignorierte er.

»Gehen wir nach drinnen«, sagte er. »Ich möchte mich davon überzeugen, dass unsere Befehle befolgt werden.«

Er half Kennon aus dem Gleiter, um zu verhindern, dass er im Schnee ausrutschte, und begleitete ihn dann in das Wachgebäude. Mit einem raschen Blick überzeugte er sich davon, dass außer den beiden Arkoniden, dem Ertruser und zwei Akonen niemand sonst im Wachraum war. Er streckte die rechte Hand vor, als wolle er die Akonen mit Handschlag begrüßen. Sie blickten ihn verwundert an. Dann wurden sie von der Impulswellenfront eines winzigen Paralysestrahlers erfasst, den er in der Hand verbarg. Gelähmt stürzten sie zu Boden. Sinclair Marout Kennon erledigte die anderen, bevor diese überhaupt erfassten, was geschah.

»Das war einfacher als erwartet«, sagte er danach und blickte auf die regungslosen Wachen herab. »Mit ein wenig mehr Schwierigkeiten hatte ich schon gerechnet.«

»Hoffentlich bist du nicht enttäuscht«, entgegnete Tekener lachend. Durch eine positronisch gesicherte Tür konnten sie die Senderäume der Hyperfunkstation betreten. Kennon neutralisierte die Positronik und öffnete die Tür, während Tekener sich mit Hilfe des Wachcomputers über die Anzahl der hier beschäftigten Personen informierte.

Der Aufschrei Kennons ließ ihn herumfahren.

Er sah, dass zwei Akonen in der Tür standen. Einer von ihnen hielt den Verwachsenen mit beiden Händen fest, während der andere auf die paralysierten Wachen herabblickte, herumfuhr und zu flüchten versuchte.

Ronald Tekener rannte auf die Tür zu. Er schnellte sich über Kennon hinweg auf den ersten Akonen und warf ihn mit einem Dagorgriff zu Boden.

Dann sprang er hoch, richtete den Lähmstrahler auf den anderen und schoss. Der Akone brach in der Tür zu einem Senderaum zusammen und blieb liegen, so dass die Tür sich nicht schließen konnte. Tekener hörte die überraschten Rufe einiger Männer und Frauen, die sich im Senderaum aufhielten. Er sah sie nicht und konnte auch aus den Geräuschen nicht schließen, wie viele es waren.

Der zweite Akone kämpfte mit dem Kosmokriminalisten, der sich an ihn klammerte und ihn dadurch erheblich behinderte.

»Zur Seite, Ken!«, brüllte Tekener.

Kennon begriff. Er ließ den Akonen los und wälzte sich zur Seite, so dass der Galaktische Spieler mit dem Paralysator schießen konnte. Dann raffte er sich auf und wollte sich ebenfalls in den Kampf einschalten. Sein rechter Fuß war jedoch in den Bereich der Schockwellen gekommen. Er knickte unter ihm weg, und Kennon stürzte hilflos zu Boden.

Tekener konnte sich nicht um ihn kümmern. Er musste sich den Männern und Frauen der Stationen zuwenden, wenn er noch etwas retten wollte.

Daher richtete er den Lähmstrahler auf den Senderaum und

löste ihn blind aus. Als er davon ausgehen konnte, dass er zumindest einige Gegner auf diese Weise ausgeschaltet hatte, eilte er auf sein Ziel zu.

Er bückte sich und streifte dem paralysierten Akonen, der in der offenen Tür lag, einen Stiefel ab. Diesen warf er in den Senderaum, doch keine Reaktion erfolgte.

Er wartete einige Sekunden ab, wich einige Meter weit zurück, rannte auf die Tür zu und sprang kopfüber hindurch. Er flog an zwei Männern vorbei, die neben der Tür lauerten, und rutschte einige Meter weit über den Boden. Dabei drehte er sich um und paralysierte die letzten beiden Gegner, die noch aktionsfähig waren. Sie brachen an der Tür zusammen. Erst jetzt sah er, dass es Arkoniden waren.

Drei Frauen und ein weiterer Mann hingen gelähmt in den Sesseln vor den verschiedenen Funkgeräten.

Tekener stand auf und überprüfte sie alle, um sicher sein zu können, dass sie wirklich kampfunfähig waren. Dann kehrte er zu Kennon zurück, der fluchend auf dem Boden kauerte und seinen Fuß massierte.

»Ich habe geglaubt, dass du mit so einem Ding umgehen kannst«, keifte der Verwachsene. »Jetzt weiß ich, dass ich mich geirrt habe. Was kannst du eigentlich?«

Tekener lächelte.

»Ich könnte dich an deinen Ohren hochziehen«, erwiderte er. »Dann wüsstest du wenigstens, ob noch Leben in ihnen ist, oder ob sie auch paralysiert worden sind.«

»Untersteh dich«, sagte Kennon drohend. »Du würdest es ein Leben lang bereuen.«

»Das würde mich nur erschrecken, wenn ich Aktivatorträger wäre«, antwortete der Galaktische Spieler scherzend.

»Wirst du nie werden«, erklärte Kennon murrend. Er streckte dem *Lächler* die Hand entgegen und ließ sich aufhelfen. Tekener schleppte ihn in den Senderaum und setzte ihn vor den Hyperfunksender.

»Ich sehe mich noch ein wenig um«, sagte er. »Bestimmt gibt es noch mehr Personal, und ich habe keine Lust, mich von irgendjemandem überraschen zu lassen.«

Er untersuchte die Männer und Frauen nach Waffen, fand jedoch keine. Nur die Wachmannschaft war bewaffnet gewesen. Tekener schloss daraus, dass Alhad Besk doch nicht so konsequent gedacht hatte, wie Kennon und er angenommen hatten. Offenbar hatte der Oberste Regent nicht mit einem Überfall auf den Sender gerechnet.

Er begann mit der Untersuchung der Räume und fand im Lauf der nächsten halben Stunde fünf Männer und sieben Frauen. Mühelos überwältigte er sie. Keiner von ihnen leistete ernstzunehmenden Widerstand.

Danach kehrte er in den Senderaum zurück, wo Kennon mittlerweile schwierige Arbeiten abgeschlossen hatte. Mit einem Blick erkannte Tekener, dass er alle benötigten Geräte überprüft und eingeschaltet hatte.

»Ich bin soweit«, erklärte ihm Kennon, der mit dem Ergebnis seiner Bemühungen sichtlich zufrieden war. »Wir können beginnen.«

»Die Antennen sind auf die Erde ausgerichtet?«

»Nein. Dazu reicht die Kapazität des Senders nicht aus. Wir haben zu wenig Energie. Ich wende mich an den Planeten Statette im Bloque-System. Er ist etwa zwölf Lichtjahre von hier entfernt und zählt …«

»… zu den uns angeschlossenen Welten«, unterbrach ihn Tekener. »Die Hyperfunkstation wird von unserer Organisation geleitet.«

Da er die paralysierte Besatzung des Senders hinausgeschleppt hatte, konnte er offen reden, ohne befürchten zu müssen, dass er damit verriet, dass Kennon und er für die USO tätig waren. Das mussten sie auf jeden Fall vermeiden, da die politischen Verhältnisse nach dem Zerfall der Galaktischen Allianz und des Vereinten Imperiums ein äußerst behutsames Vorgehen verlangten.

Die Völker auf den Planeten der Milchstraße reagierten überaus heftig, wenn sie das Gefühl hatten, Angriffspunkt von einer der beiden gefürchteten Abwehrorganisationen der terranischen Menschheit zu sein.

Schon aus nichtigsten Gründen waren urplötzlich politische Spannungen entstanden, die eine jahrelange Aufbauarbeit von einem Tag auf den anderen zerstörten.

Daher begrüßte Tekener, dass Kennon sich nicht direkt an die Erde wandte, sondern an den Planeten eines benachbarten Sonnensystems.

»Es kann losgehen«, sagte er. »Die Station ist sauber. Es gibt niemanden mehr, der uns ins Handwerk pfuschen könnte.«

Er setzte sich in einen Sessel neben Kennon, um die technische Anlage des Senders zu überwachen, damit der Kosmokriminalist sich ganz auf die notwendigen Mitteilungen konzentrieren konnte.

Kennon drückte einige Tasten, und ein verschlungenes Symbol erschien auf dem Bildschirm vor ihm. Sekunden vergingen, dann wechselte das Symbol. Nun leuchtete das Bild einer Doppelsonne vom Bildschirm. Sekunden darauf blickte Kennon in das Gesicht eines rothaarigen Mannes. Gelangweilt blickte ihn der Mann an, der sich zwölf Lichtjahre von ihm entfernt in der Hyperfunkstation des Planeten Statette befand.

Sinclair Marout Kennon nannte eine Schlüsselzahl, die sein Gegenüber augenblicklich aufmerksam werden ließ.

»Ich habe verstanden«, sagte der Rothaarige und zitierte eine andere Zahlengruppe, die Kennon bewies, dass er es mit einem USO-Spezialisten zu tun hatte.

»Auf Xexter ist eine Situation entstanden, die eine entschlossene Hilfe von außen erfordert«, erklärte der Verwachsene. »Hier sind Kräfte wirksam geworden, die eine freie Entfaltung der Gesellschaft von Xexter unmöglich machen. Wir gehen davon aus, dass die natürlichen Gegebenheiten dieses Planetensystems daran schuld sind. Deshalb ist eine Untersuchung von außen notwendig. Wir haben beobachtet, dass ein rot leuchtendes Energiefeld durch die Atmosphäre von Xexter zieht und dabei erheblichen Einfluss auf die Bevölkerung nimmt, die sich aus Vertretern von vielen Völkern der Galaxis zusammensetzt. Eine intergalaktische Untersuchungskommission muss sich dieses Energiefeldes annehmen. Wir sind davon überzeugt, dass sie zu Ergebnissen kommen wird, die von den Vertretern von wenigstens sechs galaktischen Völkern begutachtet werden müssen.«

»Klartext«, bat der Rothaarige. »Habe ich Sie richtig verstanden? Wollen Sie damit sagen, dass der Planet Xexter evakuiert werden muss?«

»Genau das«, antwortete Kennon. »Eine solche Entscheidung können wir jedoch nicht allein treffen, sie muss auf höherer Ebene gefällt werden. Der Einfluss des Energiefelds auf die Bevölkerung ist so stark, dass diese den Planeten aus eigener Kraft nicht mehr verlassen kann, zumal es in der Natur des Energiefelds liegt, dass sie dieses nicht bewusst wahrnimmt. Aber nicht nur das. Ein Teil der Bevölkerung hat ein Waffensystem entwickelt, das galaktische Dimensionen haben könnte. Mit diesem Waffensystem sollen die Bewohner von anderen Planeten unter Druck gesetzt werden. Allein diese Tatsache erfordert ein energisches Eingreifen.«

Kennon gab noch einige Einzelheiten durch und erhielt dann die Bestätigung, dass die Meldung unverzüglich weitergeleitet werden würde.

Kurz darauf befanden sich die beiden USO-Spezialisten auf dem Ruckzug. Sie benutzten die gleiche Maschine wie zuvor, obwohl es in den Anlagen des Hyperfunksenders mehrere Gleiter gab, die wesentlich schneller und komfortabler waren. Ihre Maschine aber hatten sie sorgfältig untersucht und vorbereitet. Bei ihr wussten sie, dass sie nicht so leicht aufgespürt werden konnte, wohingegen bei den anderen die Gefahr bestand, dass positronische Geräte eingebaut waren, mit deren Hilfe ihre Position jederzeit leicht zu ermitteln war.

»Wohin fliegen wir?«, fragte Kennon. »Einige Tage wird es schon dauern, bis man da draußen genügend Vertreter von anderen Völkern zusammengetrommelt und davon überzeugt hat, dass man gemeinsam etwas für die Bevölkerung von Xexter tun muss. Bis dahin sollten wir nicht untätig bleiben.«

»Ich schlage vor, wir fliegen zur Hauptstadt«, erwiderte Ronald Tekener. »Wir müssen herausfinden, wer Alhad Besk wirklich ist.«

»Was glaubst du, was er ist? Ein Epsaler?«

Der Galaktische Spieler antwortete nicht sofort. Er steuerte den Gleiter durch eine Schlucht, deren nahezu senkrecht aufsteigende Wände mit Eis bedeckt waren.

»Ein Epsaler sicher nicht«, sagte er, als sie die Schlucht verließen und über einen steil abfallenden Eishang in ein nach Süden verlaufendes Tal flogen. »Er kann alles sein. Der Roboter, der ihn darstellte, war wie ein Epsaler gebaut. Aber das ist im Grunde genommen bedeutungslos. Alhad Besk kann Roboter in allen möglichen Erscheinungsformen auftreten lassen und selbst doch ganz anders aussehen. Er kann ein Epsaler sein, er könnte aber auch ein Terraner oder ein Arkonide, ein Springer, ein Akone oder sogar ein Blue oder ein Topsider sein. Vielleicht ist Alhad Besk aber auch nur ein Name für ein Geschöpf, wie wir es noch nie gesehen haben.«

»Auf jeden Fall muss er eines der ersten Opfer dieses roten Energiefelds gewesen sein«, bemerkte Kennon nachdenklich. »Vielleicht war er von Anfang an machthungrig. Möglicherweise aber ist er erst unter dem Einfluss des roten Leuchtens so geworden. Er hat herausgefunden, dass man die Wirkung des Energiefelds steuern kann, indem man in einen Stahlturm steigt.«

»Oder in einem Raumschirm bleibt, mit dem man gelandet ist.«

Kennon pfiff leise durch die Zähne. Er nickte.

»Das könnte der Anfang gewesen sein. Damit könnte alles begonnen haben. Alhad Besk könnte den Planeten entdeckt haben.

Vielleicht ist er mit seinem Raumschiff hier gelandet und wurde von dem Energiefeld umgeformt. Auf jeden Fall wird er wütend reagieren, wenn wir versuchen, ihm die mehr oder minder versklavte Bevölkerung wegzunehmen.«

»Damit wird er sich abfinden müssen.«

12.

Das Haus, das sie am Rand von Xekon bewohnt hatten, war nur noch eine Ruine. Das konnten die beiden USO-Spezialisten trotz der Dunkelheit deutlich erkennen, als sie darüber hinwegflogen.

Kennon schürzte geringschätzig die Lippen.

»Besten Dank, Alhad Besk«, sagte er. »Damit hast du uns wertvolle Informationen gegeben. Du weißt also, wer wir sind und wie wir aussehen. Du bist darüber informiert, von wo aus wir unseren Kampf gegen dich begonnen haben. Du weißt, woher wir unsere Informationen haben, und auch sonst ist dir wohl einiges klar geworden.«

»Unterschätze ihn nicht«, warnte Tekener. »Er hat das Haus zerstören lassen und uns damit ungewollt ein Zeichen gegeben, dennoch ist und bleibt er gefährlich.«

Er landete auf einem Parkplatz der Hauptinsel, etwa dreihundert Meter von dem Metallturm entfernt, der sich in der Nähe des Regierungsgebäudes erhob. Der Turm war wesentlich größer als jener, in dem sie auf der Insel des waffentechnischen Forschungsinstituts gewesen wäre. Er hatte einen Durchmesser von fast dreißig Metern und war etwa hundert Meter hoch. Da er größer war als der andere, vermutete Kennon, dass er auch eine größere Bedeutung hatte.

Die beiden Terraner waren nicht auf direktem Weg von der Hyperfunkstation hierher gekommen. Sie hatten einen Umweg gemacht, um ein Waffendepot aufzusuchen, das Kennon angelegt hatte. Dieses Depot hatte Tekener Bewunderung abgenötigt. Es bewies, wie fähig Kennon trotz aller körperlicher Nachteile war, denn er hatte die eingelagerten Ausrüstungsgegenstände nicht nach Xexter eingeschleust, sondern hier mühsam zusammengetragen. Vieles hatte er nur unter größten Gefahren besorgen können, aber darüber verlor er kein Wort.

Jetzt trug Kennon einen leichten Nadler im Gürtel, während Tekener sich mit einem starken Desintegrator ausgerüstet hatte.

Mit dieser Waffe konnte er über eine Entfernung von fast hundert Metern eine verheerende Wirkung erzielen.

Die beiden Männer verharrten nahezu fünf Minuten neben ihrem Gleiter, bis sie sicher waren, dass sich niemand in ihrer Nähe aufhielt und sie beobachtete. Dann eilten sie auf den Metallturm zu. Sie hielten sich in der Deckung der Bäume, Hecken und Häuser und bemühten sich, stets im Dunkel zu bleiben.

In der Stadt war es seltsam ruhig. Die Bewohner der Häuser hatten die Jalousien heruntergelassen, so dass niemand zu den Fenstern hereinsehen konnte. Die nach draußen dringenden Geräusche verrieten, dass die meisten vor den Fernsehgeräten saßen und sich unterhalten ließen. Draußen hielt sich kaum jemand auf.

»Es ist fast zu ruhig«, sagte Kennon leise. »Mir wäre es lieber, wenn wir Schwierigkeiten hätten.«

Tekener lachte.

»Wenn uns hier jemand erwischt, könnte es ziemlich unangenehm für uns werden«, entgegnete er, während er sich an einer Mauer entlangschob. Nur noch wenige Schritte trennten sie von dem Metallturm.

Wiederum warteten sie. Dieses Mal aber ließen sie fast eine halbe Stunde verstreichen, um wirklich ganz sicher sein zu können, dass sie nicht überrascht werden konnten. Dann schlich sich Tekener an den Turm heran. Im Schutz einiger Büsche richtete er den Desintegrator gegen die Metallwand und löste ihn aus.

Der grüne Energiestrahl fraß sich in den Stahl und löste ihn auf. Innerhalb weniger Sekunden hatte Tekener ein halbkreisförmiges Stück herausgeschnitten, das etwa zwei Meter hoch war. Es kippte nach außen, als er daran zog. Er fing es ab und ließ es ins Gras gleiten. Dann stieg er durch die Öffnung in den Turm und schaltete seine Taschenlampe an.

»Sieh da«, sagte Kennon. »Alhad Besk hatte also eine kleine Überraschung für uns.«

Ihre Entscheidung, nicht durch die mit einem Metallgriff versehene Tür zu gehen, war richtig gewesen. An der Tür klebte ein braunes Paket, von dem aus einige Drähte zum Innengriff führten.

»Ein Sprengsatz«, bemerkte Tekener. »Wie vorauszusehen.«

Er stieg die Wendeltreppe hoch. Der Verwachsene folgte ihm keuchend und ohne sich die Mühe zu machen, leise aufzutreten.

Im oberen Geschoss hielt sich niemand auf.

Die transparente Halbkugel, die an der Decke hing, war leer. Nur ein wenig Flüssigkeit schwamm noch darin. Sie war erheblich größer als jene in dem Turm bei dem waffentechnischen Institut gewesen war. Eine Reihe technischer Geräte umsäumte sie.

Sinclair Marout Kennon verzog das Gesicht. Er deutete auf die Halbkugel.

»Da oben war Alhad Besk«, sagte er. »Er hat hier gehaust. Jetzt ist er vor uns geflohen.«

»Durchaus möglich«, erwiderte Tekener. »Wer aber war das Wesen in der Schale beim Waffeninstitut?«

»Ein telepathisches Element«, antwortete Kennon selbstsicher. »Ich vermute, dass es eine Art Ableger von Alhad Besk war, ebenso wie das Element am Raumhafen.«

»Woher sollte Alhad Besk gekommen sein, wenn er ein solches Wesen ist?«, fragte der Galaktische Spieler zweifelnd.

»Ich weiß es nicht«, antwortete Kennon, »und ich fürchte, viele Fragen werden für uns offen bleiben. Ich vermute jedoch, dass Besk nicht von Anfang an so war. Wahrscheinlicher ist, dass er durch das rote Energiefeld verändert wurde. Er war der erste auf Xexter. Er war der Strahlung am längsten ausgesetzt. Vielleicht fing alles damit an, dass seine Stirn metallisch schimmerte, und möglicherweise werden wir alle so, wenn wir für einige Jahre auf Xexter bleiben und jedes Mal in einen Turm fliehen, wenn das rote Leuchten kommt.«

In den nächsten Tagen bemerkten die beiden USO-Spezialisten, dass die Abwehrdienste von Xexter in höchste Alarmbereitschaft versetzt worden war. Überall waren uniformierte Streifen unterwegs. Eine verblüffend große Anzahl von Robotern patrouillierte durch die Hauptstadt und die anliegenden Siedlungen.

Der Versuch Tekeners, sich noch einmal in das öffentliche Fernsehnetz einzuschalten, schlug zunächst fehl, da die Sicherheitsorgane herausgefunden hatten, wie er beim ersten Mal vorgegangen war.

Doch die USO-Spezialisten kannten mehr als einen Trick, mit denen die Abschirmdienste überlistet werden konnten, und so strahlte der Sender drei Tage nach dem Überfall auf die Hyperfunkstation in den Abendstunden einen Kurzfilm aus, in dem das rote Leuchten zu sehen war, und in dem die Bevölkerung von Xexter auf die tödlichen Gefahren aufmerksam gemacht wurde, die auf lange Sicht von ihm ausgingen.

Am nächsten Abend verbreiteten Tekener und Kennon über den Fernsehsender, dass es nur einen Ausweg für die Bewohner von Xexter gab, wenn sie überleben wollten.

Sie mussten den Planeten verlassen.

Die beiden USO-Spezialisten kündigten eine intergalaktische Untersuchungskommission an, die sich aus Vertretern vieler Völker der Milchstraße zusammensetzte.

Diese Nachrichten lösten unter der Bevölkerung große Unruhe aus. Die Xexterer erwachten aus ihrer Lethargie, in die sie durch das Energiefeld getrieben worden waren. Heftige Diskussionen entstanden, die auch von den Sicherheitskräften Alhad Besks nicht unterdrückt werden konnten, und ein Strom von Auswanderungswilligen zum Raumhafen setzte ein.

Alhad Besk verbreitete über die Presse, der Planet Xexter sei Mittelpunkt eines ungeheuerlichen Intrigenspiels, das von einigen galaktischen Großmächten angezettelt worden sei, weil profitsüchtige Elemente sich Xexter wegen seiner außerordentlichen Reichtümer aneignen wollten.

Überraschenderweise glaubte ihm die Bevölkerung nicht.

Die Bewohner von Xexter erinnerten sich nicht an das rote

Energiefeld, wohl aber daran, dass es immer wieder vorkam, dass sie mitten in der Öffentlichkeit aus einem ohnmachtähnlichen Schlaf erwachten, von dem auch Tausende andere erfasst worden waren. Sie sahen, dass die Herrschenden metallisch schimmernde Stirnen hatten. Einige dieser Herrschenden wurden überfallen. Man versuchte, den metallischen Schimmer abzuwischen, und die Unruhe steigerte sich, als man feststellte, dass das unmöglich war. Unruhe und Angst erfassten auch die Herrschenden, die bisher geglaubt hatten, die Veränderungen an ihnen seien unschädlich.

Und dann erschien tatsächlich ein riesiger Kugelraumer mit einer intergalaktischen Delegation an Bord, die sich aus Vertretern vieler Völker zusammensetzte. Das Raumschiff landete nicht auf Xexter, sondern verharrte am Rande des Sonnensystems. Von dort aus begannen Wissenschaftler mittels Fernortung mit der Untersuchung von Xexter.

Die Funkleitstation des Raumschiffes fing einen Notruf von zwei Terranern auf, in dem diese dringend baten, von einem Beiboot abgeholt zu werden, damit sie Bericht erstatten konnten. Sie behaupteten, sich in Lebensgefahr zu befinden, weil sie diejenigen seien, die das Geheimnis von Xexter geklärt hätten.

Die Besatzung des Kugelraumers setzte gegen den wütenden Protest der Regierung von Xexter durch, dass ein Kleinstraumer in den Luftraum von Xexter eindringen durfte. Sie kündigten der Regierung derart weitreichende Konsequenzen an, dass diese schließlich klein beigab.

Eine Staffel gutbestückter Kampfgleiter versuchte, sich dem Kleinstraumer anzuschließen, als dieser sich in der Atmosphäre von Xexter befand, hatte jedoch wenig Erfolg dabei. Die Besatzung des Raumschiffs fing einen Notruf auf und nahm kurz darauf einen kleinen Gleiter mit zwei Personen an Bord. Danach kehrte sie zum Kugelraumer zurück.

Ronald Tekener betrat den großen Konferenzraum an Bord des Kugelraumers und blieb an einem Pult stehen, der sich in der Öffnung einer U-förmigen Tischordnung befand. An den Tischen saßen Akonen, Springer, Tefroder, Topsider, Blues, Arkoniden und andere Vertreter galaktischer Völker.

Tekener berichtete mit knappen Worten, welche Zustände auf Xexter herrschten.

Er hatte kaum begonnen, als sich ein Topsider erhob.

»Sie sind Spezialist der USO«, rief er empört. »Sie haben sich auf Xexter eingeschlichen. Sie haben dort Unruhe gestiftet, obwohl der Planet ein souveräner Staat mit einer freigewählten Regierung ist.«

Tekener lächelte.

»Ich verstehe nicht, warum Sie sich so erregen«, erwiderte er. »Ich habe mit den Ermittlungen gar nichts zu tun. Ich stehe nur hier und berichte Ihnen, weil sich jener Mann, der die tödlichen Gefahren für die Bevölkerung von Xexter entdeckt hat, nicht in der Lage sieht, vor Ihnen zu sprechen. Er ist zu schüchtern.«

Seine Worte lösten Gelächter unter den Delegierten aus, und ein Akone erhob sich.

»Wir haben festgestellt, dass es dieses Energiefeld tatsächlich gibt«, erklärte er und drückte auf eine Taste an einem Gerät, das vor ihm auf dem Tisch stand. An der Stirnwand des Saales erhellte sich ein riesiger Bildschirm. Auf ihm war der Planet Xexter zu sehen. Er leuchtete grün und hob sich deutlich vom schwarzen Hintergrund des Weltalls ab.

»Das Energiefeld kreist um den Planeten. Es ist uns gelungen, es auch dann sichtbar zu machen, wenn es nicht in die Atmosphäre von Xexter eindringt und dort das rote Leuchten hervorruft.«

Der Akone drückte eine andere Taste, und ein schleierartiges Gebilde wurde sichtbar, das Xexter wie ein Ring aus winzigen Satelliten umlief. »Bis jetzt ist nicht einwandfrei geklärt, von welcher Art das Energiefeld ist. Unsere Wissenschaftler haben eine hyperphysikalische Strahlung und ein parapsychisches Pulsieren festgestellt«, erläuterte der Akone. »Beides könnte äußerst gefährlich für die Bevölkerung von Xexter sein.«

Ein Teil des Energieschleiers drang klar erkennbar in die Atmosphäre des Planeten ein und verfärbte sich tiefrot. Ein erregtes Raunen ging durch die Reihen der Delegierten.

»Unter diesen Umständen können wir uns der Verantwortung nicht entziehen«, setzte der Akone seine Rede fort. »Ursprünglich ist zwar ein souveräner Staat auf Xexter gegründet worden, aber unter dem Einfluss des Energiefelds haben sich seine Bewohner verändert. Wir müssen ihnen helfen, weil sie selbst dazu nicht mehr in der Lage sind. Ich schlage vor, dass wir ihnen die Evakuierung anbieten. Wer will, kann den Planeten verlassen. Natürlich lassen wir eine Aufklärungskampagne vorausgehen, damit auch alle über die tatsächlichen Gefahren informiert sind.«

»Ich bleibe bei meiner Behauptung, dass wir Zeuge eines schmutzigen USO-Spiels sind«, brüllte der Topsider. »Ich will den Mann sehen, der die Ermittlungen geführt hat. Er ist ein USO-Spitzel.«

Seine Worte versetzten die Versammlung in heftige Erregung.

Ronald Tekener ließ die Delegierten eine Weile reden, dann bat er um Ruhe. »Einverstanden«, sagte er dann. »Ich werde Ihnen den Mann vorstellen. Urteilen Sie selbst, ob er USO-Spezialist ist oder nicht.«

Erwartungsvolle Ruhe senkte sich über den Raum.

Tekener ging zu einer Tür und öffnete sie. Er blinzelte Kennon zu, mit dem er alles abgesprochen hatte.

Sinclair Marout Kennon betrat den Saal.

Er schlurfte keuchend und schniefend herein. Sein linkes Auge zuckte ununterbrochen, und immer wieder fuhr er sich mit den kleinen Händen über den kahlgebrannten Schädel oder zupfte sich an den viel zu großen Ohren.

An der gleichen Stelle, an der Tekener vorher gestanden hatte, blieb er stehen.

»Wer … wer sagt hier, dass ich USO-Spezialist bin?«, fragte er stammelnd mit schriller, sich überschlagender Stimme.

Seine Worte riefen brüllendes Gelächter hervor.

Kennon drehte sich um und schlurfte an Tekener vorbei.

»Dafür trete ich dir noch mal ans Schienbein«, flüsterte er ihm augenzwinkernd zu und zog sich durch die Tür zurück.

Er wunderte sich über sich selbst. Bei jedem anderen hätte er einen derartigen Auftritt als unerträgliche Demütigung empfunden, bei Tekener jedoch nicht.

Der ungewöhnliche Plan Ronald Tekeners ging auf. Die Delegierten der galaktischen Völker setzten ihren Willen durch. Sie informierten die Bevölkerung von Xexter über die bestehenden Gefahren und erreichten eine Massenflucht, obwohl Alhad Besk wütend gegen die Einflussnahme von außen protestierte.

Alhad Besk drohte an, den Planeten zu vernichten, wenn die Evakuierung nicht gestoppt wurde, und Tausende mit in den Tod zu reißen. Doch auch damit konnte er niemanden mehr halten, zumal das rote Leuchten gerade in diesen Tagen häufiger auftrat als sonst. Die Bevölkerung vergaß die Erscheinung zwar sofort wieder, erlebte aber die Massenbewusstlosigkeit und nahm diese als deutliche Mahnung zum Aufbruch.

Nach acht Tagen befand sich die gesamte Bevölkerung von Xexter an Bord von insgesamt siebzig Großraumschiffen, die von vielen Nationen der Milchstraße zur Verfügung gestellt worden waren.

Alhad Besk aber mochte sich mit seiner Niederlage nicht abzufinden. Er machte seine Drohung war, als das letzte Raumschiff gestartet war. Er schaltete die von seinen Wissenschaftlern entwickelte Waffe ein. Der Planet Xexter stürzte innerhalb weniger Minuten zu einem Gebilde zusammen, das etwa so groß war wie eine Männerfaust. Darin verschwand auch das Energiefeld, so dass seine wahre Natur nicht mehr geklärt werden konnte. Der Zusammenbruch von Xexter aber gab die letzte Bestätigung dafür, dass es dringend notwendig gewesen war, diesen Planeten zu evakuieren.

Nachwort

Mit diesem Roman setzen wir die lose Reihe der »frühen« Abenteuer von Ronald Tekener fort. Bekanntlich betrat diese Figur im Oktober 1969 in Band 1 der ATLAN-Serie (»Das galaktische Syndikat« von K. H. Scheer) als gleichsam voll ausgeformter Held die Szene.

Über die Entstehungsgeschichte von ATLAN sowie die literarische Genese und Entwicklung Tekeners haben wir uns in den Nachwörtern der Bände 41 und 42 (»Die Einmann-Operation« und »Der galaktische Spieler«, beide im November 2015 bei Zaubermond nachgedruckt) geäußert. Eine Vita des Autors findet sich zudem im Taschenheft 20, »Der Club der Königinnen« vom September 2012).

Es gibt insgesamt neun dieser Romane um den »frühen« Tekener, so dass noch einiges an Material vorliegt, das wir für unsere Reihe verwerten können.

Hier soll es nun um den zweiten großen Bestandteil des frühen Tekener-Mythos gehen: den Kosmo-Kriminalisten Sinclair Marout Kennon, ebenfalls von K. H. Scheer in ATLAN 1 eingeführt. Er tritt im vorliegenden Band chronologisch gesehen das erste Mal auf, einschließlich seiner kindlichen Biografie. Tekeners Freundschaft zu seinem späteren »Psychopartner« (ein typisches Scheer-Wort …) beginnt in »Das rote Leuchten«.

In Kapitel 2 des vorliegenden Romans erhalten wir Kennons Beschreibung: »Der Mann war ein hässlicher Zwerg, der etwa 1,50 Meter groß war und schwach wie ein Kind zu sein schien. Er hatte eine stark vorgewölbte Brust und einen riesigen Schädel mit einem verlegen wirkenden Kindergesicht. Die wasserblauen Augen quollen weit vor, und das spitze Kinn schien so empfindlich zu sein, dass Tekener meinte, es müsse unter der geringsten Belastung, wie etwa durch einen leichten Schlag, zerbrechen. Das Haar war dünn und strohblond, und die abstehenden Ohren waren selbst im Verhältnis zu diesem Riesenschädel zu groß.

Die Füße dieses Zwerges schienen so schwer, dass er sie mit seinen dünnen Beinen kaum zu heben vermochte.«

Damit sind wir im Jahr 2396 n. Chr., also noch acht Jahre vor der Handlung von ATLAN 1.

Das mag nicht wirklich nach einem Scheerschen Helden klingen, doch es ist einer. Kennon, seinerzeit Major der USO, wird auf Seite 24 von ATLAN 1 dergestalt von Lordadmiral Atlan, dem damaligen Chef der USO, beschrieben:

»Sie kennen seine psychischen Schwierigkeiten. Klein, verwachsen, nach seinen Begriffen hässlich und monströs, hämmert sich ständig ein, sich alles erkaufen zu müssen. Auch Freundschaft! Sie sind der einzige Mensch in dieser Galaxis, mit dem Kennon jemals einen echten Freundschaftskontakt gewann. Er kämpft darum, niemals Ihre Achtung noch Ihre Zuneigung zu verlieren.«

Tekener ficht das alles nicht an (gleiche Seite, Fortsetzung des Dialogs): »Er ist und bleibt mein Freund.« Womit es wieder einmal an der Zeit ist, eine Lanze für den so oft zu Unrecht als »Handgranaten-Herbert« verschrienen Scheer zu brechen: Hier zeigt sich wieder einmal seine Toleranz für »den Anderen«, seine Einstellung, dass letztlich alle Wesen gleichwertig sind, solange sie sich an die von Scheer vertretenen Werte halten. Bei der Betrachtung dieses Autors durch heutige Kritiker wird dieser Aspekt seines literarischen Schaffens leider nur zu gern übersehen.

Auf Seite 33f. des ATLAN-Romans geht Scheer ausführlich auf Kennons Biografie ein:

»Über *ihn* gab es im Hauptquartier eine vertrauliche Akte; sogar eine sehr vertrauliche. Außer Atlan haben nur wenige Wissenschaftler zu diesem Dokument Zugang. Darin stand in Stichworten zu lesen:

›Major, Spezialist *Sinclair Marout Kennon*, Fachgebiet Kosmokriminalistik, Spezialist I. Klasse, unbeschränkte Sondervollmachten.

Beschreibung der Person:

Größe 1,52 Meter, physisch schwach wie zehnjähriges Kind.

Verwachsen. Vorgewölbte Trommelbrust. Riesenschädel mit Kindergesicht, wasserblaue vorquellende Augen, gelichtetes, strohgelbes Haar. Abstehende Ohren, zu groß selbst für überentwickelten Schädel.

Nach vorn gewölbte Stirn; Zucken linkes Augenlid. Spitzes Kinn, abstoßender Gesamteindruck. Fußgröße im Verhältnis zum Körper anormal mit Größe 46. Ungeschickter Gang, Füße schleifen nach. Atembeschwerden bei geringsten Belastungen.

Qualifikation als Spezialist nur deshalb, weil geniales Gehirn mit überragender Kombinationsfähigkeit.

Psychogramm:

Tiefgreifende Neurose. Nach Beseitigung durch Wandeldon-Methode aufgehoben, dann wiederkehrend. Verlangen nach Anerkennung und Zuneigung. Klares Erkennen der körperlichen Missstimmigkeiten, daher unüberbrückbare Minderwertigkeitskomplexe. Form der Äußerung besteht in teils unbegründetem Aufbegehren gegenüber verständnisvollen Menschen, teils in scheuer Zurückhaltung und Selbstdemütigung vor uneinsichtigen Elementen. Niemals echte Zuneigung erfahren. Als Säugling ausgesetzt, Erziehung im Dominikanerstift von Newland City, Grönland. Psychobehandlung durch wissenschaftlich gebildete Geistliche. Erfolg gut bis sehr gut; Rückfall in Selbstdemütigung nach Eintritt in USO-Akademie.

Studium Anthropologie, Sonderfach galaktische Altvölker, Spezialistenausbildung unter Umgehung der üblichen Trainingsmethoden auf rein geistiger Ebene.

Sonderbemerkung:

Zu allen vorhandenen Komplexen kommt noch ein Problem geschlechtlicher Natur. Es wird vermutet, dass eine nicht feststellbare Mutation vorliegt. Unbekannte Hormondrüsen wurden innerhalb des Gehirns entdeckt, jedoch nicht ausreichend identifiziert.‹

Das war Sinclair M. Kennons wissenschaftlich niedergelegtes Stichwortpsychogramm. Es las sich nicht gut.«

Das liest sich, als habe Scheer fast eine Seite seines Romans damit gefüllt, das von ihm entworfene Personendatenblatt der Figur abzutippen. Das hat er wohl auch – er stand unter großem zeitlichen Druck, als er »Das galaktische Syndikat« schrieb. Im Vorwort zu Band 41 dieser Reihe wurde erwähnt, dass Scheer bereits am 5. Februar 1967 den Auftrag erhalten hatte, die ATLAN-Serie zu konzipieren; ihr erster Band erschien aber erst zweieinhalb Jahre später. Allein die Tatsache, dass ATLAN anfangs nur monatlich publiziert wurde, lässt die hohe Arbeitsauslastung des Exposéautors erahnen.

Scheer stellt »diesen« Kennon zwar noch kurz in der zweiten Hälfte des Romans vor, entwickelt dann die Figur aber sehr schnell dorthin weiter, wo er sie eigentlich haben möchte. Es ist das literarische Verdienst von H.G, Francis, aus dieser Vorlage die Figur zu machen, die wir im vorliegenden Roman (und im zweiten Roman dieses Bandes) erleben können – einschließlich der Antipathie gegen Roboter.

Sinclair Marout Kennon wird in ATLAN 2 (»Griff nach der Macht«, ebenfalls von Scheer – übrigens der einzige Doppelroman, den Scheer jemals für das Perryversum verfasste, und mit Ausnahme des Jubiläumsbandes 100, »Der Kristallprinz« vom September 1973, seine einzigen Beiträge für ATLAN) eine grundlegende Veränderung erfahren, nachdem die Space-Jet, mit der er von Lepso fliehen muss, vom Feuer zweier lepsotischer Wachkreuzer getroffen wird (ATLAN 1, Seite 62f.): »Kennon fühlte noch den harten Einschlag und die sengende Hitze, die plotzlich nach seinem Raumanzug fasste.«

Aber damit befassen wir uns im Nachwort zu »Der Waffenhändler«.

Rainer Nagel

H. G. Francis

Der Waffenhändler

Einsatz auf dem Planeten des kosmischen Krisenmachers

So wurde nach dem Zusammenbruch der Galaktischen Allianz die bislang als überparteilich geltende United Stars Organisation (USO) aus dem Verband der galaktischen Großmächte herausgelöst und für die terranischen Interessen eingesetzt.

Diese sowohl politisch als auch militärisch folgenschwere Entscheidung wird von der Geschichtsschreibung als Meisterwerk des Großadministrators Perry Rhodan (Aktivatorträger) und des ehemaligen Arkonidenimperators Atlan (Aktivatorträger) bewertet.

Die USO, am 1. Juli 2115 von Imperator Atlan gegründet, war in der glücklichen Lage, finanziell und militärisch unabhängig zu sein. Atlan, nunmehr Regierender Lordadmiral der USO, war es vor seiner Abdankung als Imperator des zerfallenden Arkonidenreiches gelungen, zahlreiche finanzstarke Planeten einbringen zu können.

Im Jahr 2396, etwa 300 Jahre nach der Gründung der USO, war der Ruf dieser Organisation als »Galaktische Feuerwehr« stärker denn je gefestigt.

Es kann kein Zweifel daran bestehen, dass die USO im Verlauf der galaktopolitischen Großraumentwicklung immer mehr zugunsten des Solaren Imperiums handelte.

Die ursprünglich strikt militärisch orientierte USO wurde in ihrer Tätigkeit auf die Bekämpfung jener innen- und außenpolitischen Schwierigkeiten ausgerichtet, die weder zur Operationsplanung der Solaren Flotte noch zum Einsatzprogramm der Solaren Abwehr gehörten.

Stärker noch als zuvor fiel das Augenmerk auf die gut vorbereiteten und getarnten Einsätze der Agenten der Organisation. Diese hatten ihre Aufgaben häufig auf kritischen oder umstrittenen Planeten zu erfüllen, ohne dass ihre Verbindung zur USO oder gar dem Solaren Imperium bekannt werden durfte. Die von ihnen zu treffenden Entscheidungen waren oft nicht einfach, häufig auch moralisch zwiespältig. Aber sie taten ihren Dienst an der Menschheit, wie schon Generationen vor ihnen.

(aus: Meeca Netreok: »Zahlen, Zenturien, Ziele und Zeugnisse – aus der Arbeit des USO-Historischen Korps«; Sonderdruck, Pounder City, Mars/Sol IV; I. Kapitel: Eine kurze Geschichte der USO)

1.

»Unter den Nebeln regt sich der neue Tag«, rief der Priester mit hallender Stimme. Er stand neben dem tonnenschweren *Globisstein,* der auf der Kante einer senkrecht abfallenden Felswand lag. Der Stein war mit schimmerndem Howalgonium überzogen, und an seiner Seite leuchteten eine Reihe von Brillianten im Licht der aufgehenden Sonne. Wie durch ein Wunder schien er sich auf der Felskante zu halten, und wer ihn zum ersten Mal sah, meinte, ein leichter Stoß müsse genügen, ihn in die Tiefe zu befördern.

Doch dieser Eindruck täuschte. Der Stein presste sich durch sein hohes Gewicht so fest auf die Felsen, dass man ihn selbst mit schwerem Baugerät hätte kaum bewegen können. Dennoch wurde er Tag und Nacht bewacht, weil die Priester von Gowon-Kürschak befürchteten, irgendjemand könne auf den blasphemischen Gedanken kommen und den Globisstein in die Tiefe stoßen.

Annähernd hundert Arkoniden, Männer und Frauen, hockten auf einfachen Holzbänken vor dem Stein. Sie wiederholten leise murmelnd die Worte des Priesters. Für sie alle hatte der *Globisstein* eine religiöse Bedeutung, da der Arkonide Globis, der Entdecker von Gowon-Kürschak, an dieser Stelle unter mysteriösen Umständen gestorben und anschließend von den Priestern mit einem besonderen Status versehen worden war.

Der Stein bildete gleichzeitig die Grenze zwischen zwei Imperien. Am Fuß des Steilhangs begann das Sternenreich des ehemaligen Gouverneurs Treshott, der, abgesehen von einem kleinen Landzipfel, auf dem der Globisstein lag, den ganzen Kontinent beherrschte.

Der Priester drehte sich mit hocherhobenen Armen um, und die Gläubigen erhoben sich. Hinter ihm ging die Sonne auf. Sie stieg als glühender roter Ball über den Horizont.

»Beten wir für die Befreiung von Gowon-Kürschak.« Er senkte den Kopf. Er war ein alter Mann mit schulterlangem, weißen Haar und einem Bart, der ihm bis an den Gürtel reichte.

Tief bewegt sprachen die Gläubigen ihm nach, was er sagte. Er forderte Treshott zum Rückzug von Gowon-Kürschak auf und bezeichnete es als Unrecht, dass eine fremde Macht einen Kontinent dieses Planeten für sich beanspruchte, während die übrige Welt dem Imperium Kürschaks angehörte.

»Eine Sternenmacht kann nur einen ganzen Planeten umspannen, oder sie muss ganz auf diese Welt verzichten«, erklärte er. »Wer nur einen kleinen Teil einer anderen Welt beherrscht, sorgt für Konflikte und Spannungen, die früher oder später zu einer gefährlichen Auseinandersetzung führen müssen.«

Diese Worte hatten mit einem Gebet kaum noch etwas zu tun. Dennoch sprach die Gemeinde sie voller Inbrunst und Eifer nach.

»Wir wollen den Frieden«, betonte der Priester. »Wir wollen in Ruhe leben und uns die Zukunft erschließen. Deshalb fordern wir dich auf, Treshott: Verlasse Gowon-Kürschak. Dies ist unsere Welt!«

Etwa zweihundert Meter schräg unter dem *Globisstein* stand ein dunkelblonder Mann mit einer elektronischen Kamera, die er auf einem Stativ befestigt hatte. Auf dem Monitorschirm zeichnete sich der schimmernde Stein mit dem Priester davor ab.

Guy Maultinger, ein kleiner, drahtiger Mann mit blondem, dicht gelockten Haar und wasserblauen Augen, zeichnete das friedliche Bild, das sich ihm bot, jedoch nur für einige Sekunden auf.

Er vernahm eilige Schritte.

Ein schwarzhaariger Mann, der von einem humanoiden Roboter getragen wurde, kam den Felspfad herauf. Die Maschine lief mit weit ausgreifenden Schritten auf Maultinger zu und überwand mühelos alle Hindernisse, die den Mann, wenn er selbst gerannt wäre, vermutlich lange aufgehalten hätten.

»He, seien Sie vorsichtig«, rief Maultinger ihm schon von weitem zu. »Passen Sie auf meine Kamera auf.«

»Machen Sie Platz«, antwortete der andere. »Ich muss nach oben zu dem Stein.«

»Der wird warten können.«

»Eben nicht. Jemand hat ein Attentat auf ihn vor.«

Der Mann und der Roboter waren nun nur noch etwa fünfzig Meter von Guy Maultinger entfernt.

»Hören Sie, ich bin von der Presse!«, schrie dieser. »Ich kann die Kamera nicht so ohne Weiteres wieder abbauen.«

»Da ist doch Platz genug für mich. Zur Seite! Wenn ich rechtzeitig komme, kann ich verhindern, dass sie die Desintegratorbomben zünden.«

Der Mann und der Roboter waren heran.

»Das wäre mir aber gar nicht recht«, erwiderte der Reporter. Er riss die Kamera zur Seite und hielt dem Roboter die Stativbeine in den Weg. Die Maschine prallte dagegen und verlor das Gleichgewicht. Bevor sie sich wieder stabilisieren konnte, stieß Maultinger den dunkelhaarigen Mann und den Roboter über die Felsen. Beide stürzten in die Tiefe und schlugen etwa hundert Meter unter dem Reporter auf.

Guy Maultinger wandte sich dem Howalgoniumfelsen wieder zu, als ob nichts gewesen sei.

Er hätte keine Sekunde länger warten dürfen, denn der heilige Stein schwankte.

Der Reporter schaltete die Kamera ein, und jetzt ließ er sie laufen.

Zwei Tage später betrat Ronald Tekener auf der weit über dreitausend Lichtjahre von Gowon-Kürschak entfernten Erde das Büro von Lordadmiral Atlan.

Er begrüßte erst den Arkoniden und dann eine kleine, verkrüppelte Gestalt, die in einem Sessel neben dem Arbeitstisch des Leiters der United Stars Organisation saß.

Sinclair Marout Kennon blinzelte nervös mit dem linken Auge. Er war nur 1,52 m groß und schwach wie ein Kind. Er hatte eine tonnenartig vorgewölbte Brust und einen unproportional großen Schädel mit hervorquellenden, wasserhellen Augen, einem spitzen Kinn, schütterem, strohgelben Haar und viel zu großen Ohren. Da seine Beine zu kurz waren, als dass er bequem in dem Sessel hätte sitzen können, baumelten seine riesigen Füße mehr als eine Handbreit über dem Boden.

Ronald Tekener beachtete das Äußere dieses Mannes jedoch nicht. Sinclair Marout Kennon war sein Freund, und er wusste, dass dieser verwachsene Mann geniale Fähigkeiten hatte.

»Sie meinen, jemand sorgt für die verschiedenen Zwischenfälle, um den bewaffneten Konflikt zwischen den Sternenreichen herbeizuführen?«, fragte Atlan.

Sinclair Marout Kennon nickte. Sein linkes Auge zuckte heftig.

»Irgendjemand schürt das Feuer«, bestätigte er. »Dabei geht er äußerst behutsam und geschickt vor. Er kann nicht allein sein, vielmehr muss eine ganze Organisation vor Ort arbeiten. Jeder einzelne Zwischenfall ist sorgfältig inszeniert und erzielt seine wohldosierte Wirkung. Das alles aber wird erst deutlich, wenn man alle Ereignisse zusammenfasst und von der Positronik bewerten lässt.«

Er hüstelte.

»Die Reihe der Vorfälle, die letztlich zum Krieg führen, ist lang. Da verunglückt ein hoher Offizier mit dem Gleiter. Eine Pressemeldung erscheint, in der die Tochter einer hochgestellten Persönlichkeit verleumdet wird. Stunden später folgt das Dementi in einer Art und Weise, die alles nur zu bestätigen scheint. Ein Politiker ist in eine Korruptionsaffäre verwickelt und fliegt auf. Ein Agent wird gefasst, der angeblich die Aufgabe hatte, eine neue Waffe auszuspionieren. Danach folgt eine sorgfältig gelenkte Demonstration, in der gegen das Vorgehen der Behörden protestiert wird. Eine Gruppe bemängelt, dass die Sicherheit der Bevölkerung fahrlässig aufs Spiel gesetzt wurde, die andere empört sich gegen das vermeintlich viel zu harte Vorgehen der Sicherheitsorgane gegen jemanden, der angeblich gar nicht spionieren wollte, sondern sich nur verlaufen hat.«

»Und dann geht es vermutlich weiter«, bemerkte Tekener. »Zuerst Sachbeschädigungen, dann einige Tote auf beiden Seiten. Politiker versuchen, den Schaden zu beheben.«

»Genau«, bestätigte Kennon, »aber die Gespräche platzen wegen unannehmbarer Forderungen. Beide Seiten beginnen, energisch aufzurüsten, und beide fordern einen Rüstungsstopp. Gleichzeitig kommt es zu weiteren Zwischenfällen, welche die Emotionen der Bevölkerung anheizen. Heute wurde das Nationalheiligtum der Gowon-Kürschaker zerstört. Und das ist jetzt schon ein ganz typisches Beispiel dafür, dass jemand die provokanten Zwischenfälle herbeiführt.«

Er rutschte aus dem Sessel und schleppte sich keuchend zu einem Videogerät. Er schob einen Kristallspeicher ein und kehrte zu seinem Platz zurück, während der Film bereits anlief.

»Scheinbar zufällig war ein Reporter in der Nähe, der alles gefilmt hat. Gleich sehen Sie, wie der mit Howalgonium überzogene Stein in die Tiefe stürzt. Später, als alles vorbei war, haben die Sicherheitsorgane festgestellt, dass irgendjemand eine Desintegratorladung unter dem Stein angebracht hat, die über Funk gezündet wurde.«

Atlan und Tekener verfolgten an dem Bildschirm, wie der riesige Stein plötzlich ins Rutschen geriet, über die Felskante kippte und dann etwa zweihundert Meter in die Tiefe stürzte. Er fiel auf schräg abfallenden Fels, prallte von diesem ab und rollte mit verheerender Wucht in eine kleine Stadt, die aus etwa dreihundert Häusern bestand. Der Stein zog eine Bahn der Vernichtung durch die Ansiedlung, zerschmetterte sieben Häuser und kam erst am Ufer eines Sees zum Stehen.

Der Film lief geräuschlos und ohne Kommentar ab. Jetzt aber spulte Kennon ihn zurück und schaltete den Ton dazu. Der Reporter behauptete, ein Priester und eine Gruppe von Fanatikern hätten den Stein absichtlich über den Felsen gestürzt, um damit die Bewohner der Stadt anzugreifen, die nicht zum Imperium Gowon-Kürschak, sondern zum Sternenreich Treshott gehörten.

Der Film zeigte abschließend, wie die empörten Bewohner der Stadt mit Schusswaffen gegen den Priester und die Gläubigen vorgingen.

»Und dann?«, fragte der Arkonide.

»Das liegt auf der Hand. Zwischen den beiden Sternenreichen ist ein bewaffneter Konflikt ausgebrochen. Die ersten Schüsse haben eine Schlacht ausgelöst.«

»Wo sind die Beweise dafür, dass irgendjemand die Vorfälle bewusst herbeigeführt hat, um einen Krieg zwischen den beiden Sternenreichen zu provozieren?«, fragte Tekener.

Kennon zeigte erneut auf seine Papiere.

»Immer wieder haben Politiker beider Seiten versucht, die Entwicklung aufzuhalten, die zum Krieg führen muss. Sie sind gescheitert. Einige von ihnen sind erfolgreich verleumdet worden, andere sind verunglückt, einer ist abgewählt worden, zwei sind einem Kreislaufzusammenbruch zum Opfer gefallen.«

»Und wer hat den Vorteil von einem Krieg?«, erkundigte sich Tekener.

»Das ist eine Frage, die sich nicht so einfach beantworten lässt, wie es auf den ersten Blick aussieht«, erwiderte Kennon. »Die beiden Imperatoren Treshott und Gowon, beides Arkoniden, nehmen einander nicht viel. Ich traue beiden ohne weiteres zu, dass sie die Zwischenfälle mit Hilfe ihrer Geheimdienste herbeigeführt haben, um die Gegenseite zurückzudrängen und einzuschüchtern. Und beide haben schon einmal bewiesen, dass sie entschlossen genug sind, die Lösung eines Konflikts auch im militärischen Kampf zu suchen.«

»Vermutlich gibt es aber noch eine Möglichkeit«, sagte Tekener, der spürte, dass Kennon einen Verdacht hatte.

»Das ist richtig«, bestätigte der Verwachsene. »Wir wissen, dass überall in der Milchstraße galaktische Persönlichkeiten dabei sind, sich ihr Imperium aufzubauen – entweder als politisches oder als militärisches Machtgebilde.«

Er machte eine bedeutungsvolle Pause, um bewusst werden zu lassen, dass es nicht genügte, nur in politisch-militärischen Kategorien zu denken.

»Zu der zweiten Kategorie gehören unter anderem die Waffenhändler und -produzenten. Der erfolgreichste und in meinen Augen der gefährlichste ist der ehemalige arkonidische Gouverneur Kartan Askeron. Er ist Herrscher über das Semon-System mit vier bewohnten Welten. Askeron nutzt übernommene Fabrikationsanlagen für die Waffenproduktion, und er verkauft die Waffen vornehmlich an jene Herrscher, die Expansionsansprüche anmelden.«

»Das liegt auf der Hand«, sagte der Arkonide. »Wohin sollte er seine Waffen sonst vertreiben?«

»Richtig. Dagegen wäre auch gar nichts einzuwenden«, entgegnete der Verwachsene. »Ich habe aber den Verdacht, dass Askeron nicht nur verkauft, sondern zunächst einmal für kritische Situationen sorgt, um das Geschäft anzukurbeln. Er schürt die Konflikte bis hin zu kriegsähnlichen Auseinandersetzungen und notfalls auch bis hin zu einem wirklichen Sternenkrieg.«

Er blickte Atlan und Tekener an.

»Ist es nicht seltsam, dass ausgerechnet zu einem Zeitpunkt, an dem dieser Howalgonium-Felsen in die Tiefe stürzt, ein Reporter zur Stelle ist, der alles filmt? Und während sich die Bevölkerung des Planeten noch über den Zwischenfall in die Haare gerät, wird dieser Film mit dem entsprechenden propagandistischen Kommentar ausgestrahlt.«

»Das ist alles richtig«, entgegnete Atlan. »Ist aber wirklich auszuschließen, dass der Reporter zufällig anwesend war?«

»Mich stimmt zumindest nachdenklich, dass Guy Maultinger, der Reporter, jahrelang im Semonsystem gearbeitet hat, das unter der Herrschaft von eben diesem Kartan Askeron steht.«

»Wer ist dieser Guy Maultinger?«, fragte der Lordadmiral. »Haben wir Unterlagen über ihn?«

»Allerdings«, antwortete der Kosmokriminalist und bewies damit, dass er sich hervorragend auf dieses Gespräch vorbereitet hatte. »Maultinger ist ein Fernsehkorrespondent von untadeligem Ruf. Er ist beliebt und gehört zu dem kleinen Kreis jener, die besonders hohe Einschaltquoten haben. Seine Reportagen sind praktisch auf allen unseren Planeten bekannt. Man sagt, dass er ungewöhnlich präzise arbeitet und dass er unbestechlich ist. In dieser Hinsicht habe ich allerdings meine Zweifel. Maultinger hat Schwächen, die ihn angreifbar machen. Er ist anfällig für schöne Frauen, und er ist eitel. Außerdem scheint er ein gestörtes Verhältnis zum Alkohol zu haben.«

Atlan lehnte sich in seinen Sessel zurück. Seine Haltung verriet Skepsis.

»Das würde bedeuten, dass Askeron ein ganzes Heer von Agenten beschäftigt, deren einzige Aufgabe es ist, Unruhe zu stiften und Situationen herbeizuführen, in denen ein Waffenbedarf entsteht«, gab er zu bedenken. »Wäre das nicht ein ziemlich aufwändiges Verfahren?«

Sinclair Marout Kennon schüttelte den Kopf.

»Überhaupt nicht. Askeron erzielt riesige Umsätze. Eine ganze Flotte von Raumschiffen ist ständig überall in der Galaxis unterwegs, um die Waffen abzuliefern. Entsprechend hoch sind die Gewinne, die der Waffenhändler einstreicht. Von ihnen kann er nicht nur seine Krisenproduzenten bezahlen, sondern auch die Verkaufsagenten.«

Kennon blätterte in seinen Papieren.

»Kaum einer von den ehemaligen Gouverneuren, die nun ihre Machtansprüche anmelden, kauft Waffen bei uns. Darin ist man sich einig. Man möchte nicht nur verhindern, dass wir eine Waffenexportindustrie aufbauen. Wir sollen auch nicht wissen, wie hoch die militärische Stärke der einzelnen Sternenreiche einzuschätzen ist.«

»Welche Beweise hast du dafür, dass es wirklich die Agenten von Askeron sind, die für die Zwischenfälle verantwortlich zeichnen?«, fragte Ronald Tekener.

Sinclair Marout Kennon legte die Papiere zur Seite.

»Wir haben Hunderte von Hinweisen, die Askeron als Hintermann entlarven«, erklärte er. »Die Zahl der Indizien ist schon nicht mehr zu übersehen. Aber eindeutige und stichhaltige Beweise haben wir nicht. Wir könnten Askeron beispielsweise nicht vor ein Gericht stellen, weil kein Staatsanwalt ihn allein aufgrund dieser Indizien verurteilen würde. Dazu ist dieser Mann viel zu geschickt und raffiniert.«

»Dennoch müssen wir eingreifen«, stellte der Arkonide fest. »Wir können nicht zulassen, dass ein solcher Mann ständig militärische Krisenherde in der Milchstraße entstehen lässt, da sich schon jetzt abzeichnet, dass er früher oder später versuchen wird, uns die Schuld in die Schuhe zu schieben. Und nichts können wir weniger gebrauchen, als plötzlich als der böse Bube in der Galaxis dazustehen. Wir hätten automatisch alle Völker der Milchstraße gegen uns, und dann stünde uns ein umfassender Krieg ins Haus, der unser Ende bedeuten könnte.«

»Also müssen wir Beweise herbeischaffen«, sagte Tekener.

»Wir müssen die Geschäfte dieses Mannes unmöglich machen«, fügte Atlan hinzu. »Sie beide werden ins Semon-System gehen und dort in diesem Sinne arbeiten.«

»Sollen wir als Waffenaufkäufer auftreten?«, fragte Tekener.

Der Arkonide schüttelte den Kopf. »Auf keinen Fall. Dazu fehlt Ihnen der nötige Hintergrund. Wenn unser Verdacht stimmt, lässt Kartan Askeron sofort überprüfen, aus welchem Sonnensystem die Interessenten kommen. Und dann setzt er seine Agenten ein. Nein, der Aufwand und das Risiko wären zu hoch. Wir müssten ein geeignetes Sternenimperium finden, dessen Herrscher mitspielt, und würden dabei nur unnötig Menschenleben riskieren. Wir versuchen, diesem Mann auf andere Weise beizukommen.«

2.

Funken sprühten knisternd zur Seite, als die beiden elektrisch aufgeladenen Schwerter aufeinanderprallten. Für einen kurzen Moment tauchten sie die beiden Kämpfer in ein helles Licht.

Die Männer, deren Oberkörper unbekleidet waren, standen auf einer Brücke, die nur etwa einen Meter breit war und durch kein Geländer gesichert wurde. Unter der Brücke schimmerte grün ein Desintegratorfeld. Es verhieß den sicheren Tod für jeden, der von dem schmalen Band der Brücke stürzte.

Die beiden Kämpfer schlugen rasend schnell aufeinander ein, beide aber waren so geschickt, dass sie die Attacken des anderen immer wieder abblocken konnten.

Mit atemloser Spannung verfolgten die Zuschauer in dem kleinen Raum den Film, der auf einem wandhohen Bildschirm ablief.

Ronald Tekener und Sinclair Marout Kennon saßen in der hintersten Sesselreihe. Sie achteten weniger auf das, was sich auf dem Bildschirm abspielte, als vielmehr auf die Reaktionen der Zuschauer, von denen sich keiner dem Schauspiel entziehen konnte.

Einige von ihnen beugten sich weit in ihren Sesseln vor, als könnten sie dem Bildschirm nicht nahe genug kommen, andere wandten sich halb ab, sahen aber dennoch zu.

Ein rothaariger Terraner, der zwei Sesselreihen von Tekener und dem Verwachsenen saß, schien von dem Geschehen auf dem Bildschirm nicht berührt zu werden. Sein Gesicht war maskenhaft starr.

Kennon und der Mann mit den Lashat-Narben hatten ihn vorher kennengelernt. Sie wussten, dass er Bou Doun hieß und vom Planeten Kürschak kam. Das war der Grund, weshalb sie sich für ihn interessierten.

Kam er, weil er sich an Askeron rächen wollte?

Er war ein etwa zwei Meter großer Mann mit schweren Knochen, einem breiten Gesicht mit weit auseinanderstehenden, grünen Augen und feuerrotem Haar, das ihm fettig in die Stirn hing. Er machte einen sprunghaften Eindruck auf Tekener und Kennon. Sie hatten über ihn gesprochen, waren sich jedoch nicht recht einig über ihn geworden. War er ein Mann, der sich auf eine bestimmte Sache konzentrieren und dabei alles andere vergessen konnte?

Tekener glaubte, dass es so war. Oder war Bou Doun eine Persönlichkeit, die sich für etwas ungemein begeistern konnte, jedoch ebenso schnell das Interesse verlor, wenn seine hochgesteckten Erwartungen nicht augenblicklich erfüllt wurden?

So beurteilte Kennon ihn, war sich jedoch nicht sicher, ob er Recht hatte.

Er hielt es für möglich, dass Bou Doun auch ganz anders war, und ihnen nur etwas vormachte, um seinen wahren Charakter vor ihnen zu verbergen.

»Ob sie wirklich alle wissen, dass es kein Spielfilm, sondern ein Report ist?«, wisperte Tekener.

»Das ist absolut sicher«, antwortete Kennon.

Die beiden Kämpfer erreichten eine weitgeschwungene Spirale, die einer Wendeltreppe gleich zur Decke der Halle aufstieg, in der sie das Duell austrugen. Immer wieder schlugen die Schwerter krachend gegeneinander, und die Funken sprühten. Ein einziger Körpertreffer bedeutete das Ende. Wenn eine der Waffen die nackte Haut berührte, versetzte sie dem Kämpfer einen derart starken elektrischen Schlag, dass er gelähmt in die Tiefe stürzen musste.

Wild stoßend und schlagend ging es das durch kein Geländer gesichertes Spiralband hinauf.

Das Duell näherte sich seinem Ende.

In den nächsten Sekunden musste eine Entscheidung fallen, denn die Spirale mündete in einen Energiekäfig, in dem ein faustgroßer Ball aus purem Howalgonium schwebte, und in dem nur für einen Mann Platz war.

Nur einer der beiden Schwertkämpfer konnte sich in den Käfig retten, und wer das schaffte, dem gehörte das Howalgonium, und er war so reich, dass er auf Jahrzehnte hinaus in Luxus leben konnte.

Der Kämpfer, der das Spiralband als erster erreicht hatte, und der nun rückwärtsschreitend hinaufging, war im Vorteil. Er brauchte sich nur noch gegen den anderen zu verteidigen. Dieser aber wusste, dass seine Chancen von Schritt zu Schritt geringer wurden. Er kämpfte immer wilder und entschlossener. Die beiden Klingen flogen nun so schnell durch die Luft, dass Tekener und Kennon sie kaum noch mit den Augen verfolgen konnten, und es erschien wie ein Wunder, dass sie sich immer wieder trafen, bevor sie die nackte Haut berührten.

Nur noch wenige Meter trennten die Duellanten von dem Energiekäfig.

Die Zuschauer im Raum sprangen auf. Einige von ihnen schrien anfeuernd, als könnten sie dadurch das Geschehen auf dem Bildschirm beeinflussen.

Da geriet der rückwärts schreitende Kämpfer mit einem Fuß zu dicht an den Rand der Brücke. Für einen Sekundenbruchteil ließ er sich ablenken. Diese kurze Zeitspanne genügte dem anderen, seine Verteidigung zu durchbrechen. Das Schwert berührte ihn am Hals, und er stürzte betäubt zu Boden. Sein Gegner versuchte vergeblich, ihn zu halten. Er kippte über den Rand der Brücke, stürzte in das Desintegratorfeld und löste sich auf.

Danach erfolgte ein Filmschnitt, und das nächste Bild zeigte den strahlenden Sieger, der den Preis entgegennahm.

Damit endete der Film. Eine Ansagerin kündigte eine Nachrichtensendung an, doch dafür interessierten sich die Reisenden der GORMET weniger. Die meisten erhoben sich von ihren Plätzen und begannen erregt miteinander zu diskutieren. Nahezu alle verrieten durch ihre Reaktion, dass der Film sie bis ins Innerste berührt hatte. Lediglich der rothaarige Riese blieb so ruhig und unbewegt wie zuvor.

»Ich verstehe nicht«, rief ein Akone, »dass sich jemand auf so einen Kampf einlassen kann, bei dem von vornherein feststeht, dass nur gewinnen kann, wer tötet!«

»Es geht um sehr viel Geld«, erwiderte ein Arkonide. »Ich habe gehört, dass gar nicht so viele Semon-Kämpfe ausgetragen werden können, wie sich Interessenten melden. Schließlich gewinnt der Sieger nicht nur das Howalgonium. Er ist auch an den Einspielergebnissen der Filme beteiligt. Und jeder Kampf wird gefilmt. Die Streifen werden in der ganzen Galaxis verkauft und bringen noch viel mehr Geld, als das Howalgonium wert ist. Das ist es, was die Leute verrückt macht. Mit einem einzigen Kampf kann man wirklich reich werden.«

»Seht euch den Zwerg an. Sicherlich will er auch nach Semon, um dort sein Glück zu versuchen«, grölte ein Akone, der unter Alkoholeinfluss stand.

Er zeigte auf Sinclair Marout Kennon, und die anderen Reisenden lachten schallend. Der Verwachsene versuchte zu lächeln, doch sein Gesicht verzerrte sich zu einer abstoßenden Grimasse. Er wandte sich mit zuckenden Schultern ab. Er war hilflos angesichts der plötzlich gegen ihn gerichteten Aggression, die ihre Ursache in dem Film hatte, der gerade über den Bildschirm gelaufen war.

»Lass uns gehen«, bat er mit gepresster Stimme. »Wir sind ohnehin gleich auf Semon III.«

Tekener öffnete wortlos die Tür, wartete, bis der Verwachsene an ihm vorbeigegangen war, und verließ den Filmraum dann ebenfalls.

Obwohl es ihm nicht leicht fiel, hielt er sich bewusst zurück. Gar zu gern hätte er den Freund gegen Demütigungen abgeschirmt, aber für ihn galt es nun einmal, so unauffällig wie möglich zu bleiben. Daher war es für ihn als USO-Spezialisten von Vorteil, wenn sich die Aufmerksamkeit auf Kennon richtete. Kaum jemand würde sich später noch daran erinnern, dass der Verwachsene einen Begleiter gehabt hatte. Das wäre jedoch ganz anders gewesen, wenn er sich nun vor ihn gestellt und ihn verteidigt hätte.

Die beiden Männer kehrten in ihre Kabinen zurück.

Kaum hatten sie sie erreicht, als auch schon über Bordinterkom bekanntgegeben wurde, dass die GORMET in wenigen Minuten zur Landung auf Semon III ansetzen würde.

»Sie haben leider keine individuelle Möglichkeit, nach Semetropol zu kommen«, erklärte die Einwanderungsbeamtin freundlich. »Bitte, benutzen Sie den Gleiterbus. Er startet oben auf dem Dach.«

»Frische Luft kann uns nicht schaden«, entgegnete Ronald Tekener. »Oder sieht man es hier nicht gern, wenn wir zu Fuß gehen?«

Sie lachte, als habe er einen guten Witz gemacht.

»Semetropol ist zweihundert Terra-Kilometer entfernt«, sagte sie. »Und Straßen dorthin gibt es nicht. Außerdem können Sie den Raumhafen nur über das Dach mit dem Gleiter verlassen.«

»Dann werden wir das auch tun.« Der Galaktische Spieler nickte ihr zu, schnippte mit den Fingern, als müsse er Sinclair Marout Kennon ein solches Zeichen geben, und ging mit ihm zum Antigravschacht, der nach oben führte. Zusammen mit einigen anderen Reisenden, die mit der GORMET angekommen waren, schwebten sie nach oben.

»Irgendetwas ist nicht in Ordnung«, wisperte der Kosmokriminalist, als sie über das Dach zum Gleiterbus gingen, der für annähernd zweihundert Passagiere eingerichtet war.

Tekener wusste, dass es ratsam war, solche Warnungen Kennons ernstzunehmen. Der Verwachsene hatte ein geradezu genialisches Gespür für Gefahren. Instinktiv erfasste er winzige Spuren und Hinweise, die jedem anderen entgangen wären, und konnte sich dadurch schon viel früher und besser als andere auf Bedrohungen verschiedenster Art einstellen.

Der Narbengesichtige sah jedoch nichts Ungewöhnliches darin, dass die Reisenden den Raumhafen nur in geschlossener Gruppe verlassen durften. Derartige Bestimmungen gab es auf vielen Welten, auf denen man alle Neuankömmlinge genau kontrollieren wollte, bis man sicher zu sein glaubte, dass sie keine direkte Gefahr für den Staat darstellten.

Tatsächlich erfolgten während des Fluges im Gleiterbus einige Kontrollen, die sich vor allem auf die Pässe der Reisenden konzentrierten.

Kennons Unruhe steigerte sich.

»Mir gefällt das nicht«, flüsterte er, als die Beamten weit genug von ihm entfernt waren, so dass sie ihn nicht hören konnten. »Das geht über alles hinaus, was ich bisher erlebt habe.«

Tekener erfasste, was er damit sagen wollte.

»Wir haben nichts zu verbergen«, erwiderte er und gab dem Verwachsenen damit zu verstehen, dass er nicht fürchtete, als USO-Spezialist entlarvt zu werden. Sie hatten nichts bei sich, was auf ihre wahre Identität hinwies. »Außerdem wissen wir, dass Kartan Askeron Probleme hat. Von vielen Welten kommen Männer und Frauen, die von ihm betrogen wurden oder sich betrogen fühlen. Sie verüben Anschläge auf ihn und auf öffentliche Einrichtungen. Offensichtlich gelingt es ihnen immer wieder, Waffen einzuschmuggeln und Angriffe zu organisieren. Gegen sie muss er sich absichern. Mit uns hat das nichts zu tun.«

Doch der Kosmokriminalist beruhigte sich nicht. Er rutschte wie ein kleines Kind auf seinem Sitz hin und her, so als könne er es nicht erwarten, dass sie das Hotel erreichten. Immer intensiver wurde das Gefühl, in eine Falle zu fliegen.

Dabei sagte Kennon sich, dass niemand auf Semon III wissen konnte, wer sie waren.

Askeron muss davon ausgehen, dass früher oder später SolAb-Agenten oder USO-Spezialisten bei ihm erscheinen, sagte sich der Verwachsene. Er hat entsprechende Vorkehrungen getroffen, und sie gehen über die bisherigen Kontrollen hinaus.

Doch nichts deutete darauf hin, dass es so war. Flugbegleiter boten kostenlos Getränke und Speisen an, die Tekener und Kennon jedoch ablehnten. Sie vertieften sich in das Videoprogramm, das Semetropol ausstrahlte, und in dem eine Reihe von wichtigen Informationen über Semon III und die anderen Welten dieses Sonnensystems geliefert wurden.

Sie erreichten das Hotel – einen auf einem Pfeiler ruhenden Kugelbau am Rand der Millionenstadt Semetropol – und bezogen eine luxuriös eingerichtete Suite, die sie sogleich nach Abhör- und Überwachungsanlagen untersuchten. Sie entdeckten nichts, was sie zu gesteigerter Vorsicht zwang.

Sinclair Marout Kennon ging in die Hygienekabine, um zu duschen. Dabei spürte er plötzlich, wie es in seiner Nase trocken wurde.

Seine kriminalistischen Instinkte erwachten.

Er stürzte sich in die Kabine, wobei er den Atem anhielt.

»Vorsicht, Tek«, würgte er hervor. Dann steckte er den Kopf unter die Wasserleitung, warf sich ein Handtuch über und ließ sich mit eiskaltem Wasser überlaufen. Dabei hielt er die Luft solange an, bis er nahe daran war, das Bewusstsein zu verlieren. Er ließ sich auf den Boden fallen, brachte den Mund so weit wie nur eben möglich nach unten und schirmte sich mit dem nassen Handtuch ab. Dann aber wurde die Atemnot so groß, dass er sich nicht mehr beherrschen konnte. Er saugte die Luft in sich hinein. Danach hielt er sie wiederum an, solange er konnte.

»Tek?«, flüsterte er.

Der Freund antwortete nicht.

Kennon verharrte noch einige Minuten lang unter dem nassen Tuch, dann schlug er es zurück, richtete sich auf und atmete behutsam durch die Nase ein. Beruhigt stellte er fest, dass die Nasenschleimhäute nicht reagierten. Der plötzliche Austrocknungseffekt blieb aus.

Er ging in den Wohnsalon hinüber.

Ronald Tekener saß in einem Sessel. Seine Augen waren geöffnet, aber leer und blicklos.

Der Kosmokriminalist eilte zu ihm und griff nach seinen Händen.

»Das habe ich mir gedacht«, murmelte er, als er sah, dass sich die Halbmonde seiner Fingernägel bläulich verfärbt hatten. »Skolophtonol mit einem Thalamophtylderivat. Darauf sind wir vorbereitet.«

Der USO-Spezialist hatte schon, während er auf dem Boden gelegen und abgewartet hatte, überlegt, was gegen einen Angriff mit der vermuteten Wahrheitsdroge zu tun war. Die Tatsache, dass die von ihm angesprochene Kombination eingesetzt worden war, bestätigte seine schlimmsten Befürchtungen.

Kartan Askeron, der Herr des Semonsystems, hatte Berater, die über die Vorbereitungen genau informiert waren, die USO-Spezialisten für einen Einsatz trafen. Die Farbreaktion der Fingernägel Tekeners verriet, dass ihm ein Präparat injiziert worden war, das ihn gegen die gebräuchlichsten Wahrheitsdrogen schützte. Bisher hatte als sicher gegolten, dass niemand außerhalb der USO wusste, dass man einen Spezialisten durch die Injektion mit dem hier eingesetzten Kombinationspräparat entlarven konnte.

Kennon beglückwünschte sich dazu, dass er schnell genug gemerkt hatte, was gespielt wurde. Er hatte erfasst, dass Giftgas in den Raum gepresst wurde, und es war ihm gelungen, das Gas auch schnell genug zu identifizieren. Sein kosmokriminalistischer Instinkt hatte ihn nicht nur rechtzeitig gewarnt, sondern ihn auch erkennen lassen, dass es sich um ein Gift handelte, das leichter als Luft war, vor dem es also nur unmittelbar über dem Boden Sicherheit gab, und das bald verflog.

Er eilte aus dem Appartement zu einem Schuhputzautomaten. Hastig schob er seinen Schuh unter die rotierenden Bürsten, bis sie genügend Pflegemittel aufgenommen hatten. Dann kehrte er zu Tekener zurück, streifte den Schuh ab und rieb ihn mit einem Papiertuch, bis sich die Temperatur der aufgetragenen Creme genügend erhöht hatte. Dann hielt er dem Narbengesichtigen den Schuh unter die Nase.

»Einatmen, Tek, tief einatmen«, befahl er.

Tekener gehorchte. Schlaff und vollkommen willenlos saß er vor Kennon und sog die von dem Schuh aufsteigenden Gaspartikel in sich hinein.

Der Verwachsene streifte den Schuh wieder über und beobachtete die Fingernägel Tekeners. Befriedigt verfolgte er, dass sich die bläuliche Verfärbung verflüchtigte.

Abermals verließ der Kosmokriminalist den Raum. Er eilte bis zur nächsten Flurbiegung und fuhr zurück, als er zwei Männer bemerkte, die sich ihm näherten.

Erschreckt blickte er zu der Tür der Suite, die Tekener und er belegt hatten. Bis dorthin war es zu weit für ihn. Er konnte nicht schnell und nicht leise genug ins eigene Appartement kommen.

Während er noch überlegte, wie er sich verhalten sollte, wenn die beiden Männer ihn sahen, hörte er, wie eine Tür ging. Er atmete auf und blickte erneut um die Ecke des Ganges.

Die beiden Männer waren verschwunden.

Sie konnten nur in dem Zimmer sein, in dem der rothaarige Bou Doun sich aufhielt, der von dem Planeten Kürschak gekommen war. Bei ihm lag der Verdacht nahe, dass er gekommen war, weil er sich für das rächen wollte, was auf seiner Heimatwelt geschehen war.

Wusste Bou Doun, dass Kartan Askeron seine Finger im Spiel hatte? War es ihm gelungen, einen der Spooks, wie die krisenschaffenden Agenten genannt wurden, zu identifizieren? Oder war er aus ganz anderen Gründen ins Semonsystem gekommen?

Kennon nahm ein Tonbandgerät aus der Tasche, das nicht größer war als eine Digitaluhr, drückte das selbsthaftende Mikrofon an die Tür und horchte.

Deutlich vernahm er die Stimmen der beiden Männer aus dem Monitor.

»Wer bist du wirklich?«, fragte einer von ihnen. Er hatte eine unangenehme Fistelstimme. »Arbeitest du für die SolAb oder für die USO? Oder bist du Mitglied einer anderen Organisation?«

»Ich arbeite für niemanden«, antwortete Bou Doun mit tonloser Stimme, der anzuhören war, dass sein Wille ausgeschaltet war.

»Du kommst von Kürschak. Ist das richtig?«

»Das ist richtig.«

»Was ist auf Kürschak geschehen?«

»Vieles. Es interessiert mich nicht.«

»Warum bist du ins Semonsystem gekommen?«

»Ich will kämpfen.«

»Hast du einen Vertrag?«

»Noch nicht. Aber ich werde einen bekommen.«

»Du gehörst einer kriegführenden Partei an.«

»Nein.«

»Du hast den Auftrag, gegen Semon zu kämpfen.«

»Nein.«

»Du suchst die Rache.«

»Nein.«

»Gib ihm noch eine Dosis«, sagte der zweite Mann, der zusammen mit dem anderen in das Zimmer eingedrungen war.

»Nicht nötig«, antwortete die Fistelstimme. »Der ist sauber.«

Kennon ließ das Tonbandgerät wieder in der Tasche verschwinden und kehrte zu Ronald Tekener zurück, der nach wie vor teilnahmslos und mit leeren Augen in einem Sessel saß. Er ging in den Hygieneraum. Unter dem Waschbecken befand sich ein kleiner Schrank, in dem normalerweise Platz für einen Reinigungsroboter war. Doch jetzt war der Schrank leer. Kennon kroch hinein und zog die Tür hinter sich zu.

Kaum eine Minute später betraten die beiden Männer, die er kurz zuvor belauscht hatte, die Suite. Ihre Stimmen verrieten sie.

»Wo ist der Zwerg?«, fragte der Mann mit der Fistelstimme. »Er müsste doch hier sein.«

»Was willst du von ihm?«, lachte der andere. »Du glaubst doch nicht im ernst, dass er etwas mit der USO zu tun hat?«

Beide lachten.

»Wenn wir uns um den da kümmern, genügt das vollkommen.«

»Die Finger sind in Ordnung. Keine Verfärbungen.«

»Das beweist noch nichts. He, du, für wen arbeitest du? Bist du bei der SolAb oder bei der USO?«

»Weder, noch«, antwortete Tekener mit schwerer Zunge. »Mit denen habe ich nichts zu tun.«

»Warum bist du hier?«

»Ich will kämpfen. Geld verdienen.«

Das Verhör nahm nun einen ähnlichen Verlauf wie bei Bou Doun, denn da Kennon die Wahrheitsdroge neutralisiert hatte, konnten die beiden Männer Tekener nichts entlocken, was verhängnisvoll für ihn hätte werden können.

Sie sprachen nach Abschluss des Verhörs eine Weile so leise miteinander, dass Kennon sie nicht verstehen konnte. Dann näherten sich ihm Schritte. Er fürchtete bereits, dass sie darauf gekommen waren, wo er sich versteckte. Sein Herzschlag beschleunigte sich, und er überlegte, wie er die Tür des Schranks von innen blockieren konnte. Doch der Semon-Agent wollte sich nur die Hände waschen. Das Wasser rauschte im Abflussrohr an dem Verwachsenen vorbei.

»Er gefällt mir nicht«, bemerkte der Mann, der vor dem Ver steck des Kosmokriminalisten stand. »Ich werde das Gefühl nicht los, dass er irgendetwas vor uns verbirgt.«

»Was willst du denn noch?«, fragte der Mann mit der Fistelstimme. »Wenn er unter dem Einfluss der Droge nichts verrät, hat er nichts zu verbergen.«

»Dennoch. Bei ihm bin ich mir nicht klar. Wir sollten ihn kämpfen lassen.«

»Eine gute Idee, Fred. Du hast recht. Er sieht aus wie einer, der kämpfen kann. Mit ihm könnten wir einen guten Griff tun.«

»Gut. Worauf wartest du noch? Wir werden ihn in ein Spiel schicken, in dem er keine Chance hat. Damit wäre das Problem gelöst.«

»Einverstanden.« Kennon hörte, wie Papier knisterte. »Hier.

Unterzeichne, mein Junge. Damit bestätigst du, dass du nicht zur USO gehörst.«

Es wurde still. Dann lachten die beiden Männer und gingen hinaus.

Kennon wartete einige Minuten. Er wollte sicher sein, dass die beiden wirklich gegangen waren, und dass er nicht das Opfer eines Tricks wurde. Als jedoch alles ruhig blieb, kroch er aus dem Schrank und ging zu Tekener.

3.

»Sie haben eine Wahrheitsdroge ins Zimmer geblasen«, eröffnete der Verwachsene dem Narbengesichtigen. Inzwischen war mehr als eine Stunde verstrichen, und die Wirkung der Gifte flaute allmählich ab. »Ich hatte Glück und habe es rechtzeitig bemerkt.«

Tekener drückte sich die Handballen gegen die Schläfen. »Ich muss an die Luft«, sagte er stöhnend. »Mir platzt der Schädel.«

»Sauerstoff ist das einzige, was wirklich hilft«, stimmte der Kosmokriminalist zu. »Es ist zwar erst fünf Uhr morgens, aber wir werden schon eine offene Tür finden.«

Doch so leicht war es nicht, das Hotel zu verlassen, wie er angenommen hatte. Alle Türen waren verschlossen. So blieb den beiden USO-Spezialisten keine andere Wahl, als auf die Dachterrasse zu gehen und dort mit einem Taxigleiter zu starten.

Kennon lenkte die Maschine in einen Park, der mitten in der Stadt lag.

»Wir können von Glück reden, dass wir ihnen nicht in die Falle gegangen sind«, bemerkte Tekener, als sie über die Kieswege des Parks gingen. Er atmete betont tief ein, um möglichst viel Sauerstoff in sich aufzusaugen. »Danke, Ken.«

»Nichts zu danken, Tek, aber so ganz bist du nicht davongekommen.«

Der Galaktische Spieler blickte Kennon überrascht an. »Wie soll ich das verstehen? Du hast doch gesagt, dass du mir das neutralisierende Gegengift rechtzeitig genug geben konntest. Woher hattest du es eigentlich?«

Der Verwachsene grinste schief. »Sie verwenden die gleiche Schuhcreme wie wir.«

Tekener begriff. Er nickte anerkennend. »Also?«, fragte er dann. »Was ist passiert?«

»Sie haben dir einen Vertrag unter die Nase gehalten und deinen Zustand dazu genutzt, dich zur Unterschrift zu zwingen.«

Tekener rieb sich die Schläfen. Er war noch etwas benommen

und begriff nicht. »Was für einen Vertrag? Ken, heraus damit.«

»Du hast dich verpflichtet, an einem der Semon-Kämpfe teilzunehmen.«

Tekener erbleichte. *Das würde bedeuten, dass ich jemanden töten muss, der verzweifelt um die vielleicht einzige Chance seines Lebens kämpft,* dachte er.

Für einen Mann wie ihn gab es viele Möglichkeiten, Geld zu verdienen. Man nannte ihn den Galaktischen Spieler, weil er nahezu alle bekannten Spiele der Galaxis meisterhaft beherrschte, und weil das Glück auf seiner Seite stand. Vor allem bei jenen Spielen, bei denen es auf Mut, Risikobereitschaft und Täuschungsmanöver ankam, war er fast unschlagbar. Er hatte die Fähigkeit, winzige und kaum sichtbare Merkmale auf der Rückseite von Spielkarten zu erkennen. Er konnte sie sich einprägen, und wenn nicht in der zweiten Runde mit anderen Karten gespielt wurde, so war es für den *Lächler,* als ob seine Gegner mit offenen Karten kämpften. Daher brauchte er sich nur an irgendeinen Spieltisch zu setzen, wenn ihm das Geld ausgegangen war. Früher oder später hatte er soviel, wie er benötigte.

Unter ganz anderen Voraussetzungen traten die Hasardeure auf Semon an. Sie ließen sich auf die hier geltenden Spielbedingungen ein, weil sie irgendwo gescheitert waren, denn niemand, der bei Sinnen war und sonst noch irgendwo eine Chance hatte, auf andere Weise Geld zu verdienen, ließ sich auf ein Spiel ein, das ihn das Leben kosten konnte.

Gerade aber darum ging es bei fast allen Spielen, die auf Semon III angesetzt wurden.

»Erinnerst du dich, Ken? In der GORMET sagte irgendjemand, dass sie gar nicht so viele Spiele veranstalten können, wie sich Spieler melden. Das scheint nicht ganz richtig zu sein. Sie haben Mühe, Teilnehmer für ihre tödlichen Spiele zu finden, und deshalb zwingen sie einige, mitzumachen – vor allem diejenigen, die sie nicht so recht einstufen können und daher beseitigen wollen.«

Kennon blieb stehen und betrachtete eine bizarre, leuchtend rote Blüte, die er als besonders schön empfand. »Niemand kann dich zwingen, den Vertrag einzuhalten, Tek.«

»Wirklich nicht? Irgendwann werden wir in Schwierigkeiten kommen. Das liegt in der Natur der Sache. Und dann können sie es.«

»Wart's ab.«

Er wird antreten, dachte Kennon, der den Galaktischen Spieler kannte wie kaum jemand sonst. *Es ginge ihm gegen die Ehre, vor einem Spiel zu kneifen.*

Da er wusste, dass er Tekener nicht umstimmen konnte, wechselte er das Thema. Sie näherten sich einem Pavillon, über dessen Eingang POLIZEI stand. Als sie es bemerkten, wandten sie sich in eine andere Richtung. Mit der Polizei wollten sie möglichst wenig zu tun haben.

In diesem Moment fielen mehrere Schüsse, und Projektile flogen jaulend an ihnen vorbei.

Tekener riss Kennon hinter einen Baum.

Wenigstens fünf Geschosse klatschten in das Holz vor ihnen und rissen die Rinde weg.

Als die unbekannten Schützen das Feuer einstellten, flüchteten die beiden USO-Spezialisten etwa fünfzig Meter weit. Dann schlugen sie einen Bogen und kehrten im Schutz eines ausgedehnten Gebüschs vorsichtig zurück. Sie wollten wissen, wer sie angegriffen hatte.

Vier maskierte Männer rannten auf den Pavillon zu. Sie hielten Schusswaffen in den Händen und feuerten ununterbrochen. Am Polizeigebäude tauchten vier Uniformierte auf, die mit Projektilgewehren bewaffnet waren.

Sie warfen sich auf den Boden und schossen. Zwei der Angreifer brachen schreiend zusammen. Die anderen rannten weiter auf die Polizisten zu und feuerten. Erst bäumten sich zwei der Beamten auf, um dann schlaff auf den Boden zurückzufallen, dann versuchten die anderen zu fliehen. Sie kamen jedoch nur wenige Schritte weit. Dann wurden sie von Projektilen getroffen.

Die zivil gekleideten Angreifer nahmen ihre gefallenen Mitkämpfer auf und trugen sie weg.

»Gestorben«, sagte jemand in der Nähe von Tekener und Kennon.

Zwei der Männer, von denen einer eine elektronische Kamera trug, kamen unter den Bäumen hervor. Die Polizisten erhoben sich.

»Los. Schnell. Verschwindet«, rief der Mann mit der Kamera. »Und lasst euch nicht erwischen.«

Dann ließ er das Aufnahmegerät in einem Koffer verschwinden, den der andere trug. Er sah sich flüchtig um, bemerkte die beiden USO-Spezialisten jedoch nicht und rannte zusammen mit dem anderen davon.

Tekener und Kennon zogen sich in der entgegengesetzten Richtung zurück. Sie hatten sich noch keine hundert Meter entfernt, als sie einen Polizeigleiter bemerkten, der über sie hinwegflog und beim Pavillon landete.

Sie liefen noch etwas schneller, doch Kennon musste schon bald eine Ruhepause einlegen. Seine schwachen Beine trugen ihn nicht mehr. Er blieb stehen und rang laut keuchend nach Luft. Tekener zog ihn etwas zur Seite, so dass er sich an einen Baumstamm lehnen konnte und vom Pavillon her nicht so leicht zu sehen war. Dann ging er hinter einem anderen Baum in Deckung.

»Wir haben soeben gesehen, wie eine Fälschung gemacht wird«, stellte er fest. »Diese Leute waren leichtsinnig genug, ohne Tarnung zu arbeiten. Hast du gesehen? Die Kamera trug die Aufschrift GPC. Galactic Press Corporation.«

»Eine sehr gut angesehene Presseagentur«, fügte der Verwachsene mühsam hinzu. Er war vollkommen erschöpft und brauchte lange, sich zu erholen.

»GPC dreht keine Spielfilme«, sagte der Galaktische Spieler. »GPC ist auf Nachrichten spezialisiert. Der für Semon III verantwortliche Korrespondent hat sich also Bilder besorgt, die er sich auf andere Weise nicht beschaffen konnte.«

»Nur einmal haben sie scharf geschossen. Bei den ersten Schüssen. Damit wollten sie uns vertreiben. Danach haben sie mit Platzpatronen gearbeitet. Ich habe keine einzige Kugel mehr fliegen hören. Kein Querschläger. Nur Schüsse. Und unter der Kleidung hatten sie Blutbeutel mit explodierenden Haftplatten, wie sie beim Spielfilm verwendet werden. Damit lassen sich Treffer täuschend echt nachahmen.«

»Wir müssen mit den Presseleuten reden, Ken. Es ist besser, wenn wir vergessen, was wir gesehen haben. Wenn die GPC gefälschtes Filmmaterial an die Agenturen liefert, geht uns das nichts an. Wir wollen die illegalen Machenschaften von Kartan Askeron an die Öffentlichkeit bringen. Wir wollen, dass entsprechende Nachrichten und Bilder überall in der Galaxis über die Bildschirme gehen. Wenn wir das erreichen wollen, müssen wir beide Augen zudrücken und die Fälschung vergessen, die sie gefilmt haben.«

Sinclair Marout Kennon erhob sich.

»Gehen wir ins Hotel zurück«, schlug er vor. »Ich habe Hunger. Und lass uns bitte nicht übersehen, dass sie zu Anfang mit scharfer Munition geschossen haben. Auf uns.«

Als sie mit dem Gleiter aufstiegen, hatte Ronald Tekener die Folgen der Vergiftung soweit überwunden, dass er begann, sich für Semetropol zu interessieren. Daher bat er Kennon, der am Steuer der Maschine saß, nicht zum Hotel zurückzufliegen, sondern sich der Stadtmitte zuzuwenden. Er wusste, dass der Kosmokriminalist nicht unter starkem Hunger litt. Der Verwachsene war kein großer Esser.

Wortlos ließ Kennon den Gleiter höher steigen, so dass sie die Stadt besser übersehen konnten.

Semetropol bestand eigentlich aus vier Teilen. Drei breite Ströme flossen hier zusammen und bildeten ein großes Delta mit vier zum Meer vorstoßenden Landzungen. Auf ihnen war die Millionenstadt errichtet worden. Die Meeresküste verlief in ostwestlicher Richtung. Kennon und Tekener näherten sich ihr von Nordwesten her. Sie beobachteten, wie die Bewohner von Semetropol auf dem Weg zu ihren Arbeitsplätzen zum Stadtzentrum hinstrebten, das auf der gleichen Landzunge lag, auf der sie sich befanden. Die meisten benutzten mit durchsichtigen Kuppeln versehene Gemeinschaftskabinen, die vollpositronisch gesteuert wurden.

»Die Stadt scheint Kartan Askeron einiges wert zu sein«, bemerkte der Verwachsene. »Zumindest für die Verwaltungs- und Geschäftsgebäude der Innenstadt scheint er sich viele der besten Architekten geholt zu haben. Sieh dir diese Prachtbauten an, Tek. Auf Geld scheint es dem Arkoniden nicht angekommen zu sein.«

Harmonisch abgestimmte Farbbögen zogen sich von Gebäude zu Gebäude und stellten so einen inneren Zusammenhang zwischen ihnen her.

Ein solcher war durch die Baustile keinesfalls gegeben. Es schien, als habe jeder Architekt besonderen Wert darauf gelegt, dass sich sein Bauwerk deutlich von dem anderer Baukünstler unterschied. Ein Verwaltungsgebäude glich einer riesigen, schräg aus dem Boden aufsteigenden Muschel, ein anderes ähnelte dem stolz geschwungenen Bug eines terranischen Wikingerschiffs, zumal auf seinem höchsten Punkt ein drachenkopfähnliches Gebilde thronte. Ein Einkaufszentrum war nach dem Muster eines Sonnensystems aufgebaut. Um den gelblich strahlenden Hauptkomplex kreisten als Trabanten rote, blaue, grüne und weiße Kugeln, die durch Röhren mit dem Zentrumsgebäude verbunden waren.

In der unglaublichen Vielfalt der äußeren Gestaltung schien es auf etwas überhaupt nicht anzukommen, auf das sonst ganz besonderen Wert gelegt wurde – auf Wirtschaftlichkeit. Ebenso rationelle wie fantasielose Kuppelbauten gab es nicht.

Überraschend für die beiden USO-Spezialisten war, dass von den öffentlichen Kampfstätten, in denen die Semon-Spiele stattfanden, nichts zu sehen war. Die großen Stadien, die es auf den meisten besiedelten Planeten der Galaxis gab, schienen hier nicht vorhanden zu sein.

Sinclair Marout Kennon wollte mit dem Gleiter an einem Kai landen, als plötzlich das Wasser der Flussmündung zu explodieren schien. Gischt schäumte auf, und aus ihm schossen dunkle, schlanke Gebilde. Ein sonnenheller Energiestrahl zuckte dem Gleiter entgegen und streifte ihn. Das Kunststoffmaterial der Seitenfenster erhitzte sich schlagartig um mehrere hundert Grad, dehnte sich dabei nicht weniger schnell aus und platzte krachend auseinander.

Kennon hatte das Gefühl, dass ihm der Gleiter aus der Hand gerissen wurde. Er konnte ihn nicht halten. Die Maschine kippte zur Seite, und Ronald Tekener, der von dem Hitzschlag halb betäubt war, stürzte aus dem Fenster.

Der Kosmokriminalist schrie auf.

Während er sich verzweifelt bemühte, die Maschine wieder unter seine Kontrolle zu bringen, sah er den Freund etwa fünfzehn Meter tief fallen und dann in den aufschäumenden Fluten verschwinden. Er wollte ihm mit dem Gleiter folgen, doch die Maschine erhielt einen zweiten Treffer. Dieses Mal schlug der Energiestrahl am Bug ein und warf den Gleiter weit aus dem Kurs. Die Maschine überschlug sich mehrmals, so dass Kennon Mühe hatte, sich auf seinen Sitz zu halten.

Erst als er mehrere hundert Meter vom Flussdelta entfernt war, gelang es ihm, den Gleiter zu stabilisieren. Er zog ihn herum und blickte zum Hafen zurück.

Ein stufenartig aufsteigendes Gebäude brannte. Von Norden, Westen und Osten jagten Kampfgleiter heran, die mit den roten, grünen und blauen Farben des Semon-Imperiums gekennzeichnet waren. Ihnen folgten Zivilmaschinen.

Die Kampfgleiter feuerten ununterbrochen auf die schlanken Flugkörper, die sich zur offenen See hin zurückzogen. Zwei der unbekannten Kampfgeräte waren in das Hafenbecken gestürzt und dort in Brand geraten. Grüne, blaue und weiße Flammen schossen aus dem Wasser. Sie schienen durch nichts zu löschen zu sein, denn vergeblich versuchte ein niedrig fliegender Feuerwehrgleiter die Glut zu ersticken.

Kennon flog mit hoher Beschleunigung zum Hafen zurück. Er wusste den Galaktischen Spieler dort irgendwo im Wasser, und er wollte ihm helfen. Doch als er schon meinte, sein Ziel erreichen zu können, machte sich plötzlich die steuernde Positronik des Gleiters selbstständig. Die Maschine wendete und flog zum Hotel zurück, ohne dass der Terraner etwas dagegen tun konnte.

Ronald Tekener hatte als ausgebildeter USO-Spezialist Situationen hundertfach geübt, in denen er aus einem Gleiter geschleudert wurde. Daher reagierte er trotz seiner Benommenheit richtig. Er streckte sich und fing sich gleichzeitig so ab, dass er mit den Füßen voran stürzte. Dabei presste er die Füße fest aneinander. Im nächsten Moment schon schlug er ins Wasser, schoss aber gleich wieder an die Oberfläche.

Blitze zuckten über ihn hinweg. Ein Gleiter prallte wenige Meter von ihm entfernt auf das Wasser. Er tauchte unter und hörte, dass die Maschine explodierte. Klatschend schlugen über ihm die Splitter ein. Sie hätten ihn fraglos schwer verletzt, wenn er oben geblieben wäre.

Mit weit ausholenden Armbewegungen schwamm er auf das Ufer zu, tauchte kurz auf, um Luft zu schnappen, und floh unter Wasser weiter. Dabei spürte er, dass er noch immer durch das eingeatmete Gift behindert wurde. Er konnte die Luft nicht so lange anhalten, wie er eigentlich wollte.

Die Abstände, in denen er auftauchen musste, wurden von Mal zu Mal kürzer, und der Kampf über dem Hafen schien kein Ende nehmen zu wollen. Er spürte die Druckwellen der Explosionen, und das bedrohliche Heulen der Splitter trieb ihn immer wieder in die Tiefe. Es schien, als gelänge es ihm nicht, das Kampfgebiet zu verlassen, weil es sich mit ihm in die gleiche Richtung bewegte.

Schließlich aber zwang ihn die Atemnot, mehrere Schwimmzüge lang mit dem Kopf über Wasser zu bleiben. Etwa hundert Meter hinter ihm loderten grüne, weiße und blaue Flammen aus dem Wasser. Von dort her kam ein Polizeigleiter, der direkt auf ihn zuflog. Er wollte wegtauchen, um sich dem Zugriff der Polizisten zu entziehen, doch da erfasste ihn ein Paralysestrahl, und er konnte sich nicht mehr bewegen.

Ein Robotarm beugte sich aus der Maschine und packte ihn. Dann stieg der Gleiter wieder auf.

Ronald Tekener sah den Hafen unter sich wegsacken. Er spürte, dass ihn eine Metallhand am Hemd hielt.

Nimm mich doch endlich zu dir herein, dachte er verzweifelt, während er glaubte, den Stoff seines Hemdes reißen zu hören. Mit weit geöffneten Augen blickte er in die Tiefe und konnte sich nicht von dem Gedanken befreien, dass der Roboter ihn fallen lassen würde.

»Das genügt!«, rief jemand. »Das meiste Wasser ist abgetropft. Zieh ihn herein.«

Der Roboter hob Tekener in die Kabine und legte ihn mit dem Gesicht nach unten auf den Boden.

Als die Maschine landete, drückte sich dem USO-Spezialisten die Düse einer Hochdruckspritze in den Nacken, und Sekunden später kehrte prickelndes Leben in seine Muskeln zurück.

»Steh auf und komm«, befahl jemand.

Er gehorchte.

Zwei uniformierte Polizisten führten ihn über einen durch hohe Mauern begrenzten Hof in ein düsteres Gebäude, das aus einer längst versunkenen Zeit zu stammen schien. Im Inneren war es jedoch modern eingerichtet. Tekener kam in eine weiträumige Zelle, die auf einer Seite durch eine gekachelte Mauer und auf den anderen drei Seiten durch transparente Energiewände begrenzt wurden. In den Nebenzellen ruhten andere Gefangene auf gepolsterten Liegen und blickten neugierig zu ihm herüber. Er tat, als ob er sie nicht bemerkte.

Zwei Stunden später erschienen zwei junge Männer und holten ihn zum Verhör ab.

Sie hatten harte, ausdruckslose Gesichter, die aussahen, als seien sie mit Plastikfolien überzogen. Keiner von beiden schien Tekener zu sehen. Ihre Blicke gingen an ihm vorbei, als sei er nicht vorhanden. Auf kleinen Schildchen an ihren Uniformen standen ihre Namen.

Wulf hieß der eine. Er hatte ein schmales Gesicht und dunkelblonde Haare. Seine Hände waren ständig in Bewegung. Sie verrieten, dass er nicht so sicher und ausgeglichen war, wie er sich gab.

Kenneth war der Name des anderen, der noch etwas jünger zu sein schien als Wulf. Er war schwarzhaarig und hatte einen schmalen scharf ausrasierten Oberlippenbart.

Ronald Tekener hatte sich in der Wartezeit auf das Verhör vorbereitet. Er hoffte, gegen ein Wahrheitsserum gefeit zu sein, fürchtete jedoch, dass man dieses Mal ein anderes Pharmakon verwenden würde als im Hotel.

Kenneth und Wulf führten ihn in einen nüchtern eingerichteten Raum, der ein Fenster zu einem Innenhof hatte. In einer Ecke stand ein Metallsessel, der mit allerlei Spangen versehen war. Er glich einem elektrischen Hinrichtungsstuhl einer längst vergangenen Zeit.

»Setz dich hinein«, befahl Wulf. »Wir wollen es uns nicht schwerer machen als unbedingt notwendig.«

»Sie meinen, dass es ohne Folter nicht geht?«, fragte der Galaktische Spieler.

Kenneth setzte sich seufzend hinter einen der Schreibtische. Vorwurfsvoll schüttelte er den Kopf.

»Habe ich recht gehört?«, fragte er. »Du behauptest, dass wir dich foltern wollen. Allein dafür könnten wir dir schon zehn Jahre verschärfte Haft besorgen, Freundchen.«

Nachdrücklich verwies er auf den Verhörstuhl, während Wulf die elektrischen Systeme einschaltete.

»Schnitt bei zwo-zwo-drei-null-fünf«, befahl Guy Maultinger. »Ich will einen fließenden Übergang.«

»Ist dir bewusst, dass du von überwiegend gelb-blauen Farben auf rot und grün übergehst?«, fragte der Computer.

»Ist mir klar. Das ist in diesem Fall gewollt«, erklärte der Bildjournalist. »Schnitt.«

Er blickte auf den Videoschirm, der eine Wand des Studios ausfüllte. Vor ihm erschienen gelbe und blaue Blüten eines Zierbusches. Die Kamera schien durch ein Blütenmeer zu fahren und erfasste plötzlich das erschreckte Gesicht eines grün uniformierten Polizisten. Teile seiner Mütze und seines Kragens waren zu sehen. Eine Blende, die gerade noch am Bildrand zu erkennen war, warf rotes Licht auf seine Wange.

»Das ist schlecht«, bemängelte Maultinger. »Das Rot muss raus. Anschließend werden wir noch genug davon haben.«

»Es könnte Symbolcharakter haben«, erwiderte der Computer. »Gleich fallen Schüsse. Die Polizisten werden getroffen. Blut fließt. Die Opfer fallen tot um. Du solltest dir überlegen, ob du das Rot nicht doch lässt. Als eine Ahnung dessen, was kommt.«

»Nicht schlecht«, lobte der Bildkorrespondent, obwohl er wusste, dass er Leistung und Zustand des Computers dadurch nicht beeinflussen konnte. Die Positronik arbeitete nicht besser, wenn er ihr ein Kompliment machte. Sie empfand überhaupt nichts

»Also lassen wir das Rot?«

»Wir lassen es. Weiter. Der Mann könnte noch ein wenig überraschter aussehen. Öffne seine Augen um eine Nuance mehr.«

Das Bild lief zurück. Dann erschien das Gesicht des Polizisten erneut auf dem Videoschirm. Der Computer veränderte das mit der Kamera eingespeiste Basismaterial und führte den Befehl des Journalisten aus. Doch Maultinger war noch nicht ganz zufrieden.

»Der Mann sieht eine Idee zu brutal aus«, kritisierte er. »Die Kinnladen müssen schmaler sein. Versuch's mal.«

Wieder lief das Bild zurück, und dann erschien das leicht veränderte Gesicht des Polizisten.

»Ja, so sieht er schon viel sympathischer aus«, stellte Maultinger zufrieden fest. »Das muss sein. Je positiver seine Erscheinung, desto emotioneller die Reaktion der Zuschauer. Weiter. Die nächste Schleife.«

Die Tür zum Studioraum öffnete sich, und ein unscheinbarer, grauhaariger Mann trat ein. Guy Maultinger drückte die Taste. Der Videoschirm erlosch, und die Leuchtelemente in der Decke und in den Wänden erhellten sich.

»Na, bei der Wahrheitsfindung?«, spöttelte der Besucher. Er war auffallend blass, so als vermeide er es ängstlich, sich dem Sonnenlicht auszusetzen.

»Bremer«, sagte der Bildjournalist. In seiner Stimme klang ein verhaltenes Beben mit. Maultinger erhob sich.

Er fühlte sich plötzlich schwach und elend, so als habe er verdorbene Speisen gegessen. Kalter Schweiß trat ihm auf die Stirn, und die Hände wurden ihm feucht.

Hoffentlich gibt er mir nicht die Hand, dachte er verzweifelt. Er würde merken, wie es um mich steht.

Er verfluchte sich, weil er sich in eine unhaltbare Situation gebracht hatte. Nach außen hin war er immer noch der hochangesehene und absolut integre Journalist, der unbestechlich die Wahrheit berichtete, ganz gleich, ob diese den Mächtigen gefiel oder nicht. Ihm haftete der Ruf an, von jenen gefürchtet zu werden, die in der Milchstraße die Fäden zogen. Nicht nur sein Publikum, auch die Agenturen und Presseimperien der Galaxis sahen in ihm den achtbaren Journalisten, der stets hautnah am Geschehen war. Daher gelang es ihm auch heute noch, seine Bildberichte nach allen von Menschen besiedelten Planeten zu verkaufen.

Doch die Zeit, in der sein guter Ruf gerechtfertigt war, war längst vorbei.

Und der Mann, der vor ihm stand, wusste es. Von ihm hing alles weitere ab. Er konnte ihn vernichten, wenn er wollte.

»Was gibt es?«, fragte Maultinger.

Der Grauhaarige holte ein Papier unter seiner Jacke hervor und fächelte sich damit kühle Luft zu.

»Ich habe Ihre Arbeitserlaubnis. Sie ist vom Zentropoliten Kartan Askeron selbst unterzeichnet worden.«

Bremer lächelte überlegen. Er musterte den Journalisten.

»Endlich«, seufzte dieser. »Ich habe lange warten müssen. Gerade vorhin hat mein Chefredakteur angerufen und weitere aktuelle Berichte gefordert. Ich kann nicht weiterarbeiten, wenn ich keine Lizenz habe.«

Der Besucher nickte. »Das ist mir klar. Und noch etwas mehr. Wenn Sie keine Lizenz erhalten, werden die anderen Korrespondenten das in die Milchstraße hinausbrüllen. Ein Maultinger darf nicht auf Semon III arbeiten, obwohl dort sonst jeder Esel seine Kamera schwenken darf. Was mag da vorgefallen sein?«

Der Journalist setzte sich. Er öffnete einen Schrank am Schneidetisch und holte eine Flasche daraus hervor. »Möchten Sie etwas trinken?«

»Ich trinke nie.«

»Ein Fehler.«

»Das kann man sehen, wie man will.«

»Ich habe getan, was Sie von mir verlangt haben.«

»Allerdings. Sie haben die bestellten Bilder geliefert. Leider haben Sie aber einen Totschlag begangen, um die Aufnahmen machen zu können.«

»Ich wollte den Mann nicht töten.«

»Und die Öffentlichkeit ist über diesen Vorfall hinweggegangen, als habe er nichts zu bedeuten.«

»Das kann doch nur gut sein.«

»Ist es auch, Maultinger. Das ist es auch. Totschlag bleibt es dennoch. Glauben Sie, dass Sie noch irgendwo in der Galaxis Arbeit finden, wenn das bekannt wird?«

Maultinger trank aus der Flasche. »Geben Sie mir die Lizenz, und lassen Sie mich in Ruhe«, forderte er.

»Wir haben ein wenig Sorgen mit der Presse«, erklärte der blasse Mann. »In letzter Zeit werden wir zu negativ dargestellt. Gewiss, wir inszenieren Kämpfe, bei denen es um Leben oder Tod geht. Darüber mag man denken, wie man will. Wir haben es aber in jedem Fall mit Freiwilligen zu tun, und wir zwingen niemanden, anzutreten.«

»Das ist mir bekannt«, erwiderte der Journalist unwillig. Wusste Kartan Askeron nicht, dass er zu denjenigen gehörte, die das System der Semon-Spiele verteidigen?

»Der Zentropolit möchte, dass unser Image verbessert wird.«

»Ich werde sehen, was sich tun lässt.«

Bremer lächelte. »Das ist gut«, lobte er. »Dann sind wir uns fast schon einig.«

»Was gibt es denn noch?«

»Wir bestehen darauf, dass echte Bilder in die Galaxis abgestrahlt werden. Unser Publikum muss wissen, dass es Zeuge des realen Geschehens ist. Für Reporter, die Fälschungen abliefern, haben wir nichts übrig.«

»Sie wissen, dass ich so etwas niemals tun würde.« Maultinger richtete sich mit gut gespielter Empörung auf.

Sein Gegenüber lächelte fein. »Nein, ein Maultinger macht so etwas nicht. Er schlägt auch niemanden tot.«

»Ich war betrunken«, entschuldigte sich der Bildjournalist. »Sonst hätte ich so etwas nie getan.«

»Hoffentlich sind Sie immer nüchtern, wenn Sie Ihre Reportagen machen.«

Bremer hatte plötzlich kalte, berechnende Augen. Er überreichte Maultinger die Lizenz und ging ohne ein weiteres Wort hinaus.

Der Bildjournalist steckte das Papier ein. Seine Hände zitterten.

Wenn du wüsstest, wie ich dich hasse, dachte er. *Irgendwann zahle ich es dir heim.*

Er erinnerte sich voller Zorn daran, dass Bremer ihn hereingelegt hatte. Schon vor Monaten hatte der Agent des Zentropoliten Askeron ihm die Möglichkeit zu einer Reportage einer Jagd gegeben, an der Askeron teilgenommen hatte. Dabei war ihm ein kleines Interview gelungen. Im Studio hatte sich jedoch gezeigt, dass die Aufnahmegeräte versagt hatten, so dass die Ausbeute eines umfangreichen und mühsamen journalistischen Unternehmens gleich Null gewesen war. Zugleich aber hatte Bremer ihm scheinbar zufällig Zugang zu Archivmaterial gegeben, ihm aber nicht die Erlaubnis erteilt, es auszustrahlen.

Wäre ich nicht betrunken gewesen, wäre es nicht passiert, dachte der Journalist. *Ich hätte den Semon-Whisky niemals annehmen dürfen.*

Doch er hatte ihn angenommen.

Und anschließend hatte er seinen Bericht mit Hilfe des Archivmaterials zusammengestellt und abgestrahlt. Er hatte es getan, um den ständigen Forderungen der Chefredaktionen und Agenturen nachkommen zu können. Doch damit hatte er ein ungeschriebenes Gesetz übertreten. Er hatte etwas getan, was nicht zu einem Maultinger passte.

Er hatte seinen bis dahin untadeligen Ruf aufs Spiel gesetzt, und damit war er dem Agenten des Zentropoliten in die Fänge geraten.

Er trank noch einen Schluck aus der Flasche. *Bremer hat mich in der Hand,* dachte er, *aber ich habe ihn dennoch hereingelegt. Ich habe eine Fälschung erstellt, die so sauber ist, dass selbst er mir nichts nachweisen kann. Und ich habe die Lizenz. Jetzt wird es Zeit, dass ich den Bericht abschließe und abstrahle. Es wird die erste und die letzte Fälschung sein, den ich gemacht habe.*

Er schaltete den Computer wieder ein. »Fahren wir fort«, befahl er. »Wir schließen jetzt die Sentenz drei-fünf-zwo-null-drei an.«

»Das geht nicht«, antwortete der positronische Schneidetisch.

»Warum nicht?«, rief Maultinger ärgerlich. »Ich brauche den Abschnitt.«

»Da sind zwei Zeugen drauf«, eröffnete ihm der Computer.

Gleichzeitig erschienen die Bilder auf dem Videoschirm. Guy Maultinger sah zwei Männer, die sich im Hintergrund im Gebüsch verbargen, während im Vordergrund Schüsse fielen und scheinbar getroffene Polizisten zu Boden stürzten.

Ihm war, als habe ihn eine Faust in den Magen getroffen. Alles Blut schien zu den Beinen zu fließen.

Der eine der beiden Männer war etwa 1,90 Meter groß, schwarzhaarig und hatte einen athletischen Körperbau. Maultinger erkannte ihn sofort an den Lashat-Narben wieder, die sein Gesicht entstellten. Er erinnerte sich deutlich an diesen Mann, da er den Befehl gegeben hatte, ihn und seinen Begleiter mit Schüssen zu vertreiben.

Der zweite Zeuge war ein hässlicher Zwerg, der etwas mehr als anderthalb Meter groß war. Er hatte einen riesigen Schädel mit hervorquellenden, wasserblauen Augen, und er machte den Eindruck, als könnte er sich vor Schwäche kaum auf den Beinen halten.

Ich habe sie weglaufen sehen, dachte Maultinger. *Wieso sind sie zurückgekommen? Wieso?*

Ihm wurde so schlecht, dass er das Studio verlassen musste. Im sich anschließenden Hygieneraum übergab er sich, doch dadurch wurde ihm nicht besser. Er wusste, dass er einen schweren Fehler gemacht hatte.

Wenn Bremer erfuhr, dass er trotz strengen Verbots gefilmt und dabei auch noch eine Fälschung erstellt hatte, war seine Karriere unwiderruflich zu Ende.

Er hat gesagt, dass ich warten soll, bis die Lizenz da ist, entsann er sich. *Wenn er erfährt, dass ich mich darum nicht gekümmert und obendrein noch die Sache im Park gedreht habe, ist es aus. Nicht nur hier, sondern überall. Er wird dafür sorgen, dass Guy Maultinger vernichtet wird. Er wird mich nach Gowon-Kürschak bringen lassen und mich dem Gericht ausliefern.*

»Alle Abschnitte löschen, auf denen die beiden Zeugen zu sehen sind«, befahl er der Positronik. »Und dann müssen wir uns beeilen. Der Bericht muss raus.«

Die Angst trieb ihn voran. Er fürchtete, dass Bremer zurückkommen und die Wahrheit herausfinden würde. Am liebsten hätte er das gesamte Filmmaterial gelöscht. Doch das konnte er nicht, weil er den verschiedenen Agenturen und Chefredaktionen, mit denen er zusammenarbeitete, einen Bericht von einem Überfall bereits angekündigt hatte.

Er musste seine Verträge erfüllen.

Und dann musste er etwas gegen die Zeugen unternehmen.

Auf keinen Fall konnte er zulassen, dass sie verrieten, was sie beobachtet hatten.

4.

Tekener sah ein, dass er keine andere Wahl hatte, als sich in den Verhörstuhl zu setzen. Es wäre sinnlos gewesen, wenn er die beiden Uniformierten angegriffen und ausgeschaltet hätte, denn danach hätte er den Einsatz nicht mehr erfolgreich abschließen können.

»Los. In den Sessel«, befahl Kenneth.

Tekener zuckte die Achseln. »Warum nicht? Wenn Sie sich etwas davon versprechen?«

Er ließ sich in den Metallsessel sinken, legte gelassen die Arme auf die Lehnen und sah scheinbar ungerührt zu, wie die Metallspangen sich um ihn legten und ihn fesselten.

»Na also.« Wulf lächelte befriedigt. »Dann heraus mit der Wahrheit. Was hast du mit dem Angriff auf das Positronik-Werk zu tun?«

»Nichts. Ich war zufällig in der Hafengegend.«

Dem Galaktischen Spieler fiel auf, dass die Blicke der beiden Männer an ihm vorbeigingen. Sie waren auf etwas gerichtet, was sich hinter seinem Kopf befand.

Er wartete darauf, dass etwas auf ihn einwirken würde, doch nichts geschah. Die Maschine versetzte ihm keine Stromstöße oder andere Energieschocks. Er spürte nur ein leichtes Kribbeln, das von einem Schwachstrom herrührte. Weiter nichts.

Das ist kein Folterinstrument, erkannte er, *sondern eine Art Lügendetektor.*

Damit konnten sie ihn nicht beeindrucken. Als USO-Spezialist hatte er sich derart in der Gewalt, dass ihn auch überraschende Fragen nicht aus der Fassung bringen konnten.

Die beiden Offiziere befragten ihn über jeden Schritt, den er auf Semon III getan hatte, und er antwortete ihnen kühl und berechnend. Er fühlte sich ihnen überlegen, und wenn sie ihm gelegentlich kleine Stromstöße versetzten, so beeindruckte ihn das nicht. Immer wieder kehrten ihre Fragen zu den Vorfällen im Hafen zurück. Es schien, als wollten sie ihm nicht abnehmen, dass er nichts mit dem Anschlag zu tun habe, und plötzlich verwandelte sich der Stuhl in das, was er am Anfang in ihm gesehen hatte – in ein Folterinstrument.

Kenneth und Wulf belasteten Tekener kurzfristig bis an die Grenze des Erträglichen, ohne ihm mehr entlocken zu können, als er vorher gesagt hatte.

»Glaub nur nicht, dass du es damit überstanden hast«, drohte der schwarzhaarige Kenneth schließlich, wobei er sich mit den Fingerspitzen über den Bart strich. »Wir werden dich im Auge behalten, und wir werden dich ausweisen, wenn irgendetwas passiert.«

»Was wirst du jetzt tun?«, fragte Wulf.

Tekener erhob sich, als die Metallspangen sich lösten. Er lächelte in einer Weise, die die beiden Männer erschreckte.

»Kämpfen«, erwiderte er und tippte sich kurz gegen seine Brusttasche. »Schließlich habe ich einen Vertrag. Und den werde ich erfüllen.«

Wulf erhob sich abrupt. Mit verengten Augen blickte er den Narbengesichtigen an.

»Du hast einen Vertrag?« Er schien maßlos überrascht zu sein. »Warum hast du das nicht gleich gesagt? Wir hätten dir das Verhör ersparen können.«

»Wozu? Ich bin nicht darauf aus, Vorteile für mich herauszuschlagen.« Tekener war davon überzeugt, dass Wulf heuchelte. Die beiden Offiziere wussten längst über ihn Bescheid.

Er zeigte auf die Tür. »Kann ich gehen?«

»Natürlich.« Kenneth öffnete die Tür für ihn. »Wir wünschen dir viel Erfolg. Wann beginnt der Kampf?«

»Das weiß ich noch nicht. Wahrscheinlich bald.«

»Geh zum Organisationsbüro der Semon-Spiele«, empfahl ihm Wulf. »Es ist nicht weit von hier. Dort solltest du dich melden. Du erfährst dann auch, wann es soweit ist. Du bist einer, der seine Chance nutzt.«

»Danke.«

Tekener nickte den beiden so freundlich zu, als habe er in den vergangenen Stunden nur Angenehmes von ihnen erfahren. Er schien vergessen zu haben, dass sie ihn gefoltert hatten, und die beiden Offiziere verhielten sich so, als habe er nicht den geringsten Grund, ihnen irgendetwas nachzutragen.

Seltsam berührt verließ Tekener das Gebäude. Da er weder Geld noch eine Kreditkarte bei sich hatte, musste er zu Fuß gehen.

Er kam in einen weitläufigen Park, in dem die Botaniker alle blütentreibenden Bäume von Semon zusammengetragen zu haben schienen. Außer ihm gab es keine Besucher. Tekener sah einige Gleiter, die lautlos über ihn hinwegflogen, aber niemanden, der sich ebenso wie er auf eigenen Beinen durch den Park bewegte.

Guy Maultinger atmete auf, als er seinen Bericht ausgestrahlt und das Material vernichtet hatte, das ihn belasten konnte. Nun drohte ihm, wie er meinte, zumindest von Seiten Bremers keine Gefahr mehr, und er glaubte, sich ganz auf seine Arbeit und auf die Beseitigung der beiden unliebsamen Zeugen konzentrieren zu können.

Als nächstes plante er eine große Reportage von den Kämpfen, die ständig irgendwo auf Semon III stattfanden, und mit denen der arkonidische Herrscher Kartan Askeron in der ganzen Milchstraße Geld verdiente. Bevor er damit begann, wollte er sich jedoch über die Tagesereignisse informieren.

Daher zog er sich in sein Appartement zurück, das im Norden von Semetropol lag. Er kaufte sich einige Flaschen Semon-Wein, dessen Alkoholgehalt nicht so hoch war wie beim Whisky, und machte es sich vor dem Videogerät bequem.

Doch schon nach einigen Minuten sprang er wieder auf. Er ließ das Bild, das auf dem parallel laufenden Aufzeichnungsgerät festgehalten worden war, zurücklaufen und schaltete dann auf Zeitlupe um, weil er ganz sicher sein wollte, dass er richtig gesehen hatte. Abermals erschien ein Bericht über einen Angriff einer unbekannten Macht auf ein Positronik-Werk am Hafen. Maultinger interessierte sich für einen zivilen Gleiter, der dabei abgeschossen worden war.

Die Kamera des Reporters erfasste den Körper eines Mannes, der aus dem Gleiter fiel. In der Zeitlupe wurde deutlich sichtbar, wie der Mann sich im Sturz streckte und sich so auf den Aufprall auf dem Wasser vorbereitete. Sein Gesicht war der Kamera zugekehrt.

Es war ein unverwechselbares Gesicht, das sich Maultinger fest eingeprägt hatte. Dieser Mann war ihm aufgefallen, weil er noch niemals zuvor jemanden mit Lashat-Narben gesehen hatte. Diese waren ein untrügliches Zeichen für den besonderen Mut dieses Mannes.

Wer nach Lashat geht, um dort Traumkäfer zu jagen, dachte der Journalist, *ist entweder verrückt oder tollkühn. Und verrückt ist dieser Kerl bestimmt nicht.*

Er veränderte den Bildausschnitt, bis das Gesicht den ganzen Videoschirm ausfüllte. *Er ist es!,* erkannte er. *Das ist der Mann, den ich beseitigen muss. Ein Mann mit Lashat-Narben!*

Erst jetzt wurde ihm richtig bewusst, dass er sich mit jemandem einlassen wollte, der ihm an kämpferischer Erfahrung weit überlegen war.

Er ließ das Bild weiterlaufen, verfolgte, wie der Mann ins Wasser stürzte, wieder auftauchte und schwimmend zu entkommen versuchte. Er sah, wie er von einer Polizeimaschine aufgenommen und weggeflogen wurde. Der Kommentator meldete, dass der Fremde, den die Gleiterbesatzung aufgefischt hatte, ins *schwarze Gefängnis* zum Verhör eingeliefert worden war.

Maultinger blickte auf sein Chronometer. Es zeigte 8.14 Uhr Ortszeit an. *Wenn ich Glück habe, halten sie ihn noch fest,* dachte er. *Ich muss es versuchen.*

Eine halbe Stunde später betrat er ein düsteres, nicht sehr reinliches Lokal am Hafen. Es war trotz der frühen Stunde bis auf den letzten Platz besetzt. Terraner, Akonen, Arkoniden, Blues, Springer und äußerlich mutierte Siedler von exotischen Planeten saßen an den Tischen. Die meisten waren angetrunken. Zwei weißhaarige Terraner hockten auf einem erhöhten Platz in der Ecke. Sie spielten an einer positronischen Orgel und sangen Stimmungslieder.

Maultinger ging an die Theke, an der für zwölf Mann ausreichend Platz gewesen wäre, und an der sich nun wenigstens dreißig Gäste drängten. Er bestellte ein Bier und spendierte einigen Neu-Arkoniden, die er kannte, hochprozentige Getränke.

Ein dunkelhaariger Terraner, der sich seit Tagen nicht rasiert und gewaschen hatte, kam zu ihm und legte ihm die Hand auf die Schulter.

»Guy«, sagte er. »Wenn du hier bist, dann hast du was auf dem Herzen. Oder solltest du nur gekommen sein, um mit uns zu palavern?«

»Nein, ich suche jemanden, der für klare Verhältnisse sorgt.«

Sein Gegenüber kniff ein Auge zu. Er hatte verstanden, und er schien keineswegs überrascht zu sein. Wortlos streckte er dem Journalisten die Hand hin.

Maultinger legte einen Scheck mit einem ansehnlichen Betrag hinein.

Keine fünf Minuten später saß er in einem anderen Lokal, das nicht weniger überfüllt war, einer jungen Frau gegenüber, die ihn mit kalten, forschenden Augen anblickte.

»Ich bin Losch«, sagte sie.

Er schätzte sie auf etwa dreißig Jahre, und er hätte sie als attraktiv und schön empfunden, wenn er nicht gewusst hätte, dass sie skrupellos war und von illegalen Geschäften lebte. Wenigstens dreißig Männer sorgten dafür, dass ihre geschäftlichen Ideen in die Tat umgesetzt wurden.

»Ich habe gehört, dass du jemanden suchst.«

»Es muss schnell gehen.«

»Das lässt sich einrichten.«

Sie wechselten einige Worte miteinander, um das Geschäftliche abzuklären, dann führte die junge Frau den Journalisten in einen Nebenraum. Sie versprach ihm, dass er dort denjenigen treffen würde, der *für klare Verhältnisse sorgen* würde.

In dem Raum hielt sich jedoch nur ein großer, graubrauner Vogel auf, der auf einer Holzstange kauerte. Sein scharf gebogener Schnabel war mit blauen und roten Punkten übersät. Als Maultinger und die Frau eintraten, breitete er kurz die Flügel aus. Er hatte eine Spannweite von etwa vier Metern.

»Das ist Rescoll«, erklärte die Frau. »Das heißt, es ist ein Vogel, der von dem Planeten Kama-Tru stammt. Die dort lebende Intelligenz nennt sich selbst Rescoll. Diesen Namen haben wir ihm auch gegeben, weil das einfacher für uns war. Er ist dein Partner.«

Guy Maultinger war sich nicht sicher, ob sie die Wahrheit sagte oder sich über ihn lustig machte. Ein intelligenter Vogel? Davon hatte er schon gehört. Doch ein Vogel, der die Arbeit eines Killers ausführte? Das ging über sein Vorstellungsvermögen.

»Mein Partner?«, fragte er daher.

»Rescoll nähert sich seinem Opfer absolut lautlos von hinten, schlägt ihm die Fänge in die Schultern und tötet ihn mit einem Schnabelhieb auf die Schädeldecke«, erläuterte Losch. »Mit dem Schnabel würde er selbst Arkonstahl durchbrechen. Doch falls das nicht gelingt, genügt auch eine leichte Hautverletzung. Der Schnabel ist mit Giftdrüsen besetzt. Das Gift wirkt schnell. Innerhalb weniger Minuten.«

»Bisher habe ich noch jeden Auftrag erledigt«, krächzte Rescoll. Er sprach Interkosmo. »Die meisten haben noch nicht einmal gemerkt, dass ich sie angegriffen habe.«

Jetzt endlich begriff Guy Maultinger, und er erschauerte.

Der Vogel war tatsächlich der ideale Partner für ihn. Er tötete lautlos und unauffällig. Niemand, der ihn nicht kannte, würde auf den Gedanken kommen, dass er es mit einer Intelligenz zu tun hatte, die im Auftrag eines anderen arbeitete. Jeder Zeuge würde von einem Unfall mit einem wilden Tier sprechen, aber niemals eine gezielte Aktion hinter dem Angriff vermuten.

»Wir sind uns einig«, sagte er und übergab Losch ein Foto, das er sich von dem Videogerät hatte reichen lassen. »Das ist der eine der beiden Männer. Den anderen muss ich dir zeigen. Der Mann mit den Lashat-Narben wird wahrscheinlich bald aus dem *schwarzen Gefängnis* entlassen. Es könnte sein, dass er dann zu Fuß durch den Park geht. Das wäre eine Chance für Rescoll.«

»Ich werde sie wahrnehmen«, erklärte der Vogel.

Sinclair Marout Kennon wusste, dass es nicht nur sinnlos, sondern auch gefährlich gewesen wäre, sich an die Behörden zu wenden, um dem Galaktischen Spieler auf diesem Weg zu helfen. Der Auftrag stand im Vordergrund. Er hatte absolute Priorität. Es galt herauszufinden, ob der Arkonide Kartan Askeron tatsächlich ein Heer von Agenten beschäftigte, deren einzige Aufgabe es war, Krisenherde zu schaffen und Kriege entstehen zu lassen.

Wenn es gelang, das zu beweisen, war dem Arkoniden das Handwerk zu legen.

So schwer es ihm fiel, er durfte Ronald Tekener nicht helfen. Die Reaktion der Gleiterpositronik war eindeutig gewesen. Sie hatte ihn aus der Hafengegend entfernt. Daher versuchte der Kosmokriminalist gar nicht erst, dorthin zurückzukehren.

Er hatte jedoch beobachtet, dass mit den Panzergleitern auch Zivilmaschinen zum Kampfplatz im Hafen geflogen waren, die vom Ort des Geschehens berichten wollten.

Im Hotelappartement schaltete er das Videogerät ein und rief die Tagesnachrichten ab. Wie erhofft, wurden die Meldungen schon bald von aktuelleren Berichten aus dem Hafen unterbrochen. Bilder von den Kämpfen um eine Fabrik, die positronische Bauteile herstellte, liefen über den Schirm.

Kennon richtete sich unwillkürlich im Sessel auf, als die eigene

Maschine ins Bild rückte, und als er sah, wie Tekener ins Wasser stürzte. Ein flüchtiges Lächeln glitt über seine Lippen, als die Polizisten den Narbengesichtigen aus dem Wasser fischten und ihn abtransportierten.

Der Kosmokriminalist schaltete die Nachrichtensendung aus und rief die Videoadressen der in Semotropol arbeitenden Reporter und Journalisten ab. Die meisten Namen waren ihm völlig unbekannt. Nur einer war so prominent, dass er Kennon auffiel: Guy Maultinger.

Der USO-Spezialist stutzte, als er diesen Namen las. Maultinger war ein Journalist, der schon oft von Krisenherden mit galaxisweiter Bedeutung berichtet hatte.

Ist er hier, weil er die gleiche Spur aufgenommen hat wie wir?, fragte er sich. *Versucht er, Kartan Askeron ein Bein zu stellen? Wenn das der Fall ist, wäre er der ideale Verbündete für uns.*

Er schaltete den Videokom-Teil des Geräts ein und nannte die Rufnummer des Journalisten. Sekundenbruchteile darauf erschien das von einer Positronik erzeugte Bild einer blonden, jungen Frau.

»Unter der angegebenen Nummer meldet sich zur Zeit niemand«, erklärte das Computerbild. »Wenn Sie wollen, können Sie eine Nachricht hinterlassen, die automatisch abgespielt wird, sobald der Teilnehmer erreichbar ist.«

»Einverstanden«, erwiderte der Kosmokriminalist. »Sagen Sie, Guy Maultinger, dass er mich anrufen soll.«

»Gern. Ist das alles?«

»Das ist alles.« Kennon schaltete ab.

5.

Ronald Tekener blieb an einem kleinen Teich stehen und sah sich um. Ihm fiel auf, dass es eigentümlich still war.

Bisher war die Luft von den Lockrufen der Vögel erfüllt gewesen. Jetzt schien sich ein schallschluckender Vorhang herabgesenkt zu haben und ihn von der Außenwelt abzutrennen.

Der Kosmopsychologe spürte die Gefahr. Irgendetwas war anders geworden.

Weshalb verstummten die Vögel?

Weil sie einen räuberischen Feind ausgemacht haben und sich vor ihm verstecken, beantwortete er sich diese Frage selbst.

Zögernd ging er weiter. Plötzlich wusste er nicht mehr, in welche Richtung er sich wenden sollte. War es wirklich am besten, nach Nordwesten zu gehen, wo sich das Hotel befand?

Er blickte in den grünlich schimmernden Himmel hinauf und bemerkte einen riesigen Schatten, der hinter den Baumkronen verschwand.

Er sagte sich, dass er vor einem Vogel keine Angst zu haben brauchte, und beschleunigte seine Schritte, weil er den Park so schnell wie möglich hinter sich lassen wollte.

Sie haben dir geraten, zum Organisationsbüro der Spiele zu gehen, erinnerte er sich. *Und das solltest du auch tun. Wahrscheinlich ist es ganz gut, wenn ich mir dort helfen lasse, ins Hotel zurückzukommen.*

Ein eiskalter Windhauch schien ihn zu streifen. Wieder stieg in Tekener das Gefühl einer drohenden Gefahr auf. Rasch trat er zur Seite, um in den Deckungsschutz eines Baumes zu kommen.

Niemand hielt sich in seiner Nähe auf.

Blaue Insekten tanzten über einem rot blühenden Busch. Ein hasenähnliches Tier flüchtete durch Blumenrabatte ins Unterholz. Nichts deutete darauf hin, dass irgendetwas ungewöhnlich war, zumal ein Vogel direkt über ihm zu singen begann.

Du bist überdreht, dachte Tekener. *Du siehst Gespenster.* Er trat aus der Deckung des Baumes heraus.

Etwa fünfzig Meter von ihm entfernt erschien ein Mann unter einem Bogen, den zwei weit ausladende Äste bildeten. Ronald Tekener konnte ihn nur schemenhaft erkennen, da er direkt in die Sonne blickte. Dennoch entging ihm nicht, dass der andere unter seine Kleidung griff und eine Waffe zum Vorschein brachte.

Er warf sich instinktiv zur Seite. Ein sonnenheller Blitz zuckte auf ihn zu und fuhr fauchend an ihm vorbei. Der *Lächler* spürte, das scharfe Krallen seine Schulter streiften. Dann schlug der Schnabel eines gewaltigen Vogels in die Rinde des Baumes neben ihm und riss sie auf. Im Fallen sah der Terraner, dass der Energiestrahl den Vogel durchbohrt und das Gefieder in Brand gesetzt hatte.

Er rollte sich zur Seite, so dass er hinter dem Baum in Deckung gehen konnte und zugleich vermied, dass der getötete Vogel auf ihn fiel.

Der unbekannte Schütze steckte seine Waffe wieder weg.

Tekener richtete sich auf.

Er begriff, dass er keineswegs das Ziel des Fremden gewesen war, sondern der Vogel. Seine Blicke fielen auf die Stelle, die das sterbende Tier mit dem Schnabel getroffen hatte, und er erschrak. Es war, als sei ein Geschoss mit großer Wucht in den Baum geschlagen.

Der Hieb hätte dich sofort getötet!, fuhr es ihm durch den Sinn. *Du hast dem da dein Leben zu verdanken.*

Er ging auf den Schützen zu, und als ihm die Sonne nicht mehr direkt in die Augen schien, erkannte er ihn.

Es war der rothaarige Bou Doun, der mit ihnen in der GORMET nach Semon III gekommen war.

»Danke«, sagte er. »Wenn Sie nicht geschossen hätten, wäre es wohl zu spät für mich gewesen.«

Bou Doun fuhr sich mit dem Handrücken über den Mund. Er blickte sich gehetzt um. »Verraten Sie mich nicht«, bat er. »Sie haben keine Ahnung, dass ich eine Waffe habe.«

»Natürlich nicht. Ich sagte ja schon, wenn Sie den Vogel nicht getötet hätten, dann …«

Tekener verstummte verblüfft, weil der Rothaarige plötzlich davonlief, als werde er verfolgt.

Sinclair Marout Kennon betrat das Pressezentrum von Semetropol, in dem alle im Semonsystem akkreditierten Korrespondenten ihr Büro und darüber hinaus ein gemeinsames Archiv hatten, und schleppte sich keuchend zu einer Kabine, in der ein junger, rothaariger Mann saß. Schweiß stand ihm auf der Stirn. Er fühlte sich nicht gut an diesem Tag. Das Klima auf Semon III machte ihm zu schaffen. Ihm war, als läge ein Ring um seine Brust, der ihm die Luft nahm und immer enger wurde.

»Was kann ich für Sie tun?«, fragte der Pförtner.

Kennon reichte ihm ein Kärtchen.

»Mein Name ist Lebo Axton«, röchelte er. »Ich habe Ihnen schon ein Videogramm geschickt.«

Der junge Mann musterte ihn mitleidig. Obwohl er saß, überragte er ihn deutlich.

»Sie sind Publizistikstudent, stimmt's?«

»Bin ich. Für eine Zwischenprüfung benötige ich Kenntnisse über Archivarbeit.«

»Ich weiß. Das haben Sie uns ja schon in dem Videogramm mitgeteilt.« Der junge Mann war bemüht, Kennon erklärende Worte abzunehmen, da er merkte, wie schwer ihm das Sprechen fiel. »Die Chefin hat die Genehmigung erteilt. Sie können sich in unserem Archiv umsehen, solange Sie wollen. Es gibt keinerlei Beschränkungen. Falls Sie allerdings Kopien herstellen wollen, wird es etwas schwieriger. Aber unmöglich ist das auch nicht.«

Kennon winkte ab. »Das ist nicht meine Absicht«, beteuerte er. »Mir geht es nur darum, meine Kenntnisse zu erweitern.«

Der Pförtner reichte ihm eine rote Karte. »Das ist Ihr Ausweis, Mr. Axton«, erläuterte er. »Damit können Sie das Archiv betreten. Wenn Sie Hilfe benötigen, wenden Sie sich an mich.«

»Danke.«

Der Kosmokriminalist schleppte sich durch die Halle in einen Gang, der zum Archiv der Gesellschaft führte. Tekener und er wollten sich der Presse bedienen, um den Zentropoliten Askeron zu stürzen. Wenn es gelang, eine Pressekampagne zu entfesseln, die sich gegen den Waffenhändler richtete, musste sich die öffentliche Meinung gegen den Arkoniden richten und weitere Geschäfte zumindest erschweren.

Kennon aber suchte das Archiv noch aus einem anderen Grund auf. Ihn beschäftigte ebenso wie Tekener die Frage, in welchem Zusammenhang die auf Semon III veranstalteten Kampfspiele mit den Waffengeschäften stand.

Es schien keine vernünftige Erklärung dafür zu geben, dass der Zentropolit Askeron auf der einen Seite unter dem Siegel der Verschwiegenheit Milliardengeschäfte mit Waffen machte und dabei glänzend verdiente, und auf der anderen Seite durch Extremspiele in der ganzen Milchstraße auf sich aufmerksam machte.

Kennon betrat das Archiv und zeigte einem jungen Akonen, der diese Abteilung des Pressezentrums leitete, seine Visitenkarte.

»Lebo Axton«, sagte der Archivar überrascht. »Das klingt wie ein arkonidischer Name.«

»Ich bin kein Arkonide. Ich bin Terraner. Für den Namen kann ich nichts.« Kennon versuchte ein Lächeln, merkte aber, dass es ihm misslang. Rasch fuhr er sich mit den Fingerspitzen über die Lippen.

Der Name Lebo Axton war ihm an diesem Morgen im Hotel eingefallen, als er überlegt hatte, als was er im Pressehaus auftreten sollte. Er hatte bewusst einen Namen gewählt, der einen arkonidischen Anklang hatte, weil er herausgefunden hatte, dass bei der Presse viele Arkoniden und Akonen arbeiteten. Eine Arkonidin war Vorstandsvorsitzende und damit absolute Herrscherin über das Pressezentrum.

»Schon gut«, erwiderte der Akone. »Fangen Sie an. Haben Sie Fragen?«

Das Messer streifte den Blue an der Hüfte und zuckte zur Brust hoch.

Es schlitzte das leuchtend rote Hemd auf, verletzte ihn jedoch nicht. Die relativ leichte Berührung genügte jedoch, ihn durch die Luft zu wirbeln und bis an die mit roten Leuchtstreifen gekennzeichnete Gefahrenzone heranzubringen. Verzweifelt ruderte er mit Armen und Beinen, und es gelang ihm gerade noch, sich abzufangen.

Guy Maultinger hatte unwillkürlich den Atem angehalten. Jetzt seufzte er erleichtert. Er blickte den Kameramann neben sich an. Vert Carter, ein kaum zwanzigjähriger Terraner, lächelte ungerührt.

»Beinahe hätte es ihn erwischt«, kommentierte er. »Wäre zu früh gewesen.« Er blickte auf den Monitor seiner Kamera, die auf die beiden Kämpfer gerichtet war.

Maultinger und er standen auf einer Antigravplattform, die in einer Höhe von fast dreitausend Metern über dem Flussdelta von Semetropol schwebte. Die beiden Kämpfer waren nur etwa hundert Meter von ihnen entfernt. Sie waren mit Messern bewaffnet und schwebten schwerelos in einem Kugelfeld, das einen Durchmesser von hundert Metern hatte.

»Ich gebe dem Terraner größere Chancen«, sagte Maultinger. Er blickte zu einer anderen Antigravplattform hinüber, auf der ebenfalls ein Kameramann stand. Dieser filmte den Kampf im Auftrag der Semon-Vision-Corporation, die gleichzeitig auch die Vertriebsgesellschaft war.

Die Semon-Vision-Corporation verkaufte die Filme von den blutigen Kämpfen in die ganze Milchstraße. Überall empörte man sich nach außen hin über diese Filme, die an Brutalität nicht zu überbieten waren, kaufte sie aber dennoch. Da sie öffentlich auf nur wenigen Planeten aufgeführt werden durften, waren zahllose Privatclubs entstanden, zu denen jeder Zugang hatte, und in denen er sehen konnte, was er wollte.

»Wie stehen die Wetten?«, fragte Maultinger.

»Acht zu eins für den Terraner«, antwortete Vert Carter.

Die beiden Kämpfer arbeiteten sich mit rudernden Arm- und Beinbewegungen aufeinander zu. Sie suchten die Entscheidung in einem Duell, bei dem der Sieger eine Million Solar gewinnen konnte, eine Summe, die nirgendwo in der Galaxis bei einem einzigen Spiel ausgesetzt wurde.

Wenn ich doch ein einziges Mal eine solche Chance hätte, dachte der Bildjournalist. *Und wenn ich den Mut hätte, so was zu tun. Ich könnte mich zurückziehen und den ganzen Sumpf vergessen, in dem ich stecke.*

Die beiden frei schwebenden Duellanten waren sich nun so nahe gekommen, dass sie sich mit dem Messer erreichen konnten. Sie belauerten einander. Ansatzlos und völlig überraschend stieß der Terraner zu, doch der Blue wich ihm schnell genug aus und griff gleichzeitig an.

Maultinger, der schon häufiger solche Kämpfe gesehen hatte, fühlte, wie es ihm kalt über den Rücken lief. Er hatte sich für abgestumpft gehalten, aber nun schockierte es ihn doch, als er sah, wie die Messerklinge dem Terraner in die Brust drang.

Der Stoß war so heftig, dass der Getroffene zurückgeschleudert wurde. Er war keineswegs lebensgefährlich verletzt, aber der Treffer hatte ihn außer Fassung gebracht. Er passte nicht auf und geriet unversehens über die rote Markierungslinien. Damit verließ er das Antigravfeld und kehrte in den Einflussbereich der normalen Schwerkraft von Semon III zurück.

Er stürzte wie ein Stein in die Tiefe.

Die Kameraleute schwenkten ihre Kameras herum und verfolgten den immer schneller fallenden Körper, bis dieser deutlich sichtbar ins Wasser stürzte.

Der siegreiche Blue riss jubelnd die Arme hoch. Er wusste sich um eine Million Solar reicher.

»Haben wir alles im Kasten?«, fragte Maultinger mit belegter

Stimme. Er hatte mit dem Terraner sympathisiert. Dass dieser nun verloren und mit dem Tod bezahlt hatte, traf ihn empfindlicher, als er sich selbst gegenüber zugeben wollte.

Er wollte es nicht anders, versuchte er, sich zu trösten. *Außerdem kannte er sein Risiko.*

Er gab Vert Carter eine Reihe von Anweisungen für den Schnitt.

»Der Bericht muss alles in allem positiv ausfallen«, stellte er klar. »Wir müssen zwar handfeste Kritik üben, dürfen den Zentropoliten aber nicht verärgern, sonst können wir hier dichtmachen.«

»Keine Sorge«, erwiderte der Kameramann. »Wir schaffen das schon.«

Er stutzte und blickte auf den Monitor. »Ich habe hier eine Nachricht für Sie«, sagte er dann.

»Lassen Sie sehen.«

Maultinger beugte sich über den Monitor. Er blickte in ein ihm bekanntes Gesicht.

»Der Mann möchte Sie sprechen, Guy.«

Maultinger antwortete nicht. Er hatte das Gefühl, dass die Antigravplattform plötzlich unter ihm wegsackte.

Der Mann auf dem Bildschirm hatte einen viel zu großen Schädel. Das dünne, strohgelbe Haar fiel ihm in die Stirn. Nervös zuckte das linke Lid.

Der Kerl hat mich gesehen. Er weiß genau, dass ich es war, der die Filmarbeiten im Park geleitet hat. Er will mich vernichten. Vielleicht ist der andere schon tot, und er will es mir jetzt geben.

Guy Maultinger war einer Panik nahe. Er kam gar nicht auf den Gedanken, dass der Mann ihn aus einem Grund sprechen wollte, der überhaupt nichts mit dem gefälschten Tatsachenbericht zu tun haben könnte, für den er verantwortlich zeichnete.

Daher stand für ihn fest, dass er unter gar keinen Umständen mit ihm reden durfte. Jedes Gespräch musste sich zu seinem Nachteil entwickeln.

Die Antigravplattform schwebte sanft abfallend auf Semetropol zu.

Maultinger blickte nach oben.

Das kugelförmige Antigravfeld stand noch immer, doch der Blue hatte es mittlerweile verlassen.

Maultinger kam sich vor, als befände er sich in diesem Feld, das durch rote Linien begrenzt wurde.

Auch er hatte einen Kampf zu bestehen, bei dem es um Leben und Tod ging.

Nur der Sieger in diesem Kampf würde leben.

Und das werde ich sein. Gegen den Mann mit den Lashat-Narben hätte ich keine Chance, aber mit diesem Wicht werde ich wohl fertig werden.

Irgendeinen Trumpf muss dieser Krüppel aber noch in der Hinterhand haben, sonst hätte er es nicht gewagt, mich anzugreifen.

Etwa zu dem gleichen Zeitpunkt, an dem Sinclair Marout Kennon unter dem Decknamen Lebo Axton das Archiv des Pressezentrums betrat und zu dem Guy Maultinger die Nachricht Kennons erhielt, die er als Kampfansage ansah, erfuhr Ronald Tekener, dass er bereits am nächsten Tag kämpfen sollte.

Er befand sich in dem Organisationsbüro der Semon-Spiele, das am Rand des Parks lag. Der Raum war mit bequemen Sitzmöbeln eingerichtet, zwischen denen sich eine Computerkonsole erhob. Zahllose Urkunden und Fotos von strahlenden Siegern zierten die Wände.

Eine brünette, vollbusige Frau kam zu Tekener. Sie strahlte ihn an, als ob sie ihn kritiklos bewunderte. »Ich bin Fee«, stellte sie sich vor. »Ich möchte Ihnen die Kampfbedingungen erklären.«

Geschickt gewählt, dachte er anerkennend. *Sie sieht gut aus, und jeder möchte ihr vermutlich imponieren. Wer im letzten Moment vor dem Kampf noch Bedenken hat, der traut sich bestimmt nicht, es ausgerechnet ihr zu sagen.*

Fee eilte hüftschwingend vor ihm her zu einer Sesselgruppe und bat ihn, Platz zu nehmen.

»Sie werden von jetzt an bei uns bleiben. Ein Arzt wird Sie untersuchen, und ein Masseur wird Sie auf den Kampf vorbereiten, damit Sie alle Chancen haben, ihn zu gewinnen.«

»Ich möchte vor allem wissen, wie ich kämpfen soll«, erwiderte er. »Mit dem Messer, einer Energiestrahlwaffe oder womit sonst?«

»Darüber bin ich leider nicht informiert«, erklärte sie, ihre Augen blitzten. »Aber ich bin sicher, dass Sie mit jeder Waffe zurechtkommen. Ihnen kann niemand das Wasser reichen. Um ehrlich zu sein – ich habe noch mit niemandem zuvor gesprochen, bei dem ich ein so sicheres Gefühl hatte wie bei Ihnen. Morgen sind Sie Solar-Millionär. Das steht für mich fest.«

Ronald Tekener ließ sich nicht anmerken, dass er sie durchschaute. Er wusste, dass sie seinem Gegner genau das Gleiche sagen und ihn ebenso voller gespielter Bewunderung ansehen würde.

»Wissen Sie, wer der Andere ist?«

Sie schüttelte den Kopf. »Natürlich nicht. Und wenn ich es wüsste, dürfte ich es Ihnen nicht sagen, denn dadurch könnte einer von Ihnen ja Vorteile haben, die den Kampf verfälschen.«

»Das wollen wir natürlich nicht«, entgegnete der Galaktische Spieler mit feiner Ironie.

»Nein – das wäre nicht fair.« Sie hörte den Unterton nicht heraus. Lächelnd erhob sie sich und streckte ihm die Hand hin. »Ich hoffe doch, dass Sie mich nun zu einem Glas Semon-Sekt einladen?«

»Aber gern.«

Ronald Tekener ließ sich von ihr in einen Nebenraum führen, der als Bar eingerichtet war.

Er war sich darüber klar, dass ihm ein schwerer Kampf bevorstand, der ihm alles abverlangen würde. Doch er bereute seinen Entschluss, die Zusammenhänge zwischen den Semon-Spielen und dem Waffengeschäft des Zentropoliten auf diese Weise aufzuklären, nicht. Wenn er etwas bedauerte, war das allein, dass er nicht mit Kennon reden konnte. So blieb nur die Hoffnung, dass er den Kampf lebend überstand, und dass sich danach ein Zusammentreffen mit dem Kosmokriminalisten ergab.

Wo Ken wohl ist?, fragte er sich, während er eiskalten Sekt trank, und die Frau über den Rand seines Glases hinweg ansah. *Er soll Kartan Askeron mit Hilfe der Presse angre*ifen.

6.

Sinclair Marout Kennon arbeitete einige Stunden im Archiv der Pressezentrale von Semon, ohne für ihn wichtige Informationen gewinnen zu können.

Er hielt sich in einem kleinen Raum im zwanzigsten Stockwerk des Gebäudes auf. Die Informationen schöpfte er aus dem Zentralcomputer, in dem alles Filmmaterial positronisch gespeichert war. Schon bald merkte er, dass es gewisse Bereiche gab, die er ohne besonderen Code nicht erschließen konnte. Doch das war nicht überraschend. Jeder Staat hatte ebenso seine Geheimnisse wie jedes Wirtschaftsunternehmen.

Dafür interessierte er sich jedoch nur am Rande. Er konzentrierte sich vor allem auf die Suche nach journalistischen Arbeiten, die eine eindeutig gegen den Zentropoliten gerichtete Haltung einnahmen. Davon gab es jedoch nur wenige. Kennon sortierte sie aus, und als er meinte, genügend zusammen zu haben, versuchte er, die Adressen der Journalisten und Reporter herauszufinden, die sie gemacht hatten.

Er erlebte eine Enttäuschung. Keiner dieser Pressevertreter befand sich noch im Semonsystem. Fast allen war die Lizenz entzogen worden.

Mir bleibt tatsächlich keine andere Wahl, als ausschließlich mit Guy Maultinger zu arbeiten, dachte er. *Und was ist, wenn er nicht anbeißt?*

Er hätte sich gern mit Tekener besprochen, weil es schien, als sei ihnen der Weg, Askeron mit Hilfe der Presse zu bekämpfen, verschlossen.

Maultinger wird ablehnen, weil er seine Lizenz nicht riskieren will, dachte er. *Oder weil er seine Karten nicht aufdeckt.*

Er tippte die Daten Guy Maultingers in den Computer und forderte eine Liste aller journalistischer Arbeiten an, die dieser angefertigt hatte.

Der Computer stellte sie zusammen und druckte sie auf mehreren Bögen aus. Sie war so lang, dass Kennon darauf verzichtete, sie gleich durchzusehen. Er steckte sie ein und nahm sich vor, sie später eingehend zu studieren.

Er rief eine Stadtplanprojektion ab. Dabei dachte er an den zweiten Teil ihres Einsatzplans. Falls der Weg über die Presse nicht gangbar war, wollten sie versuchen, direkt in die Waffengeschäfte Askerons einzugreifen. Entweder sollten schon im absatzstrategischen Zentrum der Waffengesellschaften Veränderungen herbeigeführt werden, die bei der Auslieferung der Waffen zu einem Chaos führen mussten. Oder die waffenproduzierenden Maschinen mussten derart manipuliert werden, dass sie nur noch Ausschuss herstellten.

Dazu aber mussten Tekener und er entweder in das Planungszentrum oder in die Waffenfabriken eindringen. Voraussetzung dafür war in jedem Fall, dass sie herausfanden, wo diese überhaupt waren. Vorläufig wusste Kennon weder das eine noch das andere.

Als er nun aber den Stadtplan betrachtete, fielen ihm mehrere Gebäudekomplexe auf, die mit Null bezeichnet waren. Auch das Hochhaus, das sich unmittelbar an die Pressezentrale anschloss, gehörte dazu. *Nebenan ist also irgendetwas, was Askeron geheim halten will,* dachte der Kosmokriminalist.

Er war es gewohnt, mühsam recherchieren zu müssen und dabei weite Umwege zu gehen, nebensächlich erscheinende Informationen heranzuziehen und zu einem mosaikartigen Gebilde zusammenzusetzen, bis sich schließlich daraus eine Information ergab, die von wirklichem Wert für ihn war.

Auch jetzt nahm er die Spur auf und scheute sich nicht, Fragen an den Computer zu stellen, die scheinbar weit am Ziel vorbeiführten. Auf diese Weise gelang es ihm, einen Bauantrag auszugraben, der der Verwaltungsgesellschaft des Pressezentrums vor Jahren vorgelegt worden war, und in dem diese um einige Zugeständnisse gebeten wurde. Es ging um Fragen wie Abstände zwischen den Gebäuden, Höhe der Bauten und dergleichen.

Es schien eine unwichtige Information zu sein. Doch der

Kosmokriminalist entdeckte einige Feinheiten, die ihn förmlich elektrisierten. So wurde ein Energieverbund vorgeschlagen, der dazu führen sollte, dass beide Gebäude über ein Fernversorgungssystem mit Energie, Frischluft und Wasser beliefert und über ein anderes entsorgt werden sollten. Dabei waren einige Vorkehrungen getroffen worden, die verhinderten, dass es kommunikative Verbindungen gab.

Aus allem schloss Kennon, dass sich nebenan ein Regierungsgebäude befand, in dem geheime Geschäfte getätigt wurden.

Das sehe ich mir aus der Nähe an, entschied er. *Ich gehe durch die Wand. Das dürfte einfacher und erfolgversprechender sein, als es durch das Hauptportal zu versuchen.*

Er begann damit, einen Marschplan auszuarbeiten und überprüfte dabei jeden Schritt. Alle Einzelheiten mussten stimmen. Nirgendwo durfte ein unwägbares Risiko bleiben, da er davon ausgehen musste, dass sich früher oder später ohnehin Komplikationen ergeben würden. Je geringer die Zahl der Stellen, an denen er nicht schon vorher wusste, wie es weiterging, desto besser.

Nach und nach entwickelte er elf verschiedene Pläne. Es war, als ob er sich durch die Zeichnung eines Labyrinths vorantastete und dabei die verschiedenen Möglichkeiten durchprobieren musste, bis er endlich erkannte, welcher Weg gangbar war.

Als er glaubte, die selbstgestellte Aufgabe gelöst zu haben, wandte er sich mit einigen Fragen an den akonischen Abteilungsleiter, den er seit Stunden schon nicht mehr gesehen hatte. Er beschäftigte ihn einige Zeit, bedankte sich dann und kehrte in den Raum zurück, in dem er sich bis dahin aufgehalten hatte.

Nun wartete er noch etwa eine Viertelstunde. Als der Akone auch dann noch nicht zu ihm gekommen war, um seinen Antworten vielleicht noch einige weitere hinzuzufügen, war er davon überzeugt, dass ihn sobald niemand aufsuchen würde. Er glaubte daher, den Arbeitsraum verlassen zu können. Niemandem würde seine Abwesenheit auffallen.

Er klemmte sich eine transparente Doppelfolie unter den Arm, in die er die ausgedruckten Computerantworten gesteckt hatte. Damit wollte er sich den Anstrich geben, als habe er wichtige Unterlagen zu transportieren.

Im Antigravschacht schwebte er bis ins höchste Geschoss der Pressezentrale hoch. Hier führten große Versorgungsrohre von einem Gebäude zum anderen.

Ungesehen kam er bis vor einen Wartungsraum, der durch eine Stahltür gesichert war. Das Schloss stellte keine Hürde für den USO-Spezialisten dar. Innerhalb weniger Sekunden hatte er es geöffnet. Er schlüpfte in den Wartungsraum und schaltete das Licht an.

Rohre, die so dick waren, dass er sie mit beiden Armen nicht hätte umspannen können, stiegen aus dem Boden auf und verschwanden in der Verbindungswand zum Nachbargebäude. Daneben standen große Filter, Umwälzanlagen und Antigravmotoren.

Der Durchgang zur anderen Seite war mehrfach durch verklebte Verbindungen, eingegossene Sensoren und Alarmfäden gesichert.

Sinclair Marout Kennon war auf derartige Hindernisse vorbereitet. Er zerlegte sein Chronometer und holte einen winzigen Desintegratorstrahler daraus hervor. Mit diesem schnitt er sich nur Zentimeter für Zentimeter durch die Wand. Er legte Alarmfäden und Sensoren frei, die er vorher mit Hilfe eines Spezialinstrumentes, das ebenfalls im Chronometer versteckt gewesen war, geortet hatte. Schließlich hob er mehrere Teilstücke des gegossenen Mauerwerks heraus und kroch durch die entstandene Öffnung.

Er schob sich an dem Rohr entlang bis hin zu einer Platte, die aus einer Stahlplastiklegierung bestand. Sie stellte ihn vor erhebliche Schwierigkeiten, die er aber mit Geduld und Hilfe seiner Fachkenntnisse überwand. Nach und nach trennte er die Alarmsensoren heraus und machte sich dann daran, die Reste zu entfernen.

Plötzlich hörte er eine Stimme. Irgendjemand hielt sich direkt vor ihm auf der anderen Seite der Platte auf. Erschreckt zog er den Desintegratorstrahler zurück.

Wenn die Platte jetzt auseinanderfiel, war alle Mühe vergeblich gewesen. Vorsichtig kroch er weiter voran, bis er das Ohr an das weitgehend aufgelöste Verbindungsstück legen konnte. Er hörte es rascheln. Dann lachte jemand leise.

Ob sie wissen, dass ich hier bin?, fragte er sich. *Haben sie mich schon bemerkt, und warten sie nur darauf, dass ich den Kopf durch die Öffnung stecke?* Minutenlang verharrte er auf der Stelle, ohne dass etwas geschah. Auch der andere schien sich nicht zu bewegen.

Dann aber klangen erneut Stimmen auf, und ein Mann lachte. Werkzeuge klapperten, Schritte ertönten, und eine Tür fiel ins Schloss.

Kennon bedauerte, dass er den Einsatz gewagt hatte, ohne sorgfältige Vorbereitungen zu treffen, so wie er es sonst machte. Normalerweise rüstete er sich mit raffiniertester Technik aus, wenn er Derartiges wagte. So hätte er beispielsweise auf jeden Fall einen Individualtaster mitgenommen, mit dessen Hilfe er hätte feststellen können, ob die Männer den Raum neben ihm wirklich verlassen hatten, oder ob sie nur so getan hatten, tatsächlich aber darauf lauerten, dass er sich zeigte.

Er ließ einige Minuten verstreichen und entfernte dann die Platte. Erleichtert atmete er auf. In dem Raum dahinter war es dunkel, aber keinerlei Geräusche wiesen darauf hin, dass dort noch jemand war.

Er kroch durch die Öffnung und tastete sich bis zur Tür vor. Sie ließ sich mühelos öffnen. Dahinter lag ein Gang, von dem mehrere Türen abzweigten. Die Wände waren hellgrau gestrichen. An einem etwas längeren Abschnitt hingen mehrere Bilder, die Landschaften von Semon zeigten.

Kennon säuberte seine Kleidung von dem Staub, der an ihm haften geblieben war, klemmte sich die Papiere unter den Arm und ging los. Der Gang bog ab und führte in einen langgestreckten Raum, in dem mehrere Sesselgruppen und Tische standen. An den vier Wänden leuchteten strategische Zeichnungen, wie sie von Militärs verwendet wurden, um die Bewegungen der Waffensysteme darzustellen. Auf einem der Tische lagen Akten.

Der Kosmokriminalist zögerte keine Sekunde. Er ging zu ihm hin.

In diesem Moment heulten Alarmsirenen auf.

Die schrillen Töne schienen sich dem Terraner ins Mark zu schneiden.

»Achtung!«, brüllte eine männliche Stimme aus verborgenen Lautsprechern. »Veränderte Individualwerte. Eine unbefugte Person hat sich eingeschlichen. Ergreifen Sie Gegenmaßnahmen! Achtung! Wir haben eine veränderte Individualstruktur. Ein Fremder hält sich im Haus auf. Ergreifen Sie ihn!«

Kennon nahm einige der Akten an sich und näherte sich dem Gang, durch den er hereingekommen war. Nachdem er seinen ersten Schrecken überwunden hatte, schien ihn nichts mehr beeindrucken zu können. Lediglich sein heftig zuckendes linkes Lid verriet, wie es in ihm aussah.

Der Alarm hatte ihn vollkommen überrascht.

Er hatte nicht damit gerechnet, dass die Menschen in diesem Gebäude mit Hilfe von Individualtastern, die ihre Werte fortlaufend an einen Computer meldeten, überwacht wurden. Eine solche Absicherung war nicht nur äußerst aufwendig und kompliziert, sondern auch störanfällig.

Aber wirksam!, schoss es ihm durch den Kopf. *Dir bleibt nur der sofortige Rückzug.*

»Da ist er!«, schrie jemand hinter ihm.

Etwa vierzig Meter von ihm entfernt kamen drei Männer durch einen anderen Eingang in den Raum, den er gerade verlassen wollte. Einer von ihnen zeigte auf ihn.

»Los! Den schnappen wir uns!«, forderte ein anderer.

Kennon rannte los.

Er war noch keine fünf Meter weit gekommen, als sich seine

Füße ineinander verfingen. Er stolperte und stürzte der Länge nach hin. Die erbeuteten Akten flogen in hohem Bogen zur Seite. Er sprang auf und blickte über die Schulter zurück. Die drei Männer kamen beängstigend schnell heran, so dass ihm keine Zeit mehr blieb, die Akten aufzunehmen. Er packte lediglich die Papiere, die er aus der Pressezentrale mitgebracht hatte, da sie ihn verraten hätten, wenn sie in falsche Hände geraten wären. Dann flüchtete er weiter.

Seine Beine wurden bleischwer, und obwohl die Luft in diesem Haus durch künstliche Klimatisierung besser war als nebenan, meinte er, ersticken zu müssen. Ihm war, als komme er überhaupt nicht voran, als gleite der Boden unter ihm weg, so als laufe er eine Fahrtreppe in falscher Richtung hoch.

Er hörte die Stimmen seiner Verfolger und das Heulen der Sirene, und ihm wurde plötzlich mit aller Deutlichkeit bewusst, dass ihn der Tod erwartete, wenn er nicht entkam.

Von einer Macht, die künstlich Krisen schuf und Kriege entfesselte, um bessere Geschäfte zu machen, konnte er keine Gnade erwarten. Einer solchen Macht kam es auf ein Menschenleben nicht an.

Zugleich dachte er an Ronald Tekener und daran, dass dieser an einem Semon-Kampf teilnehmen würde, bei dem er wahrscheinlich seine Hilfe benötigte. War der Galaktische Spieler nicht sogar davon ausgegangen, dass sie mit den Mitteln der USO-Technologie Einfluss auf den Kampf nehmen würden?

Dieser Gedanke trieb Kennon voran.

Er war sich darüber klar, dass er die Tür zum Wartungsraum erreichen musste, bevor seine Verfolger um die Gangbiegung kamen. Sie durften nicht sehen, wohin er floh, denn sonst reichte sein Vorsprung nicht aus. Laut keuchend stürzte er voran.

Er riss die Tür auf, sah, dass er noch allein auf dem Gang war, und schloss die Tür wieder, wobei er im buchstäblich letzten Moment daran dachte, dass sie nicht laut knallend ins Schloss fallen durfte.

Erschöpft sank er auf die Knie. Er konnte sich nicht mehr auf den Beinen halten.

»Er kann noch nicht weit sein!«, rief einer der Männer. »Seht ihr dort nach. Ich gehe nach links.«

Kennon vernahm die Schritte der Verfolger. Unwillkürlich hob er den Kopf. Er erwartete, dass die Tür sich öffnen und die Gestalt eines der Männer über ihm aufwachsen würde.

Doch er irrte sich. Sie rannten an der Tür vorbei. Keiner von ihnen schien damit zu rechnen, dass er in den Wartungsraum geflüchtet war, da es aus diesem doch kein Entkommen zu geben schien.

Er raffte sich auf und kroch zu der Öffnung in der Wand. Mit den Füßen voran schob er sich hinein. Dann nahm er die Deckplatte hoch und zog sie vorsichtig vor das Loch, in dem er steckte. Mit Hilfe eines Klebstoffs, den er im Wartungsraum gefunden hatte, und der überall zum Ausbessern, Verbinden und Spachteln genommen wurde, befestigte er die Platte. Kaum war er damit fertig geworden, als sich die Tür öffnete.

»Hier ist er auch nicht«!, sagte einer der Männer.

»Aber er kann sich doch nicht in Luft aufgelöst haben!«, rief ein anderer.

»Natürlich nicht. Aber siehst du ihn?«

Die Tür fiel krachend zu.

Kennon atmete auf.

Er war so geschwächt, dass er einige Minuten lang in der Röhre blieb, um sich zu erholen. *Das war ein totaler Fehlschlag*, erkannte er. *Von jetzt an kannst du dich wahrscheinlich noch nicht einmal in der Öffentlichkeit zeigen. Sie werden ein Suchbild über Video senden, so dass jeder dich wiedererkennt.*

Als er in den Raum zurückkehrte, in dem er die Archivrecherchen durchgeführt hatte, stellte er fest, dass nichts verändert worden war. Er schloss daraus, dass niemand seine Abwesenheit bemerkt hatte.

Er raffte die Berichte zusammen, die er aussortiert hatte, und verließ den Raum, um sich bei dem arkonischen Abteilungsleiter für die Unterstützung zu bedanken. Ihm waren die überstandenen Strapazen schon nicht mehr anzumerken.

Kennon verabschiedete sich von dem terranischen Pförtner und schritt innerlich wie befreit durch das Portal hinaus.

Im gleichen Augenblick fielen Schüsse. Energiestrahlen zuckten aus mehreren Gleitern, und die Druckwelle einer Explosion schleuderte den Verwachsenen zu Boden.

»Aber selbstverständlich können Sie wählen«, lächelte die junge Frau. »Wir sind doch nicht unmenschlich. Suchen Sie sich den Kampf aus, bei dem Sie glauben, die meisten Erfolgsaussichten zu haben.«

Sie schob Tekener einen beschrifteten Bogen über die Theke der Bar. Der Terraner stellte sein Sektglas zur Seite, aus dem er nur wenig getrunken hatte.

Auf einen Blick sah er, dass fünf verschiedene Kämpfe angeboten wurden. »Und was ist mit meinem Gegner?«, erkundigte er sich. »Darf der sich auch seinen Kampf aussuchen?«

»Natürlich.« Sie strahlte ihn an, als habe er gerade das Große Los gewonnen. »Sie gehen davon aus, dass Ihr Gegner bereits feststeht. Das ist aber nicht der Fall. Es findet ja nicht nur ein Kampf statt. Wir haben Hunderte von Freiwilligen, und jeder von ihnen entscheidet sich für irgendein Duell. Daraus ergibt sich, dass sich zu jedem Kampf auch die passenden Gegner finden.«

Der *Lächler* ging darüber hinweg, dass sie von Freiwilligen gesprochen hatte, als habe er das nicht gehört. Er war davon überzeugt, dass viele auf ähnliche Weise zu einem Vertrag gezwungen wurden wie er.

»Dann lassen Sie mich mal sehen.« Er las sich die Vorschläge durch.

Das erste Angebot war ein Kampf gegen einen riesigen Raubfisch, der in den Meeren von Semon lebte und der das Baden an vielen Küsten zu einem lebensgefährlichen Abenteuer machte. Für einen Sieg über die Bestie waren 500.000 Solar ausgesetzt.

»Nicht sehr verlockend«, kommentierte Tekener.

»Wenn Ihnen das nicht behagt, was halten Sie dann von einem Fassadenkampf?«, fragte sie. »Dafür gibt es ebenfalls fünfhunderttausend. Außerhalb von Semetropol gibt es ein hundertstöckiges Gebäude. Ein schmaler Sims läuft in etwa zweihundert Meter Höhe um das Haus. Es gibt nur wenige Stellen an der Fassade, an denen man sich festhalten kann. Es ist die typische Situation, wie sie in alten Slapstick-Filmen häufig dargestellt worden ist.«

»Bei mir würde aber niemand lachen. Vermutlich kommt es darauf an, den Gegner vom Sims in die Tiefe zu stürzen.«

»Genau das ist das Ziel. Wer oben bleibt, hat gewonnen.«

»Hm – und Nummer drei?«

»Dabei geht es um ein sehr technisches Abenteuer, genauer gesagt, um eine Rallye, an der bis zu zehn Fahrer teilnehmen können. Dieses Rennen wird mit Pionierfahrzeugen gefahren, die Sechsrad-Antrieb haben. Dabei ist alles erlaubt, was dazu dient, die Konkurrenten auszuschalten. Einzige Vorschrift: Jeder Anschlag auf einen Gegner ist vorher dem Regisseur anzukündigen, damit er die Möglichkeit hat, die Aktion im Bild festzuhalten.«

»Das heißt also, wenn ich einen meiner Mitbewerber erschießen will, muss ich vorher Bescheid sagen, damit rechtzeitig ein Kameramann zur Stelle ist?«

Sie nickte lächelnd.

Der Zynismus ist nicht mehr zu überbieten, dachte er und entschied sich zugleich gegen die Teilnahme an einer solchen Rallye. Er hätte sie nur gewinnen können, wenn er vorher neun andere Fahrer ausgeschaltet hätte.

»Wir veranstalten häufiger mal solche Rallyes«, erläuterte sie. »Sie sind beim Publikum sehr beliebt, obwohl wir sie in mehrere Folgen aufteilen. Keiner der Teilnehmer scheidet aus, wenn er sein Fahrzeug verliert, weil es in Flammen aufgeht oder in einem Sumpf versinkt. Jeder hat die Chance, sich den Pionierwagen eines anderen zu erobern und mit diesem weiterzufahren.«

»Nein. Danke.«

»Für den Sieg sind zwei Millionen Solar ausgesetzt.«

»Dennoch – nein.«

»Für was entscheiden Sie sich?«

»Für das Wasser.«

»Es kann aber noch Wochen dauern, bis die entsprechenden Vorbereitungen getroffen sind. Die Unterwasseraufnahmen sind schwierig.«

Tekener wollte dem Duell auf dem Sims ausweichen, weil er dabei das Leben eines anderen Menschen gefährdete. Er wollte jedoch auf der anderen Seite auch nicht wochenlang warten und seine Aufgaben als USO-Spezialist vernachlässigen.

Während dieser Zeit konnte der Zentropolit Askeron sein verbrecherisches Spiel weitertreiben und neue Krisenherde schaffen. Er konnte Kriege anzetteln, die dazu führten, dass unter Umständen Zehntausende starben.

Tekener sah ein, dass er zu einer schnellen Lösung kommen musste, und dass er daher einem Kampf gegen einen Menschen nicht ausweichen konnte. »Also gut«, entschied er. »Ich gehe auf den Sims.«

»Gratuliere«, erwiderte sie und strahlte ihn erneut an. »Ich bin überzeugt davon, dass ich Ihnen die Siegprämie aushändigen darf. Ach was, ich bin nicht nur überzeugt, ich weiß es eben. Sie sind ein Siegertyp. Ein Mann wie Sie gewinnt immer.«

»Vorausgesetzt, er ist schwindelfrei.«

Sie lachte silberhell.

Ein Energiestrahl zuckte über Kennon hinweg und schlug in die Glastür. Diese explodierte förmlich, und ein Schauer glutflüssiger Tropfen schoss in die Eingangshalle des Pressezentrums.

Der Kosmokriminalist rollte sich zur Seite. Er sah, dass aus zwei gelandeten Gleitern klobig gebaute Kampfroboter sprangen, und er wunderte sich darüber, dass sie auf ihn geschossen hatten. Dann aber begriff er, dass nicht er das Angriffsziel war, sondern das Gebäude nebenan, aus dem er vor wenigen Minuten – allerdings weit über dem Erdboden – geflohen war. Ununterbrochen schießend stürmten die Maschinen das Portal, ohne sich von dem Gegenfeuer aufhalten zu lassen.

Der Terraner, der in der Empfangshalle der Pressezentrale arbeitete, beugte sich über Kennon. Er griff ihm unter die Arme und half ihm auf.

»Kommen Sie!«, rief er. »Schnell! Am besten verschwinden Sie über das Dach. Dort stehen immer Gleiter, die Sie nehmen können.«

Der Verwachsene war froh, dass ihm jemand half, aus der Gefahrenzone zu kommen. Er flüchtete in das Innere der Pressezentrale. Zur gleichen Zeit explodierte nebenan eine Bombe.

Kennon sah, dass ihnen ein Kampfroboter folgte. Die Maschine war wenigstens drei Meter groß und hatte weit ausladende Schultern. Nur selten zuvor hatte er sich derart bedroht gefühlt. Er war nahe daran, die Nerven zu verlieren.

Der Hass gegen die Roboter brach in ihm durch. Er schrie auf und überlegte unwillkürlich, wie er den Koloss aufhalten konnte.

Der Pförtner riss ihn mit sich in einen aufwärts gepolten Antigravschacht. Und während Kennon nach oben schwebte, sah er den Roboter auf die Wand schießen, die das Pressegebäude von dem benachbarten Hochhaus trennte.

Die Maschine griff das geheime Zentrum von der Seite her an und beachtete die beiden Männer nicht, die im Antigravschacht flüchteten.

Sinclair Marout Kennon nickte dem Mann, der ihn aus dem Feuer gezogen hatte, dankbar zu. »Ohne Ihre Hilfe wäre ich nicht so schnell weggekommen«, sagte er.

Sein Gegenüber lächelte nur. »Kommen Sie allein klar?«, fragte er. »Auf dem Dach steht ein roter Gleiter. Sie können ihn nehmen. Guy Maultinger hat ihn für Sie bestellt. Er sagt, dass Sie mit ihm verabredet sind.«

»Das stimmt.«

»Die Maschine wird Sie zu ihm bringen.«

»Danke. Und Sie sollten sich behandeln lassen.«

»Genau das habe ich vor.« Der Mann verließ den Antigravschacht und eilte davon. Kennon schwebte weiter nach oben. Er blickte auf die Papiere, die er in den Händen hielt. Darunter waren auch die Informationen über Guy Maultinger und die Reportagen, die er gemacht hatte. Er begann, die Liste durchzusehen, war jedoch noch längst nicht damit fertig, als er oben ankam.

Er fand den roten Gleiter, stieg ein und startete ihn. Dazu brauchte er nur einen Knopf zu drücken. Eine auf einem Monitor aufleuchtende Schrift teilte ihm mit, dass die Maschine bereits programmiert und der Flug bezahlt war.

Er lehnte sich in den Polstern zurück und atmete einige Male tief durch, während der Gleiter startete und blickte dann wieder auf die Liste.

Sekunden später stutzte er. *Er hat auch den Bericht auf Gowon-Kürschak gemacht!*

Dieser Film könnte Teil eines Planes gewesen sein, mit dem eine Krise geschaffen, geschürt und schließlich bis zu einer kriegerischen Auseinandersetzung ausgeweitet wurde.

Allein der kriminalistische Instinkt Kennons war dafür verantwortlich, dass seine Blicke die danach folgenden Titel erfassten. In der vorletzten Zeile stand: »Überfall einer nichtidentifizierten, bewaffneten Gruppe auf eine Polizeistation im Ählkant-Park.« Der Terraner wusste augenblicklich, um was es sich handelte.

Guy Maultinger hatte auch den »getürkten« Bericht gemacht, bei dem auf Tekener und ihn scharf geschossen worden war, um sie zu vertreiben.

Die Hand Kennons zuckte vor. Sie fiel auf die Nottaste herab. Im gleichen Augenblick stürzte der Gleiter wie ein Stein in die

Tiefe. Die Instrumente zeigten jedoch an, dass dabei alle Systeme einwandfrei funktionierten. Kennon stieß die Tür auf, als er noch etwa fünfzig Meter über dem Parkdach eines Kaufhauses war. Der Gleiter bremste ab. Als er nur noch etwa zwei Meter über dem Dach war, löste er die Arretierung des Notknopfes und sprang heraus. Er stürzte und rollte mehrere Meter weit über das Dach.

Schließlich blieb er auf dem Rücken liegen und verfolgte den aufsteigenden Gleiter mit seinen Blicken. *Sollte ich mich getäuscht haben?*, fragte er sich, als die Flugkabine hinter einem Hochhaus zu verschwinden drohte.

Er richtete sich nachdenklich auf.

Bis jetzt war er davon überzeugt gewesen, dass er seine Hand zufällig auf eine Wunde gelegt hatte, von der sonst niemand wusste, dass sie da war. Guy Maultinger, das hatte ihm sein kriminalistischer Instinkt gesagt, verdiente das hohe Ansehen nicht, das er genoss. Der ehemals großartige Journalist hatte sich auf unsaubere Arbeiten eingelassen, und er konnte seinen Ruf nur retten, wenn er denjenigen mundtot machte, der ihm auf die Schliche gekommen war.

Doch plötzlich zweifelte Kennon. Wenn er so war, wie er angenommen hatte, dann musste der Gleiter abstürzen. Ein derartiger Unfall, bei dem ein Mensch zu Tode kam, konnte Maultinger nur recht sein.

Er stand auf. Er würde erklären müssen, warum er nicht zu ihm gekommen war.

Er wollte noch abwarten, bis das Robottaxi vollends hinter dem Hochhaus verschwunden war, dann wollte er ins Hotel zurückkehren, um dort auf Tekener zu warten.

Plötzlich zuckte ein blauer Blitz aus der Unterseite des Gleiters, und die Maschine stürzte ab. Sie tauchte zwischen die Häuser und war so weit von ihm entfernt, dass er den Aufprall nicht mehr hörte.

Da nicht der geringste Zweifel bleiben sollte, stieg er in ein anderes Taxi, das auf dem Dach parkte, nannte die Codenummer des Hotels, in dem er wohnte, und ließ sich zum Hotel fliegen. Dort holte er sich eine Kreditkarte aus dem Appartement und raste anschließend zur Unfallstelle.

Das Gleiterwrack lag zwischen zwei Häusern. Mehrere Polizisten waren dabei, es zu untersuchen.

Guy Maultinger! Sieh an. Aus deiner Richtung hätte ich das nicht erwartet!, dachte er.

Nachdenklich kehrte er zum Hotel zurück.

Er war sich nun darüber klar, dass er nicht zu hoffen brauchte, den Zentropoliten Kartan Askeron mit Hilfe der Presse stürzen zu können.

Im Appartement fand er eine Videonachricht vor. In ihr teilte ihm Tekener mit, dass er am nächsten Morgen um 10 Uhr auf dem Sims des Marcul-Hochhauses kämpfen sollte.

7.

Als die Maskenbildnerin ihre Arbeit beendet hatte, erhob sich Tekener. Die Augenpartien waren stark betont worden, damit sein Gesicht auf dem Film später wirkungsvoller war.

»Sehe ich meinen Gegner noch vor dem Kampf?«, fragte er.

Die Maskenbildnerin, eine junge Arkonidin von etwa zwanzig Jahren, schüttelte den Kopf.

»Wozu?«, fragte sie. »Es ist besser für Sie und den Kampf, wenn der Gegner anonym bleibt. Wenn Sie ihn kennen, könnten Sie persönliche Gefühle für ihn hegen, und das wiederum könnte das Duell negativ beeinflussen.«

Sie führte ihn zu einer Tür, hinter der ein Antigravschacht lag. »Viel Glück. Ich drücke Ihnen die Daumen, dass Sie gewinnen.«

»Ich werde gewinnen.«

Sie blickte ihn überrascht an. Seine Stimme war so ruhig gewesen, wie noch bei keinem der Männer, die sie für ein Semon-Spiel vorbereitet hatte. Bei wenigen hatte sie eine derartige Siegeszuversicht gefunden wie bei ihm.

»Seien Sie sich nur nicht zu sicher«, warnte sie ihn. »Nicht nur Sie kämpfen um ihr Leben. Der andere auch.«

»Das ist mir klar.«

Er stieg in den aufwärtsgepolten Antigravschacht, an dessen anderem Ende ein riesiger Ertruser auf ihn wartete. Der Umweltangepasste war größer als zweieinhalb Meter und hatte breitere Schultern als jeder andere Ertruser, dem Tekener vorher begegnet war. Wortlos hielt er ihm eine leuchtend rote Kombination hin, die aus einer engen, elastischen Hose und einem hemdartigen Oberteil bestand.

Tekener nahm die Sachen entgegen. An dem Umweltumgepassten vorbei konnte er eine Glastür sehen, hinter der eine offene Nische lag.

An einem Fahnenmast flatterte eine rote Flagge.

»Wir haben starken Wind«, gab er zu bedenken. »Könnte das den Kampf nicht zu sehr beeinflussen?«

»Es ist deine Sache, wie du dich auf dem Sims hältst«, erwiderte der Ertruser. »Ob Wind oder nicht. Der Kampf findet statt. Oder willst du kneifen?«

»Daran dachte ich eigentlich weniger.« Tekener streifte seine Kleidung ab und zog die Kombination an. Darin würde er weithin sichtbar sein.

Der Ertruser trat zur Seite und öffnete die Glastür.

»Dein Gegner ist irgendwo da draußen auf dem Sims«, erläuterte er nach einem Blick auf sein Chronometer. »Du wirst ihn schon finden.«

Der Galaktische Spieler trat durch die Glastür in die Nische hinaus. Er schloss die Augen, während die Tür hinter ihm zufiel, und atmete einige Male tief durch.

Er versuchte, sich von allen Gedanken zu befreien, die nichts mit dem Kampf zu tun hatten.

Langsam näherte er sich dem Rand der Nische und blickte in die Tiefe.

Er erschauerte.

Der Boden schien unter seinen Füßen zu schwanken. Er stand an einem Abgrund, der zweihundert Meter senkrecht abfiel. Zwei Antigravplattformen schwebten heran. Auf ihnen drehten sich positronisch gesteuerte Kameras, die jeden seiner Schritte erfassten, jedes Zucken seiner Lider registrierten. Die Mikrofone nahmen jeden seiner Atemzüge auf und machten ihn für Milliarden von Zuschauern in der ganzen Galaxis hörbar.

Und irgendwo in der Nähe war sein Gegner, der ebenfalls von Kameras beobachtet wurde.

Zweihundert Meter unter Ronald Tekener schimmerte es grün. Er wusste, was demjenigen drohte, der unterlag und in die Tiefe stürzte. Ein Desintegratorfeld erwartete ihn, das ihn in Bruchteilen von Sekunden auflöste.

Ich hätte mich nicht darauf einlassen dürfen, warf er sich vor. *Aus*

Gründen der Volksbelustigung einen Menschen zu töten, ist nicht zu rechtfertigen.

Aber wie hätte er sonst versuchen sollen, die Zusammenhänge zwischen den Semon-Spielen und dem Waffenhandel aufzuklären?

Eine Bö überraschte ihn. Sie war so heftig, dass sie ihn beinahe in die Tiefe gerissen hätte. Er ließ sich auf die Knie fallen und hielt sich an der Fahnenstange eisern fest.

Auf den Sims hinauszutreten, ist Wahnsinn!, fuhr es ihm durch den Kopf.

Der Vorsprung, der um das ganze Haus lief, war nur etwa vierzig Zentimeter breit. Darüber befand sich eine Glaswand, die so glatt war, dass er daran keinen Halt finden konnte.

Wie sollte er sich auf einem so schmalen Sims mit einem anderen Mann auseinandersetzen?

Wir werden beide in die Tiefe stürzen!

Als Kennon an diesem Morgen das Hotel verließ, fühlte er sich matt und zerschlagen. Er hatte während der Nacht keine Ruhe gefunden. Pausenlos hatte er daran gedacht, dass Tekener kämpfen würde, und er hatte nach einem Weg gesucht, ihm zu helfen.

Mit einem Gleiter flog er zum Marcul-Hochhaus, das der Freund ihm in der Nachricht bezeichnet hatte. Er wollte den Kampf zumindest sehen. Vielleicht, so hoffte er, ergab sich dabei doch eine Möglichkeit, einzugreifen und das Schlimmste zu verhüten.

Schon von weitem sah er die schwebenden Kameras, als er sich dem Hochhaus näherte.

Irgendetwas verkrampfte sich in ihm. Während er sonst vor einer schweren Aufgabe, die er oder Tekener lösen mussten, immer ruhig und zuversichtlich war, hatte er nun ein ungutes Gefühl. Am liebsten wäre er zu dem Freund geflogen, um ihn vom Kampf abzuhalten.

Es ist viel zu windig, dachte er. *Schon bei Windstille wäre es schwierig, sich auf dem Sims zu halten. Jetzt ist es unmöglich. Und darauf auch noch zu kämpfen, grenzt an Selbstmord.*

Ronald Tekener schob sich um die Ecke der Nische und trat auf den Sims hinaus. Er drückte sich mit dem Rücken gegen die Glaswand und ging langsam und vorsichtig daran entlang.

Er wollte auf die Seite des Hochhauses kommen, die im Windschatten lag. Nur dort war ein Kampf möglich.

Der Wind zerrte an ihm, und als Tekener an eine senkrecht abfallende Leichtmetallschiene kam, hielt er sich daran fest. Er blickte nach unten, und plötzlich hatte er das Gefühl, von der Tiefe magisch angezogen zu werden. Sein Herzschlag beschleunigte sich, und die Knie wurden ihm weich.

Kehre um!, mahnte eine Stimme in ihm. *Noch ist es nicht zu spät. Dies ist Wahnsinn.*

Er öffnete die Augen wieder und blickte an der Hauswand entlang.

Lauerte sein Gegner hinter der Ecke? Wartete er darauf, dass er versuchte, auf die Leeseite des Hauses zu kommen, um ihn in den Abgrund zu stoßen, sobald er sich zeigte?

Tekener bemerkte, dass unmittelbar hinter ihm zwei junge Frauen standen und ihn beobachteten. Sie waren nur durch das dünne Glas von ihm getrennt.

Wenn sie doch die Möglichkeit gehabt hätten, ein Fenster für ihn zu öffnen und ihn hereinzulassen!

Er schob sich weiter auf dem Sims voran, um die Ecke des Gebäudes schneller zu erreichen. Von Schritt zu Schritt wurde er sicherer, da der Wind plötzlich abflaute. Doch dann peitschte eine Bö an der Glasfront entlang. Sie packte ihn und warf ihn um.

Verzweifelt klammerte Tekener seine Hände an den Sims. Er rutschte seitlich von ihm herunter und drohte abzustürzen. Seine Beine pendelten unter der Wucht des Windes hin und her, und es dauerte endlose Minuten, bis es ihm endlich wieder gelang, sich auf das schmale Band zu wälzen, welches das Haus umlief.

Er blieb auf dem Bauch liegen, um zu warten, bis der Wind erneut abflaute. Als jedoch eine Bö nach der anderen kam, schob er sich bäuchlings bis zur Ecke voran.

Da es ihm unmöglich erschien, auf dem Bauch kriechend um die Ecke zu kommen, erhob er sich vorsichtig, lehnte sich mit dem Rücken an die Wand und glitt dann zentimeterweise über den Sims.

Er sah, dass eine weißgekleidete Gestalt etwa dreißig Meter von ihm entfernt stand, und erkannte, dass er sich um seinen Gegner zunächst noch nicht zu kümmern brauchte.

Erst als er sich einige Meter von der Ecke entfernt hatte, wurde es ruhiger, und er spürte den Wind nicht mehr so stark wie zuvor.

Er wandte sich dem Mann zu, den er töten musste, wenn er selbst überleben wollte.

Seine Augen weiteten sich, und überrascht hielt er den Atem an. Der Andere war Bou Doun.

Der rothaarige Mann, der ihm im Park das Leben gerettet hatte, war nicht weniger erstaunt als er. Das Blut wich aus seinem Gesicht. Seine Lippen bewegten sich, aber er brachte kein Wort heraus.

Auch Tekener schnürte es die Kehle zu. Gegen diesen Mann konnte er nicht kämpfen. Er konnte und wollte nicht jemanden töten, der ihm das Leben gerettet hatte.

Etwa zwei Meter vor Bou Doun lag eine Metallschiene auf dem Sims. Sie war etwa handbreit. Tekener bemerkte sie zunächst nicht.

»Das habe ich nicht gewollt«, sagte der Rothaarige. »Ich habe nicht gewusst, dass du es bist.«

»Ich auch nicht«, antwortete der Galaktische Spieler.

»Geh zurück. Gib auf. Ich will dich nicht töten.«

Tekener schüttelte den Kopf.

»Du weißt, dass sie uns nicht zurücklassen würden. Sie wollen den Kampf, und ich brauche ihn. Ich kann ihn nicht umgehen. Geh du also zurück und sage ihnen, dass sie mir einen anderen Gegner schicken sollen.«

»Ich kann nicht. Ich brauche das Geld.«

»Du denkst nur an das Geld?«

»Das ist der einzige Grund«, erklärte Bou Doun. »Mit einer halben Million Solar können wir den Kampf gegen den Zentropoliten aufnehmen. Damit haben wir eine Chance. Ohne das Geld sind wir verloren.«

Tekener musterte den Rothaarigen, der nur noch etwa fünfzehn Meter von ihm entfernt war. »Du kannst nicht allein gegen ihn kämpfen.«

»Ich bin nicht allein. Ich habe Freunde. Nicht viele, aber genügend. Sobald wir das Geld haben, werden wir nach Semon II fliegen, wo die Waffenfabriken und die eigentliche Zentrale sind. Wir werden als Waffenkäufer auftreten und Askeron bei dieser Gelegenheit erledigen. Ich habe lange auf meine Rache gewartet. Der Arkonide hat gewagt, den *Globisstein* zu schänden. Dafür wird er sterben.«

»Den *Globisstein?«* Tekener war wie elektrisiert. »Sagtest du wirklich *Globisstein?«*

»Das habe ich gesagt. Ich komme von Gowon-Kürschak. Der *Globisstein* war unser Nationalheiligtum. Kartan Askeron hat ihn über einen Abhang in die Tiefe gestürzt, und er hat seine Schandtat auch noch filmen lassen. Von dem renommierten Journalisten Guy Maultinger, der bei dieser Gelegenheit auch noch einen Mord begangen hat.«

Bou Doun lächelte traurig.

»Du wirst es kaum glauben, aber es ist die Wahrheit. Ich bin ein Priester. Ich hielt gerade Andacht mit meiner Gemeinde, als Askeron zuschlug und Krieg über uns hereinbrach. Jetzt soll er sein eigenes Ende finanzieren. Lass uns anfangen, damit es bald überstanden ist.«

»Das wäre Wahnsinn«, erwiderte der Galaktische Spieler. »Ich bin hier, um Askeron zu bekämpfen. Ich werde ihm seine Verbrechen beweisen und dafür sorgen, dass er keine weiteren mehr begehen kann.«

Bou Doun schob sich auf Tekener zu. Er war fest entschlossen, zu kämpfen.

»Geh zurück«, bat der USO-Spezialist. »Überlass mir den Kampf. Gib mir lieber einige Informationen. Ich benötige sie dringend.«

Der Priester bückte sich und nahm die Metallschiene auf.

Tekener begriff plötzlich. »Nein!«, rief er. »Nicht so! Sei vernünftig.«

»Bitte. Sei still«, antwortete der Priester und kam nun rasch näher. Er ließ die Metallschiene an der Glaswand entlanggleiten. Seine Absicht war klar. Er wollte sie hinter Tekener schieben und ihn damit vom Sims stoßen.

»Was suchen Sie hier?«, fragte der Mann, der Kennon vom Videoschirm herunter anblickte.

Der Kosmokriminalist blickte durch die Frontscheibe seines Gleiters zum Hochhaus hinüber. Er war noch etwa zweihundert Meter von ihm entfernt, und es gelang ihm nicht, sich ihm weiter zu nähern. Die Positronik seiner Maschine gehorchte seinen Befehlen nicht mehr. Daher schwebte er auf der Stelle.

Auf dem Sims bemerkte er zwei Männer, die langsam aufeinander zugingen. Trotz der Entfernung erkannte er Tekener.

»Was schon!«, antwortete er. »Ich will sehen, wie die da drüben kämpfen.«

»Sie sind tatsächlich der einzige Zuschauer.«

»Tatsächlich?«

Er stellte überrascht fest, dass nur ein Filmteam da war, um den Kampf aufzunehmen, aber kein Publikum. Außer ihm schien sich niemand für die beiden Männer auf dem Sims zu interessieren.

»Wieso sind Sie hier?«, fragte der Mann weiter. Er hatte sich als Reporter ausgewiesen und musste irgendwo in der Nähe in einem anderen Gleiter sitzen.

Einen spontanen Gedanken folgend, erwiderte Kennon: »Das frage ich mich auch. Hier gibt es wirklich nicht viel zu sehen.«

»Immerhin ein Kampf auf Leben und Tod.«

»Das ist nun wirklich nichts Neues.«

Der Reporter stutzte. Er war brünett, hatte eine schmale, aber hohe Stirn und runde Wangen, die dunkle Schatten von seinem Bart hatten, obwohl er glatt rasiert war. Die braunen Augen verrieten Intelligenz, und sie strahlten eine bemerkenswerte Ruhe aus, so dass Kennon den Eindruck gewann, dass dieser Terraner bis ins Innerste gefestigt war.

»Nichts Neues? Immerhin macht der Zentropolit mit den Filmen über diese Kämpfe viel Geld.«

»Soviel nun auch wieder nicht. Alles wiederholt sich irgendwo. Da ist nichts mehr, was die Zuschauer wirklich noch begeistert. Ich möchte endlich mal etwas anderes sehen. Einen Kampf zwischen einem Menschen und einem Prugen zum Beispiel. Sie wissen, was ein Pruge ist?«

Der Reporter lachte.

»Wer wüsste das nicht? Prugen sind Raubtiere, die auf Semon II leben. Sie gelten als die gefährlichsten Räuber überhaupt. Es soll niemanden geben, dem es gelungen ist, einen Prugen im direkten Kampf zu erlegen. Wenn diese Tiere überhaupt geschossen werden, dann nur aus dem sicheren Gleiter heraus.«

»Es könnte ein Jahrhundertkampf werden, aber von so etwas redet ja leider niemand.«

Der Reporter verengte die Augen und nickte anerkennend. »Das wäre eine Idee«, erwiderte er.

Er machte sich einige Notizen. »Hoppla«, rief er dann. »Es geht los.«

Kennon zuckte zusammen. Er blickte zum Hochhaus hinüber, und der Atem stockte ihm.

»Wenn ich verlieren sollte«, sagte Bou Doun, »dann wirst du den Kampf gegen Askeron hoffentlich zu Ende führen. Weißt du, wie man ihn mit einem Schlag vernichten kann?«

Ronald Tekener glaubte, das Duell mit dem Priester doch noch verhindern zu können.

Er wollte ihn in ein Gespräch verwickeln.

»Ich habe meine Vorstellungen«, entgegnete er. »Aber du scheinst auch eine Idee zu haben.«

»Kartan Askeron ist einer der reichsten Männer in der Galaxis. Das Semon-Reich gehört ihm.«

»Das ist mir bekannt.«

»Wie du weißt, gilt in diesem Sonnensystem der Semon-Solar. Das ist eine anerkannte und frei konvertierbare Währung.« Bou Doun schien vergessen zu haben, zu welchem Zweck er hier oben war. »Jede Währung aber braucht eine Deckung, damit sie ihren inneren Wert nicht verliert.«

»Und was für eine Deckung hat der Semon-Solar?«

»Askeron hat seine Reichtümer auf Semon II angehäuft. Dort gibt es einen gigantischen Howalgoniumschatz. Er ist die Deckung für die Währung in diesem Sonnensystem. Wenn nun jemand diesen Schatz vernichten würde, wäre Kartan Askeron mit einem Schlag erledigt.«

»Interessant – aber warum erzählst du mir das? Warum gehst du mit deinen Freunden den Schatz nicht an?«

»Für mich ist das unmöglich. Der Howalgoniumschatz befindet sich in einer Festung, die uneinnehmbar ist.«

Er sprang überraschend vor. Ronald Tekener reagierte zu spät auf den Angriff. Plötzlich befand sich die Metallschiene zwischen ihm und der Glaswand. Verzweifelt versuchte er, sie nach unten zu drücken, damit Bou Doun sie nicht als Hebel benutzen konnte, doch es war zu spät.

Der Priester schrie gellend auf. Seine innere Spannung entlud sich in diesem Schrei.

Dann bog er die Leiste scharf nach außen.

Ronald Tekener konnte sich nicht mehr auf dem Sims halten. Er stürzte in die Tiefe – dem sicheren Tod entgegen.

Sinclair Marout Kennon warf sich nach vorn. Seine Hände krallten sich an das Armaturenbrett. Er sah, dass Tekener vom Sims fiel. Alles in ihm sträubte sich gegen die schreckliche Wahrheit.

Mit geweiteten Augen verfolgte er, wie der Galaktische Spieler zweihundert Meter in die Tiefe raste, unmittelbar über dem Boden in das grün schimmernde Desintegratorfeld geriet und sich darin auflöste.

Ronald Tekener war tot!

Tränen schossen dem Verwachsenen in die Augen. Er warf sich zur Seite und grub das Gesicht in die Polster des Sessels.

Wäre ich doch nicht hierher gekommen. Warum musste ich das sehen?, dachte er.

Der Schmerz über den Verlust des einzigen Freundes, den er hatte, drohte, ihn zu ersticken.

Das Rufzeichen des Videogeräts schreckte ihn nach einiger Zeit auf. Er schaltete das Gerät jedoch nicht ein, weil er nicht wollte, dass irgendjemand sein tränenüberströmtes Gesicht sah, und weil er nicht in der Lage war zu sprechen.

Er tippte einige Zahlen in die Programmtastatur des Gleiters. Die Maschine wendete und beschleunigte scharf. Sie raste in das Landesinnere. Kennon wollte allein sein. Er wollte mit niemandem sprechen, denn er hätte die Nähe eines anderen Menschen nicht ertragen.

Erst nach Einbruch der Dunkelheit kehrte er ins Hotel zurück. Die Arbeiten fortzuführen, die Lordadmiral Atlan ihm aufgetragen hatte, wurde ihm zur bitteren Pflicht. Am liebsten hätte er dem SemonSystem auf der Stelle den Rücken gekehrt. Doch dazu war er nicht berechtigt, solange ihn Atlan nicht dazu aufforderte.

Er war sich darüber klar, dass er von nun an nicht mehr frei von Emotionen sein würde, wenn er gegen den Zentropoliten

Askeron kämpfte, dass sich seine Erfolgsaussichten also erheblich verschlechtert hatten. Ein USO-Spezialist durfte sich nicht von Gefühlen leiten lassen, wenn er einen Auftrag hat.

Ich kann nicht allein weiterarbeiten, erkannte er. *Ich brauche jemanden, der mir hilft.*

Er hatte lange darüber nachgedacht, welche Schritte er nun unternehmen sollte, um das Spiel Kartan Askerons zu beenden. Dabei war er zu dem Schluss gekommen, dass er sich in einer Sackgasse befand.

Einen Ausweg konnte es nur geben, wenn er einen völlig anderen Weg einschlug.

Im Hotel-Appartement setzte er sich an das Videogerät, schob seine Kreditkarte in das Verrechnungsfach und forderte eine Hyperkomleitung an. Unmittelbar darauf leuchtete ein Stern als Zeichen dafür auf, dass die Verbindung hergestellt war.

Kennon setzte einen aus Code-Ziffern zusammengesetzten Funkspruch an die Erde ab. In dieser verschlüsselten Botschaft teilte er mit, dass Ronald Tekener tot war, und bat um Unterstützung für sich. Er ging davon aus, dass es im Semonsystem, so wie auf vielen anderen Welten in der Milchstraße, stille Agenten der USO und der SolAb gab, die normalerweise nicht in die Aufklärungsarbeit der USO-Spezialisten eingeschaltet wurden.

Sie waren eine Reserve für Notfälle und verfügten über einen nicht sehr hoch zu bewertenden Ausbildungsstand. In den überwiegenden Fällen waren es Männer und Frauen, deren Hauptaufgabe war, Informationen zu sammeln.

Viele von ihnen waren hervorragende Kampfer, alle wussten mit den Waffen umzugehen, die auf ihrer Welt bevorzugt wurden, und sie beherrschten die verschiedenen Kampftechniken wie Dagor, Judo oder Karate. Gerade deshalb waren sie besonders geeignet, einem körperlich schwachen Spezialisten wie Kennon den Rücken zu stärken.

Die Bestätigung der USO lief schon nach wenigen Minuten in Form eines unverfänglichen Textes ein, in dem ihm zugesagt wurde, dass er die für eine geschäftliche Transaktion benötigten finanziellen Mittel erhalten würde.

Kennon lehnte sich in seinem Sessel zurück.

Er wollte seinen Gegner aus einer Richtung angreifen, aus der dieser es sicherlich nicht erwartete. Der Zentropolit sah sich ständig Gefahren ausgesetzt. Das hatten die militärischen Aktionen bewiesen, deren Zeuge Kennon zweimal gewesen war.

Mittlerweile war der Kosmokriminalist sich auch darüber klar, was sie zu bedeuten hatten. Verantwortlich für die Attacken gegen militärisch oder strategisch wichtige Einrichtungen von Semon III konnten nur Welten sein, die durch die Aktionen der Semon-Agenten in Kriege gestürzt worden waren, und die nun auf eigene Faust versuchten, das Übel an der Wurzel zu packen.

Doch ihre Mittel reichten nicht aus.

Sie rennen gegen zweitklassige Ziele an, erkannte der Verwachsene. *Ebenso wie ich. Wer Askeron wirklich an den Kragen will, der muss es auf Semon II tun.*

Nach allen Informationen, die ihm vorlagen, war Semon II jedoch eine Festung, in die es gegen den Willen des Zentropoliten kein Eindringen gab. Der Planet wurde schon im Weltall durch zahllose Kampfroboter abgeschirmt, an denen auch ein Schlachtschiff nicht so ohne weiteres vorbeikam. Gelang es aber doch, diese Abwehrkette zu durchbrechen, dann sorgten über den ganzen Planeten verteilte Kampfstationen dafür, dass jedes in den Luftraum eindringende Objekt abgeschossen wurde.

Jetzt erinnerte sich Kennon an das Gespräch, das er mit einem Reporter gehabt hatte, während Tekener auf dem Sims gekämpft hatte. Darin war die Rede von einem ungewöhnlichen Duell mit einem Raubtier gewesen, das es nur auf Semon II gab.

Daraus muss sich doch etwas machen lassen, dachte er. *Ich muss diesen Mann aufsuchen und ihn dazu bringen, dass er diese Forderung groß herausbringt. Wenn die Videoprogramme davon voll sind, beißt Askeron vielleicht an.*

Er brauchte fast eine halbe Stunde, bis er herausgefunden hatte, wie der Reporter hieß, den er suchte. Er rief ihn an und vereinbarte einen Gesprächstermin mit ihm.

8.

Der Türsummer erklang.

Kennon drückte eine Besuchertaste am Videogerät, und das Bild des Mannes, der vor der Tür stand, erschien.

Es war ein mutierter Siedler von Sexal-Guhr, ein wahrer Koloss von einem Mann.

Kennon schaltete die Interkomverbindung zur Tür ein.

»Ja – was gibt's?«, fragte er.

»Ich bin Guhrlat«, erwiderte der Mutant. »Ich habe Order, mich an Sie zu wenden. Auf der Erde schreibt man den 3. August.«

Kennon sprang auf und eilte zur Tür. Mit den letzten Worten hatte der Guhrer sich als der USO-Verbindungsmann zu erkennen gegeben, den er angefordert hatte.

Er öffnete die Tür und ließ den Riesen herein.

Guhrlat war etwa zweieinhalb Meter groß und hatte weit ausladende Schultern, die mit bläulich schimmernden Schuppen besetzt waren. Sie reichten ihm bis fast an die Brustwarzen und gingen dann in ein dichtes, tiefblaues Haarkleid über, das den Oberkörper bis an die Hüften bedeckte. Eine schmutziggraue Hose umhüllte den Unterkörper und die säulenartigen Beine. In einem Ledergürtel steckte ein Messer, das so groß war, dass Kennon es mit beiden Händen nicht hätte halten können.

Guhrlat setzte sich auf den Fußboden, da jedes Sitzmöbel im Appartement unter dem Gewicht seines massigen Körpers zusammengebrochen wäre.

Er hatte ein grobgeschnittenes Gesicht mit tief liegenden, wässrigen Augen, einer breiten Nase mit so weit zurückliegender Nasenspitze, dass die beiden Nasenlöcher wie große, schwarze Krater wirkten. Der Mund war lippenlos. Dichtes, gelbes Haar wucherte ungeordnet in alle Richtungen, bildete eine gewaltige Haube über seinem Kopf und reichte ihm bis weit über die Schultern herab. Kennon fühlte sich an die Mähne eines Löwen erinnert.

»Sie können offen mit mir reden, Kennon«, sagte Guhrlat. »Ich habe meine Instruktionen von der Erde erhalten. Ich bin hier, weil Sie mich angefordert haben. Bitte, verfügen Sie über mich.«

Er hatte eine tiefe Stimme, die einen eigentümlichen Nachhall hatte.

Trotz des fremdartigen Aussehens fasste der Kosmokriminalist Vertrauen zu dem Mann, der ebenso wie er selbst in den Diensten der USO stand.

»Ich brauche jemanden, der mir den Rücken freihält«, erklärte er. »Körperlich bin ich so schwach, dass ich mich kaum auf den Beinen halten kann. Das Klima ist nicht besonders angenehm für mich. Jedes Kind könnte mich bei einer körperlichen Auseinandersetzung besiegen. Das ist ein Problem, mit dem ich mich nicht befassen kann. Sie werden dafür da sein, mich zu beschützen.«

Guhrlat nickte. »Sie müssen einen exzellenten Verstand haben«, entgegnete er, »denn sonst hätten Sie kaum den gleichen Brötchengeber wie ich.«

Betroffen wandte Kennon sich ab. Dieser indirekte Hinweis auf seine körperlichen Mängel schmerzte ihn.

»Ich weiß«, sagte er mit schriller Stimme. »Ich bin ein Krüppel. Aber das tut nichts zur Sache.«

Es war nicht die Wahrheit. Kennon litt darunter, dass er so missgestaltet war. Viel lieber hätte er den Körper eines Giganten wie Guhrlat gehabt. Wie sehnte er sich doch danach, nur ein einziges Mal so stark zu sein, dass er sich vor der körperlichen Überlegenheit eines anderen nicht zu fürchten brauchte. Er hasste es, auf andere angewiesen zu sein, zumal sie es ihn immer wieder spüren ließen.

Sie tun so, als wäre ihr Körper gar nichts, dachte er erbittert. *Dabei ist er ihnen wichtiger als alles andere.*

Er schleppte sich zur Tür, drehte sich um und wartete, bis der Mutant sich erhoben hatte und zu ihm kam.

»Wohin?«, fragte Guhrlat.

»Zu einem Journalisten«, erwiderte der Verwachsene. »Zu Guy Maultinger.«

Der Mutant streckte die Hände aus. »Soll ich Sie tragen?«

»Wagen Sie es nicht, mich anzufassen!«, fauchte Kennon. Er wich vor dem Riesen zurück. Ihm war, als müsse die leiseste Berührung mit den beschuppten Händen des Guhrers eine Katastrophe auslösen.

Guhrlat trat einen Schritt zurück. »Verzeihen Sie mir«, bat er. »Ich wollte Sie nicht kränken.«

»Kommen Sie!«, befahl der Kosmokriminalist.

Bald darauf landeten sie weit von der Küste entfernt in etwa hundert Metern Höhe in einer Parknische in der Fassade eines Hochhauses. Das Parkdeck war etwa zehn Meter breit, zehn Meter tief und drei Meter hoch. Es bot Platz für vier Maschinen, aber nur ein Gleiter parkte in der Nische. Er trug an der Seite die Aufschrift PRESSE.

Guhrlat ließ seine Hand auf das Dach der Flugkabine fallen. Es dröhnte, als habe er einen Kanonenschuss abgefeuert.

»Das Ding gehört Guy Maultinger«, lachte er. »Wetten?«

Kennon presste sich die Hände gegen die Ohren.

»Das weiß ich auch so«, erwiderte er und verzog gequält das Gesicht.

Eine Tür glitt zur Seite, und Guy Maultinger trat auf das Parkdeck heraus. Er trug einen Energiestrahler in den Händen.

»Was ist hier los?«, fragte er.

»Nichts weiter«, entgegnete Guhrlat. »Ich bringe Ihnen den Zwerg.«

Der Journalist legte die Hand neben der Tür an die Wand, und Licht strahlte von oben auf die beiden Besucher herab.

»Das ist gut«, sagte er. Erst jetzt fiel Kennon auf, dass er betrunken war. Maultinger sprach mit schwerer Zunge, und er schien Mühe zu haben, gerade zu stehen. »Wirf ihn über die Kante.«

Der USO-Spezialist blickte Guhrlat fassungslos an.

Zu keiner Zeit hatte er damit gerechnet, von ihm verraten zu werden. Er hatte sich auf seine kosmokriminalistischen Instinkte verlassen. Jetzt erkannte er, dass er sich gründlich geirrt hatte. Sicherlich hatte die USO ihm diesen Mann geschickt, aber Guhrlat war nicht der, für den ihn alle hielten. Er arbeitete mit Guy Maultinger zusammen.

Kennon versuchte, in den Gleiter zu fliehen, doch es gelang ihm noch nicht einmal, die Tür zu öffnen. Guhrlat packte ihn mit einer Hand am Genick und hob ihn hoch. Er lachte dröhnend, als der Verwachsene mit Armen und Beinen um sich schlug und sich aus seinem Griff zu befreien versuchte.

»Los doch. Wirf ihn hinunter«, lallte Maultinger.

Guhrlat trug Kennon bis zur Kante der Parknische und hielt ihn darüber hinaus. Er brauchte nur noch loszulassen, um den Verwachsenen ins Nichts stürzen zu lassen.

In diesem Augenblick, in dem es schien, Kennon werde das gleiche Schicksal ereilen wie Ronald Tekener, raste aus dem Dunkel ein Gleiter heran. Eine riesige Gestalt schnellte sich aus ihm heraus, warf sich auf Guhrlat und Kennon und stieß beide in die Parknische zurück.

Der Kosmokriminalist rollte hilflos über den Boden und prallte gegen eine Wand. Benommen blieb er liegen. Er blickte auf zwei miteinander kämpfende Giganten und begriff zunächst nicht, was geschah.

Erst allmählich erkannte er, dass ein zweiter Guhrer auf dem Parkdeck war und sich einen wilden Kampf mit Guhrlat lieferte. Die beiden Mutanten schlugen mit Fäusten aufeinander ein, traten sich mit den Füßen oder versuchten, ihren Gegner mit Dagortricks zu überraschen.

Der Guhrer, der hinzugekommen war, trug eine braune Hose, und sein Haar war dunkler als das von Guhrlat.

Kennon erhob sich.

Ihm war klar, dass er keine Chance gehabt hätte, wenn dieser zweite Guhrer nicht gekommen wäre und ihm geholfen hätte.

Guy Maultinger hatte sich auf unerklärliche Weise eingeschaltet und es geschafft, ihm einen Verräter als Helfer unterzuschieben.

Maultinger!

Kennon fiel ein, dass der Journalist eine Waffe hatte.

Jetzt sah er, dass Maultinger an der Tür zu seiner Wohnung stand und den Energiestrahler mal auf den einen, mal auf den anderen Guhrer richtete. Die beiden Kämpfer wälzten sich über dem Boden, sprangen auf, hieben aufeinander ein, tänzelten dabei rasend schnell hin und her und wechselten ihre Positionen so rasch, dass Maultinger nicht zu schießen wagte.

Kennon schob sich an der Wand entlang auf den Journalisten zu. Dieser bemerkte ihn nicht, da sich sein Augenmerk ausschließlich auf die beiden Mutanten richtete.

Als der Verwachsene nahe genug bei ihm war, sprang er ihn an, packte seinen rechten Arm mit beiden Händen und entriss ihm die Waffe. Maultinger war so überrascht, dass er sich nicht wehrte.

Im gleichen Moment entschied sich auch der Kampf der beiden Riesen. Guhrlat taumelte, von einem Faustschlag getroffen, zurück.

Seine Hände griffen ins Nichts.

Er kippte rücklings über die Kante der Parknische und verschwand im Dunkel der Nacht.

Kennon hörte ihn schreien, und ein Schauer des Entsetzens lief ihm über den Rücken. Er musste an Ronald Tekener denken, der ebenfalls von der Höhe eines Hochhauses in den Tod gestürzt war.

Maultinger stöhnte auf. Er drehte sich um und flüchtete in seine Wohnung zurück. Er wollte die Tür schließen, doch der Guhrer folgte ihm und schob sie spielerisch leicht zur Seite.

»Und jetzt zu dir!«, sagte er drohend. »Kommen Sie, Mr. Kennon, treten Sie ein.«

Der Verwachsene schloss die Augen und atmete einige Male tief durch. Er spürte sein Herz schmerzhaft hart schlagen. Seine Beine zitterten.

»Danke«, flüsterte er. »Wenn Sie nicht gewesen wären, hätte ich …«

»Schon gut«, unterbrach ihn der Guhrer. »Bitte kommen Sie. Wir müssen aufpassen, dass uns Maultinger nicht durch eine andere Tür entwischt.«

»Sie haben recht.« Kennon betrat die Wohnung.

Guy Maultinger stand einige Meter von ihm entfernt an einem Schrank. Er hantierte an einem Energiegewehr herum, das er zu laden versuchte. Der Guhrer ging zu ihm und nahm es ihm weg. Dann stieß er ihn in einen Sessel.

»Ich muss mich entschuldigen«, sagte er zu Kennon. »Guhrlat ist hinter mein Geheimnis gekommen. Ich weiß nicht, wie, aber es ist ihm gelungen. Glücklicherweise habe ich das Videoprogramm gefunden, das von der Erde gekommen ist, und das für mich bestimmt war. Ich wusste sofort Bescheid, als ich merkte, dass Guhrlat nicht mehr da war.«

»Er war nicht mehr da? Nicht mehr in Ihrer gemeinsamen Wohnung?«, fragte Kennon.

Der Guhrer senkte den Kopf und blickte verlegen auf den Boden. Er nickte.

»So ist es. Ich war leichtsinnig genug, meinen Bruder bei mir aufzunehmen, als er mich darum bat. Es war ein Fehler.« Er hob den Kopf und blickte Kennon an, der seltsam berührt war. Irgendwo in den Augen des Guhrers war ein Licht, das etwas über die Gefühle aussagte, die ihn nach diesem Kampf erfüllten.

»Was wollen Sie von mir?«, fragte Maultinger lallend. Er griff nach einer Flasche und trank.

»Nehmen Sie sie ihm weg«, befahl Kennon. »Ich kann nicht mit ihm reden, wenn er betrunken ist.«

»Mein Name ist Rax«, stellte der Mutant sich vor, während er dem Befehl des USO-Spezialisten nachkam. »Wollen Sie der Polizei melden, dass da unten ein Toter liegt?«

»Vorläufig nicht«, entschied der Verwachsene. »Das mag Maultinger später tun.«

»Was wollen Sie von mir?«, fragte der Journalist erneut. Er blickte Kennon an und suchte blind mit der rechten Hand nach einer Flasche. Als er keine fand, drehte er sich verwundert um und blickte auf den Barschrank, den Rax zur Seite geschoben hatte.

»Am besten stellen Sie ihn unter die kalte Dusche, bis er einigermaßen wieder klar ist«, empfahl Kennon.

Rax nickte nur. Er zog Maultinger aus dem Sessel, riss ihm die Kleidung herunter und schob ihn in die Hygienekabine, ohne sich um das Protestgeschrei des Journalisten zu kümmern. Er stellte die Dusche an und stieß Maultinger zurück, als dieser aus dem eiskalten Wasser fliehen wollte.

Kennon begann währenddessen damit, die Wohnung zu untersuchen.

Als Rax dem Journalisten nach einiger Zeit erlaubte, die Hygienekabine zu verlassen, hatten sich dessen Sinne etwas geklärt. Er gab sich zumindest Mühe und kämpfte gegen die Wirkung des Alkohols an.

»Wir haben Sie in der Hand, Maultinger«, eröffnete ihm Kennon, nachdem dieser sich abgetrocknet und sich einen Bademantel angezogen hatte. »Wir wissen von dem Film, den Sie auf Gowon-Kürschak gedreht haben, und der eines von vielen Mitteln war, einen Krieg anzuzetteln. Wir sind darüber informiert, dass Sie auf Gowon-Kürschak einen Mann getötet haben, um filmen zu können. Und wir waren Zeuge, als Sie eine Kampfszene im Park gefälscht haben. Das alles reicht aus, Sie zu erledigen, und Sie wissen es.«

Maultinger zitterte am ganzen Körper. Er fror von innen heraus, und die Ursache lag in seiner Angst und in dem genossenen Alkohol.

»Was wollen Sie?«, fragte er abermals.

»Informationen«, erwiderte Kennon.

»Die gebe ich Ihnen, wenn Sie mir sagen, wonach Sie suchen.« Er wirkte kraftlos. Offensichtlich fehlte ihm die Energie, sich zu wehren.

Kennon setzte sich ihm gegenüber in einen Sessel.

»Ich will nach Semon II«, erklärte er dem Journalisten. »Ohne Einladung.«

Maultinger blickte ihn verblüfft an. »Sie wollen heimlich nach Semon II? Das ist unmöglich. Der Planet gleicht einer Festung. Niemand sickert dort ein. Geben Sie es auf!«

»Wie kommt man zu einer Einladung?«

»Sie werden nur eingeladen, wenn Sie Waffen kaufen. Bevor Sie aber zu Abschlussverhandlungen nach Semon II gehen, müssen Sie bewiesen haben, dass Sie wirklich interessiert sind. Am besten dadurch, dass Sie für ein paar Millionen bestellen und anzahlen. Die haben Sie nicht, was?«

»Es muss eine andere Möglichkeit geben.«

»Nein.«

Kennon berichtete Maultinger von seinem Gespräch mit dem Reporter am Marcul-Hochhaus, und plötzlich leuchteten die Augen Maultingers auf.

»Das wäre eine Idee«, sagte er. »Ich kenne Askeron, und ich weiß, dass er an ausgefallenen Kämpfen interessiert ist. Er nimmt manchmal sogar selbst an den Kämpfen teil. Allerdings sorgt er dafür, dass man ihn dabei nicht umbringen kann. Wenn es zu gefährlich für ihn wird, greifen seine Leute ein. Die konventionellen Spiele langweilen ihn. Er könnte anbeißen. Wollen Sie gegen so eine Bestie kämpfen?«

Er lachte, wurde aber sofort ernst, als er merkte, dass Kennon und Rax keine Miene verzogen.

»Wieso glauben Sie, dass Sie im Zusammenhang mit einem solchen Duell nach Semon II kommen können?«

»Mit Hilfe der Presse«, antwortete der Verwachsene. »So ein Kampf ist nichts wert, wenn er nicht propagandistisch vorbereitet und anschließend entsprechend ausgeschlachtet wird.«

»Da haben Sie recht. Askeron wird die Presse einschalten, und er wird sie zu sich nach Semon II einladen, damit sie dort für ihn arbeitet.«

»Das wollte ich wissen. Sie werden dafür sorgen, dass Sie drei Einladungen bekommen. Eine für Rax, eine für Sie und eine für mich.«

Maultinger verengte die Augen. Lauernd blickte er Kennon an.

»Was haben Sie vor? Wir werden scharf kontrolliert werden. Wenn Sie sich einbilden, dass Sie Waffen einschmuggeln können, haben Sie sich geirrt.«

»Das ist unsere Sache«, erwiderte Kennon. »Sie beginnen jetzt sofort damit, einen Kampf zwischen einen Prugen und einem Menschen vorzuschlagen. Sie starten eine Serie, in der Sie starke Kritik an den Kämpfen üben, wie sie bisher durchgeführt werden, und in der Sie Askeron vorwerfen, Langeweile zu verbreiten. Sorgen Sie dafür, dass sich Ihre Kollegen an Sie anhängen und in das gleiche Horn blasen.«

»Gut. Einverstanden«, antwortete Maultinger. »Ich werde tun, was Sie verlangen. Als Gegenleistung erwarte ich, dass Sie vergessen, was Sie über mich wissen.«

Rax holte aus und schlug zu. Seine Hand landete klatschend am Kopf des Journalisten. Der Schlag warf ihn aus dem Sessel.

»Müssen wir noch deutlicher werden?«, erkundigte sich der Riese. »Du hast wenigstens ein Menschenleben auf dem Gewissen, mein Freund. Du kannst dich nicht mit einer derart läppischen Arbeit freikaufen. Dazu musst du schon mehr tun.«

»Was denn?«, röchelte Maultinger.

»Wir wollen wissen, wo der Howalgoniumschatz von Semon II ist«, erklärte Kennon. »Wo bewahrt Askeron ihn auf, und wie wird er abgesichert?«

Maultinger lachte verzerrt.

»Ihr Narren!«, rief er. »Glaubt ihr wirklich, dass ihr ihm den Schatz stehlen könnt?«

Er blickte Kennon und Rax an, als zweifle er an ihrem Verstand.

»Gangster«, sagte er und lachte erneut. »Mit allem habe ich gerechnet, nur nicht damit. Wie könnt ihr glauben, dass ihr den

Howalgoniumschatz klauen könnt? Er ist absolut sicher untergebracht. Es ist unmöglich, ihn herauszuholen. Wer das Howalgonium stehlen will, könnte ebenso gut den Teufel aus der Hölle entführen wollen. Und selbst wenn es gelänge, die Festungsanlagen zu überwinden, könnte niemand den Schatz abtransportieren. Askerons Kanonen haben bisher noch jeden abgeschossen, mit dem er nicht einverstanden war.«

»Gibt es irgendjemanden, der uns die Festung beschreiben kann?«, fragte Kennon.

»Es gibt genügend Informationen darüber«, erwiderte der Journalist. »Kartan Askeron lässt jeden wissen, wie die Festung aussieht, damit auch wirklich jeder begreift, dass sie uneinnehmbar ist.«

»Wahrscheinlich gibt es noch ein paar zusätzliche Sicherungen, über die er nichts verlautbaren lässt«, bemerkte Rax.

»Bestimmt sogar«, bekräftigte Maultinger.

»Ich muss alles über die Festung wissen«, erklärte Kennon. »Sie werden mir die Informationen beschaffen, Maultinger. Ziehen Sie sich an.«

»Ich soll jetzt damit beginnen? Jetzt sofort?«

»Natürlich. Wir haben keine Zeit zu verlieren. Machen Sie sich an die Arbeit.«

Der Journalist schüttelte fassungslos den Kopf, widersetzte sich dem Befehl jedoch nicht. Er wusste, dass Kennon ihn in der Hand hatte. Er musste tun, was von ihm verlangt wurde.

In den nächsten Stunden verschaffte er Kennon die gewünschten Informationen, und er begann mit der Arbeit an einer journalistischen Untersuchung, die sich kritisch mit den Semon-Spielen auseinandersetzte und den Vorwurf erhob, dass die Kämpfe sich allzu sehr in ausgefahrenen Gleisen bewegten.

»Das kann ich keinem Sender verkaufen«, sagte er, als die Sonne aufging. »Ich kann mir nicht vorstellen, dass jemand eine Verschärfung der Spiele will.«

Er irrte sich.

Kaum hatte er seine Vorschläge über Videotext einem der im Semonsystem vertretenen Sender angeboten, als auch schon eine Zusage kam.

Wenige Tage später ging ein kleiner, von Maultinger verfasster Film über den Bildschirm.

Er löste eine leidenschaftliche Diskussion zwischen den Befürwortern und den Gegnern der Semon-Spiele aus, wie es sie vorher noch nicht auf einem der drei bewohnten Planeten dieses Sonnensystems gegeben hatte. Er erzielte damit genau die Wirkung, die Kennon angestrebt hatte. Schließlich schaltete sich sogar der Zentropolit Kartan Askeron ein. Kennon verfolgte gerade eine der Sendungen, die sich mit den Semon-Spielen befassten, als Askeron im Bild erschien.

Der Zentropolit war ein etwa siebzigjähriger Arkonide mit leuchtend roten Augen, einer scharf geschnittenen Nase und einer breiten, massig wirkenden Stirn. Sein Mund war schmal und fast lippenlos.

Askeron machte den Eindruck eines humorvollen, in sich gefestigten Mannes, der über ein großes Wissen und eine überragende Intelligenz verfügte.

Erstaunlich, dachte Kennon bei seinem Anblick. *Man sieht ihm nicht an, wie machtgierig und skrupellos er ist.*

»Ich bin froh darüber, dass diese Diskussion zustande gekommen ist«, sagte der Zentropolit. »Sie zeigt mir, wie hoch die Anteilnahme an den Spielen ist. Fraglos würde ein Kampf zwischen einem Menschen und einem Prugen überall Begeisterung auslösen, und deshalb bin ich auch nicht grundsätzlich gegen einen solchen Kampf. Wir müssten jedoch Waffen finden, die für ein ausgewogenes Kräfteverhältnis sorgen. Der Freiwillige, der gegen einen Prugen kämpft, muss eine echte Chance haben, zu gewinnen. Die gleiche Chance muss das Raubtier aber auch haben, so dass der Ausgang des Duells völlig offen ist. Wir sind zur Zeit auf der Suche nach einer solchen Waffe. Und damit sich die Presse ein besseres Bild machen kann, haben wir eine Reihe von Damen und Herren zu einem Besuch nach Semon II eingeladen. Sie sollen Prugen aus nächster Nähe erleben.«

Kennon lächelte zufrieden.

Der Zentropolit war ihm auf den Leim gegangen.

9.

»Um ehrlich zu sein, ich hätte nicht gedacht, dass Sie bis hierher kommen würden«, sagte Guy Maultinger. Er sah blass und erschöpft aus. Zwei Wochen arbeitete er nun schon für Sinclair Marout Kennon, und während dieser Zeit hatte der USO-Spezialist ihm keinen Alkohol zugestanden. Maultinger litt unter Entzugserscheinungen. »Aber jetzt ist es aus. Weiter schaffen Sie es nicht.«

Kennon lächelte, als er diese Worte hörte. Er stand auf dem Balkon seines Hotelzimmers und blickte auf eine tropische Landschaft hinab, die sich bis zum Horizont dehnte. Er war Gast des Zentropoliten auf Semon II. Rax und Maultinger waren zusammen mit ihm und fünfzig anderen Reportern und Journalisten zu der Hauptwelt des Semon-Systems geflogen, auf der die Waffenfabriken Askerons arbeiteten.

Er kehrte ins Hotelzimmer zurück. »Warten wir es ab«, erwiderte er.

»Es wäre das größte Ding, das Gangster jemals gedreht haben«, sagte Maultinger.

Kennon ließ ihn in dem Glauben, dass es ihm und Rax auf einen Raubüberfall ankam.

Der Journalist ahnte nichts von der Ausrüstung, die sie durch die Kontrollen geschmuggelt hatten. In den Kameras und den Zusatzgeräten hatten sie zahllose Spezialwerkzeuge und Instrumente versteckt, die sie für ihren Einsatz dringend benötigten. Darüber hinaus befand sich in einer Kamera eine Desintegratorbombe. Sie war nur etwa faustgroß, barg aber eine derartige Vernichtungskraft in sich, dass damit der gesamte Howalgoniumschatz aufgelöst werden konnte. Einen Teil der Ausrüstung hatte Kennon ins Semonsystem mitgebracht, einen Teil hatte er zusammen mit Rax in den letzten Tagen auf Semon III besorgt.

Kennon war entschlossen, in die Festung einzudringen und die Bombe dort zu zünden. Er wollte die Macht des Zentropoliten brechen und ihm die Möglichkeit nehmen, die Galaxis mit Waffen zu überschwemmen.

Er blickte auf sein Chronometer.

»Es ist soweit«, sagte er. »Wir starten. Die anderen werden schon auf dem Dach sein.«

Die Journalisten und Reporter sollten unter der Führung von erfahrenen Jägern Ausflüge in die Wildnis unternehmen, um dort Prugen zu beobachten, damit sie sich ein Bild von der Wildheit der Tiere machen konnten.

Die drei Männer verließen das Hotelzimmer und schwebten in einem Antigravschacht zum Parkdeck hinauf. Kennon behielt recht. Die anderen Gäste des Zentropoliten waren bereits dort. Ein massiger Epsaler, der eine grüne Uniform trug und mit einem Jagdgewehr bewaffnet war, erteilte ihnen Ratschläge.

»Landen Sie nicht, wenn Sie nicht hundertprozentig sicher sind, dass keine wilden Tiere in der Nähe sind«, empfahl er ihnen. »Und wenn Sie einen Prugen sehen, schon gar nicht. Verlassen Sie Ihre Gleiter nach Möglichkeit überhaupt nicht.«

»Werden Sie ständig bei uns sein?«, fragte ein Blue und fotografierte den Jäger.

»Nein. Das kann ich gar nicht, weil sicherlich nicht alle zusammenbleiben wollen. Sie brauchen jedoch nicht zu befürchten, dass sich irgendjemand von uns verirrt. Alle Gleiter werden von Satelliten aus überwacht, so dass niemand verlorengehen kann.«

Und niemand dorthin fliegen kann, wo ihr etwas zu verbergen habt, dachte Kennon.

Er bestieg zusammen mit Rax und Maultinger einen Gleiter, der etwas abseits stand, und er atmete erleichtert auf, als keiner der anderen auf den Gedanken kam, sich zu ihnen zu gesellen und den vierten, noch freien Platz zu besetzen.

Als alle anderen Maschinen aufgestiegen waren, startete er und schloss sich ihnen als letzter an, da er niemanden hinter sich haben wollte.

»Wir fliegen an der Festung vorbei«, erklärte Guy Maultinger.

»Wir werden sie nicht sehen, weil sie hinter einem Berg liegt, aber wir werden nicht weit von ihr entfernt sein.«

»Hoffentlich werden die Pläne nicht noch in letzter Minute geändert«, entgegnete der Kosmokriminalist. »Ich wäre durchaus nicht überrascht, wenn uns plötzlich über Videokom gemeldet würde, dass an einer bestimmten Stelle, weitab von der Festung oder einer anderen, wichtigen Einrichtung, Prugen gesehen worden sind.«

Doch der Zentropolit war offenbar nicht so misstrauisch, wie er befürchtet hatte. Die Meldung, die sie von ihrem Kurs abbringen würde, blieb aus.

Die Gleiter flogen über flaches Land, das von einem dichten Dschungel bedeckt war. Mehrere Flüsse schlängelten sich durch das Grün. An ihren Ufern und auf Lichtungen zeigten sich zahlreiche Tiere, die durch nichts in ihrer Ruhe gestört wurden. Blau schimmernde Berge begrenzten die Ebene. Sie stiegen steil bis zu einer Höhe von fast zehntausend Metern auf und standen mit ihren schneebedeckten Gipfeln in einem reizvollen Kontrast zu dem Grün des Urwalds.

»Der Planet ist nur dünn besiedelt«, erläuterte Maultinger, dem es schwerfiel, über eine längere Zeit zu schweigen. »Ganze Kontinente sind noch völlig unberührt. Die Waffenfabriken befinden sich zumeist im Norden in den kühlen Zonen.«

Die Gleiterkolonne erreichte wenig später steil aufsteigende Felsen und flog in eine Schlucht ein, die in zahlreichen Windungen die Bergkette durchbrach. Kennon nahm einen Beutel an sich, in dem er alle Teile seiner Ausrüstung mitführte.

»Wir sehen uns morgen an gleicher Stelle und zur gleichen Zeit wieder«, sagte er, »wenn Sie zurückkommen. Warten Sie unter einem Vorwand auf mich. Sollte ich nach einer Stunde noch nicht wieder da sein, fliegen Sie zurück zum Hotel.«

»Sie können sich auf mich verlassen«, erwiderte Rax.

Auf dich bestimmt, dachte der Kosmokriminalist, während er die Tür öffnete und sich aus der Maschine fallen ließ, *auf Maultinger bestimmt nicht.*

Er stürzte etwa fünfzig Meter tief. Dann drückte er seine Hand gegen seinen Gürtel und schaltete den winzigen, darunter versteckten Antigravmotor ein. Das Aggregat fing ihn weich ab. Er landete zwischen den Felsen, während der Gleiter in der Schlucht verschwand.

In den anderen Maschinen hatte man nichts bemerkt.

Kennon wartete noch einige Minuten, um sich davon zu überzeugen, dass sie nicht doch von einem Beobachtungsgleiter des Zentropoliten verfolgt wurden. Dann glaubte er, sicher sein zu können, dass er nicht überrascht wurde. Er verließ sein Versteck und flog ebenfalls in die Schlucht.

Bald aber wich er von dem Kurs ab, den die Gleiter der Journalisten eingeschlagen hatten, und bog in eine Schlucht ein, die sich in nördlicher Richtung vor ihm auftat. In ihr schwebte er einige Kilometer weit über Geröll und einen reißenden Bach hinweg steil bis in eine Höhe von etwa dreitausend Meter hinauf. Eine Herde von grauen Steinböcken jagte vor ihm her. Die Tiere hatten unproportional groß wirkende Köpfe mit weit ausladenden Hörnern.

Kennon beobachtete die Tiere, die unglaublich geschickt und schnell durch die Steinwüste rasten und jedes Hindernis mühelos überwanden. Dabei sprangen einige über Steinblöcke hinweg, die höher als drei Meter waren. Er war von dem Anblick der Herde so fasziniert, dass er am Ende der Schlucht beinahe über die höchsten Felsen hinausgeflogen und ungedeckt auf ein Hochplateau hinausgeraten wäre, auf der sich die Festung des Zentropoliten erhob.

Erschrocken ließ er sich hinter einen Felsbrocken sinken.

Vergessen waren die Steinböcke. Jetzt hatte er nur noch Augen für das Bollwerk, in dem Kartan Askeron seinen ganzen Reichtum hortete.

Die Festung war eine Kuppel, die von schalenförmigen Elementen umgeben wurde, die wie Flammenzungen eines Feuers aufstiegen, und die wiederum von einer hohen Mauer eingefasst wurden. Türme von verschiedener Dicke ragten scheinbar systemlos von der Mauer und von der Kuppel auf.

Kennon richtete eine Videokamera auf das Bauwerk und veränderte die Brennweite der Optik, bis er Details an der Festung erkennen konnte. Auf der Innenseite der roten und gelben Gebilde, die dem Bauwerk den Anschein gaben, von Flammen eingehüllt zu werden, befanden sich Antennen der unterschiedlichsten Art. Sie vermittelten einem Spezialisten wie Kennon eine Fülle von Informationen über die technische Inneneinrichtung der Festung.

Ein schwarzer Vogel glitt über den Terraner hinweg und flog auf die Festung zu. Kennon setzte die Kamera ab und beobachtete ihn. Das Tier näherte sich dem Gebäude bis auf etwa hundert Meter. Dann verging es in einem weißen Blitz in einem unsichtbaren Energieschirm, der die Festung überspannte.

Aus westlicher Richtung schwebten mehrere Gleiter heran. Kennon versuchte mit Hilfe seiner Kamera herauszufinden, wer die Besucher waren. Die spiegelnden Fenster der Maschinen gestatteten jedoch keinen Einblick von außen.

Kennon wechselte das Versteck. Neben einer zerklüfteten Felsnadel fand er eine Nische, die ihm besseren Schutz bot und in der er sich sicherer fühlte. Er packte seine Ausrüstung aus und breitete sie vor sich auf dem Boden aus.

Wichtigstes Teil seines Instrumentariums waren zwei winzige Roboter siganesischer Fertigung. Sie hatten eine humanoide Form und waren – wie hätte es anders sein können – mit einer grünen Kunststoffhaut überzogen.

Der eine trug auf der Brust die Aufschrift: SIC. Der andere war mit HOC bezeichnet. Bei beiden wurden die Linsen von schwarzen Kreisen eingefasst, und beiden waren scharf nach oben gebogene Lippen aufgemalt, so dass es aussah, als ob sie ständig lachten.

Um diese Wunderwerke der Technik, die beide etwa so lang wie der Zeigefinger eines erwachsenen Mannes waren, zu aktivieren, musste Kennon einen Helm aufsetzen, der seinen ganzen Kopf umhüllte. Vor seinen Augen entwickelte sich ein positronisch erzeugtes, dreidimensionales Computerbild, das wiedergab, was die beiden Roboter mit Hilfe ihrer Linsen sahen. Der Kosmokriminalist glaubte, inmitten einer wildzerklüfteten Landschaft mit unüberwindlich erscheinenden Bergen zu stehen. Die Sicht reichte nach seinem Empfinden nur wenige Meter weit.

Mit Hilfe von paramentalen Impulsen schaltete er die Kontrollsysteme der beiden Maschinen ein, und es erschien ihm, als sei er selbst in die Körper der winzigen Maschinen geschlüpft. Er sah seine Umwelt in einer neuen Realität, die ihm bisher verschlossen geblieben war.

Ein Käfer, der dicht an den Robotern vorbeikroch, erschien ihm wie ein monströses Ungeheuer, dessen Greifzangen unüberwindliche Waffen darstellten.

Er wusste jedoch, dass er ein solches Tier, selbst wenn es viel größer erschien als es tatsächlich war, mühelos hätte töten können. Ein einziger Fausthieb der Roboter hätte es vernichtet.

Kennon trieb die beiden Maschinen an. Sie gehorchten seinem Willen. Allein mit den von seinem Gehirn ausgehenden und von einer komplizierten Positronik verstärkten paramentalen Impulsen steuerte er sie über die Ebene auf die Festung zu.

Die Roboter schnellten sich über Erdhügel hinweg, sprangen über Felsen, überwanden Gräben und rasten über Felsbuckel hinweg, auf denen sie für Sekundenbruchteile von der Radarabwehr der Festung erfasst werden konnten. In wenigen Minuten stießen sie bis zum Energieschirm vor. Hier hielt Kennon sie an und desaktivierte sie.

Die geistige Anstrengung hatte ihn erschöpft. Er nahm den Helm ab, trocknete sich das schweißüberströmte Gesicht und streckte sich auf den Felsen aus, um sich zu erholen. Er atmete tief durch und kämpfte gegen die Müdigkeit an, die ihn übermannen wollte.

Jetzt begann ein Einsatzabschnitt, der ihm höchste Konzentration abforderte, und in dem er sich keinen Fehler erlauben durfte. Jede Unaufmerksamkeit musste die beiden Roboter zerstören und damit den gesamten Plan zunichte machen. Wenn er die Roboter verlor, musste er aufgeben, da er ohne sie die alles entscheidenden Vorbereitungen für einen Vorstoß in die Festung nicht treffen konnte. Sie waren am meisten durch den Energieschirm gefährdet. Er musste eine Strukturlücke schaffen und die beiden Maschinen hindurchschleusen. Das konnte wiederum nur mit Hilfe der Spezialfernsteuerung geschehen.

Als er sich genügend erholt hatte, setzte er den Helm wieder auf und schaltete die Roboter ein. Abermals entstand ein dreidimensionales Bild vor seinen Augen.

Die beiden Maschinen trugen Tornister auf dem Rücken. Aus diesen packten sie nun weiteres Ausrüstungsmaterial aus. Kennon dirigierte sie mit seinen Gedankenimpulsen und ließ sie ein metallenes Tor aufbauen, das etwa zehn Zentimeter hoch und fünf Zentimeter breit war.

Nach wenigen Minuten war es errichtet, und ein Durchschlupf durch das abschirmende Energiefeld entstand. SIC und HOC schlüpften durch die Strukturlücke und rannten über das freie Gelände bis zu der Mauer der Festung. Hier legte Kennon erneut eine Pause ein.

Er nahm den Helm ab und beobachtete die Festung mit Hilfe der Kamera. Dabei suchte er die Umgebung der Roboter Schritt für Schritt ab, entdeckte jedoch nicht das geringste Anzeichen dafür, dass er irgendwo Alarm ausgelöst hatte. Die Abwehreinrichtungen der Festungen mochten nahezu perfekt sein, auf den Angriff so kleiner Roboter aber waren sie offenbar nicht vorbereitet.

Kennon ließ die beiden Automaten nun an der Festungsmauer entlanglaufen. Er suchte nach einer Lücke, durch die sie eindringen konnten. Immer wieder kam es zu kleinen Zwischenfällen, da ein Nachlassen der Konzentration augenblicklich bewirkte, dass zumindest einer der beiden Automaten stehenblieb.

Der Kosmokriminalist überwachte nicht jede ihrer Bewegungen, sondern lenkte sie nur in die Richtung, in die er sie vorstoßen lassen wollte. Er konnte die Roboter nach einem Stein oder einem anderen Gegenstand greifen lassen, brauchte dann aber nicht jeden einzelnen Finger zu steuern. Es genügte, ihnen den allgemeinen Befehl gedanklich zu übermitteln. Dennoch forderten beide Maschinen zusammen ihm fast zuviel Kraft ab.

Im ursprünglichen Einsatzplan war vorgesehen, dass Tekener und er sich ständig bei der Steuerung abwechseln sollten. Das war nun nicht mehr möglich.

Der Gedanke an den Galaktischen Spieler wühlte Kennon so auf, dass er zeitweilig die Kontrolle über die beiden Roboter verlor. Sie liefen in unterschiedliche Richtungen, und er hatte einige Mühe, sie wieder zusammenzuführen.

Plötzlich entdeckte er ein Ablaufrohr in der Wand. Er hielt die Roboter an und blickte mit Hilfe ihrer optischen Systeme hindurch. Das Rohr führte quer durch die Mauer. Es diente dazu, überschüssiges Regenwasser aus dem Innern der Festung nach außen ablaufen zu lassen.

SIC und HOC krochen hindurch und erreichten unversehens den Innenbereich der Festung.

Eine Spinne, die größer war als sie selbst, eilte auf schwanken den Beinen an ihnen vorbei, ohne sie zu beachten. Unwillkürlich zuckte Kennon zurück. Er hatte plötzlich das Gefühl, nicht mehr allein zu sein. Er riss sich den Helm vom Kopf und blickte sich um. Das Herz klopfte ihm bis zum Hals.

Ein gelber Vogel strich dicht über ihn hinweg und verschwand in den Felsen.

Kennon zog sich tief in einen Felsspalt zurück. Er presste sich mit dem Rücken an das Gestein. Er spürte, dass irgendjemand oder irgendetwas in der Nähe war und nach ihm suchte.

War es ein wildes Tier, das ihn als Beute ansah? Oder hatte er doch Wachen in der Festung alarmiert, die ihn nun ausheben wollten?

Ein Schatten erschien wenige Meter neben ihm auf dem Felsboden.

Kennon wagte nicht mehr zu atmen.

Keine fünf Meter von ihm entfernt stand ein Mensch. Sein Schatten verriet ihn.

Er verharrte mehrere Minuten auf der Stelle und wandte den Kopf nur mal nach links oder rechts, trat jedoch nicht weiter vor und kam dem Versteck des Verwachsenen auch nicht näher. Aus der Form des Schattens schloss der Kosmokriminalist, dass er zur Festung hinüberblickte.

War es einer der Journalisten, der sich ebenfalls von den anderen abgesetzt hatte? Jemand, der ebenso wie er in das Bauwerk eindringen wollte, um dem Zentropoliten zu schaden? Oder einer der Männer Kartan Askerons, der dafür zu sorgen hatte, dass niemand der Festung zu nahe kam?

Kennon wurde sich dessen bewusst, dass er sein Versteck doch nicht so gut gewählt hatte. Der andere brauchte nur zwei Schritte vorzutreten und sich ihm zuzuwenden, dann musste er ihn sehen.

Die Zeit schien stehenzubleiben, und der Verwachsene wagte nicht, sich zu bewegen. Dann aber glitt der Schatten zurück. Kennon vernahm nicht das geringste Geräusch. Der Mann, der sich von ihm entfernte, schien zu schweben.

Der Kosmokriminalist sank erschöpft auf den Boden. Er vergrub das Gesicht in den Händen und zwang sich, ruhig und gleichmäßig zu atmen.

Auf ihn allein kam es an.

Tekener konnte ihm nicht mehr helfen, also musste er seine körperlichen Schwächen überwinden und sich mit Hilfe seines Intellekts und mit technischen Tricks gegen einen überlegenen Gegner behaupten.

Er wartete einige Minuten ab, bevor er die Felsspalte verließ, und schlich sich bis zu der Stelle vor, an der er den Schatten gesehen hatte. Erleichtert stellte er fest, dass er allein war.

Um einen besseren Überblick zu haben, kletterte er auf einen Felsen, doch auch von hier aus sah er niemanden. Daher kehrte er zu seinem Versteck zurück und stülpte sich den Helm wieder über. Er verließ sich darauf, dass die Gefahr für ihn vorbei war.

Er aktivierte die Roboter und schrie im nächsten Moment erschrocken auf. Direkt vor ihm entstand ein Bild des Schreckens. Er blickte in die Augen eines Raubtiers, das größer zu sein schien als er selbst. Der riesige Schädel mit den rot glühenden Augen und den drohenden Reißzähnen füllte den ganzen Bildschirm aus.

Kennon brauchte einige Sekunden, bis er sich klar gemacht hatte, dass er selbst keineswegs bedroht war, sondern nur die Roboter, durch deren optisches System er das Tier wahrnahm.

Er dirigierte die beiden Maschinen zur Seite und ließ SIC nach links und HOC nach rechts laufen. Der Kopf der Bestie ruckte herum, und die Augen richteten sich mal auf den einen, mal auf den anderen Automaten. Kennon aber sah das Tier von zwei Seiten. Es hatte einen langgestreckten, braungeschuppten Körper mit Dutzenden von dünnen Beinen. Die Schuppen bildeten einen undurchdringlich erscheinenden Panzer.

Kennon lächelte, und er ließ die Roboter angreifen. Die beiden Maschinen rannten auf das Tier zu, das sich erschrocken zur Flucht wandte. Sie schwangen sich auf seinen Rücken und hielten sich fest. Durch die Linsen der Roboter sah Kennon das Hauptgebäude der Festung näher kommen, und als eine dunkle Öffnung vor ihm auftauchte, ließ er die Maschinen vom Rücken des Tieres fallen. Sie stürzten in den Staub und überschlugen sich einige Male, so dass der Kosmokriminalist erschrocken die Augen schloss, weil ihn plötzlich schwindelte.

Als er sie wieder öffnete, bot sich ihm ein ruhiges Bild. Er blickte auf den Innenhof der Festung. Vier schwarz gekleidete Männer schritten an SIC und HOC vorbei. Er schätzte, dass sie etwa fünfzehn Meter von ihnen entfernt waren.

Sie hatten nichts bemerkt.

Der Kosmokriminalist behielt sie im Auge, und als sie sich einer Tür näherten, schickte er die beiden Roboter hinterher. Die winzigen Maschinen holten die Männer ein, und als diese die Festung betraten, schlichen sie sich zwischen ihren Füßen ebenfalls hinein.

Sie kamen in eine Wachstation, in der sich fünf Männer aufhielten. Sie sprachen über Belanglosigkeiten und schienen keinen Verdacht zu schöpfen.

Kennon lenkte SIC und HOC zwischen den Füßen der Männer hindurch zu einer offenen Tür und von dort in einen sich anschließenden Raum, in dem sich niemand aufhielt. Er versteckte sie hinter einigen auf dem Boden stehenden Kisten und legte erneut eine Pause ein, um sich zu erholen und sich davon zu überzeugen, dass sich niemand seinem Versteck näherte.

Er hatte bisher alles erreicht, was er erhofft hatte. Die beiden Roboter befanden sich in der Festung. Damit waren alle Voraussetzungen dafür gegeben, dass er die weiteren Vorbereitungen für sich selbst erfolgreich abschließen konnte. Jetzt kam es darauf an, die Abwehranlagen von innen heraus zu neutralisieren.

Er schaltete die Roboter wieder ein, und nach einiger Zeit machte er ein besseres und vor allem sichereres Versteck aus.

Die beiden Automaten lösten an der vorspringenden Unterkante eines Computerschranks eine kleine Platte heraus, indem sie die Klebstellen mit Hilfe ihrer Desintegratoren durchschnitten, krochen in den Schrank und verklebten die Platte wieder.

Danach schaltete Kennon erneut ab.

Er war schweißüberströmt, und er zitterte vor Schwäche.

Wieder verließ er sein Versteck und sah sich um. Er zuckte zurück, als er eine hochgewachsene Gestalt etwa hundert Meter von ihm entfernt hinter einigen Felsen verschwinden sah.

Hatte der Andere ihn bemerkt, und wollte er sich noch nicht zeigen? Kennon wurde unsicher, und er erwog, sich einen anderen Unterschlupf zu suchen. Dann aber sagte er sich, dass er vielleicht gerade an dieser Stelle besonders sicher war, da man ihn bisher noch nicht bemerkt hatte. Er rollte einige Steine vor den Felsspalt und schichtete sie dort auf, um eine bessere Deckung zu haben. Dann kauerte er sich auf den Boden und verhielt sich still.

Die Expedition der Journalisten führte weit in den Süden. In der steppenartigen Landschaft nördlich des Vegetationsgürtels des Äquators gab es die Prugen, um die es bei dem »Kampf des Jahrhunderts« ging. Voraussichtlich an diesem Abend, vielleicht aber auch erst am kommenden Morgen würden die Besucher Gelegenheit haben, diese Tiere zu beobachten. Kennon hatte also wenigstens zehn Stunden Zeit, die Desintegratorbombe in die Festung zu bringen. Das geschah am besten im Schutz der Dunkelheit.

Er musste an den Mann denken, der in der Nähe umherstreifte.

Vermutlich ist es eine Wache aus der Festung, überlegte er. *Askeron weiß, dass die Journalisten hier sind, und dass sie neugierig auf die Festung sind. Vielleicht befürchtet er, dass sich einige von ihnen absetzen und sich hier umsehen. Deshalb lässt er die Umgebung der Festung kontrollieren.*

Er gähnte.

Sicher ist es so, beruhigte er sich. Kein Grund also zur Aufregung.

Er rollte sich auf dem Boden zusammen und schlief wenig später ein.

10.

Das Poltern eines Steines schreckte Kennon auf.

Es war dunkel, und im ersten Moment wusste der Terraner nicht, wo er war. Doch die Erinnerung kehrte rasch zurück.

Er horchte.

Deutlich vernahm er die Schritte eines Menschen, der sich in seiner Nähe befand, und abermals rollten Steine über den Fels.

Dann wurde es still.

Kennon kroch zum Ausgang der Felsspalte.

Der Himmel war dunstverschleiert und ließ nur wenig Licht der Sterne durch. Dennoch war es so hell, dass der Kosmokriminalist die Umrisse eines Mannes undeutlich erkennen konnte, der keine fünf Schritte von ihm entfernt war.

Er spürte den Schlag seines Herzens, und er fürchtete, dass dieser so laut war, dass er ihn verraten musste.

Der Mann, der dicht vor seinem Versteck stand, blickte zur Festung hinüber, und er schien zu Stein erstarrt zu sein. Minutenlang verharrte er auf der Stelle, ohne sich zu bewegen. Dann wandte er sich ab. Kennon hörte, wie sich seine Schritte entfernten.

Er zögerte lange, den Helm aufzusetzen und die beiden Roboter zu aktivieren, da er fürchtete, bei dieser Arbeit überrascht zu werden. Wenn das paramentale Steuergerät seinen Kopf umschloss, war er von seiner direkten Umwelt abgeschlossen. Er nahm nichts mehr wahr. Jemand hätte ihn laut ansprechen können, er hätte es nicht gehört.

Schließlich aber stülpte er sich den Helm über.

Ihm blieb nur diese eine Nacht.

Wenn er diese Stunden nicht nutzte, war die Chance vertan. Danach konnte er nicht hoffen, dem Howalgoniumschatz, auf dem die Macht des Zentropoliten basierte, noch einmal so nahe kommen zu können.

Die beiden Roboter befanden sich noch immer innerhalb der Computer. Nichts hatte sich verändert.

Kennon ließ SIC im Innern des künstlichen Gehirns nach oben klettern, bis er durch ein Belüftungsgitter hinaussehen konnte.

Vor einer Vielzahl von Ortungsgeräten saß eine dunkelhaarige Neu-Arkonidin. Sie las in einem Buch und blickte nur einmal auf, als ein Ära hereinkam und ihr eine Tablette brachte. Sie schluckte sie hinunter, dankte dem Mediziner mit einem Kopfnicken und wandte sich wieder ihrer Lektüre zu.

Wahrscheinlich ist das Wachpersonal noch niemals ernsthaft gefordert worden, dachte Kennon. *Sie kommt gar nicht auf den Gedanken, dass irgendetwas passieren könnte.*

Er bemerkte verschiedene Ortungssysteme, von denen jedes einzelne ausreichte, jeden aufzuspüren, der sich ungetarnt der Festung näherte.

Schärfste Abwehrwaffe war ein Individualtaster, der auf eine Entfernung von einhundert Metern eingestellt war. Dieses Gerät würde augenblicklich Alarm schlagen, wenn irgendjemand den Energieschirm überwand und auf die Festung zukam.

Daneben erhoben sich die Monitorschirme der Infrarotortung und der optischen Erfassung. Ein Radarsystem ergänzte das Überwachungsinstrumentarium.

Solange diese zum Teil in siebenfacher Ausfertigung vorhandenen Geräte arbeiteten, hatte in der Tat niemand eine Chance, sich der Festung unbemerkt zu nähern, ganz gleich, ob er es von oben aus der Luft, auf dem ebenen Gelände oder unterirdisch versuchte. Irgendeines der Systeme musste ihn erfassen und verraten.

SIC und HOC waren zu klein für diese Abwehrfront gewesen, in der es scheinbar keine Lücke gab. Vielleicht hatte irgendeines der Ortungssysteme sie sogar erfasst, doch niemand in der Wachstation hatte auf die winzigen Reflexe geachtet, die dann auf den Bildschirmen erschienen waren.

Jetzt hatte Kennon die Möglichkeit, die Festung von innen her aufzubrechen.

Gern hätte er den Robotern auch die Desintegratorbombe mitgegeben, so dass diese sie an Ort und Stelle hätten zünden können. Doch dafür war der Sprengsatz zu schwer. Er hätte die beiden Maschinen zu sehr behindert.

Daher blieb ihm keine andere Wahl, als die Bombe selbst in die Festung zu bringen.

Kennon führte den zweiten Roboter an den ersten heran und ließ sie beide zusammen durch das Innere des Computers kriechen, weil er sie so besser steuern konnte.

Mit Hilfe ihrer Desintegratorstrahler schnitten sie sich durch eine Trennwand und stiegen dann in das Steuergerät des Individualtasters. Mit ihren Kopfscheinwerfern leuchteten sie die leiterförmig angeordneten Kristallchips ab, die so klein waren, dass ein Dutzend von ihnen in eine Hand eines der Mini-Roboter gepasst hätte. Dennoch war ihre Leistung größer als die der noch vor wenigen Jahren gebauten Individualtaster, die hundertfach größer gewesen waren.

Mit diesem Gerät konnten nicht nur Menschen geortet werden, sondern Intelligenzen und Tiere aller nur bekannten Arten, die für einen Angriff auf die Festung in Frage kamen. Das Gerät war in der Lage, jedes größere Insekt zu erfassen, nach seiner Gefährlichkeit einzustufen und danach selbst zu entscheiden, ob ein Alarm notwendig war oder nicht.

Der Zentropolit scheut weder Mühe noch Kosten, dachte Kennon mit widerwilliger Anerkennung. *Das hier ist das Modernste, was auf dem Markt ist.*

Er kannte sich dennoch mit dem Gerät aus, da alle USO-Spezialisten ständig geschult wurden. Stillstand gab es nicht. Wo eine neue Technik auftauchte, ging sie in das Schulungsprogramm der USO ein, damit die Spezialisten auf alles vorbereitet waren, was ihnen bei ihren Einsätzen begegnete.

Kennon, der sich, wie jeder andere Spezialist auch, hin und wieder über die fortwährende Schulung beklagt hatte, war nun froh, dass er informiert war.

Er verlor keine Zeit und machte sich sogleich an die Arbeit.

Die beiden Roboter krochen über die Chips, lösten mit ihren Desintegratoren bestimmte Verbindungen und klebten die Drähte an anderer Stelle wieder zusammen. Da ihre optischen Systeme bis in den mikroskopischen Bereich gingen, vermochte Kennon die Arbeiten wie mit einem feinsten Instrumentarium zu leiten.

Er brauchte annähernd eine Stunde, dann war der Individualtaster neutralisiert und sprach nicht mehr auf die Impulse eines Menschen an. Das übrige Programm aber wurde nicht gestört, so dass ein sich nähernder Blue beispielsweise Alarm ausgelöst hätte.

Da Kennon sich frisch genug fühlte, die nächste Arbeit in Angriff zu nehmen, führte er die Roboter unter der Abdeckplatte des Kontrollpults entlang zum Infrarotortungsgerät.

Auch hier hatte er es mit einer komplizierten und hochentwickelten Maschinerie zu tun, die nicht nur in der Lage war, Körper zu erfassen, die wärmer waren als ihre Umgebung, sondern diese auch zu identifizieren. Zum Kernstück der Anlage gehörte die sogenannte Rauschunterdrückung, die auch schwach strahlende Körper scharf herausarbeitete und in deutlichen Umrissen auf dem Bildschirm entstehen ließ. Es war der für Kennon gefährlichste Teil der Anlage, den er auf jeden Fall ausschalten musste.

Sobald die Vorbereitungen in der Festung abgeschlossen waren, wollte er sich in eine Folie hüllen und sich damit für die Infrarotortung unsichtbar machen. Das ging jedoch nur, wenn der Zentralcomputer, der selbst aus geringsten Wärmewerten das Gesamtergebnis hochrechnen konnte, unwirksam gemacht wurde.

Die beiden Roboter bewältigten die Aufgabe in weniger als zwanzig Minuten.

Danach wandte sich Kennon der optischen Überwachung zu. Auf den Mauern der Festung befanden sich mehrere Fernsehkameras, die die gesamte Umgebung der Festung erfassten. Sie konnte er nicht verändern, wohl aber das Bild, das auf den Videoschirmen erschien.

Der Eingriff war relativ einfach.

Es galt, eine Bandschleife herzustellen, die ein gleichbleibendes Bild von der Umgebung der Festung lieferte.

Dazu schickte Kennon SIC und HOC zu einem Aufzeichnungsgerät. Es gelang ihm, ein genügend langes Band herauszuschneiden, das bereits durchgelaufen war, daraus eine Endlosschleife zu fertigen und diese schließlich so schnell gegen das Originalband auszuwechseln, dass kein Alarm ausgelöst wurde.

Da die Neu-Arkonidin noch immer in ihrem Buch las, bemerkte sie nicht, dass das Bild für einige Sekunden von den Videoschirmen verschwand.

Jetzt brauchten die beiden Roboter nur noch die Verbindung von den Fernsehkameras zu den Bildschirmen zu unterbrechen und das Bild einzuspielen, das auf der Endlosschleife gespeichert war.

Auch das gelang Kennon, ohne dabei Alarm auszulösen.

Erleichtert nahm Kennon den Helm ab und legte ihn zur Seite. Er verließ die Felsnische und trat in die Nacht hinaus. Tief atmete er die kühle Luft ein.

Hielt sich noch jemand in seiner Nähe auf?

Und musste dieser ihn nicht sehen, wenn er ungedeckt zur Festung ging?

Er konnte nichts gegen ein Sicherheitssystem tun, das die Festung vom Rand der Hochebenen aus überwachte. Wenn jemand zwischen den Felsen versteckt war, ihn sah und Alarm schlug, war er gescheitert.

Er blickte auf sein Chronometer und erschrak, weil er weitaus mehr Zeit für die Vorbereitungen benötigt hatte, als er geglaubt hatte. Es war schon fast Mitternacht.

Wie die Zeit rast, dachte er beunruhigt. *Und ich habe mir eingebildet, dass es noch nicht einmal zehn Uhr ist.*

Er beschloss, alles auf eine Karte zu setzen.

Nur mit Tekeners Hilfe hätte er sich den Rücken freihalten können. Da er aber allein war, musste er das Risiko eingehen, überrascht zu werden.

Er streifte sich eine schwarze Folie über, die keine Radarstrahlen reflektierte und ihn zugleich für die Infrarotortung unsichtbar machte. Dann nahm er seine restliche Ausrüstung auf und ging los.

Am Energieschirm ließ er sich auf die Knie sinken. Er baute ein zerbrechlich wirkendes Gestell aus Kunststoffleisten auf und schuf eine Strukturlücke. Bemüht, kein Teil des Gerüsts zu berühren und dadurch umzustoßen, kroch er hindurch, richtete sich dann auf und rannte auf die Festung zu.

Sein Atem ging laut und keuchend, und seine Füße sanken tief im weichen Boden ein, so dass jeder Schritt besondere Anstrengungen erforderte. Schon bald schmerzten ihn die Lungen, und das Blut rauschte in seinen Ohren, so dass er meinte, nicht mehr weiterlaufen zu können. Er trieb sich jedoch mit dem Gedanken, dass die Manipulationen in den Ortungsgeräten jederzeit bemerkt und behoben werden konnten. Je früher er die Mauer erreichte, desto größer waren seine Erfolgsaussichten.

Am Fuß der Mauer brach er zusammen. Ihm wurde schlecht, und er fühlte ein schmerzhaftes Ziehen in seiner linken Brust und im linken Arm, so dass er bereits befürchtete, einen Herzanfall zu erleiden. Doch dann erholte er sich erstaunlich schnell, und die Schmerzen flauten ab.

Er blickte an der Mauer hoch.

Für SIC und HOC gab es einen Durchschlupf, für ihn jedoch nicht. Ihm blieb keine andere Wahl, als mit seinem Antigravgürtel über die Mauerkrone zu fliegen.

Er hätte es vorgezogen, sich mit einem Desintegratorstrahler einen Tunnel durch die Mauer zu schneiden, doch er hatte keine derartige Waffe, da sie zu groß gewesen wäre, als dass er sie durch die Kontrollen hätte schmuggeln können.

Er musste über die Mauer.

Er schaltete den Antigravgürtel ein und stieg in die Höhe.

Als er dicht unter der Mauerkrone war, fielen ihm zahlreiche Lichter von Gleitern auf, die sich schnell näherten. Er zögerte, schwebte dann weiter in die Höhe und glitt über die Mauer hinweg.

Als die ersten der angekommenen Gleiter die Festung erreichten, ließ er sich in die Tiefe fallen. Er landete weich auf den Füßen, schaltete den Antigravgürtel aus, weil er fürchtete, der Energieausstoß des Aggregats könne ihn verraten, und eilte auf den Kuppelbau zu.

Das Licht der Scheinwerfer rief eigenartige Reflexe auf den Schalen hervor, die wie die Flammenzungen eines Feuers in die Höhe stiegen. Aus der Ferne mochte es aussehen, als ob die Festung brannte.

Er hastete auf eine Tür zu. Es war die gleiche Tür, durch die SIC und HOC in die Wachstation gelaufen waren.

Wenige Meter daneben stieg eines der flammenförmigen Elemente auf. Er stellte sich dahinter, um zu Atem zu kommen.

Die Tür öffnete sich, und mehrere Uniformierte kamen heraus. Sie eilten so dicht an ihm vorbei, dass sie ihn fast berührt hätten, bemerkten ihn jedoch nicht.

»Los, Tempo!«, trieb einer von ihnen die anderen an. »Der Zentropolit will uns sehen.«

Askeron, der Herrscher des Semon-Systems und gefährlichster Kriegsanstifter der Galaxis, war zur Festung gekommen.

Kennon zögerte, durch die offenstehende Tür einzutreten.

Hatte der Arkonide einen besonderen Grund, ausgerechnet jetzt in der Festung zu erscheinen?

Es hielt Kennon nicht an seinem Platz.

Er folgte den Wachen, wobei er sich vorsichtig im Schutz der Flammenelemente hielt. Laute Stimmen hallten über den Vorplatz der Festung. Offiziere erteilten untergeordneten Rängen den Befehl, anzutreten.

Kennon hoffte, etwas belauschen zu können, wagte sich jedoch nicht weit genug an die gelandeten Gleiter heran, so dass er nicht hören konnte, was der Zentropolit und seine Begleiter sagten.

Hatte doch irgendeines der Geräte Alarm geschlagen?

Bestimmt nicht, dachte er. *Sie würden nicht antreten, wenn sie wüssten, dass hier jemand eingedrungen ist.*

Er kehrte um und eilte zu der Tür zurück, die zum Wachraum führte. Sie stand noch immer offen.

Aus dem Innern der Festung ertönten Stimmen. Zwei Frauen unterhielten sich über positronische Probleme. Offenbar hatte eine von ihnen Verdacht geschöpft und versuchte nun, herauszufinden, ob eines der Geräte fehlerhaft arbeitete.

Kennon drückte eine Hand gegen die Kontaktleiste einer Tür und betrat einen Gang, der tiefer in das Innere der Festung führte.

Er hatte keine Mühe, sich zurechtzufinden, da er sorgfältig recherchiert hatte. Jetzt stellte er fest, dass die Angaben, die er über die Festung erhalten hatte, richtig waren.

Die Röhre eines Antigravschachts reichte bis zu einem zwei Stockwerke tiefer gelegenen Gewölbe, in dem der Howalgoniumschatz lagerte. Nur in ihr konnte er nach unten kommen. Der Schacht wurde normalerweise durch einen Individualtaster abgesichert, doch diesen brauchte er nicht zu fürchten, da er auch ihn neutralisiert hatte.

Danach trennte ihn nur noch ein Panzerschott von dem Schatz. Dieses stellte jedoch kein Hindernis für die Desintegrationsbombe dar. Es würde sich ebenso auflösen wie das Howalgonium, wenn er sie nahe genug deponierte.

Kennon blieb vor der Öffnung des Schachtes stehen.

Er zögerte, weil er nicht wusste, ob das Panzerschott von einem Posten bewacht wurde.

Da er keine Waffe hatte, konnte er sich auf einen Kampf nicht einlassen.

Der nächste Schritt in Richtung auf die Zerstörung der Macht des Zentropoliten war der risikoreichste von allen. Er war sich dessen bewusst. Vergeblich hatte er darüber nachgedacht, wie er die Erfolgschancen in dieser Phase verbessern konnte. Er war auf keinen Ausweg gekommen. Zunächst hatte er geplant, ein gasförmiges Betäubungsmittel in den Schacht zu blasen und damit Wachen auszuschalten, die sich möglicherweise unten aufhielten. Er hatte die Idee wieder verworfen, nachdem er herausgefunden hatte, dass es Sensoren in den Schachtwänden und im Vorraum des Großtresors gab, die sofort auf derartige Präparate ansprachen und eine blitzartige Entlüftung einleiteten.

Je länger du wartest, desto schlechter werden deine Aussichten, dachte er. *Es braucht nur jemand zu kommen und dich zu sehen, und alles ist aus.*

Er stieg in den Schacht und ließ sich nach unten tragen.

Mit beiden Händen umklammerte er die Desintegrationsbombe.

Er wusste nicht, was er tun sollte, wenn tatsächlich eine Wache vor dem Panzerschott stand.

Unwillkürlich hielt er den Atem an, als er das Ende des Schachts erreichte und mit einem sanften Stoß in den Vorraum befördert wurde.

Ein breiter Gang führte zu dem vielfach gesicherten Schott, und niemand hielt sich vor ihm auf.

Es gab nur ein einziges Versteck für die Desintegratorbombe. Unmittelbar neben der Öffnung des Antigravschachts befand sich eine handbreite Klappe, hinter der die Sicherungen für die Beleuchtungselemente angebracht waren.

Mit einem Blick stellte der Kosmokriminalist fest, dass er sich ebenso im toten Winkel einer Fernsehkamera befand, die auf das Panzerschott gerichtet war, wie der Sicherungskasten.

Kurzentschlossen schaltete er sein Antigravgerät ein, stieg zu der Klappe auf, öffnete sie und schob die Bombe in die Höhlung, die dahinter lag. Dann ließ er sich auf den Boden zurücksinken. Er polte das Aggregat des Antigravschachts um und glitt wieder nach oben.

Ungesehen erreichte er die Tür zum Wachraum.

Er hörte, wie die beiden Frauen an den Kontrollgeräten miteinander sprachen. Aus ihren Worten schloss er, dass sie auf der Suche nach einem Fehler in der Positronik waren.

Hoffentlich finden sie die beiden Roboter nicht so schnell, dachte er. SIC und HOC könnten sie auf die richtige Spur bringen.

Er trat auf den Gang hinaus und verließ den Wachbezirk.

Angenehm kühle Luft strich ihm ins Gesicht, als er hinter einem der flammenförmig aufsteigenden Elemente stand und überlegte, wohin er sich wenden sollte.

Etwa hundert Meter von ihm entfernt parkten noch immer die Gleiter. Von dort her ertönten die Stimmen vieler Menschen. Hin und wieder klang lautes Gelächter auf. Die Männer und Frauen, die mit dem Zentropoliten gekommen waren, schienen sich angeregt zu unterhalten.

Kennon flüchtete in nördlicher Richtung, weil dort alles dunkel war, so dass er meinte, die Begrenzungsmauer der Festung gefahrloser erreichen zu können.

Plötzlich aber flammte ein Scheinwerfer auf und überschüttete ihn mit gleißend hellem Licht.

Wie erstarrt blieb er stehen.

Zwei Terraner eilten mit angeschlagenen Energiestrahlern auf ihn zu.

Sie rissen ihm die tarnende Folie herunter.

Einer von ihnen lachte überrascht, als er den Verwachsenen in voller Gestalt sah.

»Was treibst du denn hier, Krüppel?«, fragte er.

11.

Die beiden Terraner stellten Sinclair Marout Kennon in einem düsteren Gewölbe an die Wand und legten ihm Ketten an. Diese waren so kurz, dass er aufrecht mit nach oben gestreckten Armen stehen musste. Er stöhnte gepeinigt auf, weil ihm die scharfen Stahlkanten schmerzhaft ins Fleisch schnitten.

Die beiden Wachen schienen nicht zu bemerken, wie er sich quälte. Sie gingen hinaus, wobei sie belustigt über ein Sportereignis schwatzten, das irgendwo in einer anderen Stadt am nächsten Tag beginnen sollte. Dumpf dröhnend fiel die Tür hinter ihnen zu.

Kennon lehnte verzweifelt den Kopf gegen die Wand.

Er war gescheitert.

Dieser Einsatz war zu einer Katastrophe geworden.

Ronald Tekener war tot.

Die Desintegrationsbombe lag an ihrem vorgesehenen Platz, aber er war gefangen und konnte sie nicht auslösen.

Die Wachen waren den Manipulationen an der Positronik auf der Spur, so dass es nur noch eine Frage der Zeit war, wann sie herausfanden, was gespielt wurde.

Nun bestand auch noch die Gefahr, dass Kartan Askeron ihn foltern ließ, um auszulotsen, was seine wahren Motive waren. Kennon war sich nicht sicher, dass er der Versuchung widerstehen würde, sich durch ein Geständnis den körperlichen Qualen zu entziehen.

Er wusste nicht, wie viel Zeit verstrichen war, als sich die Tür wieder öffnete. Zunächst traten die beiden Terraner ein, die ihn gefangengenommen hatten. Sie hefteten starke Scheinwerfer an die Wand, die ihm ins Gesicht strahlten. Dann kam der Zentropolit Kartan Askeron.

Er war größer und massiger, als Kennon erwartet hatte, und in seinem Gesicht war nichts, was zu irgendwelchen Hoffnungen berechtigte. Der Herrscher des Semon-Systems musterte den

Verwachsenen mit verengten Augen. Die Mundwinkel waren scharf nach unten gebogen. Die Tatsache, dass jemand in die Festung eingedrungen war, machte ihn offenbar unsicher und erregte zugleich seinen Zorn.

Hinter ihm erschien eine leicht schwankende Gestalt.

Kennon wandte den Kopf ab, als er Guy Maultinger erkannte.

Der Journalist war betrunken. Er hatte Mühe, auf den Beinen zu bleiben. Als er den Gefangenen sah, lachte er leise. Er schob sich an Askeron vorbei und wankte auf Kennon zu.

»Haben sie dich also erwischt«, lallte er. »Ich habe es dir doch gleich gesagt. Dummkopf.«

Der Kosmokriminalist verzog angewidert das Gesicht, als ihm der Alkoholdunst entgegenschlug. Er konnte sich vorstellen, was geschehen war. Irgendwann im Verlauf der Prugen-Expedition war es dem Journalisten gelungen, sich alkoholhaltige Getränke zu beschaffen. Anstatt sich mit wenig zu bescheiden, hatte er in sich hineingeschüttet, was nur eben möglich war. Das hatte seine Zunge gelockert, und die Agenten des Zentropoliten waren aufmerksam geworden.

»Was ist mit Rax?«, fragte Kennon.

Maultinger wandte sich ab.

»Ist doch egal, was mit ihm ist«, erwiderte er mit schwerer Zunge. »Er wollte weglaufen. Da hat es ihn erwischt.«

Die Terraner zogen den Betrunkenen zur Seite.

»Mr. Maultinger war so freundlich, uns zu informieren«, erklärte Kartan Askeron. »Wir haben ihm nicht geglaubt, dass ein einzelner Mann so verrückt sein kann, hier einzubrechen, um Howalgonium zu stehlen.«

»Und jetzt haben Sie mich«, erwiderte Kennon. »Beinahe hätte ich es geschafft. Wo ist denn das Howalgonium? Kann ich es nicht wenigstens einmal sehen? Wo ich doch schon so nah dran war?«

Der Zentropolit zögerte kurz. In seinen Mundwinkeln zuckte es.

»Warum nicht?«, fragte er. »Meine Leute werden dir den Schatz zeigen, vorausgesetzt, du erzählst uns, wie du hereingekommen bist.«

Der Kosmokriminalist ließ sich seinen inneren Triumph nicht anmerken. Askeron glaubte tatsächlich, dass er lediglich hier war, um Howalgonium zu entwenden. Also hatte er die eigentliche Gefahr noch nicht bemerkt.

»Und danach?«, fragte er. »Was geschieht, wenn ich meinen Trick verraten und das Howalgonium gesehen habe?«

»Wir sind keine Unmenschen«, antwortete der Zentropolit. »Natürlich kann ich dich nicht in die Freiheit entlassen. Du wirst auf einer Insel im Süden leben.«

»Ich bleibe nicht auf Semon II«, erklärte Kennon mit fester Stimme. Es gelang ihm, das Zucken seines Lides für einige Zeit zu unterbinden und so zu verbergen, wie nervös er war. »Sie erfahren mein Geheimnis nur, wenn Sie mir die Freiheit dafür geben.«

Kartan Askeron drehte sich wortlos um und verließ das Gewölbe. Die Terraner nahmen die Scheinwerfer ab, schoben Maultinger hinaus und folgten ihm.

Die Tür fiel ins Schloss.

Eine Leuchtplatte an der Decke spendete noch ein wenig Licht.

Kennon senkte den Kopf.

Er hatte alles gewagt und alles verloren. Dabei war er sich darüber klar, dass er keine andere Möglichkeit gehabt hatte, als die Freiheit zu fordern. Aber selbst wenn Askeron sie ihm versprochen hätte, hätte er dem Zentropoliten nicht geglaubt.

Die Tatsache, dass er in die Festung eingedrungen war, ohne irgendwo Alarm auszulösen, musste ihn zutiefst verunsichert haben.

Kennon erinnerte sich daran, dass er beileibe nicht der einzige Gegner war, mit dem der Zentropolit zu kämpfen hatte. Aus allen Teilen der Galaxis sickerten offenbar Einsatzkommandos ins Semonsystem ein, deren Aufgabe es war, Rache zu üben. Er dachte an das Gefecht im Hafen, bei dem Tekener aus dem Gleiter geschleudert worden war, und an den Angriff auf das Gebäude neben dem Pressezentrum in Semetropol. Das waren Einzelaktionen gewesen, die er zufällig beobachtet hatte. Wahrscheinlich attackierten die Feinde Askerons aber auch andere Rüstungs- und Planungsschwerpunkte im Semon-System. Daher war es für den Zentropoliten wichtig, dass geklärt wurde, welche Lücke Kennon bei seinem Vordringen in die Festung genutzt hatte, musste er doch fürchten, dass schon in den nächsten Stunden weitaus gefährlichere Gegner die Basis seiner Macht angriffen.

Askeron konnte es sich nicht erlauben, jemanden in die Freiheit zu entlassen, der wusste, wo eine Lücke im Abwehrsystem der Festung war.

Der Verwachsene blinzelte.

Vor seinen Füßen erschien eine winzige Gestalt. Sie winkte mit beiden Armen.

Kennon riss die Augen auf.

Er stöhnte, wandte den Kopf ab und blickte erneut auf seine Füße. Deutlich sah er einen Roboter, der etwa so lang war wie der Finger eines Erwachsenen, und auf dessen Brust das Wort SIC stand.

Er glaubte, seinen Sinnen nicht trauen zu dürfen.

Dass SIC bei ihm war und sich bewegte, als ob er von irgendjemandem gelenkt wurde, war ganz einfach unmöglich.

»Woher kommst du?«, stammelte der Gefangene.

SIC eilte an seinem rechten Fuß entlang zur Stahlspange hin, die ihn an die Wand fesselte. Aus seiner Hand schoss ein grüner Desintegratorstrahl und schnitt das Metall durch.

Kennon schloss die Augen.

Verlor er den Verstand?

Der Kleinstroboter konnte nicht hier sein. Es gab niemanden im Semonsystem, der ihn steuern konnte.

SIC war desaktiviert im Computer der Wachzentrale zurückgeblieben, und er konnte ihn aus eigener Initiative nicht verlassen. Dazu fehlten ihm die positronischen Elemente.

Das Stahlband, das Kennons linkes Bein fesselte, fiel ebenfalls.

Der Verwachsene sah, wie SIC armeschwenkend, als wolle er ihn grüßen, an seinem Kopf vorbeischwebte. Er folgte ihm mit seinen Blicken.

Ein grüner Desintegratorstrahl durchtrennte die Ketten an seinen Armen.

Kennon sank erschöpft auf den Boden.

Er war wie gelähmt.

Mit mechanischen Bewegungen massierte er sich die Hand- und Fußgelenke. SIC eilte zur Tür, glitt schwerelos daran hoch zum Schloss und zerstörte es mit dem materievernichtenden Gerät. Dann fiel er auf den Boden zurück, lief bis zu Kennons Füßen und winkte mit dem rechten Arm.

Die Geste war eindeutig und für Kennon in aufwühlender Weise menschlich.

Er hatte Roboter immer gehasst, und es war ihm nicht leicht gefallen, SIC und HOC ohne innere Anteilnahme einzusetzen.

Doch jetzt änderten sich seine Gefühle.

Er sah in SIC keine Maschine mehr, sondern ein lebendes Wesen, weil er keine Erklärung dafür fand, dass der Roboter sich so frei und zielbewusst bewegte.

Er dachte an den Mann, der in der Nähe seines Verstecks zwischen den Felsen aufgetaucht war.

War dieser Fremde gar keine Wache des Zentropoliten gewesen?

Hatte er ihn gar nicht durch seine Anwesenheit bedroht?

Hatte dieser Mann womöglich nach ihm – Kennon – gesucht?

Und war dieser Unbekannte mittlerweile auf den Helm gestoßen, mit dessen Hilfe er SIC und HOC lenken konnte?

Der Roboter ruderte nun mit beiden Armen, als könne er nicht verstehen, dass Kennon ihm noch immer nicht folgte.

Außer mir gibt es niemandem im Semonsystem, der die Roboter mit Hilfe des Helms steuern könnte, schoss es dem Verwachsenen durch den Kopf. *Es gab mal jemanden, aber der lebt nicht mehr.*

Ronald Tekener.

Er erschauerte, als die schrecklichen Bilder wieder vor seinem geistigen Auge erschienen.

Er sah den Freund in die Tiefe stürzen und in einem Desintegratorfeld verschwinden. Er glaubte, in allen Einzelheiten verfolgen zu können, wie Tekener sich darin aufgelöst hatte.

Aber hatte er das wirklich getan?

Kennon blickte auf den Roboter, und ein Schauer rann ihm über den Rücken. Tränen stiegen ihm in die Augen.

War Tekener wirklich tot?

Wie konnte es einen Zweifel geben? Alles war doch so eindeutig gewesen.

Wer aber lenkte den Roboter?

Das konnte doch nur Tekener sein!

Kennon sprang auf. Die Kehle schnürte sich ihm zu, und ein trockenes Schluchzen erschütterte seinen verwachsenen Körper.

Tekener war nicht tot. Er konnte nicht tot sein. Er musste leben.

Der Kosmokriminalist schleppte sich zur Tür. Er schien nicht die Kraft zu haben, die Füße vom Boden zu lösen.

Nur ein einziger Mensch konnte SIC zu ihm geführt haben.

Die Tür drehte sich leise quietschend in den Angeln. Kennon folgte dem Roboter auf einen dunklen Gang hinaus. SIC löste sich vom Boden und schwebte in Augenhöhe vor ihm her. Offenbar wusste jener, der ihn steuerte, genau, wohin er sich wenden musste.

Ohne von irgendjemandem bemerkt zu werden, erreichte Kennon den Hof der Festung, in dem noch immer Dutzende von Gleitern parkten. SIC führte ihn zu einer der Maschinen und verharrte vor einem Stauraum. Kennon öffnete die Klappe und kletterte hinein. SIC gesellte sich zu ihm.

Durch ein kleines Fenster konnte der Verwachsene in die Flugkabine sehen. Draußen flammten Lichter auf. Zahlreiche Männer und Frauen kamen zu den Gleitern. Sie verabschiedeten sich lautstark voneinander, stiegen in die Maschinen und starteten.

Ein untersetzter Akone steuerte die Maschine, in der Kennon sich verbarg, über die Mauer hinweg nach Norden.

Niemand schien auf den Gedanken zu kommen, auch die Gäste des Zentropoliten zu kontrollieren. Ihnen vertraute dieser offenbar in jeder Hinsicht.

Plötzlich raste SIC mit scharfer Beschleunigung am Gesicht des Verwachsenen vorbei auf die Scheibe zu und durchbrach sie. Der Akone drehte sich erschreckt herum. Im gleichen Moment prallte SIC mit seinem ganzen Körper und weit ausgebreiteten Armen und Beinen gegen seine Schläfe. Bewusstlos brach der Akone zusammen.

SIC tänzelte über das Armaturenbrett und betätigte nacheinander mehrere Schalter. Der Gleiter landete.

Kennon kroch aus dem Stauraum, zog den bewusstlosen Akonen vom Sitz und legte ihn auf die Felsen. Dann setzte er sich hinter das Steuer und startete.

Mit abgedunkelten Scheinwerfern näherte sich der Kosmokriminalist der Felsnische, in der er sich versteckt gehalten, und von der aus er SIC und HOC gesteuert hatte.

Er massierte sich die Kehle.

Eine namenlose Angst erfüllte ihn.

Er wusste, dass er nun demjenigen begegnen würde, der ihn mit Hilfe von SIC aus der Festung geholt hatte.

Wartete wirklich Ronald Tekener, der einzige Freund, den er je gehabt hatte, auf ihn?

Oder erhielt er nun die endgültige Bestätigung dafür, dass Tek tot war?

Je näher er der Felsnische kam, desto langsamer flog er, weil er sich vor der Wahrheit fürchtete.

Er sah die erleuchtete Festung mit den flammenförmig aufsteigenden Schalenelementen, und es schien, als brenne die Machtbasis des Zentropoliten.

Etwa fünfzig Meter von der Felsnische entfernt landete er, und zögernd stieg er aus. Er musste mit dem Gleiter hinter den Felsen bleiben, damit die Maschine nicht von der Festung aus geortet wurde. Deshalb blieb ihm keine andere Wahl.

Er schritt über den steinigen Boden, und die Kiesel knirschten unter seinen Füßen, so wie sie es vor Stunden unter den Füßen jenes Mannes getan hatten, der ihn gesucht hatte.

Er blieb stehen.

Leise Schritte näherten sich ihm. Er erkannte eine hochgewachsene Gestalt, die aus dem Schatten der Felsen heraustrat.

»Ken?«

Die Stimme löste einen Sturm der Gefühle in ihm aus. Er wollte einen Jubelschrei ausstoßen, doch nur ein heiseres Röcheln kam über seine Lippen. Er taumelte auf den Freund zu, und Tränen der Freude überschwemmten sein Gesicht.

»Tek«, stammelte er, während er sich an den Galaktischen Spieler klammerte. »Wie ist es möglich?«

Er wollte noch mehr fragen, doch die Stimme versagte ihm erneut. Ronald Tekener zog ihn tröstend an sich und führte ihn zum Gleiter. Er hob ihn auf den Beifahrersitz und übernahm selbst das Steuer.

»Wir müssen verschwinden«, mahnte er, »sonst erwischen sie uns beide.«

Sinclair Marout Kennon fing sich erneut. »Ich begreife es nicht.«

»Ich verstehe es selbst kaum«, antwortete der Freund. »Bou Doun stieß mich vom Sims, und ich wusste, dass mich nichts mehr retten konnte, als ich in die Tiefe stürzte. Aber es war dann doch nicht aus.«

Er startete und legte den Helm, mit dem er SIC gesteuert hatte, auf den Rücksitz.

»Was ist passiert?«, fragte Kennon.

»In dem Desintegratorfeld bildete sich eine Strukturlücke. Ich stürzte hindurch und wurde von einem Antigravfeld weich aufgefangen, das sich in einer Mulde unter dem Desintegratorfeld befand. Eine unsichtbare Kraft riss mich zur Seite, und ich landete in einem Kellerraum des Hochhauses. Alles ging so schnell, dass ich es kaum begriff.«

»Ein Täuschungsmanöver also?«

»Ganz eindeutig. Für jeden Beobachter war ich tot. Wahrscheinlich konnte man noch nicht einmal mit Hilfe der Fernsehkameras beobachten, dass ich unter dem Desintegrationsfeld in einer Öffnung im Boden verschwand.«

»Aber ich verstehe nicht«, entgegnete der Verwachsene. »Was soll das alles?«

Tekener beschleunigte. Er flog in die Schlucht, durch die Kennon am vergangenen Tag hochgekommen war.

»Als ich wieder einigermaßen klar denken konnte, kamen zwei Arkoniden zu mir. Sie führten mich zu einer Tunnelbahn und brachten mich in eine andere Stadt«, berichtete Tekener. »Sie setzten mir auseinander, dass der Zentropolit Männer sucht, die weder Tod noch Teufel fürchten und die sich für gutes Geld auch auf einen Kampf auf Leben und Tod einlassen. Männer wie mich. Und deshalb lässt er einige überleben. Sie boten mir eine zweite Chance, reich zu werden.«

»Sie wollten, dass du noch einmal kämpfst?«

»Nein. Das nicht. Sie wollten, dass ich für Kartan Askeron arbeite.«

Kennon nickte. Er glaubte zu verstehen.

»Man brachte mich dann hierher nach Semon II«, fuhr der Galaktische Spieler fort. Der Gleiter verließ die Schlucht und flog auf Dschungelgebiet hinaus. »Ich traf Kartan Askeron, und dieser eröffnete mir, dass er in vielen Teilen der Galaxis Agenten hat, sogenannte Spooks, deren Aufgabe es ist, Krisen herbeizuführen, um dadurch das Waffengeschäft anzukurbeln.«

»Also hat er bestätigt, was wir wissen, aber nicht beweisen konnten.«

»Genau das. In allen Punkten. Der Zentropolit ist einer der gefährlichsten Persönlichkeiten in der Milchstraße. Er schürt das Feuer. Er sorgt dafür, dass überall Krisenherde entstehen, weil er dann seine Waffensysteme verkaufen kann. Er macht Geschäfte, die unser Vorstellungsvermögen übersteigen.«

»Ich verstehe«, sagte der Kosmokriminalist. »Auf der einen Seite veranstaltet er öffentliche Spiele, bei denen die Sieger Millionen verdienen können und den Verlierern der Tod droht. Aus den Teilnehmern dieser Spiele wirbt er seine Agenten, da er weiß, dass sie alle Voraussetzungen für ihre Aufgabe als Krisenschürer mitbringen. Er bietet ihnen eine zweite Chance, reich zu werden. Und was ist, wenn sie sie ausschlagen?«

»Dann werden sie ermordet.« Tekener verringerte die Geschwindigkeit des Gleiters. »Ich habe mehrere Tage in einem Camp verbracht, in dem etwa fünfzig andere Männer leben, die ihren Kampf ebenso wie ich verloren haben. Sie nannten es das Camp der Toten. Einige von ihnen haben gesehen, wie die Schergen des Zentropoliten andere erschossen haben, die nicht mitspielen wollten. Die Arkoniden stören sich nicht daran, dass die anderen Zeugen waren. *Was wollt ihr denn?*, haben sie gefragt. *Diese Männer waren doch sowieso schon tot. Sie haben ihren Kampf verloren.*«

»Du bist aus dem Camp geflohen?«

»Unter den Männern dort waren einige, die nur an den Semon-Spielen teilgenommen haben, weil sie hofften, dabei eine Chance zu bekommen, Askeron zu töten. Das ist etwas, womit dieser offenbar überhaupt nicht rechnet. Auch mein Gegner hatte dieses Motiv. Sie haben mir geholfen, aus dem Camp zu fliehen.«

Er schnippte mit den Fingern. »Ich war sicher, dass du die Festung angehen würdest. Und als im Camp bekannt wurde, dass Journalisten von Semon II gekommen sind, um Berichte über eine Prugen-Jagd vorzubereiten, da war mir klar, dass du dabei bist. Deshalb habe ich dich gesucht. Ich war in deiner unmittelbaren Nähe.«

»Und ich habe nicht gewagt, mich bemerkbar zu machen.«

»Ich hätte dich rufen sollen«, erwiderte Tekener lächelnd, »aber ich fürchtete, Wachen auf mich aufmerksam zu machen.«

»Wenn sie dich erwischen, wird's gefährlich«, warnte Kennon. »Wir müssen irgendeine Möglichkeit finden, Semon II zu verlassen.«

»Die haben wir«, antwortete der Galaktische Spieler. »Wir sind jetzt auf dem Weg zu einem Raumhafen, auf dem ein Frachter steht. Er wird zur Zeit mit Waffen beladen. Die Besatzung sympathisiert jedoch keineswegs mit Askeron.«

»Woher weißt du das?«, fragte Kennon verblüfft.

»In dem Camp der Toten erfährt man viel«, lächelte Tekener. »Es gibt mehrere Einsatzkommandos, die mittlerweile die Waffenfabriken angreifen. Askeron stürzt seit Jahren die Völker der Milchstraße ins Unglück. Überall entzündet er das Feuer des Krieges. Da ist es nicht weiter verwunderlich, dass die Völker der Galaxis zurückschlagen.«

»Wir könnten die Macht des Zentropoliten also endgültig brechen, wenn es uns gelänge, die Festung zu vernichten. Alles weitere würden andere erledigen.«

»So wie es eigentlich auch sein sollte«, entgegnete der Galaktische Spieler. »Wir haben im Dienste anderer Völker gekämpft. Ein wenig müssen diese für ihre eigene Freiheit und für ihren Frieden auch tun.«

»Wir können die Bombe hochgehen lassen«, sagte Kennon voller Eifer. »Sie befindet sich in der Festung. Sie liegt direkt neben dem Howalgonium.«

»Warum so eilig? Schließlich wollen wir Semon II lebend verlassen. Also genügt es, wenn wir die Bombe von einem Raumschiff aus zünden.«

Sie näherten sich einem taghell erleuchteten Raumhafen, auf dem mehr als zwanzig Raumschiffe unterschiedlichster Größe standen. Zahllose Transportplatten glitten zwischen den unterirdisch angelegten Waffendepots und den Raumschiffen hin und her. Container flossen in ununterbrochener Folge in die kugelförmigen Raumer, die die Massenvernichtungsmittel in die Weite der Milchstraße hinaustragen sollten.

Tekener setzte den Gleiter zwischen einigen Büschen ab. Er nahm SIC und den Helm an sich und stieg aus. Kennon folgte ihm. Sie schlichen sich geduckt auf den Raumhafen zu.

Als der Galaktische Spieler leise pfiff, richtete sich vor ihnen eine schlanke Gestalt auf. Sie trug eine schwarze Uniform und war mit einem Strahlengewehr bewaffnet.

»Tekener?«, wisperte sie.

»Tekener von Samarplan«, antwortete er.

Kennon wusste, dass Samarplan ein Planet war. Er erinnerte sich daran, dass er einmal eine Reihe von Daten über diese Welt zusammengestellt hatte.

»Kommen Sie«, sagte der Uniformierte.

Er führte die beiden USO-Spezialisten zu der Rückseite eines Containers, der am Rand des Flugfelds abgestellt war, und schob sie durch eine Luke hinein, die er hinter ihnen wieder verschloss.

Minuten später fühlten die beiden Terraner, dass der Container aufgenommen und abtransportiert wurde, und abermals einige Minuten darauf öffnete jemand die Luke, um sie herauszulassen.

Ein dunkelhäutiger, bärtiger Raumfahrer blickte sie wohlwollend an.

»Ich bin Kommandant Conte«, stellte er sich vor. »Willkommen an Bord der DAKAL. Wenn Sie wollen, können wir in die Zentrale gehen.«

Tekener und Kennon schüttelten dem Samarplaner die Hand. Während er sie in die Hauptleitzentrale des Frachters führte, berichtete der Galaktische Spieler ihm von den Männern im Camp der Toten, die ihm geholfen hatten, Verbindung mit ihm aufzunehmen.

»Der Widerstand kommt jedoch nicht entscheidend weiter.

Askeron ist einfach zu stark«, schloss er. »Deshalb müssen wir seine Basis zerstören. Nur das kann ihn wirklich stürzen.«

Conte lachte. »Wir haben den Funk abgehört«, berichtete er. »Auf Semon II ist der Teufel los. Man sucht Sie beide. Hoffentlich zieht die Hafenbehörde die Starterlaubnis nicht noch zurück.«

»Wann starten wir?«, fragte Kennon.

»In zehn Minuten.«

Tekener ließ sich in der Zentrale in einen Sessel sinken. Er blickte Kennon an.

»Durch einen Verbindungsmann lasse ich den Journalisten und Reportern raten, die Festung zu beobachten«, eröffnete er ihm. »Schließlich wollen wir, dass man in der ganzen Milchstraße von dem Ende des Howalgoniumschatzes erfährt.«

»Freuen wir uns nicht zu früh«, bat der Verwachsene. »Vielleicht hat Askeron die Bombe mittlerweile gefunden.«

»Das wäre eine Katastrophe«, sagte Conte, der damit beschäftigt war, den Start einzuleiten.

Die beiden USO-Spezialisten schwiegen, um ihn und die anderen Offiziere in der Zentrale nicht zu stören.

Wenig später stieg die DAKAL auf. Mit hoher Beschleunigung entfernte sie sich von Semon II.

Als sie sich dem Rand des Sonnensystems näherte, setzte sich Tekener an die Funkgeräte. Er nahm Verbindung mit dem Zentropoliten auf, während Kennon sich den Helm über den Kopf stülpte, mit dem er den HOC steuern konnte.

Kartan Askeron meldete sich, nachdem der *Lächler* einige untergeordnete Dienstgrade davon überzeugt hatte, dass dieses Gespräch überaus wichtig für den Zentropoliten war.

Der Arkonide machte einen ruhigen und völlig ausgeglichenen Eindruck.

»Ich bin der Mann, der aus dem Camp der Toten geflohen ist«, stellte Tekener sich vor. »Ich habe meinen Freund aus Ihrer Festung geholt.«

»Ah, jener Krüppel, der sich einbildete, er könne mir Howalgonium klauen?«, fragte Askeron belustigt.

»Nein. Das war nicht seine Absicht. Er hat eine Bombe in der Festung zurückgelassen, die in wenigen Minuten explodieren wird«, erklärte der Terraner. »Danach wird es keinen Howalgoniumschatz mehr geben.«

Der Zentropolit erbleichte, und seine Augen begannen zu tränen, ein deutliches Zeichen seiner Erregung.

»Ich rate Ihnen daher dringend, die Festung sofort zu verlassen. Wir werden die Bombe auf jeden Fall zünden, ob Sie dort sind oder nicht. Wenn Sie sich und Ihre Leute retten wollen, dann fliehen Sie. Sofort.«

Tekener schaltete ab.

»Glauben Sie, dass er die Flucht ergreift?«, fragte der Kommandant.

Kennon nahm den Helm ab. Er hatte die letzten Worte gehört.

»Nein. Das tut er nicht«, erwiderte er. »Ich habe gerade gesehen, dass er und Guy Maultinger in den Antigravschacht gestiegen sind, der zur Schatzkammer führt.«

»Bitte. Gib mir den Helm.« Tekener streckte die Hände aus, und Kennon legte den Helm hinein.

Wenig später beobachtete der Galaktische Spieler mit Hilfe der Linsen des Roboters HOC, wie Kartan Askeron und Guy Maultinger, der vollkommen betrunken war und kaum noch gehen konnte, den Vorraum der Schatzkammer durchsuchten.

Er riss sich den Helm vom Kopf. »Askeron hat die Bombe gefunden«, sagte er. »Wir müssen uns entscheiden.«

»Sie müssen die Bombe zünden!«, rief der Kommandant. »Auch wenn er sie in den Händen hält. Kartan Askeron hat den Tod millionenfach verdient. Er ist ein Massenmörder, der nicht länger leben darf.«

»Sir – sehen Sie!« Einer der Offiziere packte den Kommandanten am Arm und deutete auf einen der Bildschirme. »Das Bild kommt vom Sender von Semon II.«

Tekener und Kennon, die sich dem Bildschirm zuwandten, sahen nur noch einen Trümmerhaufen und eine langsam verwehende Staubfahne. Der Offizier eilte zum Funkleitpult und ließ das Aufzeichnungsband zurücklaufen. Dann erschien die Festung abermals auf dem Bildschirm, aber jetzt war sie noch vollkommen unversehrt. Plötzlich aber wuchs ein graugrüner Ball über ihr auf, und in Bruchteilen von Sekunden verwandelte sie sich in einen Trümmerhaufen, über der eine Staubfahne aufstieg.

»Ich habe die Bombe nicht gezündet«, sagte Kennon.

»Ich auch nicht«, bemerkte Tekener.

»Dann gibt es nur eine Möglichkeit. Er hat versucht, sie zu entschärfen, und dabei ist sie hochgegangen«, stellte der Verwachsene fest. »Der Zentropolit hat sich selbst gerichtet.«

»Gegen seinen Willen«, sagte der Kommandant.

»Gegen seinen Willen«, bestätigte Kennon, »aber das ist mir wesentlich lieber, als wenn ich ihn hätte umbringen müssen.«

Tekener lehnte sich in seinem Sessel zurück.

»Das ist das Ende für Askeron und sein Reich. Vom Semon-System geht keine Gefahr mehr aus. Die Krisenagenten des Zentropoliten werden ihre Aufgaben aufgeben, da es niemanden mehr gibt, der sie bezahlt. Nachfolger wird Kartan Askeron nicht haben, denn was jetzt noch zu tun ist, das erledigen die Einsatzkommandos von jenen Welten, auf denen der Arkonide sich als Kriegsbringer betätigt hat.«

In diesem Nachwort wollen wir uns mit der weiteren Entwicklung der Figur des Sinclair Marout Kennon beschäftigen. Gleichwohl er nie zu »höchsten Weihen« gelangte und in die Erstauflage von PERRY RHODAN übernommen wurde, hat er uns doch – in verschiedenen Rollen – durch mehr als einen Abschnitt der ATLAN-Serie begleitet.

Als wir Kennon (im Nachwort zu »Das rote Leuchten«) zum letzten Mal sahen, war sein Schiff gerade schwer beschädigt worden, er selbst möglicherweise tot. Hier setzt nun Scheers »Griff nach der Macht« an, Band 2 der ATLAN-Serie, erschienen im November 1969.

Kennon stirbt nicht, sondern erreicht mit seinem schwer beschädigten Schiff den Planeten Tahun, auf dem sich die größte Medoklinik der Menschheit befindet. Doch auch hier kann man seinen verbrannten Körper nicht mehr retten. Der Neurochirurg Dr. Tycho Braynzer soll das in einem Plasmabad liegende Gehirn in einen perfekten Robotkörper transplantieren – zu wertvoll ist der Geist des Spezialisten für die USO.

Scheer schreibt dazu in seinem Beitrag »PERRY RHODANS Technik« im Werkstattband von 1986 auf Seite 59: »Kennons Robotkörper wurde von einem lebenden Gehirn gesteuert. Als Material für den Körper mixte ich die ›synthoplastexotische Verbundlegierung mit partikularer Beschußverdichtung‹, genannt Atronital-Compositum.«

Diese Stelle wirft werkhistorisch ein spannendes Licht auf die Entwicklung der ATLAN-Serie: Zum Zeitpunkt, als Kennon am Ende von ATLAN 2 seinen ersten Auftritt in seiner neuen Form hat, ist den Lesern von PERRY RHODAN das Atronital-Compositum längst ein Begriff. Scheer selbst hatte es in Band 350 der Heftromanserie (»Robot-Patrouille« vom Mai 1968) eingeführt, um den als unzerstörbar geltenden Roboter Paladin konstruieren zu können. Scheer griff hier also auf das wohl schon früher für Kennon geschaffene Material zurück und nutzte es in einem anderen Zusammenhang. Auf Seite 18 dieses Romans liest sich das so:

»Der Paladin war aus einem Material gefertigt worden, das man auf Terra zwar seit sechsunddreißig Jahren kannte, aber kaum verwenden konnte, da ein Kilogramm vierhunderttausend Solar kostete.

Super-Atronital-Compositum war eine synthoplastexotische Verbundlegierung mit partikularer Beschussverdichtung.

Keine Macht der Galaxis, auch das Solare Imperium nicht, konnte es sich erlauben, für Roboter, Raumschiffe oder andere, verschleißbedingte Serienfabrikate derartige Summen aufzuwenden. Es hätte zum baldigen Ruin des Etats geführt.

Nur wenige Spezialgeräte von geringem Gewicht wurden aus SAC hergestellt.«

Nun, eines davon ist ganz offenkundig S. M. Kennon in seinem neuen Körper, der durch nichts von dem eines Menschen zu unterschieden ist. Im »nackten« Zustand, so erfahren wir später, gleicht die Vollprothese einem chromglänzenden Kampfroboter vom Gladiator-Typ, in ATLAN 200 gibt es sogar eine Risszeichnung. Scheer stellt auf Seite 62f. von »Griff nach der Macht« Kennons erstes Auftreten in der für ihn typischen Art dar. Auf Tekeners Frage, wie es ihm gehe, antwortet der Agent:

»So gut wie niemals zuvor Junge, ich könnte vor Freude schreien. Dieser Dr. Tycho Braynzer ist ein Hexenmeister. Ich beherrsche die Prothese vollendeter als meinen früheren Körper … Tek – ich nehme den stärksten Ertruser auf den Arm. Ich besitze eine Sprungweite von 28,6 Meter unter einem Gravo und laufe unbegrenzt hundertfünf Kilometer schnell in der Stunde. Mein Körper besteht aus nahezu unzerstörbarem Atronital-Compositum, und ich selbst bin in einer Stahlhülle verankert, die die fünffache Dicke der Körperbleche besitzt. Meine Körperverkleidung besteht aus zellstabilisiertem Biomolplast, das jedoch zur Vermeidung von Schmerzen aller Art eine Sensibilitätsschaltung besitzt. Für mich selbst brauche ich lediglich eine winzige Kreislaufpumpe mit angeschlossenem Blutplasmareiniger. Alles andere besorgt eine Mikro-Kraftstation.«

An dieser Stelle wird aber auch bereits der Konflikt angedeutet, der sich durch den neuen Körper ergibt und den Kennon nie wieder loswerden wird. Zu Atlan sagt er bei der Verabschiedung (Seite 63): »Ich habe nur eine Bitte, Sir. Nennen Sie mich niemals einen Roboter! Ich bin ein Mensch mit einer Vollprothese.«

Da ist es wieder, das Scheersche Motiv des Menschen in all seinen Ausprägungen. Der Konflikt aber wird Kennon in den nächsten Jahren zunehmend beschäftigen.

Kennons Körper wird während der ersten fünfzig ATLAN-Bände mehrfach für Einsätze modifiziert. Zudem erweist es sich, dass zwar der Robotkörper praktisch unzerstörbar ist, aber keinesfalls die Biomolplasthülle. So wird für den Einsatz auf dem Planeten Khaza, auf dem Tekener schließlich seinen Zellaktivator findet (ATLAN 49, »Jäger der Unsterblichkeit« von William Voltz, Februar 1972 – siehe das Nachwort zu Band 41), Kennons Robotkörper auf 2,11 Meter verlängert und mit einer muskulösen, breitschultrigen Körperfolie verkleidet. Damit gleicht er einem der dunkelhäutigen Nordländer des Planeten Khaza.

Anfang des Jahres 2844 benutzt Kennon auf dem Planeten Meggion eine Illusionsmaschine. Diese ist mit dem Ischtar-Memory gekoppelt worden und liefert realistische Träume (ATLAN 173, »Das Ishtar-Memory« von H. G. Ewers, Januar 1975). Wie geplant versetzt die Maschine den Geist des träumenden Kennon ins Jahr 10.498 da Ark, in die Regierungszeit des Imperators Orbanaschol III. Dort findet sich der USO-Spezialist in seinem verkrüppelten Körper auf Arkon III wieder (ATLAN 176, »Der Intrigant« von H. G. Francis, Februar 1975).

In späteren Jahren äußert er, dass er sich dabei lebendiger fühlt als all die Jahrhunderte in seinem Roboterleib – sicherlich einer der Gründe, weshalb sich die Nutzung der Traummaschine bei ihm zur Sucht entwickelt. Kennon entschließt sich, unter dem

Namen Lebo Axton (den Ursprung dieses Namens erfahren wir im vorliegenden Roman) eine neue Identität aufzubauen, um den Kristallprinzen Atlan in seinem Kampf gegen Orbanaschol III. zu unterstützen. Dabei ist er bemüht, Zeitparadoxa zu vermeiden und seinem späteren Chef möglichst nicht zu begegnen.

Im Prinzip geschieht hier mit Kennon Ähnliches wie mit Tekener: Mit Band 175 (»Die wandernde Seele« von Hans Kneifel, Februar 1975) enden die USO-Abenteuer innerhalb der ATLAN-Serie, die sich fortan bis Band 299 als ATLAN EXCLUSIV bezeichnen wird und sich mit Atlans Jugendabenteuern beschäftigt. Diese waren bereits seit Band 88 (»In der Spinnenwüste« von Ernst Vlcek, Juni 1973) abwechselnd mit den USO-Geschichten erschienen.

Durch die Traummaschine werden die beiden Schienen der Serie kurzfristig miteinander verknüpft, was den Autoren ermöglicht, den beliebten Kennon weiterhin in der Serie zu lassen. Gleichzeitig endet der in Band 2 aufgebaute Konflikt, indem Kennon seine Vollprothese aufgibt und wieder in seinen ursprünglichen Körper zurückkehrt. Dort wird er bleiben, bis in ATAN 299 (»Orbanaschols Ende« von H. G. Francis, Juni 1977) der Imperator gestürzt wird und Kennon dann doch kurz Atlan begegnet – der ihn aber natürlich nicht erkennen kann, sondern ihn eher unfreundlich als Wendehals beschimpft.

Kurz darauf löst Lebo Axton sich in der arkonidischen Vergangenheit auf, und Kennon steigt im Jahr 3440 n.Chr. aus der qualmenden Traummaschine (Atlan 350, »Wanderer durch die Dimensionen« von H. G. Francis, Juni 1978). Aufgrund der Verdummung der Milchstraße durch den Schwarm wird die Traummaschine nicht mehr gewartet, Insekten haben sich durch die Isolierung wichtiger Kabel gefressen. Kennon repariert die Maschine und schaltet sie wieder ein.

Er wird von einem Sog fortgerissen, die Insekten zerstören die Traummaschine. Das Gehirn im Robotkörper stirbt, Kennons Bewusstsein ist in der Unendlichkeit verschollen – damit er –

gleichsam rückwirkend – in den seit Band 300 laufenden Zyklus »König von Atlantis« hinübergerettet werden kann. Diese schon weit im Vorfeld von Willi Voltz angekündigte Idee sollte den mit Band 333 eingeleiteten Umschwung der Serie von Fantasy zu mehr SF unterstützen.

Nach einer längeren Odyssee mit mehreren Körperwechseln trifft Kennon schließlich wieder mit Atlan zusammen. Die meiste Zeit befindet er sich dabei im Körper eines Wesens namens Grizzard, das seinerzeit in Lebo Axtons Projektionskörper gefangen ist und nicht ganz unverständlich einen Hass auf Kennon entwickelt. In ATLAN 454 (»Erinnerungen an Terra« von H. G. Francis, Juni 1980) kann Grizzard seinen Körper schließlich zurückgewinnen, und Kennon verschlägt es in einen neuen.

(Wer das jetzt alles zu verwirrend findet, darf sich gern die diesbezüglichen Romane durchlesen, das macht es nicht besser. Selbst Michael Nagula, der in der Regel sehr serienfreundlich schreibt, vermerkt in Band 2 von »PERRY RHODAN – Die Chronik« auf Seite 336 bezüglich Kennon/Axton: »Leider konnte seine Ankunft und sein Körperwechsel mit einer Person namens Grizzard nicht recht überzeugen.« So kann man es auch ausdrücken.)

In ATLAN 499 (»Der Geist des Mächtigen« von Marianne Sydow, Mai 1981), dem Ende des Atlantis-Zyklus der Serie, bleibt Kennon auf dem Weltenfragment Pthor zurück, um dort Entwicklungshilfe zu leisten. Er befürchtet zudem, dass seine Rückkehr zur Erde Zeitparadoxa provozieren könnte, da er ja aus dem Jahre 3440 kommt (während »König von Atlantis« im September 2650 endet, Kennon also auch eine Zeitreise unternommen hat).

Von Sinclair Marout Kennon haben wir seitdem im Perryversum nichts mehr gehört oder gesehen.

Rainer Nagel

VORSCHAU

Nur kurz währte die Karriere von Thomas Ziegler bei PERRY RHODAN. Und doch gelang es ihm innerhalb weniger Jahre, zum Chefautor der Serie aufzusteigen und diese mit seinen fantasievollen Ideen zu bereichern.

MAMMA-1 ist eine computergesteuerte Stadt aus Biokunststoff, eine Modellmetropole, die darauf ausgerichtet ist, den Wünschen ihrer Bewohner weitestgehend nachzukommen. Die Stadt scheint perfekt zu sein, doch als der Großversuch mit speziell ausgewählten Testpersonen beginnt, verwandelt sie sich in ein Tollhaus …

Sie alle bewohnen das Galactic Center, einen Büroturm in Terrania: Famos O'Hack, der Denkfabrikant, Lukas Lorrimer, Leiter eines interkosmischen Ehevermittlungsinstituts, und Kargenoris Pan, ein Detektiv, der von Zeitspionen bedrängt wird. Sie und andere Typen machen aus dem Gebäude den Narrenturm …

Diese beiden Romane zeigen die absurd-humoristische Seite des Schaffens von Thomas Ziegler. Sie tragen die Titel:

DIE STADT DER ZUKUNFT
und
DER NARRENTURM